U0921988

丛书主编　朱立元　曾繁仁
执行主编　李　钧

童庆炳　著

文学：精神之鼎与诗意家园

Literature: a Spiritual Pillar and a Poetic Home

復旦大學出版社

总　序

受复旦大学出版社的委托，我们着手组织“当代中国文艺学研究文库”的编辑出版工作。一开始，我们就想起了十多年前由钱中文、童庆炳两位先生主编的“新时期文艺学建设丛书”。那套大型丛书先后出版了三十余位当代中国著名文艺理论家自选的论文集，可以说是对新时期以来中国文艺理论建设和发展的一次比较全面的总结和检阅。“丛书”从 2000 年第一辑（六本）出版起，已经过去了十五年。进入新世纪以来，中国社会的现代性转型又有了巨大的进展，文艺理论的建设也继续经历了激荡起伏的进程。现在再编辑一套文艺学研究丛书，可能历史和现实的语境已经有了相当大的变化。考虑到出版周期的原因，“文库”计划先期出版十二本。当前中国文艺理论界有成就、有影响的知名学者远超这个数字，所以我们只能优先考虑“三〇后”“四〇后”学者加盟这套“文库”，但即便如此，目前只能有十二位学者入选，还是难免挂一漏万，这是我们十分遗憾的，也期待在以后的时间里再能陆续出版。

入选“文库”的这十二位学者，基本上都是新时期三十多年来中国文艺理论、批评的全程参与者和见证者。他们的理论文集，记录着每一位作者所经历的风风雨雨，所走过的曲折道路，所感受到的深切体验，所获得的宝贵感悟，所留下的坚实脚印，以及靠着艰辛耕耘所取得的学术成就。虽然无法全面反映当代中国文艺学建设和发展的整体成果，但至少也可以折射出它的部分光影，勾勒出它的大致轨迹，对今后文艺学的建设和发展或有些许参照价值，这就是我们编辑、出版“当代中国文艺学研究文库”的缘由。

如果对新时期以来中国文艺学的发展作一个大致分期的话，我们认为，可以分为 20 世纪 80 年代、90 年代和 21 世纪以来三个阶段。

20 世纪 80 年代是令后来者怀想的年代。启蒙的激浪，保守的潮汐，新生的欢欣，怀旧的惆怅，都错综复杂地交织于“文革”结束、拨乱反正后我们这一代学人的心灵。70 年代末、80 年代初“为文学正名”“回归文学自身”的呼吁，冲破了长期以来文艺为政治服务、充当政治工具的禁锢，重新发现和肯定了文学的审美本性；学界学习马克思《巴黎手稿》引发的人道主义、人性和异化问题的大讨论，进一步解放了人们的思想，“文学是人学”的观念得以确立；声势浩大的“方法论热”和稍后的“文学主体性”问题全国大讨论，在文艺理论界产生了重大影响；对文学本质的重新思考先后形成了“审美反映论”和“审美意识形态论”的初步框架，为学科在90年代的发展完善奠定了基础。而贯穿上述种种理论探讨、展示时代气象的主线，则是传统文论与西方文论之间充满了争议的碰撞和交融。这一时期，文艺理论界的思想解放集中体现为观念方法的更新和思维空间的拓展。虽然当时及以后批评嘲讽之声不绝，但作为不可改变的事实和一代学人的亲身经历，它实际上塑造了文艺理论家们不同于以往的文化心理结构，这是较之于他们的具体理论成果更为重要的。

经过新时期前十年的理论积淀后，90年代的中国文艺理论界进入了一个多元发展的新阶段。随着西方现当代文论思想被积极引介到中国，一种迫切想与西方学界平等对话的现代性冲动也成为国内文艺理论家们挥之不去的情结。90年代初期，后现代主义同时以哲学和文论的名义登陆国内理论界，就是一个富于意味的信号。由此带来的研究格局也显得流派纷呈，思潮更迭，这是转型期中国在学术文化领域内的必然表征。90年代最值得关注的是1994年前后国内掀起的人文精神大讨论，其主阵地尽管不在文学理论领域，但最初发动是在文学界。由于当时商品经济大潮勃兴后通俗文化、大众文化对高雅文化、精英文化形成巨大冲击，造成文学创作中“人文精神失落”的现实危机，引发了理论界（包括文艺理论界）的广泛反思，由此才催生出新形势下知识分子的人文使命等一系列话题。经过这场大讨论，文艺理论界的研究探索在多个向度上向纵深发展：对文学本质的探讨有了新的进展，“审美意识形态论”获得了较为广泛的认同；现代性与后现代性的争论成为文学理论建构中深层次的思考；对当代西方文论的译介、研究以及批判性的吸纳始终在争议中前行；与此相关，当代中国文论“失语症”以及“中国古代文论的现代转换”的话题引起了广泛的讨论，产生了相当深远的影响，一直延伸到当今；90年代末，文艺理论界站在世纪之交的制高点上，对整个20世纪特别是新中国五十年文艺学的流变历史和经验得失进行了认真的总结和历史的反思，寻找继续前进的正确路径……整个90年代，中国文艺学在新的经济社会语境中闯出了多元发展的可喜局面，如心理学、生态学、接受理论、诸种现代语言学、人类学、比较文化学、精神分析学、结构主义和解构主义、哲学解释学、女性主义、新历史主义等理论学说和研究方法，特别是西方马克思主义文论和批评方法不断涌入，并与中国文学理论传统既相冲突又相融合，进而广泛应用于文学批评的实践，有力地促进了中国文论的多元化展开，有些研究方法还推动了文艺学新学科或学科新分支的建立，如文艺心理学、生态文艺学、文学修辞学、文学人类学、文学解释学、文学叙事学等，极大地丰富了文艺学理论话语和学科形态的建设，使之逐步走向成熟和完善。

时代终于进入21世纪。全球化进程在加快，现代性焦虑在趋深，中国文学理论又迎来一个充满生机的新发展阶段。文化研究蓬勃兴起，冲击着传统文学理论研究格局；全媒体时代的到来，视像文化的异军突起，“日常生活审美化”和“文艺学的文化研究转向”主张的提出，在短短几年里迅速转移着学界的注意力，成为新一轮文艺学关注和争鸣的兴奋点；与此相关，在后现代主义文论积极与消极的双重影响下，围绕文学本质问题，本质主义与反本质主义之争掀起新的波澜；在研究方法上，突破二元对立尤其是主客二分的思维方式成为越来越多的文艺理论家的自觉追求；对西方文论借鉴的态度比过去更加冷静和辩证，盲目崇拜、亦步亦趋的现象明显减少；“中国古代文论的现代转换”从90年代偏重于理论的探讨转向了务实的尝试和实践，在古代文论与基础理论研究者的共同努力下，做出了可喜的实绩；文学基本理论的创新建构和文艺学教材的建设取得了重要进展，标志着文艺理论界多数学者在一系列基本问题上达成了重要共识；网络文学的迅猛崛起，打破了原有的文学作品生成和传播的格局，向传统文学理论发起了挑战，成为当代文艺学无法回避的重要研究课题……比起20世纪90年代，21世纪的文艺学发展显得更加沉稳，更加深入，更加扎实。

需要特别指出的是，新时期以来中国文艺学的创新发展，始终是在马克思主义文艺理论的指导下进行的，突出表现为马克思主义文艺理论中国化的自觉努力贯穿于这三个时期的始终。我国当代文艺理论批评的标准，从美学的和史学的，到人民的、美学的、历史的和艺术的，体现着马克思主义文艺理论中国化的新进展和最高成就。由此可见，新时期三十多年来中国文艺学的建设和发展，方向是正确的，主流是健康的。那种把当代文艺理论要么看得危机重重、漆黑一团，要么说成完全是始终跟在西方文论后面亦步亦趋、搞全盘西化那一套的观点，是以偏概全、不符合历史事实的。我们所编辑的这套“文库”中的十二本论文集完全可以证明这一点，当然，还远远不够充分。钱中文、童庆炳两位先生在其主编的“新时期文艺学建设丛书”的总序中曾经预言，“一个理论创新的新世纪已经来临”，收入丛书的众多论文集，“作为丰富的思想资料，它们无疑将汇入新世纪的新的理论创造之中”，21世纪的前十五年已经充分证实了这一点。我们编辑的“文库”，同样希望能够作为当代文艺学的一部分思想资料，“汇入新世纪的新的理论创造之中”，为后来者提供一些参照、启示和借鉴。

“当代中国文艺学研究文库”能够在我国人文学术著作出版困难重重的今天推出，实在是极为难得的。这里，我们必须专门介绍复旦大学出版社的总编辑孙晶博士。是她首先主动向我们提出建议，出一套文艺学研究丛书。她的远见、魄力和眼光令人敬佩。在此，我们代表“文库”的十二位作者，向孙晶总编及复旦大学出版社有关编辑们对中国文艺学建设的鼎力支持表示衷心的感谢！

最后，我们不能不为“文库”的作者之一、我们敬爱的童庆炳先生的猝然去世表示最深切的哀悼，并以他今年4月亲自编辑的论文集《文学：精神之鼎与诗意家园》的出版作为我们对他的纪念，以寄托我们的哀思。

朱立元　曾繁仁

2015年国庆节

目　录

辑一　文学艺术与社会心理

辑二　精神之鼎与诗意家园

辑三　文学真的会终结吗？

辑一　文学艺术与社会心理

论文艺社会学及其现代形态

对于中年以上中国的文艺学研究者来说，文艺社会学不但是我们熟悉的文艺学方法论，而且对它总是含着一股无法舍弃的感情。本文拟采取客观的理性的态度，试图在描述文艺学的整体框架的基础上，给文艺社会学定位，指出古典形态的文艺社会学的局限，阐明建立现代形态的文艺社会学的必要性，并展示它的若干新视界。

一、文艺社会学：传统的与现代的

文艺社会学是文艺学中一种传统而又现代的理论与方法。

说它是传统的，是因为它古已有之。就中国古代说，儒家的文艺理论，从方法论上看是多种多样的，但把作家和作品放到社会历史背景中进行考察和分析，采用孟子的“知人论世”的方法，是很重要的一种方法。所谓“知人论世”，用我们今天的话来说，就是先要考察作者的时代，以及作者在这个时代中所处的地位，所有的经历、遭际和感受，才能进而谈论作者的作品。这种方法实际上就是文艺社会学的基本方法。在西方，一般都认为，文艺社会学开始于法国的斯达尔夫人1800年所发表的《从文学与社会制度的关系看文学》，实际上其萌芽期比这要早一些。德国批评家赫尔德（1744—1823）以历史主义的方法强调每部文学作品都需要根据历史背景来看待和解释，他说：“全世界明智的批评家都会说，为了理解和阐释文学作品，就必须深入作品本身的精神中去”；“尤其是对诗人，最不可或缺的说明是对其时代和民族的风俗习尚的说明”[①]。马克思主义从它的社会结构理论出发，确定文艺在社会中的位置，强调要把作家和作品与社会历史联系起来分析，使文艺社会学建立在历史唯物主义的基础上。文艺社会学的确成为我们文艺学的

① 雷纳·韦勒克：《近代文学批评史》第一卷，上海译文出版社1987年版，第245页。

传统。

说它是现代的，是说20世纪的文学的潮流更替起伏，新潮迭出。20世纪20年代的俄国形式主义批评，40、50年代的英美新批评，德国的文本批评，捷克、法国的结构主义批评，西方广泛流行的符号论批评等，在文艺学界产生了巨大的影响。以上这些流派有很大的区别，但也有共同点，即它们都是文本批评。文本批评的基本特点是：将作品与具体的历史背景切断联系，孤立地分析作品的语言、意象、结构、形式、技巧等，这种批评对文本本身作一种细读式的分析和研究，有助于揭示作品的内部结构，形成对文学的某些共同规律的看法，开辟了文学研究的新维度，无疑是有意义的。但从60、70年代开始，人们对文本批评产生了怀疑，人们重新发现：单纯抽取文本的一些特点，或者使文本碎片化，文本整体面貌消失在这些零碎的分析中；或者使文本模式化，文本所固有的内容，作品的特色，作家的个性特征等都消失在这种模式中了；或者使文本非历史化，文本所折射的历史内容无法进入分析者的视野。“西方马克思主义文论”的崛起，60年代德国产生了接受美学，特别是70年代西方产生了新历史主义批评，文化唯物主义批评，从一种新的视角，重新审视时代、历史背景等问题，重新注重作品的思想内容，这从一定的意义上说，是以现代的形态向文艺社会学的回归。

二、文艺学构架中的文艺社会学

文艺学作为一门学科，其基本的理论建设是什么呢？文艺社会学在文艺学的构架中，处于什么地位呢？这是必须首先弄清楚的问题。

文艺学的基本理论和方法不是随便拼凑起来的，而是由文学活动本身的结构生发出来的。文学活动是由主体、客体、心理、社会四个要素结合而成的。主体与客体之间所形成的线是经线，心理与社会之间所形成的线是纬线。文学活动就处在经纬相交所形成的“场”中。作为对文学活动的理论阐释的文艺学，要看这个“场”能够形成几个基本的视角：

（一）文学活动的第一维是主体与客体所形成的关系。这种关系可以有两种理解：或者认为文艺是主体对客体的反映、再现、复制、镜映，强调生活客体是文艺的基本参照系，这就形成了客观性的文艺哲学；或者认为文艺是主体的情感的表现、投射、移情、流露，强调主体的情感是文艺的基本参照系，这就形成了主观性的文艺哲学。文艺哲学是文艺学的一大支柱。

（二）文艺活动与人的心理密切相关，没有人的感知、表象、情感、联想、回忆、想象和理解等心理活动，文艺活动就不能形成，文艺活动的整个过程都充满心理风暴；对作家来说，没有不动情可以走进创作过程的，也没有不动情可以走出创作过程的。因此，我们可以说，文艺作品是一本翻开了的人的心理学。这样，文艺心理学成为文艺学的一个分支，是理所当然的。

（三）文艺活动不但与人的心理密切相关，而且也与社会活动密切相关。问题的关键在于，人的心理不是什么非社会心理，而是社会人的心理。马克思有句名言：在其现实性上，人是社会关系的总和。社会如同一个关系网，社会人就处在这复杂的社会关系网中，没有一个人能够超越这种社会关系，没有一个人可以离开种种社会关系而存在。这样，人的心理就不能不是社会心理。而作为人的心理的产物的文艺就不能不是社会心理。社会性渗入到文艺的每一个毛孔中，文艺的题材、主题、思想、类型、技巧、风格、流派和思潮等等，无不受社会的深刻影响。当然，所谓"淡化社会性"或"非社会性"的文艺也是有的，甚至历代都有，但这种"淡化社会性"和"非社会性"也是社会性的一种表现而已。文艺既然难以逃避社会性，就自然要去研究文艺的社会性。专门研究文艺的社会性的文艺社会学成为文艺学的一个重要分支，也就是必然的了。

经线与纬线相交，即主体和客体相互作用，人的心理和历史社会的相互作用，就产生了"文本"。文本是一个复杂的言语结构，如意象的组合，比喻、象征的运用，复义、含混、对比、悖论等手法的掌握，都有其规律。对文本的构成规律作研究，形成了文本批评（也可称文艺文本学），它构成了文艺学的又一个分支。

此外，处在主体、客体、心理、社会更深层的还有文化（广义文化），文学是文化的产物，它自身也是一种文化现象（狭义文化），因此，从文化的视角来研究文学，就构成了文化文艺学（文化诗学）。文化文艺学也是文艺学的一个分支。

上述文艺哲学、文艺心理学、文艺社会学，文艺文本学和文化文艺学这五个分支，构成了文艺学大厦的基础。完整的文艺学体系应是这五个分支的综合、结合、汇合、交融。但由于历史原因和人们认识的局限，在一个时期某个分支得到发展，其他分支则不被重视，文艺学往往不能获得它的完整性。人类历史是和平与战争交替的历史，在和平时期，文学的审美特性和娱乐功能被突出强调，一般而言，文艺的文本及其技巧成为关注的中心，以分析文本形式技巧的文本理论就受到重视。相反，在战争时期，文学的社会工具功能被突出强调，一般而言，文艺也被当做一种武器，这样，密切关注社会人生的文艺社会学就流行起来。如 20 世纪人类遭受了两次世界大战，在战争中，许多遭受侵略的国家，其民族处在生死存亡的关头，为了保卫自己的国家和民族的独立、完整，不能不投入全部的人力和物力，文艺也作为一种武器投入战斗。在这样一个时期，以研究文艺和社会的关系（包括文艺和政治关系）为中心任务的文艺社会学就会得到重视和发展。但在战后，人民享受和平，反思战争，就会觉得战争都是政治的争斗引起的，于是厌倦政治的思潮泛滥，反映到文艺学上就是想把文艺与社会政治切割开来，其结果是文本主义批评的崛起。

一个典型的例子是前苏联的形式主义批评的曲折命运。在第一次世界大战和国内战争结束后，20 年代的苏联出现了形式主义的文学批评流派，他们内部的观点尽管有许多不同，但有一点是相同的，即他们都对把文学与社会生活密切联系起来的观点的反感，对把文学与政治密切联系起来的观点的反感。他们也认为文学不能不反映社会生活，可文学所反映的社会生活大至革命战争小至花草鱼虫，无所不包，这并不能表现文学之所以是文学的特性。唯一能表现文学的特性的是文学的语言形式。文学不必和社会生活拉拉扯扯，文学是独特的语言形式。这种视文本为独立物的文艺观，遭到了来自主张社会主义现实主义的人们的严厉批判。在第二次世界大战中，苏联的形式主义更是销声匿迹，其代表人物，有的作了检讨，有的远走他乡，作鸟兽散。但随着第二次世界大战的结束，随着人们对政治的冷漠，形式主义批评的思想首先在 40 年代和 50 年代的英、美等国复活，形成了英美的新批评派，他们把文本主义的批评推到了一个新的阶段，接着是法国的结构主义批评，这是另一种文本主义批评。富于戏剧性的是，在形式主义批评的故乡苏联，随着斯大林的政治的消解，于 50 年代末就有人起来为 20 年代的形式主义批评翻案，到了 60 年代，形式主义批评已作为一种遗产加以接受，并发展出了新的文本批评——符号论批评。我举这个例子，是想说明由于历史的和政治的原因，文艺学的任何一个分支都不可能顺利地得到充分的发展和成熟，而文艺学也因各分支不能充分的发展和成熟而获得它的完整性。

我的一个观点是，文艺学的任何一个分支，都从文艺活动的一个独特角度去研究对象，所以都有它的特长和优点，但因为它们仅仅是从一个角度去研究对象，无论哪个分支都有它的局限和弱点。上面我们已对文艺学的各分支的地位和必要性作了简略的说明，下面着重就文艺学的各个分支的局限和弱点作一点分析。我们力图在这种分析中给文艺社会学在文艺学的框架中定位。

文艺哲学当然很重要。文艺理论的一个难点是主体与客体的关系问题，主观与客观的关系问题，现象与本质的问题，个别与一般的关系、偶然和必然的关系的问题，文艺哲学恰好就是以这些问题作为基本的研究对象，并且是从高度抽象的视角来解决这些问题，因此文艺哲学是重要的。但哲学决不是万能的。对文艺活动来说，哲学只能提出和解答文艺活动中的哲学问题，不可能提出和解答文艺活动中非哲学的问题。可以这样说，对于文艺这一以具体、感性、微妙、悠远、模糊的对象，擅长抽象的哲学常常显得十分无力。就像一把大刀面对一只小鸟，不知如何下手。对文学的本质、文学的内容与形式的关系、文学的典型、文学的意境、文学的语言等等，文艺哲学都只能作一般的解决。没有文艺社会学等的研究，孤立的文艺哲学会把问题抽象化和简单化，是难于阐明文艺问题的。

文艺心理学作为文艺学的一个分支，也是很重要的。文艺创作必须以人的心理为中介。就以文学创作而论，生活现实必须转化为作家的心理现实，经过感知、情感、想象、理解等各种心理机制的深度加工，才能转化为作品的审美现实。文艺活动中确有许多心理学问题，需要从心理学的角度来阐释它。但文艺心理学也只能提出和解答文艺活动中的心理问题，超越心理问题的文艺问题，文艺心理学也就无能为力。更为重要的是作家的心理不是纯生物心理，而是在社会实践中形成的社会心理。人既然是社会关系的总和，那么人的心理就必然渗透社会的潮汐与风暴。无论是作家创作时的种种心理，还是作家通过作品表现出来的种种心理（如情感），都是社会的产物，不是作家天生的本能。因此，文艺心理学也必须和文艺社会学相结合，才能真正阐明一些文艺问题。

文艺文本学作为文艺学的一个分支是有价值的，它在分析文学作品的模式和形式构成方面，确有其优势。文学是语言的艺术，离开语言的分析，就很难揭开文学的奥秘，这是不待言的。但 20 世纪以来所出现的各种文本理论——俄国的形式主义批评，英美的新批评，法国的结构主义批评，符号学批评，都有一个共同的弱点，他们力图把作品作为一种与社会历史无关的“自主结构”和“封闭体”来研究，把文学作品的固有的社会思想内容剥离掉了,所剩的也就是一个对许多作品都适用的空壳、框架和模式。实际上,文本的言语不但传达一定的意思,而且也总是这样或那样折射出某个民族的人文的和时代的精神。因此,科学的文本批评不仅要求对作品进行文本的言语分析,而且要求透过这种文本的言语分析,追寻作品的深远的社会思想内容。这就是说,文本批评也只有和文艺社会学相结合,才会具有真正的价值。

文艺文化学也是文艺学的一个分支。文学本身就是一种文化存在,一方面它受特定民族、特定时代的文化传统和文化氛围的影响,另一方面也集中折射了特定民族、特定时代的文化的精神品格。正是在文学与文化的双向关系中,文艺文化学找到了它的存在的根基。但文化也是社会的产物,是在社会的物质和精神的交汇中生成的。离开社会的现实存在来谈文学与文化的关系,只能是空论。所以,文艺文化学也只有和文艺社会学相结合,才是合理的。

上面我们对文艺学构架中的文艺哲学、文艺心理学、文艺文本学和文艺文化学等四个分支作了简略的分析,着重说明这些分支研究问题的独特而有限的视角,进而强调这些分支的研究如果不跟其他分支相结合,特别是不跟文艺社会学相结合,不可能对文学活动作出整体的观照。

那么,文艺社会学是不是就特殊一些,就能够对文学活动作出整体的观照呢?当然不是这样。文艺社会学确有它的特点,因为文学是社会生活的反映,文学与社会有着密切的关系,所以,如果我们想考察文学所产生的社会背景和社会思想内容,想考察文学对社会的影响的话,那么文艺社会学的确是适当而锐利的方法。但我们给文艺社会学定位时,不应该夸大它的功能。应该清楚看到,文艺社会学有两点局限:第一,文艺社会学作为一种方法着重关注文艺与社会的相互关系,它不可能顾及文艺活动的全部丰富性和复杂性,换言之,文艺社会学在揭示文艺与社会的关系,在分析文艺作品的社会历史内容时,它是很有用的,可它的作用也仅限于此,而文艺的疆域是极其辽阔的,它有丰富的哲学内涵、心理内涵、文化内涵和艺术内涵等,文艺社会学往往对此就无法切入,显得无能为力。第二,在恰如其分地考虑到社会条件对文艺的影响的同时,怎样才能充分而敏锐地注意到文艺作品的个性诸因素,这也是文艺社会学往往显得无能为力的方面。在充分考虑到文艺社会学的全部优点和弱点之后,我们才可能在文艺学的整体构架中给文艺社会学定位。

在文艺学中，文艺社会学有它的特殊对象：（一）社会历史条件对文艺产生深刻影响，文艺作为社会的影响物，可以而且应该放到特定的社会历史条件中去考察，研究某种文艺的内容、形式、风格、功能的成因，特别是作品的思想的社会意义。（二）文艺作为社会的精神产品，它对社会产生了什么作用，或者文艺作为社会历史的化石，它又怎样把产生它的特定的时代的文明折射出来。文艺社会学的对象，说明它是文艺学的重要的不可或缺的一维，它是揭示文艺的社会性的基本方法，它的开放性和宏观的研究视角，可以帮助我们通过对时代和时代精神的揭示，来了解文艺作品的性质。而了解文艺作品的性质，又可以了解时代和时代精神，二者相辅相成。但文艺社会学只能提出和解答文艺活动中的社会学问题，超越这一点，就是别的方法施展“才能”的天地。文艺社会学是重要的，但它只有跟其他的分支互相渗透，互相补充，才能充分发挥作用。

三、文艺社会学的现代形态

文艺社会学作为一种文艺学方法，有一个发展过程，从思想萌芽到方法的基本形成，从古典的不成熟的形态到现代的成熟的形态。现代的成熟形态是从古典的不成熟的形态发展而来的，因此，我们在论证现代的成熟形态之前，还得先简要说明古典形态的若干特征。

文艺社会学的古典形态的特征可以概括为以下三个特点：

（一）单因论。只从社会的某一因素去看文艺与社会的关系，它常常意味着把社会中一个较小的或附属的因素的作用夸大，或拔高为主要特征，进而把文艺作品的特征归结为这个社会因素所决定的。例如把文学作品的特性看成是自然环境所决定的，或者是由单一的政治因素所决定的。这样就把文艺与社会的关系简单化了。斯达尔夫人是公认的文艺社会学的创始人，她为文学研究开辟了一条新路，她的功绩是不可磨灭的。但无可讳言，她在她的研究开始的时候，所采用的也是“单因论”，她在《论文学》这部著作中，她把欧洲的北方文学和南方文学的差别完全归结于南北方自然条件的不同[1]。诚然，欧洲南方文学与北方文学的差别可能有自然条件方面的原

---

① 斯达尔夫人：《论文学》，人民文学出版社1986年版，第146—147页。

因，但只强调这单一因素的决定作用，把其他许多更重要的原因都忽略掉，显然是过于简单了。这种“单因论”，对其后许多文艺社会学家也产生过影响。

（二）“单维论”。文学活动有多种维度。可古典形态的文艺社会学只注意作家的创作或作品的背景的单一的维度上，它们一般特别重视作家创作意图的考察和作品的社会背景的还原，对文学接收这一重要维度与社会发展的联系则不予重视。这种单纯追寻作家的创作意图的做法，被“新批评”派讥讽为“意图谬见”。应该说，这种批评还是有相当的道理的。因为作品在读者所呈现的思想意义与作家的创作意图可以是不同的，更何况许多作家的创作意图由于各种复杂原因已不可追寻了。因此，我们没有必要把作家的创作意图看得那么重，更不可把创作意图等同于作品的思想。对产生作品的社会背景的客观的还原，实际上也是做不到的。读者、批评家总是以自己的心理图式去考察作品的社会历史背景，他们看到的已不是社会历史的本真状态。“单维论”的问题在于把作品看成是固定的不会变化的事物，看不到作品在阅读和批评的历史发展中的“增值”和“贬值”的可能性。

（三）“直线论”。文艺与社会历史的相互关系是复杂的、曲折的。“直线论”看不到这种复杂性、曲折性，企图直接从社会的政治经济情况推导出文学作品的特性和价值，这是庸俗社会学的做法。马克思和恩格斯认为，经济基础对文艺的决定作用是最终的决定作用，其中要建立许多“中介”。“直线论”的根本问题就在于完全忽略诸如社会文化心理、艺术文体惯例等中介的作用。

文艺社会学的古典形态或多或少都存在上述问题，因此很难科学地解释复杂的文艺问题。这样，对文艺社会学的现代形态的呼唤就是必然的了。

那么，文艺社会学的现代形态所追求的目标是什么呢？我们认为有以下几点：

（一）整体论。社会对文艺的影响，不是单因作用的结果，而是社会政治、经济、意识形态、文化心理等一切因素的总和作用的结果。事实说明，社会的个别因素往往不足以决定作品的特性和价值。马克思就古希腊艺术提出过这样的问题：“困难不在于理解希腊艺术和史诗同一定的社会发展形式结合在一起。困难的是，它们何以仍然能够给我们以艺术享受，而且就某些方面说还是一种规范和高不可及的范本。”[1]问题是明显的，古希腊艺术所达

---

① 《马克思恩格斯选集》第二卷，人民出版社 1972 年版，第 114 页。

到的“高不可及”的水平，当然不是由于当时的社会经济达到很高的程度，与现在西方社会经济所达到的水平相比，古希腊的经济水平是很低的，而且也不能归功于当时的政治民主，因为后来西方好些国家的政治民主也比古希腊发展得更完善。至于把古希腊艺术的成功归结于地中海沿岸的自然气候，就更没有说服力。试图从单一的社会因素去找文艺发展的原因，最终总是失败的。又如中国唐诗高度繁荣的原因，如果仅从唐代经济繁荣这单一角度去寻找，也是不能令人满意的。唐诗分初唐、盛唐、中唐、晚唐，是一个完整的概念。如果盛唐诗歌的兴盛，还可以用经济繁荣作出部分解释的话，那么中唐以后，唐代的经济就已趋向衰落，可唐诗依然发展着、繁荣着，这又作何解释呢？所以，无论是解释古希腊艺术的成就、唐诗的繁荣，还是解释别的什么文艺现象，单一的社会因素的解释都是不可取的。现代文艺社会学只能靠整体论的方法。历史唯物主义认为，社会“不是机械地结合起来因而可以把各种社会要素随意配搭起来的一种什么东西”，“辩证方法是要我们把社会看做活动着和发展的活的机体的”（列宁语）。社会作为一个活的有机体，一个整体，并不是说其内部关系就没有矛盾、冲突和斗争，恰恰相反，社会关系中的恒数就是矛盾、冲突和斗争，社会就在这种矛盾、冲突和斗争中或前进或停滞或崩溃或再生，但它永远是一个活的整体。文艺社会学要求把文学活动放到社会的活的整体联系中去考察。对这种整体联系把握得越准确、越深刻，对文学的社会学分析就越准确，越深刻。对于反映社会的矛盾，冲突和斗争的精神和情感状态，更应作深入的考察，因为文学作为意识形态与一个时代的精神和感情的联系最为密切。以文艺的现代主义与后现代主义来说，企图从或经济或政治或精神的单一的角度都无法作出深刻的解释。现代主义兴起于19世纪末和20世纪初，西方的工业文明空前发展，经济发展的步伐加快了，但这并不意味着人的精神生活也随之丰富，事情恰恰走向反面，广大的劳动群众被捆绑在机器旁，成为机器的奴隶，而资本家则被自己的贪欲所占领，这样，社会对立的双方都失去了自我，人的内心被掏空，人们焦虑、苦闷、骚动、不安，于是寻找生活的意义，成为精神的要求，这样就有了文学艺术上的现代主义。当然，现代主义的情况很复杂，但就其主要倾向而言，现代主义对深度模式的追求，是为了寻找生活的意义和价值，因此，一般而言，现代主义文学是严肃的，不论它寻找到的意义是积极的还是消极的。20世纪中叶以来，西方社会发展到后工业社会时期，信息社会的一系列特征显示出来，人们用电脑操纵机器，有相当一部分劳动从机械操作中解放出来，在这种情况下，人的闲暇时间增加了，精神生活本应得到恢复，其实不然，电脑等信息处理工具要求人的注意力高度集中，人的命运甚至人类的命运就维系在一个晶片上和一个按钮上，实际上高利技把人束缚得更紧，再加上战争、失业、吸毒、环境污染、爱滋病、民族纠纷等等社会问题的困扰，其结果更惨。一方面精神家园丧失感更加强烈，另一方面人们又觉得焦虑、苦闷、骚动、不安也于事无补，并不能找到灵魂的住所，还不如寻欢作乐，破罐破摔，这样就有了后现代主义的文艺。后现代主义文艺追求新奇、刺激、戏耍、表面化，反对深度模式，在文学批评上则反对解释，这就是后工业社会的人们精神状态的折射，或者说是后工业社会各种病症的一种艺术综合。总之，单一地从社会的某一因素出发，是无法解释任何文艺问题的，必须从社会存在到意识形态、从经济基础到上层建筑、从物理世界到心理世界、从物质状况到文化状况、从主导意识到一般意识的社会的全部整体联系中，才能对文艺问题作出深刻的解释。

（二）多维论。与古典形态不同，现代形态的文艺社会学追求多维的研究趋势。即不但研究作家创作的意图，或研究作品的历史背景，而且要把研究的视野扩展到整个文学活动的各个维度，作者的生平与社会，作品的产生与社会，作品的存在与社会，作品的接受与社会，作品的传播与社会等，都是文艺社会学的研究范围。从一维到多维，不仅意味着研究的范围的扩大，而且意味着历史观的改进。旧的历史观把社会历史看成是静态的，以为通过客观的研究是可以复原的。在这种历史观的制约下，把作者的生平、作品的历史背景看成是独立的客观的可以复原的对象是合理的，因此选择作者或作品的社会历史背景进行单维的研究就比较可行。多维的研究更强调对作品的接受和传播的社会历史研究，其重要原因是建立起一种新的历史观。我们认为，新历史主义批评可说是这种新历史观的代表，也是文艺社会学的一种现代形态。有不少学者认为，新历史主义主要的来源有两个，一是马克思的发展的历史观，一是福科的历史哲学。马克思在《路易·波拿巴的雾月十八日》一书中说：

> 人们自己创造自己的历史，但是他们并不是随心所欲地创造，并不是在他们自己选定的条件下创造，而是在直接碰到的，既定的，从过去承继下来的条件下创造。一切已死先辈们的传统，像梦靥一样纠缠着活人的头脑。当人们好像只是在忙于改造自己和周围的事物并创造前所未闻的事物时，恰好在这种革命危机时代，他们战战兢兢地请出亡灵

来给他们以帮助……

马克思这段著名的话，表达了双重的意思：一方面，历史是既定的存在，对我们来说，它永远不会过去，先辈的传统永远纠缠着活人，因此，任何一个新创造的新事物都要放到历史的天平上加以衡量；另一方面，今人又不会恭顺历史，他们以自己长期形成的观念去理解、改造历史，甚至“请出亡灵来给他们以帮忙”。因此，今人所理解的历史，已不是历史的原貌，而只是人们心中眼中的历史。如果把马克思的观点运用于文艺评论，那么，一方面要把作品放置到特定的历史背景中去考察，另一方面则要重视评论主体对作品的独到的解说。历史哲学也有一句著名的话：“文本是历史的，历史是文本的。”这一观点继承了马克思的历史观又有所发挥。所谓“文本是历史的”，是讲任何文本都是历史的产物，具有历史的品格，因此，任何文本都必须放到原有的历史中去考量，才能揭示文本的本质；所谓“历史是文本的”，是说任何历史（包括历史活动、历史人物、历史事件、历史作品等）对我们今人来说，都是不确定的文本，我们总是以今天的观念去理解历史“文本”，改造和构设历史文本，不断地构设出新的历史来，而不可能把历史文本复原。之所以会如此，关键的原因是作为认识主体的人和人所运用的语言工具。人是具体历史的产物，他的一切特征都是特定历史时刻的社会因素所刻下的印痕，人永远不可能超越历史。语言也是如此。按结构主义的意见，语言是所指和能指的结合，语言的单一指称性就极不可靠。这样，当具有历史性的人运用指向性不甚明确的语言去阅读历史文本时，会发生什么情况呢？肯定地说，他眼前所展现的历史，决不是历史的本真状况，只能是他自己按其观念所构设的历史而已。这就是新历史主义的基本观点，我们认为可以把它看作文艺社会学的现代形态的新视角。用这一新视角去分析作品，那么这种分析就变成一种对话，一种交流，一方面是作品作为历史的文本，发出了信息，另一方面，分析者也有自己固有的观点，也向作品投射了信息，这就形成了作品与评论者的双向对话，过去和现在的双向对话。在这种情况下，作品的原本的意义、永恒的真理已不可寻，能够办到的主要是作为主体的评论家运用语言对作品意义的重新解说和构设。这样，随着评论者的现时的观点不同，对作品的意义的构设也就不一样。由于不同时代的评论者的观念不同，对一部作品的意义的构设不同，这部作品的意义就不断增加，成为一个意义链。

以《红楼梦》的研究为例。“五四”以前的旧红学，大多是索隐派，如蔡元培的《石头记索隐》就是一部代表作。《索隐》首段就表明他的观点："《石头记》者，清康熙朝政治小说也。作者持民族主义甚挚，书中本事，在吊明之亡，揭清之失，而尤于汉族名士仕清者喻痛惜之意。"胡适把蔡元培的研究贬得一文不值，是毫无道理的。按新历史主义的观点看来，蔡元培的研究自有它存在的理由。钟敬文先生认为，蔡元培的"索隐"，尽管有牵强附会之处，但它是"民族主义观点的红学"，其意义是不容抹煞的。钟先生指出，蔡元培"是当时资产阶级革命派的一员战士，不但创办新学校、新报章，利用讲堂、文字进行革命宣传，并且与同志亲自学治炸弹，准备干政治暗杀活动。（这是受外国虚无党影响而形成的一种风气。）同时，他跟当时具有民族主义思想的知识分子一样，对《红楼梦》这部杰作，给以符合时代思想的解说，而且做得比别人更为尽力，更有系统"[①]。他认为，蔡元培的"红学"研究"内在的、有决定意义的原因，是受当时中国社会反清统治和反帝国主义侵略的思潮的驱使，是作为民族资产阶级意识的著者，要用自己的新观点去解释过去的文化成果，并使之为资产阶级政治活动服务"。因此，他认为胡适的观点是错误的，把蔡元培的"红学"的社会意义抹去是欠公允的[②]。我们认为，钟敬文先生的观点比胡适的观点更具有历史感，更富于现代性，因为，前者把文学批评放到批评者所处的时代潮流中去考察，肯定批评者从自己进步思想出发的评论是有价值的，肯定以古铸今的必然性。后来，胡适和俞平伯以"自叙传"为基本主张的"新红学"，在建国后遭到批判，这种批判也显然是错误的。胡、俞等人从"五四"时期的个性意识和科学主义出发，认为《红楼梦》是曹雪芹的"自叙传"，是符合"五四"时代的精神的，是那个时代的进步潮流的一种表现，他们所揭示的意义也是有价值的，应该得到历史的尊重。1954年李希凡等提出的"封建末世"说，是当时历史唯物主义思想的产物，也是有意义的，此说为《红楼梦》的意义链加上了新的一链。只是用此说排斥其他各说，就不够公允。作为学者的王蒙写了《红楼梦启示录》一书，他对《红楼梦》的阐释，独树一帜，他以一个有阅历的有睿智的现代人的眼光对《红楼梦》的蕴涵作了一次再发现，把曹雪芹笔下18世纪一个贵族之家的生活的方方面面，与现代中国社会生活的林林总总，勾连起来。他既发掘了《红楼梦》的信息，同时也投射进自己的新的信息，两种信息进行了交换，在这交换中，

① 钟敬文：《近代进步思想与红学》，《红学三十年论文选编》（下），百花文艺出版社1984年版，第694、696页。

② 同上。

表达了他对于生活、对于社会、对于人生、对于政治、对于道德、对于艺术等的独到见解，发人所来发，道人所未道。他的批评似乎可以称为立体式的现代翻译批评，这是一种对话批评，是典型的新历史主义批评，不管作者是否意识到这一点。他的研究也为“红学”史添上了新的一链。

我们这样说，会不会犯历史相对主义的错误呢？我们认为是不会的。因为我们肯定的是代表各个时代的进步潮流的东西，而不是逆历史潮流的东西；我们肯定的是批评者的主体性，以及主体的观念必定要投射到历史文本上去的必然性，而不是主观随意性。如果我们上述观点可以成立的话，我们就可以这样说：一切历史都是现代史，文艺社会学的批评也永远是渗透现代意识的批评，还历史文本的真面目只是一种梦想。

（三）中介论。文艺社会学的现代形态彻底反对庸俗社会学。庸俗社会学的基本特征是，把社会经济基础对作为意识形态的文学决定作用看成是直接的。不错，马克思和恩格斯的确强调经济是基础，意识形态的上层建筑是从这个基础上发展起来的，也必须由这个基础来解释。但马克思和恩格斯在谈到经济基础对上层建筑的决定作用时，总是小心翼翼地用了“最终的”和“归根到底”等字眼，避免把经济对意识的上层建筑的关系说成是简单的、直接的。因此，马克思早就提出“物质生产对于艺术生产的发展的不平衡的关系”，恩格斯晚年提出“中间因素”理论。普列汉诺夫发展了恩格斯的理论，提出“社会心理”作为经济基础与上层建筑之间相互关系的“中介”。“中介”论是文艺社会学现代形态的一个重要特征。

我们应充分估计到这样的事实：社会是无比复杂的，它的活的有机性，使单一的社会因素难以孤立地对文学活动产生决定性的影响。文学也是无比复杂的，它作为一个独立的生命体，也不可能与社会的经济基础发生直接的、简单的、机械的联系，或直接地、简单地、机械地受制于社会的经济基础；庸俗社会学的根本弱点决定它无法回答以下这些复杂的问题：为什么物质生产和艺术生产的发展往往不能同步，会产生不平衡？为什么在相同的社会经济基础上，会产生在题材、主题、风格、技巧等方面都是千差万别的作品？为什么在社会的经济基础并未发生很大的变化的情况下，同一作家的作品在各个方面都可能发生重大的变化呢？为什么旧的社会经济基础已经消亡，而旧的社会经济基础上所产生的文艺存留下来，有的还为新的经济基础服务呢？文艺社会学只有以“中介”论为支柱，才有可能深刻地解答这些复杂的问题。

我们认为,在社会经济基础和文艺之间的中介是很多的。如政治是经济的集中表现,它有时就成为一个中介,特别在战争时期更是如此。这个中介在过去的理论界已谈得很多,我们在这里就略而不谈了。这里,我们想着重谈社会文化心理结构和艺术文体惯例这两个中介。

横亘于社会经济结构和文学艺术之间的最具有动力的中介之一是社会文化心理结构。对作家艺术家而言,经济结构并不能直接支配他们的创作,真正支配他们的创作,使他们的作品形成自己的特性的是他们的社会文化心理结构。社会文化心理结构由先天的条件和后天的实践所构成,具体地说,又可分为以下多种因素:

(1) 先天的秉赋。

(2) 文化传统的熏陶。

(3) 外来文化的影响。

以上三点,都容易理解,这里就略而不论了。

(4) 对时代潮流和氛围的感应。这是作家、艺术家社会文化心理结构的核心内容。一个时代有一个时代的潮流和氛围,这种潮流和氛围并不是指报纸或电台所宣扬的标语、口号,而是指一个社会时期人们实际关注的中心,以及对此中心事物所持的态度。我们不同意这样一种意见,似乎作家和艺术家对这种时代的主导意识和氛围只能持服从态度。实际上,作家,艺术家对时代的潮流、氛围所采取的态度是千差万别的。服从者有之,反抗者有之,适应者有之,批判者有之,保持距离者有之,先服从后反抗者有之,先反抗后服从者有之……如19世纪普希金、果戈理生活的年代,主导的意识形态连同那个时期普通人民的多数,都还是维护沙皇的专制统治的,时代的氛围很沉闷。像普希金、果戈理等是先知先觉,他们对时代的主导的意识和氛围采取了反抗的态度,形成了独特的社会文化心理结构,通过他们的作品对专制制度进行了有力的批判。又如,当前的中国,改革开放给中国带来了光明的前景,但是社会上,金钱至上的思想,拜金主义的流行,在相当多的人那里,发生信仰危机,原有的价值观解体,一时间钱和权成为追逐的目标,社会风气变坏。当代作家就生活在这种社会氛围和人们的种种心态的包围之中,对此不能不作出各种不同的反应,采取不同的态度并在自己的作品中加以表现。例如近几年影响较大的电视连续剧,就是艺术家们对社会的氛围和人们的心态有刻骨铭心之感,他们的社会文化心理结构发生了变化,从而以创作的方式作出了反应。如电视连续剧《渴望》之所以动人,引起全社会的轰动，并非像某些人所说的那样，是因为写了“时代的主旋律”，恰好相反，它通过刘慧芳和宋大成等普通人的命运的描写，表现了人们神往的、现实中缺少的理想主义，刘慧芳的那种在艰难困境中所表现的善良、贤惠、美好、亲情、爱心、以德报怨、任劳任怨，宋大成的厚道真诚、执著热情、乐于助人等，成为社会上种种尔虞我诈、敲诈勒索、贪污受贿、金钱至上等丑恶现实的反衬，获得了巨大的意义。《编辑部的故事》之所以获得成功，是因为它以喜剧的形式，对社会上的种种不正之风和丑恶现象加以调侃、嘲讽，使观众在笑声中获得教益。对许多观众来说，他们是在笑自己。很清楚，上述这两个电视剧的作者，他们的社会文化心理结构对经济大潮中的氛围是保持距离的，并加以调侃和批评。但在另一些电视剧中，屏幕上经常出现游离剧情的豪华的住宅、丰盛的宴会、华丽的服装和高级轿车等，反映了作者的社会文化心理结构，有意无意间迎合了社会的潮流、氛围和心态。

（5）审美心理。审美心理主要包括审美感知、审美情感、审美想象和审美理想等，它是作家社会文化心理结构中与文艺创作关系最密切、最直接的内容。作家的社会思想、道德观念、宗教意识、人生体味等，只有被审美心理所融化时，作家才进入艺术的世界，他创作的全部才华方能被调动起来、发挥出来，他的作品才会形成自己的特色。以孙犁的创作为例，他与其他许多作家都写抗日战争，战争是残酷的，流血、牺牲、荒芜、乱离，总之是悲惨的，但他的《荷花淀》《风云初记》等写抗日战争的作品，却主要写真善美，表现了一种清新、隽永、淡远的风格，与别的作家笔下的写法很不相同，这与孙犁的审美追求和审美心理有着直接的密切的关系。

除此之外，地域的文化传统、社会阶层的意识、专业圈子的舆论、读者的反应等，都可能通过各种渠道，进入到作家、艺术家的社会文化结构中。总之，作家、艺术家的社会文化心理结构，是上述各种因素的整合，是作为一个整体对创作起制约作用的。作家、艺术家的社会文化心理结构，虽然带有个人的印记，但主要是社会文化在他们身上的折射，具有较大的普遍性，它作为中介横亘在社会经济与文艺之间。经济结构对文艺的支配作用要通过这个中介，文艺对经济结构的反作用也要通过这个中介。文艺社会学的现代形态的一个重要特征，就是充分考虑到社会文化心理结构的中介作用。中介论使文艺社会学能够解释文艺中许多复杂问题。

横亘在社会经济基础和文学艺术之间另一具有动力作用的中介，是艺术文体惯例。艺术家社会文化心理结构较直接影响他们的创作，但社会文化心理也不会自动转为创作本身。艺术家一旦进入创作的具体操作过程，艺术文体惯例就更直接起作用。没有一个艺术家可以不运用艺术文体惯例而创作出成形的作品。我们所说的艺术文体惯例，主要指文体(style)的两个方面：第一是指长期的历史积淀下来的文体规则等，如诗、小说、剧本等，不但有不同的样式规范，而且有不同的语体规范；这些规范作为惯例，作家必须大体遵循，创作才有可能；第二是指作家在大体遵守历史形成的文体规范基础上，对自己追求的富于个性的艺术文体的创造，其中又以自己语体的创造最为重要，因为作家一旦把自己的富于个性的文体发展到极致，就形成了自己的风格。艺术文体惯例作为一个中介是十分重要的，作家所掌握的创作素材，最终必须经过文体的塑造、攻打、征服，最后才能转化为作品。文艺社会学决不能忽视文艺的文体问题，缺少对艺术文体的关注，文艺社会学将是残缺不全的。限于篇幅，本文对此无法展开论述。①

引入中介论将使文艺社会学能够解释文艺中许多复杂问题。

整体论、多维论和中介论的确立，将使文艺社会学告别古典的形态，进入成熟的现代形态，将使文艺社会学迎来又一届青春。

（《文学评论》1995 年第 3 期）

---

① 可参阅童庆炳《文体与文体的创造》，云南人民出版社 1994 年版。

社会心理学对文学艺术问题解读的可能性

文学艺术是人的天性的自由表现，是人的精神家园，是社会生活的重要的一翼。

人有各种各样的天然的欲望，如食欲、爱欲、性欲等，这些欲望都是人们可以意识到的，所以大家觉得满足这些欲望是重要的。实际上，人还有一种天然的欲望，这就是美欲，1844 年青年马克思在《经济学—哲学手稿》中说：

> 动物只是按照它所属的那个物种的尺度和需要来进行塑造，而人则懂得按照任何物种的尺度来进行生产，并且随时随地都能用内在的尺度来衡量对象；所以，人也是按照美的规律来塑造物体。[①]

马克思是在谈人和动物的区别时提出“美的规律”这个命题的，这就含蓄地说明了“美”的要求，其中也包括文学艺术的要求，是人的天性的要求，是人告别动物的标志之一。我们的祖先原始人类在生存环境那样困难的条件下，仍然创造了辉煌的原始艺术，这在很大程度上也是出自他们的内在需要，满足天然的欲望，否则他们所创造的原始的文学艺术是无法理解的。文学艺术是与人性同一的，是人的天性的自由的表现。因此文学艺术是人的生活不可缺少的组成部分。现在，文学艺术作品比较丰富，只要需要，随时都可以满足。我们似乎意识不到美的渴望。但如果处于像“文革”时期十亿人只有八个样板戏，那么我们就必然要陷入精神的饥渴之中，我们对美的渴望，对文学艺术的渴望就会被强烈地意识到。

人的心理总会有缺失，会产生失衡，文学艺术就是心理缺失时的补偿，是心理失衡时的平衡力量，文学艺术会使你觉得精神突然充实起来，心里突然舒畅起来，当然在你哀伤或痛苦时，它也会给你提供发泄的渠道，使的你心灵得到慰藉。

社会生活中有美好，也有丑陋，有真诚，也有虚伪，有善良，也有凶恶，真

---

① 马克思：《1844 年经济学—哲学手稿》，人民出版社 1979 年版，第 79 页。

正的文学艺术永远站在真善美一边，与假丑恶进行战斗，它是社会的一种制衡力量。

文学艺术是人的生理、心理的需要，是社会的需要，许多东西都会过时，唯有美不会过时，唯有集中体现美的文学艺术不会过时。现代化的进程将证明，在物质生活得到一定的满足后，人们将对精神生活提出越来越高的要求。

一、从社会心理学作出新的解释

文学艺术是人的精神家园，但这个精神家园里存在许多复杂的问题需要解释。为此，我们的先辈们已付出了许多劳动，作出了各种各样的解释，哲学的解释，社会学的解释，心理学的解释，语言学的解释，等等。我们这部书的旨趣，不是要建立一个文艺学的新体系，其目的是想从社会心理的新视角作出一种新的解释。解释，以社会心理学的方法进行解释，是本书的旨趣所在。文学艺术有许多问题需要解释，例如，文学艺术是怎样发生的？是发生于劳动？发生于游戏？发生于巫术？还是发生于别的什么活动？或者像我们上面所讲的发生于人的天然的美欲的需要？实际上我们上面所作出的解释，只是从生理学角度所作的解释，这种解释只是为了强调文学艺术与天然人性的关系，强调文学艺术在人的生活中所占的地位，客观地说并不是一种全面的解释。文学艺术的本质是什么？是人的行动的再现？是感情的自然流露？是社会生活的反映？是经济基础的上层建筑？是人的感情的自我表现？是审美的意识形态？是阶级斗争的工具？是政治的附庸？是一种扭曲的语言？是力比多的转移和升华？是集体无意识的重现？是象征？是符号？似乎可以列出几百个文学艺术的定义。文学艺术的创作过程该怎样描述？是天才的灵感的瞬间的闪现？是做白日梦？是无意识的自然流露？是意识的刻意加工？是直觉的表现？是感性和理性的统一？等等，也有许多不同的解释。文本的意义是什么？是作者的创造意图？是读者阅读的发现？文本的意义是确定的？还是不确定的？为什么"一千个读者就有一千个哈姆雷特"？同一部作品为什么不同的人会作出完全不同的解说？文本是怎样构成的？构成它的是历史内容？还是语言结构？是感情还是思想？文本中的典型是什么？是个性与共性的统一？是偶然与必然的统一？或者是“熟识的陌生人”？文本中的意境是什么？是情景交融所形成的诗意的空间？是人的生命力的流动？文本问题还有许多需要作出解释。文学艺术的接受的实质又是什么？是作者引导下的理解？是读者阅读时的再创造？是作者与读者的感情的交流、对话？这里也有许多问题需要解释。文学艺术有一个发展过程，这个发展过程是独立的呢？还是要受什么外部条件的制约？这种制约是决定性的还是影响性的？是受单一因素的影响还是受整体因素的影响？为什么经济发展与文学艺术的发展有时是平衡的？而有时二者的发展又不平衡？为什么某一个时代某种文学样式特别发展？而过了若干时间后又衰落下来？为什么有的时代文学艺术群星灿烂？有的时代又出现一些平庸的作者？文学艺术思潮是否按一定的规律发展？文学艺术的形式为什么一再变化？艺术的技巧又根据什么而发展？文学艺术如何对待前代的遗产？如何对待外来的影响？是全盘吸收？还是一概排斥？或者是有鉴别地吸收？文学艺术领域里的问题纷繁复杂，需要作出解释，而且新的情况和新的问题不断涌现，需要不断作出新的解释。

我们尝试运用社会心理的视角进行解释，或从文学艺术的现象入手，寻求社会心理的原因；或从社会心理出发，说明文学艺术的种种现象。换言之，我们所作的解释，或从社会心理推导文学艺术的发生、发展、变异，或从文学艺术的存在、创造、表现、反映、变形、塑造、解构、遮蔽等看社会心理的作用，从社会心理推到文学艺术，从文学艺术推到社会心理，这就是我们解释的维度。但是，我们为什么要选择社会心理作为解释的视角呢？这就需要了解各种方法论解释的可能与限制，了解社会心理视角解释的必然性与可靠性。

二、各种方法论解释的可能与限制

我们为什么要提出社会心理视角对文学艺术的问题进行新的解释呢？原因在于我们对过去的哲学的、社会学的、心理学的、语言学的等方法论解释不满意。当然，我们这样说，并不意味着过去的种种方法论解释都不对或无效，不是。各种方法论的解释都有它的优点，但也都有各自不可避免的缺陷。

艺术哲学方法论是过去运用得最多的一种方法论。的确，文学艺术中有哲学问题,如人与自然的关系、主体与客体的关系、感性与理性的关系、个性与共性的关系、现象与本质的关系、偶然与必然的关系、具体与一般的关系等,哲学方法论的思辨性格,使它在解释这些文学艺术中的问题时,能高屋建瓴,以大刀阔斧的气魄,透过现象洞察本质,给出明确而清晰的结论。艺术哲学的方法论是有用的,但又是有限的。哲学方法论的优点和弱点都在它是本质性的、原理性的,就像一座大厦,需要横梁竖柱大的结构,但仅有这些梁、柱也不可能建成大厦。同样,在文学艺术领域中,不能把本质与现象混为一谈,把原理性的问题与具体的文艺现象混为一谈。从本质到现象,从原理到原理的具体运用存在着一系列的中介。如果我们拿大的哲学原理去直接解释具体的文艺现象就可能导致解释的无效或失败。杀鸡用牛刀,不但不能奏效,反而费力不讨好。不幸的是,直到如今,我们仍然用哲学原理去套一些纯粹是具体的艺术问题,所作出的解释,很少有说服力。例如,文学中的典型问题,我们争论了几十年,没有给出一个大家都满意的结论,问题就在我们(也包括我们自己)过分相信哲学的方法论,一直在哲学的概念上兜圈子。早些时候,我们认为典型是个性与共性的统一,有人指出,这个定义没有揭示文学典型的独特性,因为世界上万事万物都是个性与共性的统一,于是有的学者就想办法在“个性”与“共性”的前面加上一些附加词,把典型定义为通过独特、鲜明的个性表现出历史的深刻的共性(本质)。问题是这个定义的“骨架”仍然是个性与共性的统一,所以附加词的增加一点也解决不了问题。稍后,有的学者就提出用偶然与必然的统一来解释文学典型,而且还申述种种理由,认为用偶然与必然这个哲学范畴如何比用个性与共性这个范畴要好,实际上是换汤不换药,世界上万事万物都是偶然与必然的统一,换一个哲学范畴又如何能揭示文学典型的独特性呢!典型早已被作家创造出来了,但理论上至今解释不清楚,问题就在于我们把哲学的方法看成是唯一的方法。实际上,文学典型问题是一个涉及社会学、心理学、审美学等方面的复杂问题,或许经过多种方法的结合,能把问题推进一步。通过对文学典型这个例子的分析,我们应该觉悟到哲学对文学艺术问题的解释不是万能的,它有用,但也有限。

文艺社会学的方法也是近几十年用得比较多的方法之一。同样,文学艺术中的确有不少社会学的问题,以社会学的方法切入这些问题,也能使这些问题得到科学的解释。文学艺术的产生都与特定的社会历史条件密切相关,或者说,文学艺术总是一定历史时代的产物,作家、艺术家的审美感受、审美态度、审美趣味、审美理想，都与一定历史时代的境况有着这样或那样的关系，特定历史时代的脉搏在作家、艺术家身上跳动，所以采用社会学的方法，把文学艺术放到历史的背景中去考察，不但是必要的，而且也能对其中不少问题作出有力的解释，这一点已得到实践的证明。但是文艺社会学也有它的适用范围，超出这个范围，它的解释就可能是无效的，甚至会导致庸俗社会学的简单倾向。例如，长期以来，我们一直运用马克思主义的社会结构理论来解释文学艺术的发展，马克思主义的社会结构理论是很科学的，但我们对它的理解有问题，把经济看成是直接决定文学艺术的关键因素，似乎文学艺术的发展完全取决于经济的发展，经济发展文艺必然繁荣，经济衰落文学也必然衰落，随着经济建设的高潮的到来，文学艺术的高潮也必然到来，直到现在仍然有学者在论证商品经济的繁荣如何直接促进文学艺术的繁荣。这种“经济决定论”是早被晚年恩格斯所抛弃的，但在几十年的时间里，我们似乎没有听到恩格斯的声音，而是重复着恩格斯批判过的错误。由此不难看出，虽然我们不应像某些西方学者那样，把文艺社会学方法看成是与文学艺术不沾边的所谓“外部”批评，但把文艺社会学的运用限制在一定的范围内，是十分必要的。

文艺心理学的方法论在解释文艺问题时，有突出的长处。文学艺术的根源虽然在深厚的生活土壤中，但生活现实必须经过作家、艺术家的心理现实才能转变为作品的审美现实。从一定的意义上说，文学艺术永远是心灵的创造，创作的过程始终充满心理的风暴。文学艺术领域中存在许多心理学问题，如艺术家心理、创作心理、作品心理、接受心理等等，文艺心理学的方法论特别有利于从微观的视角来考察文艺问题。但文艺心理学的弱点是把文艺心理往往理解为普遍的人人共同的心理，所谓“人同此心，心同此理”，这种把心理普泛化的倾向，使学者们着力于研究人的自然的心理力，如性力、侵略欲等，专注于人的阴暗心理对文艺的影响的研究。如弗洛伊德把文艺看成是人的性意识的升华，试图把作家、艺术家的创作归结为生物性的发泄，这是很难说服人的。荣格则把文学艺术看成是“集体无意识”的自然显现，而“集体无意识”又与社会的积淀无关，完全是靠先天的机制残留下来的，这种理论如不加以改造也难以成立。实际上，人的天然的心理虽然是不争的事实，但就其现实性上，“人是社会关系的总和”，人的心理，包括作家、艺术家的心理，都是社会化的，都与某一个特定民族、特定历史时期的文化形态、思想感情紧密联系在一起的，孤立的动物式的心理对人来说是不存在的，马克思说："社会的人的感觉不同于非社会的人的感觉"，"五官感觉的形成是以往全部世界史的产物"[①]。在这里，马克思非常精辟地指出了人的心理的社会性，这一思想启示我们：任何人的心理都是社会心理，文艺心理学的方法，决不能脱离人的社会特性孤立地研究人的心理；把社会学的方法论与心理学的方法论结合起来，可能给文艺的研究开辟一条全新的道路。

20世纪兴起的语言学的方法论，包含众多流派，如俄国的形式主义批评、英美新批评、法国的结构主义批评和流行极广的符号论批评等，都主要从语言的视角对文学艺术问题进行讨论，虽然这些流派有很大区别，但注重文本的语言是它们的共同特点。毫无疑问，这些批评流派的工作是有成绩的，它们在文学艺术的形式上进行了过细的研究，取得了进展。例如从结构主义那里生长出来的叙事学理论，对前人关注得很不够的叙述视角、叙述时空、叙述语调等进行了卓有成效的研究，为文艺学的研究开拓了新的视界。但是语言论的方法论的共同的弱点也是很明显的。它们力图把作品作为一种与社会历史无关的"自主结构"和"封闭体"来研究。俄国形式主义提出了"文学性"的概念，在他们看来，与社会历史密切相连的内容是不具有"文学性"的，唯有那种经过作家扭曲了的"陌生化"语言才具有"文学性"。这样一来，文学所固有的社会思想内容、心理内容都被一笔勾销了。英美新批评派则把文学分为"内部研究"和"外部研究"，所谓"内部"是指文本的意象、比喻、象征、复义、含混等技巧因素，所谓"外部"是指作品所包含的历史文化、社会思想、伦理道德、情感心理等，他们认为文学研究只能是"内部研究"，如果去研究"外部"，就不是文学研究，而只是历史学、文化学、社会学、伦理学、心理学的研究了。更有甚者，他们提出所谓的"意图谬见"和"感受谬见"的概念，把作品与作者、作品与读者分离开来，强调作品的封闭性，这就进一步使文本与社会历史相隔绝，文学作品的震撼人心的思想力量就在这种隔绝中统统丧失掉了。法国结构主义的基本旨趣是通过语言的浅层结构揭示抽象的深层结构模式，如在一系列不同时期不同作家的作品中都隐含某个神话或童话结构模式，如能加以发现，这是有重大意义的。因为按他们的理论，文学的"内界"就是这种抽象结构模式，揭示"内界"就等于揭示了文学的根本。文学的社会历史内容是文学的"外界"，这不是文学之所以是文学的原因。文学研究要关怀的不是"外界"而是"内界"。这样一来，法国的结构

① 马克思：《1844年经济学—哲学手稿》，人民出版社1979年版，第79页。

主义和俄国的形式主义、英美的新批评派一起，暴露了共同的弱点，即把文学作品的固有的社会历史内容剥离掉了，所剩下的也就只是对许多作品都适用的模式、框架和空壳。语言论的方法有用也同样有限。

以上我们分析了各种方法论对文学艺术解释的可能和限制。充分证明了任何一种文艺学的方法都不可能全面地、包括无遗地对文学艺术现象进行彻底的解释。我们是否可以寻找一种更贴近文学艺术本身的方法呢？有没有这样一种方法呢？

三、社会心理视角解释的可能性与必然性

能不能把文艺社会学的方法和文艺心理学的方法结合起来，形成一种解释文艺现象的新的方法呢？我们认为是可能的。我们的基本观点是，文艺社会学的方法中，必然地内在地包含人的心理的内涵，而文艺心理学的方法中，也必然内在的包含社会历史的内涵，这两种方法互相渗透是很自然的事情。上面我们所引的马克思的论断："五官感觉的形成是以往全部世界史的产物"，实际上是对我们方法论的一个重要提示："五官感觉"可以理解为人的心理，"全部世界历史"则可以理解为一代又一代的长期的社会实践，因此这句话的意思是，人的心理是一代又一代社会实践的产物，人的心理必然是属于社会的人的社会心理，人的心理渗透社会性是必然的。值得注意的是，马克思在作出上述判断之后，紧接着说："囿于粗陋的实际需要的感觉只具有有限的意义。对于一个饥肠辘辘的人说来并不存在食物的属人的形式，而只作为食物的抽象存在；同样地，食物可能具有最粗糙的形式，并且不能说，这种饮食与动物的摄食有什么不同。"[①]这段话意在说明，对于人来说，感觉（包括心理）有两种，一种是社会化了的属人的感觉，一种是非社会化的动物的感觉，马克思人为前者才有重大意义，而后者则"只有有限的意义"，即满足动物性的需要。马克思在这里进一步启示我们，心理的因素必须与社会的因素结合起来，才能说明人的活动。同样地，我们要说明人类的文学艺术活动，把社会的因素与心理的因素结合成一个新的视角，即社会心理的视角是有意义的。

① 马克思：《1844年经济学—哲学手稿》，人民出版社1979年版，第79页。

以往的文艺心理学派，差不多都存在一个问题，即在人的抽象的普泛的心理平面上展开，没有或很少结合社会历史的因素，所以它们对文艺问题的解释总是存在这样那样的问题和不足。

弗洛伊德的精神分析心理学，大家都已谈得很多，我们不准备展开来讲。精神分析理论在心理学界声誉不高，但在文艺学界则有相当的影响。这主要是它揭示了文学创作的过程是原发过程（无意识）和继发过程的统一，其中又特别强调原发过程（无意识）的作用，这的确是有意义的。但问题也就出在对“无意识”的理解上面。弗洛伊德把作为创作动力的无意识理解为力比多（性的驱动力），认为创作是性欲的转移与升华，是生物性的发泄，“凡是艺术家，都是被过分的性欲需要所驱使的人”[①]，达·芬奇之所以能画出《蒙娜丽莎》是“他遇到一个女人，她唤醒了他对他的母亲那充满情欲的欢乐的幸福微笑的记忆”[②]，也就是“恋母情结”所爆发的性力驱使他完成了创作。这种理论假设存在很大的问题：第一，婴儿时期是否有性欲，即使有，又如何把这记忆保存到成年期；第二，动物性的性欲“只具有限的意义”，又如何能转换为艺术的社会性的创造？按常识说，对人而言，只有当人们把性提升为爱之后，才具有较大的意义，把爱转换为艺术的创造是更可能的。但是，就整个人类而言，从单纯的性欲转到爱情，不知经过了多少万年的社会历史的积淀；就个人而言，从性的要求到爱情的产生，这里也有一个动物人到社会人的质的转变。而且，根据马克思主义的实践的观点，那些看上去是生物性的自动完成的无意识创作，实质上不是生物性的，因为这些无意识已渗透了人类长期的实践所赋予的理性的成分，他已是社会性的了。所以，在弗洛伊德的性的“升华”的理论中，如果不进行社会学的改造，是很难解释什么文学艺术现象的。

荣格的分析心理学，把文学艺术创作看成是“集体无意识”（原始意象、原型）的显现，在荣格看来，“每一个原始意象中都有着人类精神和人类碎片，都有着在我们祖先的历史中重复了无数次的欢乐和悲哀的一点残余，并且总的说来始终遵循同样的路线。它就像心理中的一道深深开凿过的河床，生命之流在这条河床中突然奔流成一条大江，而不是像先前那样在宽阔而清浅的溪流中漫淌”[③]。在这里，荣格正确地把他的“集体无意识”归结为

---

① 《心理学导言》，伦敦，1933 年版，第 314 页。

② 《弗洛伊德论美文选》，知识出版社 1987 年版，第 99 页。

③ 荣格：《试分析诗歌与心理学的关系》，《心理学与文学》，三联书店 1987 年版，第 121 页。

“历史中重复”的结果，对“集体无意识”的生成进行了历史学的描述。但在说明“集体无意识”的“传递”时却又将历史观点忘记了，荣格说：“集体无意识不能被认为是一种自在的实体，它仅仅是一种潜能，这种潜能以特殊的形式的记忆表象，从原始时代一直传递给我们，或者以大脑的解剖上的结构遗传给我们。没有天赋的观念，但是有天赋的观念的可能性。”[①]把集体无意识看成是生物性的遗传，这种理论假设是不可能得到证实的，那么他运用“集体无意识”的理论对文学艺术现象进行解释也就显得是一种没有多少根据的猜想，很难说服人。如果荣格一以贯之，还是用“历史的重复”的观点来说明“集体无意识”的传递，说明“集体无意识”也是人类一代又一代的社会实践积淀的结果，那么社会性的因素就自然渗透其间，那么他的理论就会变得有力量得多。

华生的行为主义的心理学推崇 S(刺激)⟶R(反应)的陈旧公式，认为有什么样的刺激就会有什么样的反应，根本不把人看成是社会的人，甚至把人的心理降低到动物的水平上，对人作为主体的心理能动性全部加以抹杀，所以完全不能解释复杂的文学艺术现象，它不能作为一个独立的文艺心理学流派是理所当然的。

以阿恩海姆为主要代表的格式塔文艺心理学，提出了“异质同构”等理论，的确能解释许多文学艺术现象，对文艺学作出了独特的贡献。他认为，外在的自然事物(包括人体动作)中有一种力的结构，人的内在的心理也有一种力的结构，这两种力的样式是不同质的，但其结构却可以是相同的，艺术家利用这种“异质同构”的关系，创造出富于表现性的艺术品来。他说：“我们发现，造成表现的基础是一种力的结构，这种结构之所以会引起我们的兴趣，不仅在于它对那个拥有这种结构的客观事物本身具有意义，而且在于它对于一般的物理世界和精神世界均有意义。像上升和下降、统治和服从、软弱和坚强、和谐与混乱、前进和退让等等基调，实际上乃是一切存在物的基本存在形式。不论是在我们自己的心灵中，还是在人与人的关系中；不论在人类的社会中，还是在自然现象中，都存在这样一些基调。”[②]作家艺术家正是利用外在的与内在的相同的力的结构来表现要表现的感情。刘邦的《大风歌》写道：“大风起兮\云飞扬\威加海内兮\归故乡。”前两句写景和后两句抒情，基调都是上升的，所以表现性很强。李煜的《浪淘沙令》：“帘外雨

① 荣格：《试分析诗歌与心理学的关系》，《心理学与文学》，三联书店 1987 年版，第 120 页。

② 阿恩海姆：《艺术与视知觉》，中国社会科学出版社 1984 年版，第 625 页。

潺潺，春意阑珊，罗衾不耐五更寒。"词里的基调是下降的，而作者要表现的情绪也是下降的，达到了"异质同构"。这种理论的确有很强的解释能力。问题是格式塔心理学派的人们如何来解释这种内在的心理和外在的自然景物的同构关系。令人失望的是，他们还是从生物学的角度来加以说明，认为"经验到的空间秩序在结构上总是和作为基础的大脑过程分布的机能秩序是同一的"，甚至认为人的大脑所激起的电脉冲与外物的一致的结果①。实际上，较好的解释还是要从社会历史的积淀来寻找。正是历史的反复过程，以实践的力量塑造了人们感知事物与抒发感情的模式。格式塔文艺心理学如果内在地结合社会学，就会变得更有理论的力度。

我们对西方现代的文艺心理学的主要流派的不足作了上述的分析，主要是想说明人的心理学内在地含有社会的因素，心理与社会是不能脱离开的，因此任何一派文艺心理学如果它的理论根据最终单纯落实在生物性上，那么其理论就是不彻底的，因为人已不单纯是生物，人是社会的人，社会性是人的基本特性，人的心理总是与社会有着千丝万缕的关系。

反过来说，文艺社会学也应内在应含有心理的要素，没有人的心理为中介的社会学也是非科学的，也是难以解释复杂的文艺问题的。以单因论来排斥心理因素的作用是文艺心理学中最常见的一种错误。

文艺社会学强调文艺与经济的关系，是无可厚非的。的确，按马克思的社会结构理论，社会的经济基础归根到底制约着文艺的发展，一个时代的经济结构对文艺的影响是巨大的。但是真理再跨前一步就成了谬误。庸俗社会学就力图说明经济状况对文艺有直接的决定作用。这种情况，在马克思、恩格斯活着时就已出现，在苏联三十年代，在新中国成立以后极"左"派那里，都反复出现过。在他们看来，经济是因，文艺是果，经济繁荣，文艺也繁荣，经济衰退，文艺也就凋零。这完全是头脑简单的人对马克思、恩格斯社会结构公式的误用。马克思、恩格斯从未把社会的经济状况与文学艺术直接联系起来。相反，马克思在《政治经济学批判》导言中指出："关于艺术，大家知道，它的一定的繁荣时期决不是同社会的一般发展成比例的。"马克思认为要作出解释是困难的，所以他说："困难只在于对这些矛盾作一般表述。一旦它们的特殊性被确定了，它们也就被解释明白了。"谈到希腊艺术和史诗，马克思又说："困难的是它们何以仍然能够给我们以艺术享受，而且就某

① 杜·舒尔茨：《现代心理学》，人民教育出版社1981年版，第308页。

方面说还是一种规范个高不可及的范本。”[①]是啊，古希腊时代的社会发展，特别是经济发展，与现代相比当然要落后得多，为什么那时能够产生那样辉煌的艺术，而且对对今天来说，还是“一种高不可及的范本”，这能用当时的经济状况来直接解释吗？可以肯定地说，必须通过作为中介环节的当时人的精神、心理状况以及其他种种状况的综合研究，才有可能作出合理的解释。实际上，就社会的经济状况与文艺的直接关系，可能是找不到什么固定的公式，因为我们看到，在经济状况发展良好和经济发展产生危机时都可能是文艺繁荣期，也可能是文艺衰退期，重要的还是要看这种经济状况是如何作用于人的心理的，使人的精神状态发生怎样的变化，因为文学艺术总是一个时代精神的折射，是人的特定的心理的对应物和伴随物，心理的因素必然同其他的社会的状况结合在一起发生作用。机械的经济决定论肯定是错误的。

文艺社会学还有一个重要的话题，就是文艺与自然的关系。特别是在实证主义那里，这种研究被看的很重。自然环境决定论是他们的基本论点。在他们看来，文学艺术的发展与面貌都是由自然条件所决定的。法国文艺理论丹纳的《艺术哲学》认为艺术的产生取决于种族、(自然)环境和时代。他提出的自然条件决定艺术的理论特别具有诱惑力。他在分析古希腊、意大利文艺复兴时期和17世纪荷兰的艺术，都着重从自然环境的决定性作用进行解释。他举例说，古希腊之所以把人体雕塑作为艺术的中心形式，是有希腊的地理位置、自然条件所决定的。希腊处在地中海和亚德里亚海之滨，气候宜人，夏天不热，冬天不冷，一年四季过露天生活成为人们的习惯。他说：“即使一个人没有动作而单单露出肉体，他的外形的美也证明他受过锻炼——晒惯太阳，擦惯油，经过灰土，铁耙和冷水浴的冲刷，皮肤棕色，结实，……它组织健全，色泽鲜明，表示生命充沛。”[②]同时，他还分析，希腊是岛国，为了抵御外族入侵，全民都锻炼身体，各样运动都很普及，这样一来，人们的肌肉结实而柔韧，体形也具有魅力。这就形成了希腊人的独特的人体美的概念。希腊的人体雕塑艺术就是有这种自然条件和与此相关的情况决定的。在丹纳那里几乎在自然与艺术之间划了等号。当然，自然条件对艺术的影响是不可忽视的。但自然条件首先是对人的精神、心理发生影响，才能间接地对艺术发生影响。因为说到底，文学艺术是一个时代人的心理的写

① 《马克思恩格斯选集》第2卷，人民出版社1972年版，第112—114页。

② 丹纳：《艺术哲学》，人民文学出版社1981年版，第315页。

照,心理在自然环境中所发生的变化,才是直接作用于艺术的因素。况且纯粹的自然与人无关,自然一旦进入人的视野,就必然要被人赋予文化的性质,这就变成了人的自然。从这个意义上也可看到,不是纯粹的自然影响艺术,是人在自然中的文化心理直接影响艺术。

通过对文艺与经济、文艺与自然的分析,我们可以看到,文艺社会学中也内在地含有心理的要素,社会与心理二者是不可分离的。在分析文艺问题时一味生硬地用社会学的概念去套,而不注意微观的心理分析,也是很难获得成功的。

在作了上面这些论证后,我们可以而且应该建立起这样一种学术信心:文艺社会学与文艺心理学的结合是必要的,以社会心理的新视角来解释文学艺术现象是可能的可靠的。

(载童庆炳等著《文学艺术与社会心理》,高等教育出版社 1997 年 7 月版)

马克思早期“艺术生产”论的现代意义

马克思学说的精华是什么呢？我们认为恩格斯在马克思墓前的演说对此作了最为准确的概括。恩格斯认为，马克思一生有两个重大的发现：其一，“马克思发现了人类历史的发展规律，即历来为繁茂芜杂的意识形态所掩盖的一个简单事实：人们首先必须吃、喝、住、穿，然后才能从事政治、科学、艺术、宗教等等；所以直接的物质的生活资料的生产，因而一个民族或一个时代的一定的经济发展阶段，便构成为基础，人们的国家制度、法的观点、艺术以致宗教观念，就是这个基础上发展起来的，因而也必须由这个基础来解释，而不是像过去那样做的相反”[①]。其二，“马克思还发现了现代资本主义生产方式和它所产生的资产阶级社会的特殊的运动规律。”这第一个发现，就是马克思的社会结构原理，也是历史唯物主义的理论基础。这是马克思以他一生之力所把握到的真理性的东西，它所具有的解释的力量是巨大的。但是，无论在马克思生前还是去世之后，他的这一科学理论都遭到了敌人的歪曲和信奉者的曲解。所以，马克思面对 19 世纪 70 年代法国的“马克思主义者”曲解曾幽默地说：“我只知道我自己不是马克思主义者。”在恩格斯生活的最后五年，虽然信奉马克思主义的人越来越多，但歪曲和曲解的事情屡有发生，恩格斯不得不站出来说话。

一、恩格斯晚年遇到的挑战

在恩格斯晚年究竟发生了什么情况，遇到了什么挑战，使他不能不站出来说话呢？

（一）来自资产阶级哲学家的挑战

当时德国资产阶级哲学家、社会学家、莱比锡大学教授保尔·巴尔特，

---

① 《恩格斯在马克思墓前的讲话》，《马克思恩格斯选集》第三卷，人民出版社 1972 年版，第 574 页。

出版了《黑格尔和包括马克思及哈特曼在内的黑格尔派的历史哲学》一书，在这部书中，作者有意歪曲马克思的历史唯物主义的基本原理，认为马克思搞的是机械的经济决定论，看不到意识形态对经济基础的反作用。恩格斯在他生活最后五年即1890年至1895年间给约瑟夫·布洛赫、瓦尔特·博吉乌斯、保尔·恩斯特、弗兰茨·梅林、康拉德·施米特和维尔纳·桑巴特等人所写的书信中，六次提到保尔·巴尔特，称他对马克思的理论进行“曲解和歪曲”，但是“是跟风车作斗争”，对弗·梅林对巴尔特的批判，恩格斯说“我很高兴您这样收拾了这个平庸得令人难以置信的家伙”①。这就是说，马克思的历史唯物主义的原理遭到了来自敌人的歪曲。

（二）来自年轻马克思主义信奉者的误解

更严重的情况还不是来自敌人方面的歪曲，而是来自年轻的马克思主义信奉者的误解。当时社会民主党发展了许多新党员，愿意跟随、学习马克思主义的人也很多，他们对马克思主义缺少深刻的理解，甚至存在不少错误的认识。因此，他们往往用简单的头脑把历史唯物主义看成是一个简单的公式，可以刻板地去套各种事实。这是最让恩格斯感到不安的。他在给德国社会民主党“青年派”的思想家保·恩斯特的信中说：“……至于谈到您用唯物主义方法处理问题的尝试，那么，首先我必须说明，如果不把唯物主义方法当作研究历史的指南，而把它当作现成的公式，按照它来剪裁各种历史事实，那么它就会转变为自己的对立物。如果巴尔先生认为他抓住了您的这种错误，我看他是有一点道理的。”②在给康·施米特的信中又说：“唯物史观现在也有许多朋友，而这些朋友是把它当作不研究历史的借口的。正像马克思关于19世纪70年代末的法国‘马克思主义者’所曾说过的：‘我只知道我自己不是马克思主义者’。”③恩格斯针对那些年轻人还说：“无论如何，对德国的许多青年作家来说，‘唯物主义的’这个词只是一个套语，他们把这个标签贴到各种事物上去，再不作进一步的研究，就是说，他们一把标签贴上去，就以为问题已经解决了。”④恩格斯在说到历史唯物主义的研究需要下大功夫，进行认真的研究之后，才可能做出很少一点成绩时，又补充说：“但是，许多年轻的德国人却不是这样，他们只是用历史唯物主义当套语（一切

---

① 《马克思恩格斯选集》第四卷，人民出版社1972年版，第474、475、476、493、501、502页。

② 《恩格斯致保·恩斯特》，《马克思恩格斯选集》第四卷，人民出版社1972年版，第471—472页。

③ 《恩格斯致康·施米特》，同上书，第474、475页、第484页。

④ 同上书，第475页。

都可能变成套语)来把自己的相当贫乏的历史知识(经济史还处在襁褓之中呢!)尽速构成体系，于是就自以为了不起了。”[①]这些年轻的“马克思主义者”把历史唯物主义的公式当套语、贴标签的结果，就是庸俗社会学的流行。这使恩格斯感到很焦虑。因为任其发展下去，历史唯物主义就真的要变成它的“对立物”。这种情况使我们想起了在苏联三十、五十年代僵化思想流行，和中国历次极“左”思潮泛滥，都差不多伴随庸俗社会学的流行。

（三）反思“忽视了形式”

马克思主义是在跟各种思想的斗争中发展的，此前的论敌，主要是各种唯心主义，他们的共同特点是不承认经济条件对意识形态有最终的支配作用，所以马克思和恩格斯在过去的论述中，更多地强调经济条件的作用，对其他方面则有所忽略，对此恩格斯进行了态度诚恳的认真的反思，而不是把责任都推到年轻人身上，表现了一个伟大革命家的博大的胸怀。恩格斯说：“青年们有时过分看重经济方面，这一部分是马克思和我应该负责的。我们在反驳我们的论敌时常常不得不强调被他们否认的主要原则，并且不是始终有时间、地点和机会来给其他参与交互作用的因素以应有的重视。”[②]在给弗·梅林的信中恩格斯又一次作了真诚的自我批评，他说：“此外，被忽略的还有一点，这一点在马克思和我的著作中通常也强调得不够，在这方面我们两人都有同样的过错。这就是说，我们最初是把重点放在从作为基础的经济事实中探索出政治观念、法权观念和其他思想观念以及由这些观念所制约的行动，而当时是应该这样做的。但是我们这样做的时候为了内容，而忽略了形式方面，即这些观念是由什么样的方式和方法产生的。这就给了敌人以称心的理由来进行曲解和歪曲。”[③]

正是基于以上情况，恩格斯不顾年迈和精力不足，在他生命的最后五年时间，写了一系列的哲学书信，丰富了历史唯物主义理论，给后人留下了一笔可贵的精神遗产。

---

① 《恩格斯致康·施米特》,《马克思恩格斯选集》第四卷，人民出版社 1972 年版，第 485 页。

② 《恩格斯致约·布洛赫》,同上书，第 479 页。

③ 《恩格斯致弗·梅林》,同上书，第 500—501 页。

二、历史唯物主义不可或缺的重要补充

从 1890 年到 1895 年恩格斯逝世前，恩格斯在一系列的信件中，在对那些一心只想把历史唯物主义当标签的人进行批评的同时，有意对历史唯物主义的基本原理作出了重要的补充，归纳起来有以下几点：

（一）经济不是唯一的决定因素

恩格斯坚持社会经济条件对上层建筑及其意识形态的最终的支配作用，这是历史唯物主义的一个基本点，恩格斯从不放弃这一基本点。但恩格斯认为这种支配作用是“最终”的、是“归根到底”的支配作用，他总是小心翼翼地用这两个词，以避免给人以经济基础直接决定意识形态的误解。他说：“……根据唯物史观，历史过程中的决定性因素归根到底是现实生活的生产和再生产。无论马克思或我都从来没有肯定过比这更多的东西。如果有人在这里加以歪曲，说经济是唯一决定性因素，那么他就是把这个命题变成毫无内容的、抽象的荒诞无稽的空话。”[①]“归根到底”和“唯一”这两个词是用黑体字写的，这足以说明他对经济的最后作用是作了限制的。他还写道：“不论是在法国或是在德国，哲学和那个时代的文学的普遍繁荣一样，都是经济高涨的结果。经济发展对这些领域的最终的支配作用，在我看来是无疑的，但是这种支配作用是发生在各该领域本身所限定的条件的范围内。”恩格斯的意思是，经济的发展并不直接促进哲学或文学的繁荣，只是经济的发展可以为哲学或文学的繁荣提供一些必要的条件，例如为哲学的繁荣提供更多的资料，为文学的繁荣提供作家更好的生活环境，等等，“经济在这里并不重新创造出任何东西”[②]。从这里可以看出恩格斯一方面坚持社会的经济基础的决定性的作用，因为如果离开这一点最终就不能透彻解释问题，但另一方面，又对经济的支配作用加了许多限制，主要是想说明经济不会“自动发生作用”，而且这作用只是最终的作用而已。恩格斯这个补充是十分重要的，它表明，我们不能用一定时期经济的状况去直接解释文学的状况，如果谁这样做了，谁就可能陷入庸俗社会学的泥潭里去。如果我们没有忘记的话，中国 50 年代美学辩论中，曾讨论到李煜的词的艺术性，有人就直接从李后主生

---

① 《恩格斯致布洛赫》，《马克思恩格斯选集》第四卷，人民出版社 1972 年版，第 477 页。

② 《恩格斯致施米特》，同上书，第 485 页。

活的时代的经济发展状况去找原因，说："南唐生产力和经济情况比唐代安史之乱前已发展一步。当时南方与北方比较起来的确是新的东西多一些。反映南方生活情况的后主词，就显得清新自由得多。"相似的解释我们还可以在不少文学史中看到，这种说法恰好是恩格斯所批评的经济"自动发生作用"，因而是错误的。

（二）经济与意识形态的交互作用

恩格斯还着重说明意识形态有自己的发展历史，有自己的前后承继关系，有自己的传统，因此意识形态具有相对的独立性；同时，意识形态本身不是消极的，无所作为的，它在最终受经济的支配的同时，也反作用于经济基础，或者是经济与意识形态交互作用。恩格斯在给一位大学生的信件中写道："政治、法律、哲学、宗教、文学、艺术等的发展是以经济的发展为基础的。但是，他们又都互相影响并对经济基础发生影响。并不是只有经济状况才是原因，才是积极的，而其余一切都不过是消极的结果。这是在归根到底不断为自己开辟道路的经济必然性的基础上的互相作用。"[①]这是一个完整的表达，在这里恩格斯把经济对意识形态的归根到底的支配作用，把意识形态对经济基础的反作用，把意识形态不同门类之间的相互作用都全面考虑到了。恩格斯力图说明，所有的因素都是积极的，都有它的作用，虽然它们的作用有所不同。在另一处，恩格斯还以辩驳的口吻说："与此有关的还有思想家们的一个荒谬观念，这就是：因为我们否认在历史上起过作用的各种思想领域有独立的历史发展，所以我们也否认他们对历史有任何影响。这是由于把原因和结果刻板地、非辩证地看作永恒对立的两极，完全忽略了相互作用。"这段话也很重要，它说明历史上各种思想领域有相对的独立性，它们有独立的发展史，因此不应把原因与结果刻板地对立起来，作为意识形态的思想领域对"产生它的原因"必然会"发生反作用"[②]。由此我们可以想到，目前中国似乎是经济发展压倒一切，文学艺术等意识形态都处于"边缘"，似乎作家、艺术家只能扮演娱人的角色，这是很肤浅的看法。实际上文学艺术也是历史发展的重要力量，文学艺术对经济的反作用，对其他意识形态的相互作用，是不以人的意志为转移的。作家、艺术家应有社会责任感，反映人民的生存状态，高扬引人向上的理想，加强对阻碍社会发展的种种黑暗势力的批判，使文学艺术成为一种制衡力量是可能的。问题在于我们我们的作家、

---

① 《恩格斯致符·博尔吉乌斯》，《马克思恩格斯选集》第四卷，人民出版社1972年版，第506页。

② 《恩格斯致弗·梅林》，同上书，第502页。

艺术家是否真正认识到这一点，并拿出无愧于时代的作品来。

（三）偶然性因素的作用

恩格斯还提出了思想领域某些现象的“偶然性”问题。他认为，“我们所研究的领域愈是远离经济领域，愈是接近于纯粹抽象的思想领域，我们在它的发展中看到的偶然性就愈多，它的曲线就愈是曲折”。当然，在讲完这一点后恩格斯马上补充说：“如果您划出曲线的中轴线，您就会发觉，研究的时间愈长，研究的范围愈广，这个轴线就愈接近经济发展的轴线，就愈跟后者平行而进。”①虽然恩格斯没有放弃经济的最终支配作用的观点，但他毕竟看到了在思想领域所产生的现象的偶然性，如果把他的观点运用到文学艺术领域，那么我们就可以说，哪个时代出现什么伟大作家、艺术家，出现什么特别引人瞩目的文学艺术现象，这并不是命中注定的，这里有可能是偶然性在起作用，偶然的原因是值得重视的，虽然最终这可以用经济的必然性作出解释。

（四）“中间环节”的重要性

这是最重要的一点，恩格斯认为哲学、宗教、文学艺术等属于“更高地悬浮于空中的思想领域”②，那么在这些思想领域与经济基础之间，就离得比较远，就存在一个辽阔的空间，在这个辽阔的空间就必然存在作为沟通两者的桥梁的“中间环节”。恩格斯在1890年写的信中在谈到经济的作用时说：“这一作用多半也是间接发生的，而对哲学发生最大的直接影响的，则是政治的、法律的和道德的反映。”③这里，没有出现“中间环节”这个词，但这个词恩格斯早在1886年《路德维希·费尔巴哈和德国古典哲学的终结》一书中就提出来了，他说：“更高的即更远离物质经济基础的意识形态，采取了哲学和宗教的形式在这里，观念同自己的物质存在条件的联系，愈来愈混乱，愈来愈被一些中间环节弄模糊了。但是这一联系是存在着的。”④这个中间环节十分重要，这就意味着社会构成的因素不是决定者（经济状况）和被决定者（意识形态）两极，在这两极之间还存在许多中间的因素作为过渡的桥梁。因此，像文学、艺术这些“更高悬浮于空中的思想领域”，就不直接与经济状况发生关系，而只与政治、法律、道德、心理等发生直接的联系，这样，如果我们要求得出对文学、艺术现象的解释，就不是首先从社会的经济状况去寻找，

---

① 《恩格斯致符·博尔吉乌斯》，《马克思恩格斯选集》第四卷，人民出版社1972年版，第507页。

② 《恩格斯致康·施米特》，同上书，第484页。

③ 《恩格斯致施米特》，同上书，第486页。

④ 《路德维希·费尔巴哈和德国古典哲学的终结》，同上书，第249页。

而首先要从中间环节中去寻找。这就意味着文学、艺术等问题是非常复杂的、曲折的，甚至是“模糊”的，历史唯物主义只提供一种解释的指南，并没有一个现成的公式，可以像“解一个最简单的一次方程式”那样顺手。历来的庸俗社会学失足之处，就在于他们把历史唯物主义当成现成的公式，简单往事实去套，得出一个机械的结论。现在恩格斯明确指出，运用历史唯物主义去解释意识形态，不是“小学生做作业”，光是寻找可供参照的“中间环节”就很多，例如政治就是一个中间环节，以这个中间环节来解释文学艺术问题，有时可以解释得通，有时就解释不通。更困难的还在于中间环节是一座桥梁，不是单向的，而是双向的，社会的各种因素可以在这里来来往往，它们是交互作用的，你不能用经济作用于政治，政治再作用于文学，文学再通过政治反作用于经济这类单向的、循环的、机械的转换模式，来生硬地作解释。中间环节犹如多渠道，究竟走哪个或哪几个渠道，才能使要解释的对象得到解释，这对任何人面对任何一个问题，不能不说都是一个严峻的考验。比如前面提到的李煜和他的词，就是一个十分复杂的现象，用经济直接去解释肯定不行，但仅用政治去解释就行了吗？这都很难说，一切都要从客观的事实入手，以历史唯物主义为指南，认真进行研究，才有可能寻找到解释的线索。

当然，中间环节的理论，并不是恩格斯的发现。黑格尔早就提出中介理论，因为黑格尔是“绝对理念”论者，绝对理念才是真实的，现实不过是个空壳，所以从绝对理念要过渡转换到真的现实，要有中介，没有中介，黑格尔的理论体系就运转不起来。例如黑格尔说，美是理念的感性的显现，绝对理念在一极，美在另一极，中介环节是人的感性，也就是说靠感性才能沟通这两极，理念才显现为美，或者说美通过感性才找到它的本质。所以，中介概念是他的辩证法的核心观念。黑格尔在《小逻辑》中多次提到“中介”和“间接性”的概念。列宁在《哲学笔记》中针对黑格尔的论述，写道：“一切都经过中介，连成一体。通过转化而联系的。”列宁可以说把黑格尔的思想摸透了。恩格斯继承了黑格尔的辩证法，加以改造，把马克思提出的社会结构理论完善化了。同时也给后人留下了一个可以继续深入研究的空间。

从以上归纳和论述可以清楚看到，恩格斯晚年的确通过对庸俗社会的批判，发表了许多新的观点，大大丰富了历史唯物主义的方法。可是人们是不是听到了恩格斯晚年发出的声音呢？如果我们听到了他的声音的话，我们就不能不重新审视马克思、恩格斯对精神生产问题所作的一些根本的论述，从中我们可以获得新的教益。

三、马克思关于艺术生产论的重新审视

是的,我们听到了恩格斯晚年发出的声音,我们觉得对马克思的第一个理论发现,还有许多问题没有真正理解,我们似乎要给自己提一个问题:我们是不是忽略了马克思早就讲过的一些重要问题?还有,那些在恩格斯晚年,在苏联早期,以及在中国极"左"思潮流行时,那些自称信奉马克思主义的人,却落入了庸俗社会学的陷阱。他们更是无视马克思早就暗示过或明确讲过的重要问题。为此我们不能不对马克思提出过的一些论点,特别是前人从未讲过的论点进行重新审视。因为可能是忽略了或未能真正理解这些马克思早就明确的问题,才导致对历史唯物主义原理的某些简单化的运用,以致犯庸俗社会学的错误。

(一)"艺术生产"概念

就文学艺术领域,马克思的确讲过一些前人从未讲过的论点。如人是按照美的规律进行创造的,物质生产的发展同艺术生产的不平衡关系,对世界的艺术掌握方式,典型环境的典型人物,莎士比亚化等,所有这些问题都很重要,但同历史唯物主义原理联系得最紧密的问题,是"艺术生产"问题。马克思早在《1844年经济学—哲学手稿》中就提出了"艺术生产"的概念,他指出:"全部人的活动迄今都是劳动","宗教、家庭、国家、法、道德、科学、艺术等等,都不过是生产的一些特殊的方式,并且受生产的普遍规律的支配"①。马克思和恩格斯在《德意志意识形态》中又一次指出:"支配着物质生产资料的阶级,同时也支配着精神生产的资料"。在这部书中,还有"关于意识的生产","语言中的精神生产"等提法②,在《共产主义宣言》中直接提出"精神生产",说:"精神生产随着物质生产的改造而改造"③。马克思在《〈政治经济学〉导言》中,提出了重要的人类对世界的四种掌握方式问题,其中就包括对世界的艺术掌握方式问题,与此密切相关,马克思正式提出了"艺术生产"的概念。他在指出"物质生产的发展例如同艺术生产的不平衡关系"之后还说:"关于艺术,大家知道,它的一定的繁荣时期决不是同社会的一般

---

① 《马克思恩格斯全集》第四十二卷,人民出版社1972年版,第121—127页。

② 参见《马克思恩格斯全集》第三卷,人民出版社,第52页。

③ 《马克思恩格斯全集》第一卷,人民出版社,第270页。

发展成比例的，因而也决不是同仿佛是社会组织的骨骼的物质基础的一般发展成比例的。例如，拿希腊人或莎士比亚同现代人相比。就某些艺术形式例如史诗来说，甚至谁都承认：当艺术生产一旦作为艺术生产出现，它们就再不能以那种在世界史上划时代的、古典的形式创造出来；因此，在艺术本身的领域内，某些有重大意义的艺术形式只有在艺术发展的不发达的阶段上才是可能的。”[①]这里，对物质生产与艺术生产不平衡关系的问题，我们不拟展开来讨论，而仅就“艺术生产”这个概念的重要意义作一些探讨。

（二）艺术生产论与反映论

在国内人们对艺术“反映”这个概念比较重视，作过许多讨论，对“艺术生产”这个概念却不太重视，研究很少。近几年虽有一些文章谈这个问题，看来也未谈到点子上，即“艺术生产”这个概念的意义没有被充分揭示出来。倒是在西方马克思主义那里，对这个概念很重视，如霍克海默、阿尔多诺、本杰明、马歇雷、阿尔都塞、伊格尔顿等对此都有独到的、充分的论述。实际上，“艺术生产”这个概念是马克思、恩格斯文艺学的特有的概念，是他们超越旧的文艺学的一个鲜明的标志，同时它的内涵的丰富、意义的重大，都是独步一时的。

有一个现象值得注意，在马克思和恩格斯那里，“艺术生产”这个概念比“艺术反映”这个概念更受到重视，这不是没有原因的。“反映”这个概念不是马克思的独到发现，只是一种习惯性的沿用。“反映”这个词最初可能只有“再现”的意思，黑格尔说：“反映或反思（Reflexion）这个词本来是用来讲光的，当光直线式地射出，碰到一个镜面上时，又从这个镜面上反射出来，就叫作反映。”[②]所以原义的“反映”是有“再现”、直观性反映的意思，当然，马克思、恩格斯在用“反映”这个概念时已作了改造，把它变成能动的反映论。但就是这样，反映论并不能说明艺术生产所包容的全部问题，特别是难于直接说明社会的经济状况与文学艺术的复杂关系，所以马克思更重视自己发现的“艺术生产”这个更具根本性的概念。

那么，“艺术生产”概念的意义何在呢？我们起码可以从以下三点来加以说明：

（一）“艺术生产”作为中间环节

艺术生产论涵盖面更大，与生产论相比，反映论一般仅指人的思维活动领

---

① 《〈政治经济学批判〉导言》，《马克思恩格斯选集》第二卷，人民出版社 1972 年版，第 112—113 页。

② 黑格尔：《小逻辑》，商务印书馆 1980 年版，第 242 页。

域,就艺术反映论而言,也仅指艺术家头脑中的思维活动,而艺术生产论则不但包含了人在艺术创作中的思维活动,它把艺术活动的各个环节的问题都包括进来了。可以这样说,艺术生产既包含了艺术生产的主体与客体,又包含了艺术生产的目的、手段、产品、产品的价值、产品的消费,更为重要的是艺术生产所表达的是过程,即生动的艺术生产的全过程,动的过程。艺术生产是过程,这是一个极为深刻的思想。历史唯物主义的基本原理:社会的经济基础最终支配文学艺术,那么经济基础究竟怎样实现这种支配呢?这就要通过艺术生产过程。正是艺术生产沟通了社会的经济状况与文学艺术之间的关系,换言之,正是艺术生产把社会经济状况与艺术联结起来,因此,艺术生产是经济状况与文学艺术之间的中间环节,艺术生产是一个中介。没有这个中介,文学艺术作为人类的独特活动就不可能实现。试想,如果说文学艺术只是反映,那么至多也只停留在作家、艺术家的构思阶段,只是构思,这是不能称为文学艺术活动的。艺术生产则因是动态的,具有过渡的功能,社会存在与社会意识之间,经济基础与意识形态之间,主体与客体之间,都要依靠它才能由此过渡到彼。而艺术生产是人的全部身心的投入,是一个极为复杂的过程,它作为中介实际上也就是马克思所说的"人的本质力量的对象化",同时也就是他反复强调的实践,这里所包含的内容就多了。明确此点,庸俗社会学的所谓经济状况"自动发生作用"的观点也就不攻自破。明确此点,恩格斯晚年强调的"中间环节"理论也就不难理解了。当然,我们这样讲,并不是以"生产论"来否定"反映论",或取代"反映论",而是说"生产论"可以包括"反映论"。

(二)艺术生产论与艺术的加工特性

"艺术生产"概念的确立,不但指明中间环节,而且还突出了文学艺术活动的"生产"的特性。生产的基本性质就是"加工",艺术生产指明了艺术活动的整个过程,都具有生产性,也就是加工性、创造性。马克思很重视艺术生产的"艺术加工"的特点。他在《〈政治经济学批判〉导言》中,在"艺术生产"这个题目下,借讲希腊艺术问题来讲"艺术加工",他说:"希腊艺术的前提是希腊神话,也就是已经通过人民的幻想用一种不自觉的艺术方式加工过的自然和社会形式本身。这是希腊艺术的素材。不是随便一种神话,就是说,不是对自然(这里只一切对象,包括社会在内)的随便一种不自觉的艺术加工。"[①]这里马克思两次提到"加工"这个词,而且最后又把"艺术加工"连

① 《〈政治经济学批判〉导言》,《马克思恩格斯选集》第二卷,人民出版社1972年版,第112—113、113页。

起来用，充分说明他重视艺术生产中的生产—加工性。文学艺术活动是一个系统，起码是生活—作者—作品—接受的过程，在这里每一个阶段都具有生产—加工性。第一阶段，生活。过去流行的看法把客观的本然的生活看成是文学艺术的对象（客体），这是不对的。生活作为文学艺术的对象，已不是纯粹的自然物，生活一旦成为艺术生产的对象，就如同工厂生产的原料，就已经过了作家、艺术思想情感的筛选，这筛选就是一种生产—加工。因为从纯物理性的生活（朱光潜称为"物甲"），变成作家、艺术家的对象（朱光潜称为"物乙"），这中间已有作家、艺术家的创造（或者说艺术加工），不经作家、艺术家选择，不跟作家、艺术家诗意相联系的生活，是物的本然存在，它是科学家的对象，不是作家、艺术家的对象。所以艺术生产的第一阶段就有了生产—加工性。第二阶段，进入作家、艺术家的构思过程，这里更要调动自己的感觉、知觉、表象、联想、回忆、情感、想象、理解等等心理机制，对已把握的对象进行深度的艺术加工，其生产—加工性自不待言。由构思到作品，中间是艺术传达，这是第三阶段，这里要用各种物质的媒体把构思的艺术形象塑造出来，这过程就更像工厂的加工过程。这个过程的生产性就更为突出。这不但要作家、艺术家付出巨大的脑力，甚至要付出巨大的体力。最近有消息说，达·芬奇有一幅未完成的画，主题是表现在1440年在安加利战役中，佛罗伦萨和教皇的骑兵部队击败了一支米兰军队，取得了辉煌的胜利。达·芬奇已经构思好了，并把构思的草图画在一块长115厘米、宽86厘米的木板上，但据说他要画的是一幅巨型壁画，这幅画打算把390米的墙面画满。画家因为年迈，精力不够，最终也没有完成这幅画。可以想象，画这样一幅巨型壁画绝不比办一个工厂简单，如何把自己的构思在这样大的墙面上实现出来，更是不知要有多少道工序，同时还要有多大的气魄和伟大的想象力。这个极端的例子说明从构思到传达这个阶段的生产—加工性是非常突出的。第四阶段，是作品接受，这对读者来说也是一个生产过程。读者可以运用自己的全部聪明才智和想象力，进行生产，进行自己的独到的艺术加工，变幻出千百个艺术世界来。现代的接受美学和读者反应批评已充分揭示了这一点，但它们似乎并没有超出马克思的艺术生产论，只是把马克思的艺术生产论的一部分内容作了发挥。总之，马克思的艺术生产论，充分揭示了艺术的整个活动过程的生产—加工（即创造）的特性。这实际上把人类对世界的艺术掌握的秘密也揭示出来了。

（三）艺术生产与人的心理能力

艺术生产既然是中间环节，是对整个艺术活动过程的创造性的深刻揭示，那么在这环节和过程，起关键作用的是什么？当然是人和人的心理能力。这在论述前两点时已略约讲到。这里，我们结合马克思的另一些论述，再集中谈一谈。艺术生产作为经济状况与意识形态的中间环节，作为具有艺术加工性的过程，人和人的能力是决定性的因素。马克思早在《1844年经济学—哲学手稿》中，正是在谈到私有财产的废除之后的生产实践时，提出了“人的本质对象化”①的重要命题。马克思对生产（包括艺术生产）的看法，是强调主体的人及其心理能力。他认为，新的社会“作为恒定的现实，也创造着具有人的本质的全部丰富性的人创造着具有深刻的感受力的丰富的、全面的人”②，人有这些本质力量就必然要在他的生产劳动中实现出来。马克思举工业生产的例子来说明，“工业的历史和工业的已经生产的对象性的存在，是人的本质力量的打开的书本，是感性地摆在我们面前的、人的心理学”③。在这里，马克思特别重视人的心理能力，认为对象化实际上就是人的心理能力的实现。马克思所说的人的心理能力是一个很大的概念，他说：“人同世界的任何一种属人的关系—视觉、听觉、嗅觉、触觉、思维、直观、感情、愿望、活动、爱——总之，他的个体的一切官能，正像那些在形式上直接作为社会器官而存在的器官一样，是通过自己的对象性的关系，而对对象的占有。”④就是说，任何真正的生产都是人的本质力量的对象化，都是摆在人们面前的一本心理学。

在艺术生产中，同样要求人的本质力量的对象化，同样要求人的全部心理能力的实现，这与别的生产相同的，所不同的只是要求某些审美的心理的特别的发展，对这一点，马克思也清楚谈到了。对艺术家或对欣赏艺术的人来说，马克思要求他们有“感受音乐的耳朵、感受形式美的眼睛”⑤，他说：“从主体的方面来看，只有音乐才能激起人的音乐感；对于不辨音律的耳朵说来，最美的音乐也毫无意义。”⑥他还说：“忧心忡忡的穷人甚至对最美丽的景色都无动于衷。”⑦这虽然是对艺术和自然美的欣赏来说的，但对整个艺术生产活动都是适用的。就是说，对艺术生产来说，不但要有像工业生产时那种主体的心理能力，而且还特别需要审美的心理能力，实际上是作为艺术家、艺术欣赏者的整个人的本质力量的对象化，让艺术活动中看到整个人的力

①②③④⑤⑥⑦ 参见马克思：《1844年经济学—哲学手稿》，人民出版社1979年版，第77—80页。

量的确证。

庸俗社会学失足的又一表现就是“见物不见人”，马克思的历史唯物主义则要求“见物也见人”，特别在要求“见人”上面，作了特别的强调。这里，我们特别要提到马克思的《关于费尔巴哈的提纲》的第一条。马克思认为，旧唯物主义的一个主要缺点是：“对事物、现实、感性，只是从客体的或直观的形式去理解，而不是把它们当作人的感性活动，当作实践去理解，不是从主观方面去理解。”[①]这段话很重要，马克思认为事物、现实、感性都是人的实践，既然是实践，就必然有客体的方面和主体的方面，两个方面缺一不可。因此对现实的理解就既可以从客体的角度去理解，也可以从主体的角度去理解。艺术生产作为人的审美实践，从主体的角度去理解尤为重要。仅从经济状况的客体方面去理解、解释，就必然要堕入庸俗社会学的泥潭。

重新审视马克思的艺术生产等论述，我们可以得出这样的结论：艺术生产是社会的经济状况和作为意识形态的中间环节，这个中间环节具有生产—加工性，是人和人的心理能力的充分展开，人和人的心理是中间环节的关键，因此我们实际上可以把人的心理作为经济状况与文学艺术之间的中介。人的心理，人的社会心理，就像一座桥梁，社会存在作用社会意识，或社会意识要反作用社会存在，经济作用文学艺术，或文学艺术要反作用经济，都要通过这座桥梁。进一步说，恩格斯晚年所忧虑的问题，也将在这里得到合理的解决，我们准备用社会心理的视角来解释文学艺术，也找到了马克思和恩格斯的历史唯物主义原理的支持。原来在马克思创立历史唯物主义之际，他可能预见到人们将产生疑惑和问题，甚至犯错误，还有敌人的有意的歪曲，为此，他早在历史的转弯处等候着。

（《中国文学研究》1997 年第 4 期）

① 《马克思恩格斯选集》第一卷，人民出版社 1972 年版，第 16 页。

普列汉诺夫论社会心理与文学艺术

普列汉诺夫是俄国的一位重要的马克思主义理论家，他同时又是一位文学艺术的行家，他对于文学艺术作品具有很高的鉴赏力。因此，他对于马克思的社会结构公式的具体化，他对于社会心理与文学艺术关系的深刻阐述，他运用历史唯物主义对于一些文学艺术历史和现象的分析，对于我们理解文学艺术问题有着重要的意义。

一、"五项因素公式"的意义与由来

在恩格斯逝世之后，普列汉诺夫十分理解恩格斯晚年的忧虑，因为当时就有人攻击马克思的社会结构理论"片面化""狭隘化"，所以他特别重视恩格斯晚年对历史唯物主义所作的补充，尤其对恩格斯所提出的"中间环节"理论发生了浓厚的兴趣。经过多年的研究，他对马克思的历史唯物主义的核心理论——社会结构学说——作了具体化的工作。马克思的社会结构理论是在《〈政治经济学〉序言》中提出的，马克思说：

> 人们在自己生活的社会生产中发生一定的、必然的、不以他们的意志为转移的关系，即同他们的物质生产力的一定发展阶段相适应的生产关系。这些生产关系的总和构成社会的经济结构，即有法律的和政治的上层建筑竖立其上并有一定的社会意识形式与之相适应的现实基础。物质生活的生产方式制约着整个社会生活、政治生活和精神生活的过程。不是人们的意识决定人们的存在，相反，是人们的社会存在决定人们的意识。……随着经济基础的变更，全部庞大的上层建筑也或慢或快地发生变更。[①]

---

① 马克思：《〈政治经济学〉序言》，《马克思恩格斯选集》第二卷，人民出版社1972年版，第82页。

马克思的话不长，但却是他的“研究工作的总的结果”，他的表述也是非常经典的，这的确是马克思对人类社会发展规律的一大发现，它的意义是无可估量的。但由于马克思的表述过于简练，人们在理解和实际的运用中，就常常把它简单化，仅剩下经济基础决定上层建筑，经济基础决定意识形态，经济基础决定文学艺术，等等，这样就像恩格斯所说的那样，把一个深刻的思想变成解“一次方程式”，变成“小学生作业”，对于这样的教条式的简单化的理解，马克思是不承认的，他风趣地说“我只知道我自己不是马克思主义者”。也正因此在马克思逝世后，恩格斯总是说社会经济状况归根到底对社会意识形态具有决定作用，在两极之间有许多“中间环节”。普列汉诺夫从恩格斯的“中间环节”理论起步，力图把马克思的社会结构的理论具体化，终于提出了他的社会结构因素五项式。他在《马克思主义的基本问题》一书中说：

> 如果我们想简要说明一下马克思和恩格斯对于现在很有名的“基础”对同样有名的“上层建筑”的关系的见解，那么我们就可以得到下面一些东西：
>
> （一）生产力的状况；
>
> （二）被生产力所制约的经济关系；
>
> （三）在一定的经济“基础”上生长起来的社会政治制度；
>
> （四）一部分由经济直接决定的，一部分由生长在经济上的全部社会政治制度所决定的社会中的人的心理；
>
> （五）反映这种心理特征的各种思想体系。①

普列汉诺夫的“五项因素公式”与马克思的公式相比，有哪些相同点，又有什么区别呢？应该说，两者的思想是完全一致的。首先，他们都强调生产力是社会发展的最后动因，都强调经济是基础，唯物主义的特征都很鲜明，用普列汉诺夫自己的话来说，都“彻头彻尾贯穿着唯物主义”。其次，他们都认为意识形态（马克思）或思想体系（普列汉诺夫）最终都是由经济基础决定的。两个公式不同之处在于：第一，为了说明经济基础决定上层建筑及其意识形态，是经过中间环节的，普列汉诺夫在经济基础和思想体系中间，加了一个“社会中的人的心理”，后来简称为“社会心理”，这是对恩格斯的“中间环节”理论的具体解释；第二，为了说明社会两极之间往往不是直接联系的，

---

① 《普列汉诺夫哲学著作选集》第二卷，三联书店 1974 年版，第 195 页。

普列汉诺夫认为思想体系是“心理特征”的反映，换言之，与思想体系直接发生联系的是社会心理，而往往不是经济状况。

普列汉诺夫的“五项因素公式”究竟有什么意义呢？

第一，“五项因素公式”把马克思的社会结构公式具体化、系统化了。马克思的公式把社会的结构分为三个方面，即生产力、经济基础和上层建筑，普列汉诺夫则把三个层面具体化为五个层面，即生产力、经济关系、政治制度、社会心理和思想体系，而且这个公式把人类社会的五个因素放在“等级序列”中，构成一种层次关系：最基层的动因是马克思所强调的生产力，然后一层决定一层，使社会的结构形成了一个有规律可循的有机的系统。社会不是各种因素分散的、随意的、无联系的、偶然的堆砌。这就有利于人们把社会理解成一个复杂的多因素交互作用的网络。我们要解释人类社会的任何问题，都不能孤立分析一个因素，而必须充分注意到它是一个活的系统，进而要把问题放到系统所形成的整体中去把握，简单套用现成的公式是无济于事的。普列汉诺夫认为研究社会，“到研究这手里是死的材料，……从他手里出去的应该是有完全生命的有机体”[①]。

第二，“五项因素公式”把人的社会意识分为两种形态，一种是社会心理，一种是思想体系，普列汉诺夫用这两项代替马克思的“意识形态”一项，特别是突出社会心理这一项的“中介”作用，是很有见解的，也是很有意义的。因为在实际生活中，的确有经过思想家们整理过的思想体系，但在人们的日常生活中占据人们头脑的，更多的是那种未经思想家整理过的、作为风尚流行的情绪、思想等，这种社会心理受经济状况、政治状况等因素的影响，但它是思想体系的反映的对象，对于人类的各种社会思想体系的演变、形成都有重大的意义。因此，我们要研究人类的各种思想发展、变化等问题，都不能不寻求社会心理方面的解释，这是一种更直接的更具体的解释，社会的经济状况虽然可以做出最终的解释，但无法代替社会心理的解释。的确，社会心理这一“中间环节”概念的提出，为我们有效地解释包括文学艺术在内的意识形态问题，开辟了一条新的道路。在普列汉诺夫看来，“中间环节”很多，“是一个极其复杂的力量体系”，但是，社会心理在诸多中间环节中是最重要的一环。当然，普列汉诺夫在强调社会心理对文学艺术等意识形态的重要性同时，又反复说明社会心理不是“第二本原”，它仍然受社会的经济关

① 《普列汉诺夫哲学著作选集》第一卷，三联书店 1974 年版，第 754 页。

系的制约，“任何一定的社会心理都是有社会关系决定的”，“是社会关系的结果”。这样，普列汉诺夫就又坚持了社会结构理论的客观性原则。

当然，我们应该看到，社会心理这一概念的提出，并非普列汉诺夫的突发奇想，说到底，其思想的萌芽还是在马克思那里。马克思的《关于费尔巴哈提纲》中对旧唯物主义的作了批判，马克思认为旧唯物主义的失足之处就在于对事物、现实、感性，只从客体的角度去看，而不能同时从主体的角度去看。马克思强调对事物、现实、感性要从主体的主观的角度去看，实际上也就提出了人的心理问题。就是说，事物、现实、感性只要成为人的对象，就经过了人的心理的过滤，就不再是自在之物。更重要的是，马克思在《路易·波拿巴的雾月十八日》一书中，在谈到正统王朝和七月王朝是不同阶级的政治表现后，马克思说：“当然，把它们同某个王朝联结起来的同时还有旧日的回忆、个人的仇怨、忧虑和希望、偏见和幻想、同情和反感、信念、信条和原则，这有谁会否认呢？”紧接着，马克思说：“在不同的所有制形式上，在生存的社会条件上，耸立着由各种不同情感、幻想、思想方式和世界观构成的整个上层建筑。”[①]很明显，这里所说的回忆、仇怨、忧虑、希望、偏见、幻想、同情、反感、信念、信条、原则、思想方式等，实际上就是社会心理。所以普列汉诺夫的社会心理这一重要概念，仍然是来源于马克思。不过，普列汉列夫将马克思所讲的回忆、愁怨、忧虑、希望、偏见、幻想、同情、反感、信念、信条、情感、思想方式等，正确地概括为社会心理，并把社会心理这一概念纳入他的“五项因素公式”中，作为社会结构两极的中间环节，这对马克思的社会结构学说是一个创造性的发挥，这一贡献是引人瞩目的。

二、社会心理与艺术活动

普列汉诺夫对艺术有精深的研究，他的“五项因素公式”突出了社会心理这一中介环节，这就使他能够从社会心理的视角来考察文学艺术问题。他不但对许多文学艺术现象作出深刻的分析，而且他还对社会心理与艺术活动的关系从理论上作出了一系列的探讨。

首先，普列汉诺夫在肯定社会的生产力是最后的动因的理论前提下，特

① 《马克思恩格斯选集》第一卷，人民出版社 1972 年版，第 629 页。

别强调社会心理与文学艺术的直接的巨大的决定作用。普列汉诺夫说："在一定时期的艺术作品中和文学趣味中表现着社会的心理。"[①]"任何一个民族的艺术都是由它的心理所决定的"[②]，"要了解某一个国家的科学思想史或艺术史，只知道它的经济是不够的。必须知道如何从经济进而研究社会心理；对于社会心理若没有精细的了解，思想体系的历史唯物主义解释根本就不可能"[③]。"因此社会心理学异常重要。甚至在法律和政治制度的历史中都必须估计到它，而在文学、艺术、哲学等科学的历史中，如果没有它，就一步也动不得"[④]。这些论述，着重说明社会心理与文学艺术是直接相关的，因此必须充分研究某个特定民族、在特定历史时期的社会心理，才有可能对这个民族、这个时期的文学艺术作出解释。普列汉诺夫分析了许多文学艺术的实例，来证明他的观点。例如关于圣母画，拜占庭时代的圣母画，圣母是严肃而死板的，这表现了中世纪基督教徒对女人形象的理想；而文艺复兴时期的拉斐尔的圣母画，看上去完全是现实生活中生动的女人，这使人看到了一种纯属世俗生活的欢乐。因此，后者被认为是世俗的理想战胜基督教和修道院的理想的最突出的艺术表现之一。他还讲到舞蹈方面的例子，"要了解'米努哀脱'舞，单是知道 18 世纪的经济是完全不够的。这里我们要研究的是表现非生产阶级的心理的舞蹈。所谓正规社会的大多数'习惯和礼仪'就是用这种心理学来说明的。因此，在这里，经济的因素就让位给心理的因素了"[⑤]。

普列汉诺夫通过论证，实际上认为文学艺术是社会心理的反映，他对那中"文学是社会生活的反映"的一般性说法不满意，提出了补充，他说："说艺术像文学一样是生活的反映，这虽然讲出了正确的意见，可究竟还不十分明确。为了理解艺术是怎样地反映生活的，就必须了解生活的机制。"那么怎样了解生活的机制呢？他回答说：要"弄清文明社会的'精神'的历史"。所谓"精神的历史"，也就是人的心理的历史。不难看出，在普列汉诺夫看来，文学艺术研究者只有把文学艺术理解为社会心理的反映，追寻文学艺术赖以产生的直接根源，才能揭开文学艺术活动的奥秘。

这里，人们有可能向普列汉诺夫提出两个问题，即如何来理解文明社会

---

① 《普列汉诺夫美学论文集》第一卷，人民出版社 1983 年版，第 482 页。

② 《普列汉诺夫哲学著作选集》第五卷，三联书店 1974 年版，第 350 页。

③ 同上书，第二卷，第 272 页。

④ 同上书，第 272、273 页。

⑤ 《马克思主义的基本问题》，《普列汉诺夫哲学著作选集》第二卷，三联书店 1974 年版，第 48 页。

的经济关系对文学艺术(特别是那些上层阶级创造的远离经济关系的艺术)“归根到底”、“最终”具有决定作用呢？如何理解原始艺术与生产过程的密切关系呢？

对前一个问题，普列汉诺夫认为，创造文学艺术的上层阶级不从事生产劳动，所以他们中间产生的艺术对于生产过程，对于经济关系，不能有任何直接关系。“然而这是不是说，在划分成阶级的社会里，人们的意识决定于他们的存在这种因果联系被削弱了呢？完全不是这样的意思，因为社会之划分成阶级，其本身就是被社会的经济发展制约着的。如果上层阶级所创造的艺术对于生产过程没有任何的直接关系，那么归根到底也是经济上的原因。”[①]这意思是说，阶级的产生是经济关系决定的，虽然阶级社会的艺术与经济关系不发生直接联系，但说到底，文学艺术还是间接地受制于社会的经济关系。这样，普列汉诺夫就以大而化之的方法解决了这个问题。这种解释显然略嫌简单，显得不足。普列汉诺夫还有另一种更具体的回答，他说:“生产力发展的任何特定的阶段必然地引起在生产过程中人们的一定的结合，即一定的生产关系，亦即整个社会的一定的结构。而既然有了社会的结构，就不难了解，它的性质将一般的反映于全部的心理之上，反映于他们的一切习惯、道德、感觉、观点、意图和理想之上。习惯、道德、观点、意图和理想必然地应当适应于人们的生活样式，适应于他们获得食料的方式。社会心理永远顺从它的经济目的，永远适合于它，永远为它所决定。”[②]这个解释虽然详细一些，但无非是说社会心理反映社会结构，而社会心理如何决定于社会的经济关系的具体机制，是一个很复杂的问题，看来还有待于进一步研究。对后一个问题，普列汉诺夫认为人类原始时期的艺术与文明时期的艺术是不同的，人类原始时期的艺术与原始人类的生产劳动密切相关，他说:“在没有阶级划分的原始社会里，人的生产活动直接影响着他的世界观和他的美的趣味。装饰艺术的动机来自技术，而舞蹈——在原始社会中几乎是最重要的艺术——常常只是生产过程的重演。但在已经划分为阶级的社会里，这种活动对于思想意识的直接影响就不大显著了。”普列汉诺夫在这里如实地揭示了不同时期人类艺术的不同情况，但这并不意味着他的社会心理学说在说明原始社会的艺术时失效了。有的学者为了替普列汉诺夫辩护，说原始艺术不能称为严格意义上的艺术，因为它尚未从混沌的整体中

---

① 《普列汉诺夫美学论文集》第一卷，人民出版社 1983 年版，第 482、470 页。

② 《普列汉诺夫哲学著作选集》第一卷，三联书店 1974 年版，第 715 页。

独立、分化出来，因此普列汉诺夫用“经济——艺术”的公式直接解释原始艺术是可以理解的。这当然也是一种理解。但我倾向于应该承认原始艺术也是艺术，也是严格意义上的艺术，因为我们从现有的资料中发现，原始艺术有时是非常精彩的（特别是舞蹈），精彩到连现代人也感到吃惊。我们不能不承认它们是真正的艺术。原始人的舞蹈虽然常常只是生产过程的重演，但在这重演中，在普列汉诺夫看来，还是社会心理使然，对原始的舞蹈的解释应是这样：

生产过程⟶影响他们的世界观和美的趣味⟶与生产过程相似的舞蹈

在这个解释模式中，仍然是社会心理起中介作用，普列汉诺夫认为应该用原始人的审美趣味来解释他们的舞蹈；至于他们的舞蹈之所以常常是生产过程的重演，是因为对原始人来说，通过生产获得食物几乎是他们唯一的需要，所以他们的社会心理也必然与生产过程相伴随，说到底，必须研究先原始人的特定的心理，才能解释他们的艺术活动。这样，普列汉诺夫就把他的中间环节——社会心理——的理论贯穿到底了。

其次普列汉诺夫又考虑到文学艺术不同于一般思想体系的特征，提出进而了个人心理与社会心理的关系问题，因为一般的思想体系所反映的只是普遍的社会心理，文学艺术当然也反映普遍的社会心理，但它不是作一般的概括，它要通过个性化的反映折射出社会的普遍的心理。所以个性心理与社会心理的关系成为他所关注的又一问题。普列汉诺夫认为，如果文学艺术只是一般反映社会心理的抽象观念，那“就连艺术创作的痕迹也没有”，他在谈《费加罗的婚姻》这部作品时说：“我们把《费加罗的婚姻》看成是第三等级同旧秩序的斗争的表现，不用说，我们不会闭眼不看这个斗争是怎样表现的，也就是说，艺术家是不是担当起了自己的任务。”①他在“怎样”一词下加了着重号，说明他强调的不仅是写什么，还要看怎样写。如果只是一般的表现抽象概念，那就没有艺术的印记，即使社会心理表现得再充分，也不能称为好作品。他从这里得出结论说：“艺术家应当把构成他的作品的内容的一般东西加以个性化，既然我们与之打交道是个人，所以我们面前出现的是某些心理过程，而且在这里心理分析不仅是完全适当的而且是十分必要的，甚至是非常有教益的。但是剧中人的心理在我们心目中之所以具有巨大的

① 《普列汉诺夫美学论文集》第一卷，人民出版社 1983 年版，第 186—187 页。

重要性，是因为它是整个社会阶级或者至少整个社会阶层的心理，因而个别人物心灵中发生的过程就是历史运动的反映。”[①]在这里，普列汉诺夫认为，作品中所反映的心理应是个别与一般的统一，一方面，它是个别人的具有个性化的心理，与别的人心理是不同的，但另一方面，这个别的具有个性化的心理有是对某个阶级和阶层的心理的艺术概括，个别人物的心灵过程是历史运动的折射。这样，普列汉诺夫就把握住了文学艺术最重要的特征。

当然，这里是仅就作品来说的，如果将普列汉诺夫的观点运用于作家、艺术家的创作过程和读者的接受过程，那么我们就可以作出如下的推论：作家、艺术家生活在特定的社会心理氛围中，首先应该把这社会心理内化为自己的独特的审美心理文化结构，其次再在自己选定的特定的创作题材中实现出来，使自己笔下的人物、场景也体现出既具个性特征又具某个时代心理氛围。对读者而言，他有他的美学趣味，这是个人的，个性化的，但同时在他的美学趣味里渗透了特定时期特定阶层的社会心理。这中间也同样有一个内化问题。总之，社会心理的个性化是从作者、作品和读者几个方面实现的，心理的社会化和个性化充满了文学艺术活动的全过程。

（《文学艺术与社会心理》，童庆炳等著，高等教育出版社 1997 年 7 月版）

① 《普列汉诺夫美学论文集》第一卷，人民出版社 1983 年版，第 186—187 页。

社会心理与艺术文体两中介说

普列汉诺夫在何处止步呢？第一，普列汉诺夫认为社会心理是社会经济基础与文学艺术之间的中介环节，但对于什么是社会心理，社会心理为何会对文学艺术产生直接的作用，则语焉不详；第二，在社会经济基础与文学艺术之间的空阔地带，恩格斯认为有许多中介环节，可普列汉诺夫只揭示出社会心理这一个环节，是不是还有其他的重要的中介环节被他遗漏了呢？如果有的话，这些中介环节与社会心理这个中介环节又是什么关系呢？我们将从普列汉诺夫止步的地方起步，回答普列汉诺夫没有回答的问题。

一、两个相互联系的重要中介

按恩格斯的设想，在社会的经济基础与文学艺术之间有“诸多”中介，社会经济基础作用于文学艺术要通过这些中介，文学艺术反作用于社会经济基础也要通过这些中介。的确，在社会经济基础与文学艺术活动之间，存在着许多中介环节，这些中介环节不但与社会经济状况发生联系，而且彼此之间也相互作用，因此，文学艺术活动的实现不是容易的。就拿文学活动来说，作家对社会心理发生这样或那样的感应，并不等于文学活动的实现。作家选择什么体裁、题材，写些什么样的人物和情景，采用什么结构模式和语言技巧，在作家写出了作品之后，如何编辑，如何印刷，如何销售，读者如何接受等，艺术生产的每一道工序，都是一个中介，这些中介相互影响，缺少任何一个中介，文学活动都无法实现。但是，在这许多中介环节中，我们认为有两个中介环节是至为重要的：一个就是普列汉诺夫提出的社会心理，另一个是艺术文体。社会心理是一般中介，因为它是所有意识形态与其社会经济基础的中介环节，如哲学、宗教等意识形态，也不是由社会的经济基础直接决定的，无论是社会的经济状况对哲学、宗教等的制约作用，还是哲学、宗教等对社会经济状况的反作用，都必须经过社会心理这个中介。所以，社会心理只能说是文学艺术和其它意识形态与社会经济基础之间共同的中介环节。换言之，对文学艺术活动来说，社会心理只是一个一般中介。文学艺术活动的实现仅有这一个中介，是不够的。社会心理不会直接转化为文学艺术作品。文学首先是文学，艺术首先是艺术，文学艺术有其独特的性质。文学艺术并不单纯是社会心理的结晶。这一点，普列汉诺夫作为一个艺术的行家，当然也是清楚的。但他在运用马克思的社会结构的公式并进行补充时却忽略了这一点。在普列汉诺夫之前，别林斯基就明确说过：

> 艺术可以是某种思想和倾向的传播者，但艺术首先必须是艺术。否则，艺术作品就成了死的譬喻，冰冷的论文，而不是现实的活生生的再现。①
>
> 文学是整个社会的所有物，反过来，社会又通过文学，在自觉的、优雅的形式中获得以其直感生活为源泉的一切东西。社会在文学中找到提升为典范，化为自觉的自己的现实生活。②

别林斯基的论点是比较全面的，他谈到了文学艺术的社会内容，又强调优雅的艺术形式。普列汉诺夫自己也清楚认识到文学艺术的特征，他说："艺术既表现人们的感情，也表现人们的思想，但是并非抽象的表现，而是用生动的形象来表现。艺术的最主要的特征就在于此。"③照理，普列汉诺夫在补充马克思的公式时，应该把"艺术的最主要的特征"考虑在内，他的忽略可能是由于他没有把艺术的特征推到形式的层面。

比普列汉诺夫稍晚一些开始活动的俄国形式主义文论派，就把这个问题提得更极端一些，罗·雅各布森说：

> 文学对象的科学不是文学，而是文学性，也就是说使一部作品成为文学作品的东西。不过，直到现在我们还是可以把文学史家比作一名警察，他要是逮捕某个人可能把凡是在房间里遇到的人，甚至把旁边街上经过的人都抓了起来。文学史家就是这样无所不用，诸如个人生活、心理学、政治、哲学，无一例外。这样便凑成一种雕虫小技，而不是文学科学，仿佛他们已经忘记，每一种对象都属于一门科学，如哲学史、文化史、心理学等等，而这些科学自然也可以使用文学现象作为不完善的二

① 《别林斯基选集》第二卷，时代出版社1952年版，第362页。
② 《别林斯基选集》第三卷，上海译文出版社1980年版，第123页。
③ 《没有地址的信》，《普列汉诺夫哲学著作选集》第五卷，三联书店1974年版，第308页。

流材料。[①]

他们提出"文学性"这个概念，力图揭示"使一部作品成为文学作品的东西"，这在当时庸俗社会学流行之际，确实起到补偏救弊的作用，从一个侧面揭示文学的特质，是有意义的。但俄国形式主义文论流派走过了头，他们把"文学性"归结为封闭的作品的言语结构，把本应属于文学的东西都排斥在文学之外，而且更为重要的是他们无意在马克思的社会结构的理论框架里来讨论文学问题，陷入了历史唯心主义的泥潭，这就使他们的理论理所当然地遭到了怀疑。实际上，如果我们把他们的理论加以改造，然后放到马克思的社会结构的框架里，把他们十分重视的文学语言理解为另一个中介环节，那么我们就可以认为是继普列汉诺夫之后的又一重要补充。

我们的理论要点在于，文学艺术既是他律的，所以社会心理作为一般中介是不可排斥的，同时，文学艺术又是自律的，所以体现文学艺术的特征的艺术文体也是不可缺少的。缺少艺术文体这个特殊中介，文学艺术活动也是不能实现的。这样，在马克思的社会结构的理论框架内，社会的经济状况经过社会心理这个一般中介环节，再经过艺术文体这个特殊的中介环节，文学艺术活动才得以实现。如果我们把这一观点变为解释的模式，我们就可以得出如下的公式：

社会心理──→艺术文体──→文本特征

或者反过来：

文本特征──→艺术文体──→社会心理

前一个公式的意思是，在社会经济状况具有最终的决定作用的前提下，社会心理这样或那样内化为作家、艺术家的思想感情，促使作家艺术家选择一定的艺术文体进行创作，从而形成了具有特色的文本。后一个公式的意思是，文本的特征是由于作家艺术家选择了特定的艺术文体，而艺术文体的选定又与特定时期社会心理对作家、艺术家的影响密切相关。由此可见，我们的基本看法是，在社会的经济状况具有最终制约作用的前提下，作为一般中介的社会心理相对于特殊中介的艺术文体来说，它又是一个根源。或者换句话来说，社会心理是更根本的东西，它在很大程度上制约着艺术文体及其变化。

---

① 《俄苏形式主义文论选》，中国社会科学出版社 1989 年版，第 24 页。

二、作为一般中介的社会心理

什么是社会心理？普列汉诺夫提出了这个问题，但缺少完整的界说。他有时把社会心理说成是没有经过思想家加工改造过的普通社会意识，表现为“一切习惯、道德、感觉、观点、意图和理想”以及人们的“情绪”、“情感”和“趣味”，有时又说社会心理是“一定时间、一定国家的一定阶级的主要情感和思想状况”“流行的情趣”“社会舆论”“风尚潮流”等。我们认为，完整的社会心理概念是指在特定的历史情境中自发形成的人们的社会性知觉、情绪、愿望、需要、兴趣、时尚等的总和，它的基本特征是原始性、群体性、易变性和无意识性。

首先，社会心理与意识形态是社会意识的两个不同层次的形态，意识形态是特定的阶级的职业思想家从低级的认识素材中，经过研究、加工和提炼而提出来的系统的理论形态，它有明确的对象分工，如哲学、经济学、宗教学、法学等。社会心理是未经思想家加工过的带有原始性、混沌性特征，基本上是一种社会性的知觉或流行的情绪，未上升到理论的层面。而且它以整个社会的境况为对象，没有分工，是混沌一体的。由于上述特点，它常常表现出非系统化、非逻辑化、非理性化的亚特征。也正因此，它更贴近人们的生活经验，它显得比意识形态更具体、更生动、更丰富、更多样。虽然如此，一定社会语境中的社会心理也仍然具有一定的倾向性。例如，在当前社会转型期，人们中流行的一句俗语：金钱不是万能的，可没有钱也是万万不能的。这句话不是什么理论，写不到正式的文件或社论中，它不是意识形态，但它很生动，反映了当前人们某种社会心理，即从过去那种认为讲钱是庸俗的心理中摆脱出来，正视金钱的对人的重要性，讲金钱的重要，已不是什么可耻的事，甚至在某些人那里有金钱越多越好的意思在内，因此它是有倾向的。同时这种社会心理完全是经验化的，每个人对此都能说出许多体会来。社会心理的这种原始性、经验性和具体、生动、丰富、多样的特点，使它与文学艺术产生更直接的关系，更能为文学艺术所把握。许多作家、艺术家对生活的把握，一般不是从抽象的意识形态的层面出发，而是从社会心理的层面出发，所以有时就出现这种情况：作家的意识形态是一种，可他笔下流露出来的思想感情又另是一种。巴尔扎克就是一个突出的例子。本来他在政治上是一个正统派，就他的意识形态而言，应该是属于被推翻的、代表世袭大地主利益的波旁王朝的，照理他的同情注定在要灭亡的那个阶级方面，但是由于巴尔扎克强烈地感受到当时流行的社会心理，即大地主阶级的灭亡是理所当然的，所以一旦他拿起笔，“当他让他所深切同情的那些贵族男女行动的时候，他的嘲笑是空前尖刻的，他的讽刺是空前辛辣的。而他经常毫不掩饰地加以赞赏的人物，却正是他政治上的死对头，圣玛丽修道院的英雄们，这些人在那时（1830—1836）的确是代表人民群众的”[①]。巴尔扎克对当时社会心理的正面接受，使他的作品成为对上流社会必然崩溃的无尽的挽歌。这一例子说明了社会心理不同于意识形态，也说明了社会心理比意识形态更直接作用于文学创作。

其次，相对于个人心理而言，社会心理具有群体性的特征，即它不是个别人的心理，而是群体的心理，某种社会心理一旦出现并形成，它就带有传染性，相互影响，甚至盲目遵从。它往往不属于一个阶级、阶层，它成为各阶级各阶层的普遍心理。例如，在鸦片战争之后，帝国主义列强用大炮轰开了中国的大门，中国人似乎在一夜之间，发现自己的国家已从世界的强国、富国，变成了弱国、贫国，但又总觉得中国有古老的文化，历史悠久，地大物博，瘦死的骆驼比马大，内心总是不服输，于是就产生了一种“精神胜利法”的社会心理，这就是鲁迅在《阿Q正传》中所深刻描写的“阿Q精神”，明明是自己穷得要死，却不服气，心里想，我祖上比你阔多呢！这种“精神胜利法”，不但存在于阿Q这个别人身上，而且下至贫苦百姓，上至王公贵族，在所有的中国人心理，都以这种“精神胜利法”来获得暂时的心理平衡。社会心理的确是具有群体的特征，相互影响，甚至成为一种社会氛围，人人生活于浸染于这种社会氛围中，所有的人都要受它的影响。当然，社会心理的普遍性，从社会学的角度看，还与压力下的从众心理有关，人们普遍认为群体是一个可靠的信息来源，对群体越信任，对个人的一己之见就越怀疑，于是认为遵从群体是值得的。而且几乎在所有的社会情境中，人们一般都怀着偏离的恐惧，人们不想突出自己而与众不同。一个面临与群体的看法不相同的人，总是想自己在什么地方发生了错误，他害怕群体不接纳他，甚至讨厌他，虐待他，驱逐他，为了避免遭到这样的结果，他总是趋于遵从。尽管他内心未必完全同意群体的意见。例如，在“文革”中，对领袖的无限热爱，成为普遍的

① 恩格斯：《致玛·哈克奈斯》，《马克思恩格斯选集》第四卷，人民出版社1972年版，第463页。

社会心理，以致发展到搞“早请示”“晚汇报”“忠字舞”等极端形式，尽管你个人可能不愿意这样做，但当大家都把小红书举起来时，你怕受到孤立，你只有遵从。所以，从某种角度来看，一种社会心理一旦形成，它就具有无形的压力，使大家不约而同去遵守它，传播它，而不管与你个人的心理是一致还是相反。社会心理的群体性特征，反映到文学创作上，就往往表现为创作思潮的阶段性。在一个时段里流行一种社会心理，这种社会心理内化为创作思想，就表现为一群作家创作思想的相似性、相同性，你写这个题材，我也写这个题材，许多作家、艺术家都写这个题材，因为他们都受同一种社会心理的驱使与推动。新时期以来，中国的文学创作大体上沿着“伤痕文学”—改革文学—反思文学—寻根文学—先锋文学—商潮文学——目前的各种各样的“后”“新”为标志的文学的发展阶段，都不是偶然的。正如有的作家所说的那样，文坛上出现的所谓思潮，每一次之所以发生，必是有其外在、内在的原因。这外在和内在的原因是什么呢？应该说，就是社会心理的更替及其在作家身上的内化。不能把作家都斥之为“趋时”和赶浪潮，社会心理的变化内化为作家的大体相同的审美意识，其结果就创作出在文学思潮上相似的作品。由此可见，研究文学发展的成因，必然要首先研究社会心理的演变历程。可以说，社会心理由于它的群体性特征，对文学艺术活动是一种无形的统治力，不但文学思潮的变更要受它的制约，而且对作品的内容与形式、艺术的接受和文学艺术的发展等诸多方面都要产生深刻的影响。后面我们将有专章来论述这些问题。

其三，相对于文化传统的稳定而言，社会心理又具有易变性的特征。文化传统当然也在发展变化，但这种变化总是根据省力的原则进行的，甚至社会制度变了，传统文化也还保留它的力量，它基本上是历史的惰性力，文化传统的变化要一个较长的时段才能表现出来。社会心理则不同，它往往是流行于一个较短的时间，社会的某些情境一变，社会心理也跟着为之一变。一项政策的变化，一篇社论的发表，一个领袖的去世，一个会议的召开，一个口号的提出，一场学术讨论的结果，一个法律的公布，一项协议的达成，一次异乎平常的天灾，甚至一个偶然事件的发生，都可能使社会心理发生变化。总之，社会情境转换有多快，社会心理转换也就有多快。从这个意义上说，社会心理是社会的神经，社会变化的风雨表，这就为文学艺术提供了无尽的重要的素材。作家艺术家以其敏感也往往比哲学家、经济学家、法学家、宗教家更迅速地捕捉到它。

其四,相对于社会舆论的自觉性而言,有时社会心理往往沉潜为一种无意识。无意识可以分为两种:一种是弗洛伊德所说的先天的“本我”的能量,这是大家都熟悉的;还有一种无意识是通过后天训练而形成的。例如,对一个刚学骑自行车的人来说,他的每一步都是在清醒的意识操纵下进行的。但假若此人骑自行车已经有十年或更长时间,他在上班的路上一边骑着车,一边想心事,他完全没有意识到他自己是如何骑车到了单位的,骑车已成为他自动化的行为,已成为他无意识的动作。某些社会心理也有相似的情况。就是说,当某种社会心理在一个较长的时间里,反复出现。当这种反复达到一种极限时,那么这社会心理就成为人们的一种“情结”,不自觉地作出反应。例如契诃夫的小说《一个小公务员之死》,那个小公务员为什么要一再给将军去道歉呢?他并没有做了什么对不起将军的事情,仅仅是在剧院中看戏时不小心打了个喷嚏,坐在他前面的将军回过头来看了他一眼,他已经道过歉了,为什么还要一而再,再而三登将军的门去道歉呢?我们只能作出这样的解释:在俄国沙皇的专制统治下,人们对社会森严的等级制度的后果,怀着一种恐惧心理,这种心理已成为一种无意识,深入人们的骨髓,所以在那个小公务员的恐惧心理支配下的行为已成为一种无意识行为,连他自己也无法意识到这种行为的可笑。社会心理的这种无意识的特征,对于经常以无意识来工作的作家和艺术家,有着特殊的意义。因为这种无意识的社会心理,大家习而不察,但它却寓含了特别深刻的社会意义和美学意义,作家艺术家若是抓住了它,就能写出特别深刻隽永的作品来。

以上所述,说明了社会心理不是意识形态,但它比意识形态更经验化,更能为人们所感受;社会心理不是个人的心理,但它比个人的心理更具有普遍性,更具有传播力;社会心理不同于文化,但它比文化更易变,对现实的反映更敏锐;社会心理往往不是自觉的意识,甚至是无意识,但有时比自觉的意识更深刻地揭示现实的底蕴。由于社会心理有如上的特征,所以,它能够在社会的经济状况与文学艺术活动的联系中成为中介环节。

三、作为特殊中介的艺术文体

社会心理对文学艺术活动来说是重要的,它是文学艺术描写的素材和文学艺术活动的外部的力量。素材关系到作品的内容,没有内容,文学艺术是苍白的；外部力量关系到创作和接受活动的推动力，没有推动力，文学艺术活动也不能实现。社会心理与文学艺术的关系是密切的。但我们有必须看到，社会心理是文学艺术和其他意识形态的共同的中介环节，是一般中介，如果只强调社会心理这个中介，就只注意到文学艺术活动的他律，文学艺术作为一种形式，就还不能产生。文学艺术的自律性决定了社会心理这个一般中介必须通过艺术文体这个特殊中介，才能使文学艺术活动得以全部实现。艺术文体是化社会心理为文学艺术作品的必经途径。艺术文体是内容、意义存在的寓所，如果文学艺术离开艺术文体这个寓所，那么文学艺术就失去了形式的外观，文学艺术就还原为政治学、伦理学、社会学、心理学等，所以，艺术文体作为特殊中介，是文学艺术自律性所要求的。正如歌德所说："艺术不应当屈从自然的必然性，它还有它本身的规律。"

那么，什么是艺术文体呢？这是一个歧见纷呈的问题。无论是中国古代中的"体""文体"，还是西方的"文体"(Style)，都有多种不同的理解[①]。根据我们的理解，艺术文体是指一定的艺术语言秩序所形成的文本体式，它折射出作家、艺术家独特的精神结构、体验方式、思维方式等，同时它又折射出一定历史时期的社会心理、时代精神和文化传统等。上述艺术文体定义可以分为两个层面来理解：从表层看，艺术文体是作品的语言秩序、语言体式；从里层看，艺术文体又负载着社会心理和文化历史精神和作家、艺术家个体的人格内涵。

艺术文体的表层，具体又可分为三个层面：

（一）艺术体制。例如文学中的体裁，作为历史形成的规范，是作家们大体上都要遵守的，写诗应该遵守诗的体制，写小说应该遵守小说的体制等。刘勰说："夫才童学文，宜正体制，必以情志为神明，事义为骨髓，辞采为肌肤，宫商为声气。"[②]体制对艺术创作十分重要，创作之前，"宜正体制"，创作之后，要"不失体裁"。当然艺术的体制也不是僵死的，它也可以发展、变化，所以我们的古人又说："定体则无，大体则有。"也就是说，体制作为艺术惯例，是历史上延续下来的，要大体遵守，但在此前提下也可以变化、丰富、发展。其他的艺术，如音乐、绘画、舞蹈、电影等，也有一个艺术体制问题。

（二）艺术语体。语体就是艺术语言的体式，例如在文学创作中，诗的语体不同于小说的语体，小说的语体不同于剧本的语体，这是任何写作者都知

---

① 参见童庆炳：《文体与文体的创造》第一、二章，云南人民出版社1994年版。

② 刘勰：《文心雕龙·附会》。

道的。又如，在歌唱艺术中，美声唱法不同于民歌唱法，民歌唱法又不同于流行唱法，流行唱法又不同于摇滚唱法等，这是歌唱艺术中的语体的区别。值得注意的是，艺术语体中有一部分是属于艺术惯例的范围，这也是要大体遵守的；但艺术语体中还有一部分则是个人语体，是在大体遵守规定的语体的前提下作家艺术家的自由的创造。刘勰说：

若夫熔铸经典之范，翔集子史之术，洞晓情变，曲昭文体，然后能孚甲新意，雕画奇辞。昭体，故意新而不乱；晓变，故辞齐而不黩。[①]

夫设文之体有常，变文之数无方，何以明其然耶？凡诗赋书记，名理相因，此有常之体也；文辞气力，通变则久，此无方之数也。名理有常，体必资于故实；通变无方数必酌于新声；故能骋无穷之路，饮不竭之源。[②]

这两段话可以互相参照，首先，刘勰语体中的艺术惯例这一面——"昭体"，所谓"昭体"也就是"设文之体有常"，也就是一定的文学体裁对语体有其规定的一面，只有遵守这个规定才能"意新而不乱"。其次，刘勰又提出语体运用的创造性的一面——"晓变"，所谓"晓变"就是在不同体裁应配以不同的语体的原则下，作家要懂得对艺术语体的灵活创造，变化出新，这就是所谓"变文之数无方"，"文辞气力通变则久，此无方之数也"。刘勰的"昭体""晓变"的说法，无疑揭示了艺术语体中艺术惯例和自由创造两部分的关系，是值得重视的。在中国古代诗学的论述中，人们习惯于把艺术惯例当作"体格"，而把自由创造当作"品格"，而且认为"品格"高于"体格"。清人薛雪说：

诗有品格之体，体格之格。体格一定之章程，品格自然之高迈。品高虽被绿蓑青笠，如立万仞之峰，俯视一切；品低则拖绅缙笏，趋红走尘，适足以夸耀乡闾而已，所以品格之格与体格之格，不可同日而语。[③]

这是很有见地的话。作为艺术惯例的规定语体——体格，只要与一定的体裁相匹配也就可以了，但作为体现作家、艺术家个性的自由语体——品格，是他的艺术创造性的标志，是非常重要的，它决定了一个艺术品质量的高低，这是艺术文体的根基所在。例如，甲、乙两个舞蹈家同跳一个舞，甲和乙遵循同样的舞蹈规定语体，他们的动作都合乎规范。假定甲虽然跳得很认真，从规定的舞蹈语体上也挑不出什么毛病，但她的舞姿(自由语体)给人

① 刘勰：《文心雕龙·风骨》。
② 刘勰：《文心雕龙·通变》。
③ 薛雪：《一瓢诗话》。

一种费力感、僵硬感，没有魅力，不能引人入胜；假定乙则跳得很随意，很生动，很活泼，她的一招一式，如同珠落玉盘，流转自然，变化神妙，诗情画意于舞姿中见出，令人惊叹不已。甲和乙都合规定的语体——体格，但乙高于甲的地方是乙具有独特的“语感”、“语调”、“语势”，即具有独特的品格。由此可见，作为自由语体的“品格”，最能体现艺术文体的本质。

（三）艺术风格。作家、艺术家将艺术语体（特别是其中的自由语体）稳定地发展到一种极致，就形成了艺术风格。艺术风格的形成是某种艺术文体完全成熟的标志，因此艺术风格是艺术文体呈现的最高层面。歌德说：“风格，这是艺术所能企及的最高境界，艺术可以向人类最崇高的努力相抗衡的境界。”因此，他主张“给风格这个词以最高的地位”[①]。歌德这样说的确有他的理由，因为对文学艺术作品来说，作品里知识之多，实事之奇，乃至发现之新颖，都不能成为它的不朽的确证，因为如果你写的无风致，无韵味，不能形成自己的独特的风格，那么你作品中的知识、事实、发现都会转到别人的手里，它们经更巧妙的手笔一写，甚至比原作还出色些。唯有风格是属于你自己的。因为，“风格就是人本身”[②]。

艺术文体是艺术体制、艺术语体和艺术风格的总和，但这只是艺术文体的表层。从深层看，艺术文体不但体现了作家、艺术家的精神个性，而且还折射出历史文化精神、时代精神，特别是折射出特定时期的社会心理。我们必须明确，艺术文体不是封闭的，它是开放的，这种开放性鲜明地体现在它对社会心理的折射上面，离开对特定时期社会心理的研究，艺术文体的变化也就找不到基本的动因。

从以上的论述中，我们不难看出，在社会的经济状况与高高悬浮在上层的文学艺术之间，存在着两个重要的中间环节：社会心理和艺术文体。社会心理作为一般中介要通过作为特殊中介的艺术文体才能发生作用，而艺术文体又这样和那样地折射出一定时期的社会心理，社会心理是艺术文体的重要根源。

（载童庆炳等著《文学艺术与社会心理》，高等教育出版社 1997 年 7 月版）

---

① 歌德：《自然的单纯模仿·作风·风格》，《文学风格论》，上海译文出版社 1982 年版，第 3、6 页。
② 布封：《论风格》，《布封文钞》，人民文学出版社 1958 年版，第 10 页。

创作主体与社会心理

社会心理对文学艺术活动的影响，首先表现在社会心理对文学艺术创作的主体——作家、艺术家——的影响上面。作家、艺术家和所有的人一样，就生活于社会关系之中，在其现实性上也是社会关系的总和。作家、艺术家作为社会成员中最敏锐的一部分，对业已形成的社会心理感受最为深刻，所作出的反应也最为迅速。本文将着重讨论社会心理通过什么机制作用于创作主体的，以及创作主体对社会心理反应的复杂性。为了阐明这两个问题，首先要研究创作主体的规定性及其内在结构。

一、创作主体的规定性及其内在结构

社会心理对创作主体的影响与创作主体的特性密切相关，所以在进入社会心理如何影响创作主体之前，首先对创作主体的一般规定性、特殊规定性及其内在结构要有一个基本的理解。

作家、艺术家作为一个创作主体，首先是一个普通的人，他们是自然的产品，生活在社会之中，他们是具体的感性的存在。他们不是天外来客，不是抽象的公式，也不是主观存在。这样，他们的存在、属性、本质、心理结构、生存方式等，都有其客观的规定性。也就是说一个作家或艺术家之所以是这样的命运，这样的思想，这样的感情，这样的作风，他之所以能创作出这样的作品，这一切都有其客观存在的必然。他们同普通人的命运、遭遇同样是客观存在。这是创作主体的一般规定性。

但作家、艺术家毕竟是作家、艺术家，与普通人又有所不同，所以他们作为创作主体又有其自身的特殊的规定性。我们可以从以下三方面来加以把握：

(一) 创作主体的精神性。创作主体不是物质活动主体，是精神活动的主体。文学艺术活动是人的审美活动的集中表现，在创作的审美活动中，创作主体并不生产人类的物质需要，他们生产的是人类的精神需要。这就决定了创作主体所运用的不是像工人、农民那样的实践感觉力量，而主要是精神感觉力量。当然，对作家、艺术家来说，他们也是要运用体力的，像文艺复兴时期的达·芬奇，为了在教堂里画一幅巨型壁画，也需要巨大的体力，然而他的作品的成败不决定于他的体力，而决定于他的精神感觉力量。从他所从事的活动的性质看，他从事的不是生理性本能活动，也不是实践性的物质活动，而是精神活动。总之，创作主体是在精神领域活动，他的追求，他的理想，他的本质力量实现的方式，都是精神性的。正因为创作主体活动的精神性，作为意识的社会心理才与他们发生密切的关系。

（二）创作主体的情感性。创作主体不完全靠理性工作，他们主要是情感活动的主体。当然这不是说，从事别的工作的人（例如科学家）就不需要情感，或在工作中不需要情感的投入。任何人从事任何工作都需要情感的投入，但情感的投入不一定是决定他们工作成败的关键。而作为文学艺术创作主体的作家，他们创作活动是审美活动，审美活动的实质就是情感评价活动。刘勰说，"情者文之经"，说作家"登山则情满于山，观海则意溢于海"，说作家在创作之际会出现"情往似赠，兴来如答"的情境，道出了创作的一条基本规律。的确是如此，没有不动情，作家、艺术家能走进创作，没有不动情，作家艺术能走出创作，情感的风暴充满整个创作过程。当然，我们这样说的时候，并不是说作家、艺术家不需要理智，理智同样也是创作的一个资源，所以创作主体的活动并不排斥理智。但从总体上说，在创作活动中，创作主体呈现为精神活动的情感状态则应肯定，否则创作主体也就不能进入作为审美活动的创作境界。正因为创作主体总是呈现为情感状态，所以与还未形成系统理论的、具体的、感性的社会心理也就容易息息相通。

（三）创作主体的自由性。创作主体不是从事机械的活动，他们的审美活动性质决定了创作主体是自由生命活动的主体。在人类的诸种活动中，创作活动作为审美活动的高级形式，比人的认识活动、伦理活动、宗教活动、物质生产等活动，表现出更多的生命的自由。它既可摆脱对生理需要的依赖，也可摆脱对物质需要的绝对依赖，它不必以理性去揭示事物发展的规律，也不必受神的控制，他们的活动是生命的自由活动。创作主体与囿于食物需要的"忧心忡忡的穷人"不同，也与只关心矿物的商业价值的商人不同，他们是超越功利的，他们的活动表现出生命活动的更大的自由。实际上，创作主体只有处在生命活动的自由之际，他们才能进入审美创造的境界。席勒曾经指出,在审美的王国,每一个人都是"自由的公民","在权利的力量的国度里,人和人以力相遇,他的活动受到限制。在安于职守的伦理的国度里,人和人以法律的威严相对待,他的意志受到束缚。……在审美的国度中,人就只需以形象显现给别人,只作为自由游戏的对象而与人相处。通过自由去给予自由,这就是审美王国的基本法律"[①]。席勒所说的自由是人的生命的自由。文学艺术创作中的艺术想象,可以"观古今于须臾,抚四海于一瞬"[②],可以"神与物游"[③],这是创作主体生命自由的表现。创作主体的生命活动的自由性,使他们对生动的、具体的、感性的社会心理具有更强的感应性。

总之,创作主体也就是审美活动的主体,精神活动是他们的活动领域,情感评价是他们的属性,而生命的自由则是他们的特征,创作主体的特殊规定性使其与社会心理有更密切的联系。

创作主体的本质还反映在创作主体的内在结构上面。创作主体的内在结构是很重要的,它是创作主体与创作客体的审美关系得以建立的必要条件。因此揭示创作主体的内在结构,才能进一步窥见创作主体与作为创作客体的一部分的社会心理联系的机制。

创作主体的内在结构大体上可以从三个层面来把握:

第一,生理层面。作为创作主体的作家、艺术家,首先也是一个自然的生命体,他们有生物的本能活动,这是尽人皆知的。也可以说,人的生命本能活动是其它更高级活动的基础,也是作为创作活动的基础,离开这个基础包括创作活动的其他一切活动是不可能产生的。因为在伴随人的本能活动,也会有快适与不快适的反应。这反应正是创作主体在创作活动中美感的生理基础。但是人不同于动物之处在于,在动物那里只有纯生物的反应,而在人这里除了生物反应之外,还有被提升为社会性的反映,反映是通过人的思想感情的主动的行为,表现了人的能动性。如果用卡西尔的符号论的观点来说,动物对刺激物的回应是"反应",而人对刺激物的回应是"应答"。在这里,"反应"只是生物性直接的、迅速的回应,而"应答"则会被思想缓慢复杂的过程打断和延缓,也就是说,前者的回应是消极的,后者的回应是积

---

① 席勒:《美育书简》,中国文联出版公司 1984 年版,第 145 页。

② 陆机:《文赋》。

③ 刘勰:《文心雕龙·神思》。

极主动的[①]。然而，无论怎样说，人的生理本能"反应"也不会因为有高一级的"应答"而消失，因为人首先作为自然生物存在这一点是不容怀疑的，这样人的内在结构中，生物层面也永远不会消失，而且在创作活动中的美感总是以生物性的快感为基础。

第二，心理层面。人是有意识的存在物，人不仅能把外物当成对象，在感知、表象、记忆、情感、想象、理解中加以把握，而且能把自身作为对象，在感知、表象、记忆、情感、想象、理解中加以把握。作为审美创造者的创作主体，比一般人的心理结构更健康、更敏锐、更具特色。这也是尽人皆知的常识。如果用卡西尔的观点看，动物只有"情感语言"，而人则除了"情感语言"之外，还有"命题语言"；"情感语言"只表达情绪，而绝不会指示和描述任何对象。例如你刺伤了一头马，它会叫喊悲鸣，甚至反抗，但它没有意识，不会记住你或跟它的同伴诉说，跑来向你报仇。人既然同时拥有"情感语言"和"命题语言"，那么就不仅可以表达感情，而且可以用符号来指示和描述对象[②]。在审美活动中创造主体在创作中不仅可以表达自己的本能的心理情绪，更重要的是还可以表达具有对象性的心理活动。这种心理活动，不是单纯的 S(刺激)→R(反应)，它是具有前结构的心理活动，它以前结构为前提，对刺激物作出包括体验、联想、理解、想象的反应和主动的心理投射。刘勰说："诗人感物，联类不穷；流连万象之际，沉吟视听之区。写气图貌，既随物以宛转，属采附声，亦与心而徘徊。"[③]刘勰在这里把"随物以宛转"和"与心而徘徊"对举起来，是很有意义的。"随物以宛转"是以外界的"物"为主，告诫作家要忠实于"物"，但作家又不能单纯作"物"的奴隶，还要"与心而徘徊"，也就是要以心为主。作家的心不是白板，它自身已有一个先在的以情感为中心的结构，作家可以情接物，使物成为作家目中心中的心理印象，改变物貌的僵死状态，幻化出诗情画意来。总之，创作主体的结构是具有先在的开放性的，它以自己的前结构去面对包括社会心理在内的外部世界，并通过心理活动进行具有诗意的改造。

第三，社会文化层面。人不仅是生物性的存在，也不仅是有意识的存在，而且还是社会的存在，这一事实也是尽人皆知的。人在社会中存在这一事实，使人的器官不仅是生物器官，也不仅是心理器官，而且还是社会器官。

---

① 卡西尔《人论》，第 33 页。

② 同上，第 7—38 页。

③ 刘勰：《文心雕龙·物色》。

人就运用自己的社会器官不断地去感受社会和社会关系，感受社会的文化，使社会文化内化为自己的结构。这样，人就成为社会和文化的承载体。如果用卡西尔的说法，人除了一般生命体所具有的感受系统、效应系统之外，还具有一种称之为“符号系统”的第三系统。由于人具有符号系统，人就不是生活于一个单纯的物理世界之中，而是生活于一个符号世界中，这个符号世界包括各种形式的符号，如神话、语言、艺术、宗教、历史、科学等等①。人类不但通过这些符号传递信息，而且在传递中这些文化心理逐渐沉淀为人的心理结构。创作主体作为文化的创造者，其社会文化的积淀就更深、更广。在创作主体的社会文化结构中，包括了文化传统、艺术理想、价值观念、风俗习惯等，其中一个重要组成部分就是社会心理。社会心理虽处在社会文化心理结构的层面，具有很强的社会性，但同时它又是一种社会性知觉、情绪、需要等的总和，与心理结构的层面靠得最近，两者关系最为密切。而且，社会文化诸因素中，传统文化等因素都是比较稳定的因素，但社会心理的因素则是最易变的，社会心理因素在创作主体社会文化结构中的变化，必然引起整个社会文化结构的改变，或产生创作主体内在结构的复杂情况。

二、内化：社会心理作用于创作主体的机制

主体之所以成为主体，是因为有客体。主体与客体是相互依存的，没有主体，无所谓客体，没有客体也无所谓主体。作家、艺术家之所以作为创作主体存在，是因为他们面对着社会生活这个客体。而在社会生活中，社会心理是其中最为活跃的部分，因此创作主体与社会心理的关系是创作主体与创作客体关系中最活跃的部分。当然，创作主体与社会心理是相互作用的，创作主体的活动——创作活动、演出活动、展览活动等——对流行的社会心理可以产生影响，同时社会心理作为重要的客体也对创作主体产生影响。我们讨论的重点是社会心理对创作主体的影响。社会心理对创作心理产生这样或那样的影响，是毋庸置疑的。问题在于以下两点：其一，社会心理通过何种机制对创作主体产生影响；其二，创作主体如何接受社会心理的影响。下面我们先讨论第一个问题。

---

① 卡西尔《人论》，上海译文出版社 1985 年，第 33 页。

社会心理作为客体是通过什么机制作用于创作主体的呢？按华生行为主义心理学的理论，社会心理作为刺激物，直接作用于创作主体，那么创作主体就必然会作出相对的反应。行为主义心理学把这理论概括为 S ⟶ R 的公式，意思是有什么样的刺激，就会有什么样的反应，刺激与反应永远是对等的。这种理论把人当成没有意识的动物，是很难说服人的。实际上，人不是动物，如前所述，人在接受外物的刺激之前，已存在一个前结构，人是以自己的前结构去接受外物的刺激的，因此所作出的反应可以是千差万别的。当然，人的前结构不是如康德所说的那样是天生的，而是在后天的实践中形成的，关于这一点，列宁曾指出："人的实践经过千百万次的重复，它在人的意识中以逻辑的格固定下来。这些格正是（而且只是）由于千万次的重复才有着先入之见的巩固性和公理的性质。"[①]列宁的话揭示了实践在形成人的前结构中起根本作用。作家、艺术家在接受社会心理前，也有一个在生活实践和创作实践中形成的前结构。创作主体接受社会心理的影响是根据自己的前结构并通过"内化"这一机制实现的。"内化"是什么意思？列昂捷夫说："所谓内化指的是一种过渡，由于这种过渡的结果，对付外部物质性对象的外部形式的过程转变为智慧方面、意识方面进行的过程；在这种情况下，它们经受了特殊的转化——概括化、言语化、简缩化，而最主要的，是能够超出外部活动可能性的界限而进一步发展。"[②]列昂捷夫的意思是，"内化"实际上就是过渡、转化，外部的活动过渡、转化为人脑内部的活动，通过这一过渡、转化，在人的头脑中被概括化、言语化、简缩化，同时内化的积淀的结果可以达到一个更广阔、深刻的领域。对创作主体来说，外部的社会心理作为他的内化对象，重复作用于他，当这种重复达到一定数量时，外部的社会心理内化到他的头脑中，成为一种概括化、言语化、简缩化的"情结"。例如，当前中国社会一方面是经济的高速发展，另一方面则是拜金主义成为一种社会心理（不是社会心理的全部），一个作家是如何感受到并内化的呢？他可能去买火车卧铺票，结果买不到，他用了一些金钱，买通了关系，结果他买到了卧铺票；他的孩子要上一所重点中学，成绩差几分，他苦苦去求情，完全无济于事，他花了一笔钱，走了一个"后门"，结果办成了；……与这相似的事情在他自己身上和身边重复着，当这种重复达到一个极限时，作为当前社会心理的一部分的拜金主义终于"内化"为他的"情结"，在他的头脑中压缩为"拜金主义"、"没

① 列宁：《哲学笔记》，人民出版社 1974 年版，第 233 页。

② 列昂捷夫：《活动、意识、个性》，上海译文出版社 1983 年版，第 62 页。

有钱是万万不能的”的概念与言语。当然这位作家对拜金主义采取什么态度(或适应和抗拒)是另一回事,但“拜金主义”作为一种社会心理已通过内化机制,在他心里萌生并扎根。这种内化的结果与这位作家的前结构相作用,将衍化出无穷无尽的新的内部和外部事件来,并深深地影响他的创作。

社会心理内化为创作主体的过程,还有两点值得强调:

第一,创作主体在对社会心理的感应活动中,每一次活动实现之后,活动的内容都作为历史的东西而消逝,但活动的一般形式,如活动的时空结构,活动的模式,活动的先后秩序等,则随着活动的无休止的重复,而游离、凸现出来,逐渐在主体身上成为一种相对固定的“逻辑的格”。这种“逻辑的格”不是个别内容而是通行的形式,在创作主体的创作活动中将不自觉地发生作用。而“逻辑的格”的形成,关键是重复。离开重复,主体的“逻辑的格”是难以形成的。发生认识论的创始人皮亚杰,通过儿童心理实验,证明了重复对形成儿童抽象思维发展的意义。例如,婴儿尝试着去抓住一个悬挂着的东西,他碰了一下,悬挂物晃动起来,他觉得很有趣;于是,他希望让悬挂物再次晃动起来,他又碰了一下,悬挂物果然又晃动起来,这叫“再生性同化”。这一经验使他在另一场合遇到另一悬挂物时,又有意去碰悬挂物并使之晃动,这叫“再认性同化”。婴儿的这一次动作虽然与上几次的动作完全一样,但这对他具有深刻的意义,因为这已是“概括性同化”了。他可以依此类推,去摇动摇篮,使洋娃娃发出声音等。这样活动的内容不断变换,活动的形式却随着动作的重复而在意识中最终积淀下来。婴儿认识发展虽然仍局限在实物水平,但这里已有抽象因素:悬挂物是可以晃动的,它的晃动有待于用另一东西去碰它。这种认识是从重复动作中抽象出来的,并内化为自己的内在结构。在儿童身上发生的是如此,在成人身上发生的也是如此,在作为创作主体的作家、艺术家身上发生也是如此。例如,鲁迅在“五四”时期发表的一系列以“改革国民性”为主题的小说,就是对当时主张启蒙的社会心理内化的结果,而这内化又是以“重复”为关键的。鲁迅开始本无意于文学,但他不断遇到这类事:“有一回,我竟在画片上忽然会见我久违的许多中国人了,一个绑在中间,许多站在左右,一样是强健的体格,而显出麻木的神情。据解说,则绑着的是替俄国做了军事上的侦探,正要被日军砍下头颅来示众,而围着的便是来赏鉴这示众的盛举的人们。”[①]鲁迅肯定是重复看到

---

① 鲁迅:《〈呐喊〉自序》,《鲁迅论文学》,人民文学出版社1959年版,第4—5页。

了这一类的事情，这样鸦片战争以来，“中国国民麻木愚昧”这一流行看法作为社会心理，就内化为他的“情结”，正如他所说的：“见过辛亥革命，见过二次革命，见过袁世凯称帝，张勋复辟，看来看去，看得怀疑起来，于是失望，颓唐得很了。”[①]鲁迅失望什么呢？他对单纯政治变革的失望，辛亥革命赶走了皇帝，却没有改变国民的精神状态，所以鲁迅认为“凡是愚弱的国民，即使体格如何健全如何茁壮，也只能做毫无意义的示众的材料和看客，病死多少是不必以为不幸的。所以我们的第一要著，是在改变他们的精神，而善于改变他们精神的是，我那时以为当然要推文艺，于是想提倡文艺运动了。”[②]在创作上，他认为“最要紧的是改革国民性，否则无论是专制，是共和，是什么什么，招牌虽换，货色照旧，全不行的”[③]。这样一种心理是当时社会存在的一种普遍心理，鲁迅通过一次又一次的重复性的遭遇，内化为自己的内心结构，并进一步作用于创作，写出像《阿Q正传》一类的作品。由此可见，社会心理的普遍性、流行性，会重复作用于创作主体，正是这重复，使社会心理在创作主体身上的内化功能得以实现。

第二，社会心理在创作主体身上的内化，如前所述，不是循着 S ⟶ R 公式进行的，原因就在于创作主体有一个在实践中形成的前结构，因此对创作主体来说，社会心理在他们身上的内化是一个“建构”过程。这就是说，创作主体永远不会消极的受社会心理的影响，在作为客体的社会心理影响创作主体的同时，创作主体的前结构也投射出信息，客体与主体相互作用，进行信息的交换和渗透，在这主客体相互作用中，主体的心理结构发展了、变异了。所以，许多作家、艺术家处于同样的社会心理氛围中，其反应可以是很不相同的，他们的心理建构也可以是很不相同的，原因就在于他们的前结构不同，或完全不同，他们赖以同社会心理交换的信息不同，或完全不同。例如，鲁迅对“国民性麻木愚昧”的“情结”的形成，并不是在日本留学时看那次画片才开始的，实际上，他在童年时代就有过心灵的创伤，他家原是小康之家，后来他父亲有病，家庭陷入困境，有四年多时间，几乎每天出入于当铺和药店，那时他年纪很小，用鲁迅自己的话来说，“我从一倍高的柜台外送上衣服或首饰，在轻蔑里接了钱，再到一样高的柜台上给我久病的父亲去买药。回家之后，又须忙别的事了，因为开方的医生是最有名的，以此所用的药引

---

① 鲁迅：《〈自选集〉自序》，《鲁迅论文学》人民文学出版社 1959 年版，第 133 页。

② 同上，第 4—5 页。

③ 鲁迅致许广平的信(1925 年 3 月 31 日)，见《两地书》。

也奇特：冬天的芦根，经霜三年的甘蔗蟋蟀要原对的，结子的平地木……多不容易办到的东西。然而我的父亲终于日重一日的亡故了。”鲁迅说：“有谁从小康人家而坠入困顿的么，我以为在这涂路中，大概可以看见世人的真面目。”[①]童年的遭遇凝聚成了他最初对世人面目的认识，这就是他以小说探讨国民性弱点的前结构，这种前结构与他后来所见所感的中国普通国民的麻木不仁，以及当时社会上流行的看法（中国国民性愚昧，需启蒙）是一致的。所以“中国国民性须改造”的社会心理内化为他的内在心理结构，与他的前结构融为一体，也就很自然了。但这社会心理对同时代的另一些作家就未必能内化为他们的心理结构，因为他们的前结构与鲁迅的不相同。前结构作为创作主体对社会心理反应的准备状态，可以把创作主体对社会心理的感应，引到完全不同的方向，从而使感应获得辽阔的领域。

总之，内化是作为客体的社会心理作用于创作主体的必要机制，而这机制如何实现，则又与在实践中形成的前结构密切相关。

三、悖论：创作主体对社会心理的适应与抗拒

社会心理总是这样和那样影响创作主体。这一点是肯定的。但是，创作主体是不是总是去适应社会心理呢？这里情况就显得异常复杂。一般说来，大致有三种情况：

第一种，创作主体与流行的社会心理完全适应，前面我们所举的鲁迅在“改造国民性弱点”问题上情况就是如此，又如当前流行的一种社会心理是“金钱万能”、“拜金主义”，有些作家完全迎合了这种心理，创作了一些专门鼓吹“钱能通神”的作品，流行一时的小说《曼哈顿的中国女人》就是这类作品中最典型的一部。当然，鲁迅的适应表现了当时思想革命的进步潮流，反映了一个启蒙主义者博大襟怀；后者的适应则是人文主义泯灭的结果，是精神文明的倒退。这两者是不可相提并论的。

第二种，创作主体抗拒流行的社会心理，主体也对客体作出了反应，但主体与客体形成了巨大的反差。例如，沈从文写《边城》时的年代（20 世纪 30 年代初），社会时尚是“唯实唯利”，而这种时尚又以当时的大城市表现得最

① 鲁迅：《〈呐喊〉自序》，《鲁迅论文学》，人民文学出版社 1959 年版，第 4—5 页。

为明显，人们追名逐利、投机取巧，成为许多人的生活模式。但是，写《边城》时的沈从文，不但没有去适应这种流行社会心理，相反，他抗拒这种社会心理。他在《长河·题记》中说："1934年的冬天，我因事从北平回湘西，由沅水坐船上行，转到家乡凤凰县。去乡已18年，一入辰河流域，什么都不同了。表面上看来，事事物物都有极大的进步，试仔细注意注意，便见出在变化中堕落的趋势，最明显的事，即农村社会所保有的那点正直朴素的人情美，几乎快要消失无余，代替而来的却是近20年实际社会培养成功的一种唯实唯利的人生观。"在这里，沈从文表现出了对由大城市开始的逐渐蔓延到农村的"唯实唯利"的社会风气（即一种社会心理）的不满，同时流露出对昔日农村的正直朴素的人情美的留恋。他对当时社会心理的感应，是以抗拒的形式表现出来的，这种抗拒就促使他创作了一种新的艺术文体：先以一种田园牧歌的情调，从容不迫地有情有致地歌咏湘西农村人情的美，风俗的美，作出细致的诗一样的描绘，最后突然来了一个转折，歌咏结束了，读者面对着的是一个令人心碎的结尾。《边城》就是这种艺术文体的一个集中的代表，前面描写翠翠和她的爷爷那如诗如歌一般的自然、纯朴、善良、美好的摆渡生活，他们对工作的认真，他们与客人的关系，翠翠与爷爷的关系，翠翠的爱情，还有边城那划龙舟的风俗，求婚的风俗，都写得像诗一样的美，但小说结尾，爷爷在一个暴风雨之夜的突然死亡，翠翠的心上人也不辞而别，人生无常之感弥漫开来。沈从文以《边城》为代表的作品，有很浓的浪漫主义，用他自己的话来说，让读者"从作品中接触另外一种人生，从这种人生景象中有所启发，对人生或生命能作更深一层的理解"，实际上沈从文就是要提供与世俗不同的"另外一种人生"，来抗拒当时流行的"唯实唯利"的社会心理。

第三种，也是最常见的一种，创作主体与当时流行的社会心理又适应又抗拒。也就是说，创作主体在对社会心理作出反应时是矛盾的，形成了一个悖论：

创作主体适应当时的流行的社会心理；

创作主体又抗拒当时流行的社会心理。

这种情况在许多作家身上都存在着。这从他们自己创作的文本和自己的言行中都可以找到有力的证明。鲁迅作过一个演讲：《魏晋风度及文章与药及酒之关系》，其中他所分析的几个主要人物，都属于这种情况。例如，在阮籍、嵇康的时代，遵守封建礼教，做官发财，追名逐利，光宗耀祖，仍然是流行的社会心理。阮籍对此是抗拒的，用鲁迅的话说："至于阮籍，……他连上下古今也不承认，在《大人先生传》里说：'天地解兮六合开，星辰陨兮日月颓，我腾而上将何怀?'他的意思是天地神仙,都是无意义,一切都不要,所以他觉得世上的道理不必争,神仙也不足信,既然一切都是虚无,所以他就忱湎于酒了。"[①]他的确把当时流行的世俗的风气,不放在眼里。但是他对当时流行的社会心理抗拒的同时,又有适应的一面,鲁迅说:"竹林七贤中有阮咸,是阮籍的侄子,一样的饮酒。阮籍的儿子阮浑也愿加入时,阮籍却道不必加入,吾家已有阿咸在,够了。假若阮籍自以为行为是对的,就不当拒绝他的儿子,而阮籍却拒绝他的儿子,可知阮籍并不以他的办法为然。"[②]这就是说,阮籍又对当时的社会心理有适应的一面,这样在他身上就形成了一个悖论:对当时流行的社会心理既抗拒它,又适应它。嵇康也是如此,鲁迅说:"嵇康的论文,比阮籍的更好,思想新颖,往往与古时旧说反对。孔子说:'学而时习之,不亦说乎?'嵇康做的《难自然好学论》,却道,人是并不好学的,假如一个人可以不做事而有饭吃,就随便闲游不喜欢读书了,所以现在人之好学,是由于习惯和不得已。"[③]"但最引起许多人注意,而且于生命有危险的,是《与山巨源绝交书》中的'非汤武而薄周孔'。司马懿因这篇文章,就将嵇康杀了。"[④]这样看来,嵇康的确不同流俗,与当时流行的社会心理是坚决抗拒的。但就是这位嵇康给他儿子做了一篇《家诫》,鲁迅说:"他在《家诫》中教他的儿子做人要小心,还有一条一条的教训。有一条是说长官处不可常去,亦不可住宿;官人送人们出来时,你不要在后面,因为恐怕将来官长惩办坏人时,你有暗中告密的嫌疑。又有一条是说宴饮时有人争论,你可立刻走开,免得在旁批评,因为两者之间必有对与不对,不批评则不像样,一批评就总要是甲非乙,不免受一方见怪。还有人要你饮酒,即使不愿意饮也不要见解推辞,必须和和气气拿着杯子。"鲁迅接着说:"我们就此看来,实在觉得很希奇:嵇康是那样高傲的人,而教他儿子就要他这样庸碌。"[⑤]这样看来,嵇康在对流行的世俗心理在坚决抗拒的同时,又保留了适应的一面。这种悖论是怎样造成的呢?鲁迅解释说:阮籍、嵇康"生于乱世,不得已,才有这样的行为,并非他们的本态"[⑥]。鲁迅是从外部的环境来解释这种悖论,这是对的;但可能还要从这些作家的内在心理结构的角度加以解释,才可能求得一个比较科学的结论。阮籍、嵇康的内在心理结构中肯定也有世俗的一面,正是这一面使他们在抗拒流行的社会心理的同时,又在某些方面流露出适应的一面。只是限于材料,我们无法作进一步的分析。

实际上,创作主体对社会心理既适应又抗拒的悖论,几乎在所有的作家

---

①②③④⑤⑥ 鲁迅:《魏晋风度及文章及药及酒之关系》,《鲁迅论文学》,人民文学出版社 1959 年版,第 44—45、47、45、45、48、48 页。

身上都有所反映，除了种种外部环境原因之外，主要的还是人在社会中生活，社会化的过程是人人都要经历的，社会环境的力量十分巨大，社会心理不可能不侵入他的心灵世界，他的内在结构就不可能不带有适应社会心理的成分；但是创作主体毕竟是作家、艺术家，他必然要与社会现实保持着距离，其中就包括与流行的社会心理保持距离，这样，创作主体的内在结构就必然有抗拒社会心理的成分。换言之，创作主体和普通的人一样，他们的内心世界是复杂的，那种纯而又纯的心灵世界是没有的，他们的内心也经常充满斗争。例如恩格斯曾这样评价过歌德：

> 在他的心中经常进行着天才诗人和法兰克福市议员的谨慎的儿子、可敬的魏玛的枢密顾问之间的斗争；前者厌恶周围环境的鄙俗气，而后者却不得不对这种鄙俗气妥协，迁就。因此，歌德有时非常伟大，有时极为渺小；有时是叛逆的、爱嘲笑的、鄙视世界的天才，有时则是谨小慎微、事事知足、胸襟狭隘的庸人。连歌德也无力战胜德国的鄙俗气；相反，倒是鄙俗气战胜了他；鄙俗气对最伟大的德国人所取得的这个胜利，充分证明了从“内部”战胜鄙俗气是根本不可能的。[①]

恩格斯对歌德内心世界的分析是很准确的。像歌德这样伟大的诗人、作家的心理结构都如此复杂，那么我们似可得出一个必要的结论：创作主体在对社会心理作出反应时，其前结构是复杂的，他们是以自己同样复杂的主观信息与当时的社会心理所含的信息进行交换，因此对社会心理的内化必然是复杂的，既有适应，也有抗拒，对他们来说永远要面对这个悖论，就一点也不值得奇怪了。

还需要着重说明的是，社会心理的性质是不同的，起码可以分成积极和消极两种。有的时代的社会心理是高昂的、进取的、符合时代要求的，例如，“五四”时期的启蒙的社会心理，抗日战争时期的要坚决抗日的民族主义情绪，都是积极的；有的时代的社会心理是低落的、腐败的、鄙俗的、保守的，如前面所举的阮籍、嵇康生活的时代，歌德生活的时代，就是如此。因此，我们不能笼统地说适应流行的社会心理都不好，也不能笼统说抗拒流行的社会心理都好。在这里，具体情况具体分析是重要的。

（《文学艺术与社会心理》，童庆炳等著，高等教育出版社 1997 年 7 月版）

---

① 《马克思、恩格斯论艺术》(二)，人民文学出版社 1963 年版，第 370 页。

艺术形式与社会心理

在前面,我们曾提出艺术文体这个概念,并对这个概念作了界说。艺术文体的中心是什么呢?就是本文所要讨论的艺术形式。社会心理作用于创作主体,创作主体在感应到社会心理的力量之后,产生了创作的冲动,并进入艺术构思,于是就需要运用一定的艺术形式将艺术构思中的种种材料以有序的方式固定下来,这样艺术作品才得以产生。从社会心理作为推动力和材料到艺术形式的诞生,这是一个艰难和曲折的过程。本文将讨论这一过程中的一些重要问题,如艺术形式与内容的关系,社会心理如何呼唤艺术形式,艺术形式如何塑造社会心理,使其成为内容与形式有机统一的艺术作品。

一、艺术形式、内容、题材及其边界线

为了阐明艺术形式与社会心理的关系,首先必须弄清楚艺术形式的内涵的规定性,如果我们对这个基本的问题缺少清晰的界定,那么要搞清楚艺术形式与社会心理的关系是不可能的。

长期以来,国内的文艺理论界,一直用哲学上的内容与形式的二分法来套艺术作品的内容与形式及其关系。内容决定形式,形式有相对的独立性,形式反作用于内容,这是最流行的说法。在这一理论模式中,内容与形式是两个可以分离的东西,形式如同一个酒瓶,它可以装旧酒,也可以用来装新酒。这样,内容与形式的边界线似乎很清楚,问题在于这种说法符不符合艺术的实际呢?就一部作品而言,内容是具有形式的内容,形式是具有内容的形式,内容与形式是不能分离的,换言之,艺术作品中被表现的东西(内容)是形式化的,“内容”作为艺术作品的要素,在作品未完成之前是不存在的,任何未经艺术形式所塑造的作家、艺术家所体验到的人类经验、社会心理等,都还不是内容,至多只能成为素材或题材,它还不具备“内容”的资格。

一个小孩儿痛哭他死去的母亲，诚然是感动人的，但当它未被艺术形式所表现前，是不能称为“内容”的。俄国学者维克多·日尔蒙斯基说：“形式与内容的区别，可归结为对统一的审美对象进行实质分析的不同方式。一方面提的问题是：这部作品表达了什么？（内容）；另一方面是：这种东西是怎么表达的，它用了什么手段作用于我们，使我们对其发生感知？（形式）”；“其实，艺术中这种‘什么’和‘怎么’的划分，只是一个约定的抽象。爱情、郁闷、痛苦的心灵搏斗、哲学思想等等，在诗中不是自然而有、而是存在于它们在作品中借以表达的具体形式之中。……在艺术中任何一种新内容都不可避免地表现为新形式，因为在艺术中不存在没有得到体现即没有给自己找到表达方式的内容。同理，任何形式上的变化都已是新内容的发掘，因为，既然根据定义来理解，形式是一定内容的表达程序，那么空洞的形式就是不可思议的”[①]。日尔蒙斯基属于形式主义一派，但我们认为他的上述意见对于我们理解什么是内容、形式，还是很有启发的。由于内容与形式的二分法的不合理，学者们想过种种补救办法。如德国学者帕特等人提出过内形式与外形式之说，试图说明内容与形式的分野所在。俄国形式主义文论学派的代表人物什克洛夫斯基把“内容—形式”改为“材料—形式”，从而扩大形式的地盘。英美“新批评”派文论家则以“构架（Structure）—肌质（Texture）”取代“内容—形式”，以肯定形式的“本体论”地位。“新批评”派的另一代表人物韦勒克，则认为以“材料（Material）—结构（Structure）”的说法，才能沟通内容与形式的边界线。企图给“内容—形式”重新命名已成为一种时髦，但我们认为“内容—形式”的名称并没有什么不妥，重要的是要给它们一个明确的、合理的界说。

那么，怎样来理解艺术形式和艺术内容呢？

我们首要的是必须明确理论前提，那就是我们前面所说的艺术作品的内容与形式的不可分离性。形而上学的看法是把内容和形式这本是不可分离的统一体生硬地切割开来。在这个问题上，我们要回到黑格尔。黑格尔认为：“没有无形式的内容，正如没有无形式的质料一样”，“内容所以成为内容是由于它包括有成熟的形式在内”[②]。这就是说，内容与形式是相对而言，我们不能离开内容来谈形式，也不能离开形式来谈内容。在真正的艺术作品中，两者永不分离。所以黑格尔强调说：“只有内容与形式都表明为彻底

---

① 《俄国形式主义文论选》，三联书店1992年版，第211页。

② 黑格尔：《小逻辑》，商务印书馆1980年版，第279页。

的统一的,才是真正的艺术品。"[①]在这样一个理论原则下来讨论艺术形式等问题,才有希望获得较为科学的结论。

由于艺术作品的内容与形式,有如盐溶于水一样不可分离,我们想孤立地就形式与内容这两个概念来研究,而想取得成果,就变得十分困难。把盐溶解于水是很容易的事,但要重新从盐水中提炼出盐来,如不借助于科学的方法和仪器,就几乎不可能。所以我们认为要在艺术内容和形式的关系中来厘清艺术形式和艺术内容,就不能不借助一个概念,这个概念就是题材。

我们的基本的理论假设是:艺术作品的内容是经过深度艺术加工的题材,以语言体式为中心的艺术形式则是对题材进行深度艺术加工的方式。或者说,一定的题材经过艺术形式的深度的艺术加工就转化为作品的内容。当然这内容是具有艺术形式的内容,我们也可以把它称为具有内容的艺术形式。在这里有一个重要的词,这就是题材。毫无疑问,题材是经过作家初步筛选的生活材料,这里也包含社会心理方面的材料。它来自生活,但又不等于生活。一方面,题材是作家从生活中寻找来的,并初步选择过的材料,它不能不带有作家、艺术家主观思想感情的印痕,因而它不是"第一自然";另一方面,题材毕竟是生活材料,未经更多的加工,有很强的客观性,因此它又不是"第二自然"。它处在"第一自然"和"第二自然"之间,客观性仍然是它的基本特性,因此它有明显的材料性质,所以一部作品的题材是可以意释的,可以用说明性的言语转述出来。但一旦题材经过特定的艺术形式的深度加工,转化为内容与形式高度统一的作品之后,一般说其内容就不可转述和意释了。如果你硬要转述,那么就只能破坏原有的内容了。例如,荷马的史诗《伊利亚特》的题材是特洛依战争,或确切地说,是阿基里斯的愤怒,但这个意释和转述即使再详细,也仅仅是指出了《伊里亚特》的题材,还不是《伊里亚特》的内容,"因为《伊里亚特》之所以成为有名的史诗,是由于它的诗的形式,而它的内容是遵照这形式塑造或陶铸出来的"[②]。同样,《红楼梦》的题材可以说是封建末世一个贵族之家由盛而衰以及一对青年男女追求自由婚姻的失败所造成的悲剧,这可以或详或略地加以转述或意释,但其内容却无法原封不动地转述出来,因为它已经过了独特的言语形式的塑造,《红楼梦》作为内容与形式的有机的结合体,只有靠它本身的全部魅力显示出来,那氛围,那情调,那韵味,那语言,或者说整个艺术文体,即或在最高明的

① 黑格尔:《小逻辑》,商务印书馆1980年版,第279—280页。

② 同上。

批评家的笔下也无法全部地重现出来。即或是一件小小的雕塑品，如有名的“马踏飞燕”，你可以大体描述它的题材，但你若想单纯讲它的内容，这是不可能的，因为它的内容是被它的独特形式限定的。这就说明，题材本身还不是内容，题材至多只能说是内容的“胚料”，只有经过与它相切合的艺术形式的深度的艺术加工之后，才具有作品的形态，它的内容也才存在。

作品的艺术形式作为对一定题材的深度的艺术加工的方式，不应如通常的理解的那样，是指某种体裁样式和结构方式，以及叙述、描写、抒情的具体手法。艺术形式既然是在深度艺术加工中发生作用，那么它的起点是对题材的处理，它的终点是内容与形式相统一的整个作品的完成。就创作角度看，它是一个过程。它本身是一个复杂的统一体。实际上，当我们说文学艺术反映社会生活或反映社会心理时，不仅指作品的内容反映社会生活或社会心理，作品的形式也反映社会生活或社会心理，是指内容与形式的统一的整体反映社会生活或社会心理。当我们说作品表现作家艺术家的情感体验的时候，不仅仅指作品的内容表现作家艺术家的情感体验，作品的艺术形式也表现作家艺术家的情感体验，是指内容与形式的统一的整体表现了作家艺术家的情感体验。同样的题材，以不同的艺术形式去加以塑造，其所反映的生活、所表现的感情可能是完全不同的。人们常说诗是不可翻译的，就是因为诗是形式感特别强的一种文体，诗的形式中浸润着诗人的情感，翻译尽管是作品形式的部分改变，也会部分地或全部地破坏、扭曲原诗的情感，更不用说对原诗神韵的减损了。形式永远是有意味的形式。

当代英国学者特·伊格尔顿如下一段话，可以帮助我们了解艺术形式究竟是什么。他说：“形式通常至少是一种因素的复杂统一体：它部分地由一种‘相对独立的’文学形式的历史所形成；它是某种占统治地位的意识形态结构的结晶，如我们已经看到的小说方面的情形；还有……它体现了一系列作家和读者的特殊关系，马克思主义批评所要分析的正是这些因素之间的特殊关系。因而，在选取一种形式时，作家发现他的选择已经在意识形态上受到限制。他可以融合和改变文学传统中于他有用的形式，但是，这些形式本身以及他对它们的改造是具有意识形态方面意义的。一个作家发现身边的语言和技巧已经浸透一定的意识形态感知方式，即一些既定的解释现实的方式。”[1]伊格尔顿这段话的旨趣无疑在说明艺术形式与意识形态的密

---

[1] 特·伊格尔顿：《马克思主义与文学批评》，《西方马克思主义美学文选》，漓江出版社1988年版，第686页。

切关系，但他关于艺术形式至少是三种因素的复杂统一的思想，则告诉我们，不要把艺术作品的形式看成是单纯的技术性的、技巧性的因素，它包括了极为丰富的内涵。

根据我们对艺术形式的上述理解，我们认为，伊格尔顿讲的还不够全面，艺术作品的艺术形式实际上应包括以下四个方面的内涵：

（一）艺术形式是一种历史传统，它在艺术历史发展中形成，同时在历史发展中又成为一种惰力，要摆脱这种惰力，创造一种适合于新的内容的艺术形式，决不是轻而易举的事。一种新的艺术形式的出现，甚至一种新的艺术技巧的采用，都是对历史成规的突破，都需要有一种超越历史的精神。"五四"新文学革命中白话文的采用，就是向历史传统的成功的挑战，它的确是文学形式因素的改变，却不是小事一桩。它体现了作家们感知世界的新的方式。

（二）艺术形式又是"意识形态结构的结晶"，形式本身已经"浸透了一定意识形态感知方式"，或者说形式中有意识形态的投影。普列汉诺夫在《法国戏剧文学和法国十八世纪绘画》中有力地论证了法国古典主义悲剧向言情喜剧的转变，反映了贵族阶级向资产阶级的价值的转移。因此作家、艺术家选择什么样的形式，如何运用某种形式，从一定的意义上看，都不是与思想意识无关的小事。当然，艺术形式的变化与意识形态的变化并不完全是对应的，形式有其相对的独立性，它不会完全屈从意识形态的每一次风向的改变。

（三）艺术形式是赋予作品以审美效应的重要手段，毛泽东所说的文艺作品反映的生活，"可以而且应该比普通实际生活更高、更强烈、更有集中性、更典型、更理想，因此就更带普遍性"，这六个"更"，不完全是选择题材中的艺术加工，更重要的是在赋予题材以艺术形式过程中的艺术加工。离开形式这个艺术加工，六个"更"也就不可能达到，作品的审美效应也就无从发生。从这个意义上看，艺术形式是作家、艺术家对生活的回赠，它不仅是具体的技术操作问题，它充分体现了作家、艺术家艺术感觉的方式、艺术思维的方式、艺术情感表达的方式，体现了作家、艺术家的创作个性和审美理想，是创作主体潜能的充分发挥。

（四）艺术形式标示作家、艺术家和读者的特殊关系。作家、艺术家创作时，心目中都有一个隐含的读者群，对于这个读者群的愿望、要求、欣赏水平和审美趣味，不但要在题材的选择中起作用，而且也必然要在形式的选择与运用中起作用。因此，艺术形式在一定意义上说，又是作家、艺术家与读者关系的表征。

可能有人会觉得，我们把形式的“地盘”拓展得太大，其实这不是我们主观任意的拓展，我们不过是还形式以本来的“地盘”而已。也许正是在这个意义上，卢卡奇才在他的早期论文《现代戏剧的发展》(1909)中那么绝对地说：“文学中真正的社会因素是形式。”并针对庸俗社会学的理解，提出警告说：艺术中意识形态的真正承担者是作品本身的形式，而不是可以抽象出来的内容①。

通过以上的论述，我们可以这样说，题材作为形式与内容的中介环节，一方面受到形式的锻造，一方面在锻造后转化为内容。形式对题材的锻造一旦获得成功，内容与形式的美学关系得以建立，一部内容与形式有机统一的有艺术生命的作品也就诞生了。而题材则退出，只作为“隐在”的方式存在着。进一步说，在一部内容与形式高度统一的作品中，内容与形式就水乳交融一般不可分离，以至我们可以说内容就是形式，形式就是内容，因为我们很难指出作品中哪是内容，哪是形式，我们无法划清它们的边界。一部作品如同一个铜板的两面，从这一面看是内容，从那一面看是形式。当我们感受它时是内容，当我们玩味它时是形式。唯有形式才具有内容，并拥有它。唯有内容才具有形式，并拥有它。从美学角度看，我们无法把一部作品的内容和形式硬拆开来，说明谁先谁后，并谈论它们之间决定与被决定的关系，我们能够谈论的只是(也仅仅是)形式与题材的关系。而这样的结论恰好有利于我们讨论艺术形式与社会心理的关系。

二、社会心理吁求艺术形式

按照普列汉诺夫的观点，从严格的意义上说，文学艺术是社会心理的反映。那么作家、艺术家对社会心理的感受，就是创作获得题材的途径。换言之，社会心理中蕴涵着丰富的创作素材，作家、艺术家可以从这丰富的素材中选取创作的题材。这样，作为题材的社会心理一旦被作家、艺术家掌握，他们就产生创作的冲动，这时，他们感受到的社会心理就会急切地吁求某种

① 参阅伊·伊格尔顿：《马克思主义与文学批评》，《西方马克思主义美学文选》，漓江出版社1988年版，第686页。

艺术形式,催促作品的诞生。更具体地说,作家、艺术家感受到的社会心理,虽然可以成为创作的题材,但在未进行深度的艺术加工以前,还仅仅是一堆材料而已,还缺少应有的艺术秩序,它就象纺织工人手边的纱料一样,它还没有布的"秩序",还不是布。同样的道理,缺少艺术秩序的社会心理材料,还不能构成活生生的艺术世界。社会心理材料是一种停留在作家、艺术家心中的未定型的东西,它没有外化出来,还不是审美对象,还不能跟读者进行对话,因而也不具有美学效果。甚至可以说,这些社会心理材料能不能转化为作品也还难说,它可能在痛苦中出生,也可能因各种主客观原因而在母体中窒息而死。在这种情况下,社会心理作为一种题材,就会吁求艺术形式,吁求真正的理想的形式,以促使题材(社会心理材料)向真正的艺术作品转化。

从形式这一面说,一定的形式只有在作为题材的社会心理的吁求下才会出现,社会心理材料的吁求是形式出现的前提条件。一定的形式以一定的题材为对象。可以这样说,形式的工作就是把形式赋予题材进而转化为作品的工作。形式一旦脱离开它的工作对象,就变得毫无意义了。这一点正如马克思所说:"如果形式不是内容的形式,那么它就没有任何价值了。"[①]这就是说,作品的形式归根到底是根据题材而形成的,作为题材的社会心理是形式形成的根本动因。艺术形式能否出现,能否形成,决定于题材是否有吁求。

让我们通过中国文学发展史上的例子来说明社会心理作为题材如何吁求艺术形式的诞生。汉代以赋这种文学形式最为流行,这是怎样一种艺术形式呢?用刘勰《文心雕龙·诠赋》篇的话说:"赋者铺也。铺采摛文,体物写志也。……原夫登高之旨,盖睹物兴情。情以物兴,故义必明雅;物以情观,故词必巧丽。丽词雅义,符采相胜,如组织之品朱紫,画绘之著玄黄。文虽新而有质,色虽糅而有本,此立赋之大体也。"刘勰对汉赋的特点,还是抓得很准的,认为汉赋"铺采摛文",是汉赋的特质。的确,汉赋的作者在铺叙和丽词上下了很大的功夫,而刘勰所说的"睹物兴情"的成分则很少。在《子虚》《上林》《甘泉》《羽猎》《两都》《二京》等代表性的作品中,多数重在铺陈,并以夸张的手法,板滞的形式,描写宫苑的富丽,都市的繁华,物产的丰饶,神仙、田猎的乐事,以及当时统治者奢侈的生活,它们虽具有文采光华、结构

① 马克思:《第六届莱因省议会的辩论》,《马克思恩格斯全集》第一卷,人民出版社,第179页。

宏伟和语汇丰富的特色，但一般都缺少感情，缺少现实生活的反映，喜用艰深的词句，生僻的文字，按类罗列，有些作品几乎成为类书[①]。汉赋这种纯艺术形式在汉武帝后得到发展不是偶然的，它与当时汉帝国的巩固与强大有关系。《史记·平准书》写道："汉兴七十余年之间，国家无事。非遇水旱之灾，民则人给家足。都鄙廪庾皆满，而府库余货财。京师之钱累巨万，贯朽而不可校。太仓之粟陈陈相因，充溢露积于外，至腐败不可食。众庶街巷有马，阡陌之间成群，而乘家牝者并摈而不得聚会。守闾阎者食粱肉，为吏者长子孙，居官者以为姓号。"特别是汉武帝至宣帝将近一个世纪的时间，对内罢百家尊儒术，对外扩大疆土，雄心勃勃，不可一世。统治空前巩固。同时他们也就开始修宫殿园林，聚美女享乐，极尽奢侈之能事。这种种情况必然要在上层阶级形成一种社会心理，那就是对世界的征服和为胜利所陶醉的情绪及好大喜功的时尚。正是这一社会心理吁求一种艺术形式去与之对应，于是汉赋这种艺术形式也就应当时的社会心理而生，并发展起来。没有当时这种社会心理的吁求，汉赋这一艺术形式是不可能产生并发展起来的。当然汉赋的发展还有其他方面的原因，但那种人可以征服一切、战胜一切的社会心理则是主要的直接的原因。

如果说，中国封建社会的上升期的汉代，上层阶级的因其对世界充满了征服的自信，对外在的事物（山、水、树木、鸟兽、土地、城市、宫殿、林苑、美女、衣饰、百业等）充满了兴趣，无意于更多省思自己内在的世界，而创作了适应当时社会心理的文体——赋——的话，那么中唐以后，特别是到了五代和宋，中国封建社会由于其自身的重重矛盾，而开始显露出走下坡路的情景，人们的社会心理也为之一变。在盛唐李白、杜甫时代达到顶峰的新旧体诗，也不能完全充分地细致地描写人们的心绪，于是社会心理又吁求一种新的艺术形式来适应它，这便是"词"的产生。词与诗是很不相同的文学形式。前人对诗与词有过种种比较，如说"诗庄词媚"（王又华《古今词论》引李东琪语），"诗硬词婉"、"诗实词虚"（同上书引毛稚黄言），"词之为体如美人，而诗则壮士也"（曹尔堪《峡流词序》）等。总之，词是一种更适合于表现人的内心情感和日常生活的艺术形式。词的发展除了与音乐有密切的关系外，的确有其社会心理的根源。中唐"安史之乱"以后，虽然兵祸不断，但并不是说社会就衰落了，实际上由于新的生产关系的出现，生产力仍然在进一步发展，

① 参见刘大杰：《中国文学发展史》上册，上海古籍出版社1962年版，第129页。

这个社会还是处于繁荣的阶段。特别是宋代开国一来的一百多年中,中原未受干戈之乱,阶级矛盾比较缓和,农业的恢复与发展,促成社会经济的繁荣,这种情况直到徽宗时期。孟元老《东京梦华录序》写道:“仆从先人宦游南北,崇宁癸未到京师,卜居于州西金梁桥夹道之南,渐自长立,正当辇毂之下太平日久,人物繁阜。垂髫之童,但习鼓舞,班白之老,不识干戈。时节相次,各有观赏。灯宵月夕,雪际花时,乞巧登高,教池游苑。举目则青楼画阁。绣户珠帘。雕车竞驻于天街,宝马争驰于御路。金翠耀目,罗绮飘香,新声巧笑于柳陌花衢,按管调弦于茶坊酒肆。八荒争凑,万国咸通。集四海之珍奇,皆归市易;会寰区之异味,悉在庖厨。花光满路,何限春游;箫鼓喧空,几家夜宴,伎巧则惊人耳目,奢侈则长人精神。”这说明宋代初期的汴京何等繁华,物产何等丰富,市民何等快乐。但是,从宏观的角度看,人的精神生活则与之形成了巨大的反差。上至贵族,下至市民,并不想积极地建功立业,也没有“大道如青天,我独不得出”的怒吼。正如有的学者所指出的,中唐以后的“时代精神已不在马上,而在闺房;不在世间,而在心境”。胡应麟在《诗薮》中指出:“盛唐句如海日生残夜,江春入旧年;中唐句如风兼残雪起,河带断冰流;晚唐句如鸡声茅店月,人迹板桥霜,皆形容景物,妙绝千古,而盛、中、晚界限斩然。故知文章关气运,非人力。”这是很有见地的看法。如果,我们也用一句词来形容宋代人们的心绪,也许就是“今宵酒醒何处,杨柳岸晓风残月”了。所以,对中唐以降人们的社会心理也许可以用李商隐的诗句“夕阳无限好,只是近黄昏”来概括了。人们重视的不完全是外在的物质生活,而是向内转,走进更为细腻的官能感受,和情感色彩的捕捉之中。上层阶级和士人阶层这样的社会心理必然要吁求一种新的艺术形式,于是词这一带着歌唱的艺术形式也就应运而发展起来了。

上面是从宏观的角度,说明一定时期的社会心理吁求与它相适应的艺术形式。从作家、艺术家创作的角度说,他们所感受到的社会心理,如果把它作为题材运用,那么这作为题材的社会心理材料,以包含了对艺术形式的进一步的要求,对形式作出了深一层的规定。这就是社会心理材料,虽然表面看起来是散乱的、无序的,但如果我们仔细研究,就会发现它也是含有内在逻辑的;其中有来自社会心理本身的逻辑,也含有作家、艺术家掌握材料时的情感逻辑,这种内在的逻辑吁求形式对它作出与之匹配的呼应。这就是说,作家、艺术家对社会心理材料赋予什么形式,尽管有发挥创造性的广阔天地,但社会心理材料的独特性质所含的内在逻辑,使作家、艺术家在考虑采用什么形式时，不能不受到一定的制约。这就是说，社会心理材料对形式的吁求，是有定向的，不是任意的。作家、艺术家在采用形式时遵从这种制约，才能使形式与社会心理材料的“性格”相匹配。因为，一定的形式只有深刻地切入到社会心理材料的内在逻辑，才能充分地艺术地表现这种社会心理，才能转化成真正的富于艺术魅力的作品，进而获得理想的审美效果。这一点也就决定了为什么许多作家、艺术家都感受同一种社会心理氛围，可为什么有的作家、艺术家创作优秀的甚至伟大的作品，而有的作家、艺术家的收获则很有限。为什么许多作家都写抗日战争，而只有少数作家写得好，关键就在于这些写得好的作家不但听到了抗日时期社会心理的吁求，而且还深切地了解抗日时期社会心理的内在逻辑，并找到了与其完全匹配的艺术形式。一般在这里可能产生两种倾向：第一种，是形式完全违背了社会心理固有的逻辑的规定，结果社会心理材料是一种色调，而形式是另一种色调，两种色调无法达成妥协而不协调，这样形式与所要表现的社会心理就不统一，所谓“有墨痕无血痕”的弊病就这样产生了。第二种是形式的力量不足，无法整合社会心理材料，社会心理材料仍然处于无序状态，或者说形式没有完全征服题材，使题材没有完全形式化。这个问题我们将在下面详加讨论。

三、艺术形式征服社会心理

艺术形式如何切合社会心理材料的内在逻辑呢？艺术形式是不是只要消极地适应社会心理材料的需要，将社会心理的材料呈现出来，就可转化成为艺术作品呢？情况并不是这样简单。如果只是讲两者的适应，那么艺术形式就只能单纯去模仿社会心理材料的形貌，所创作出来的作品，往往因形式不能以艺术的力量“限定”题材，而使作品失去应有的艺术品格。如前一段流行的所谓纪实作品，单纯注重事实本身，艺术形式则被忽略，题材超越了形式，这种作品是难以跻身艺术之林的。

一直存在这样一种观点：内容是主人，形式是仆人，形式仅仅是消极地配合和补充内容，服服帖帖地为内容服务。如古代诗论中就有这种说法：“作诗必先命意，意正则思生，然后择韵而用，如驱奴隶。”[①]作诗要先命意，这

① 魏庆之：《诗人玉屑》卷六。

是不错的。但语言形式是否就是“奴隶”，只能恭恭敬敬听任“意”（题材）的驱遣呢？我们的看法不是这样。的确，题材吁求形式，题材是主人，形式是被吁请的客人，然而一旦把客人请到家，客人是否时时处处都得听从主人的安排呢？这就不一定了。创作实践表明，“客人”一旦到了“主人”的家，往往“反客为主”，最终往往是客人征服主人，重新组合，建立起一个新的家。形式征服题材，两者在对立、冲突中建立起新的艺术秩序和有生命的艺术世界。具有魅力的艺术世界就在这种对立、冲突中形成。我们的基本观点是：创作最终要达到内容与形式的和谐统一，不是形式消极适应题材的结果，恰恰相反，是形式与题材对立冲突，最终形式征服题材的结果。形式与题材二者相反相成。

苏联早期心理学家、艺术理论家列·谢·维戈茨基提出“要在一切艺术作品中区分开由材料引起的情绪和由形式引起的情绪”，他认为，“这两种情绪处在经常的对抗之中，它们指向相反的方向”，而“作品应包含着向两个相反的方面的激情，这种激情消失在一个终点上，好像消失在‘短路’中一样”[①]。维戈茨基的意思是，在许多优秀的作品中，形式与题材的情调不但不相吻合，而且处在对抗中，如题材指向沉重、苦闷等，而形式则指向超脱、幽默、轻松等，形式与题材所指的方向完全相反，但却又相反相成。如果上面的理论假设可以成立的话，那么我们在处理社会心理（题材）与艺术形式的关系中，我们就应该理解到，社会心理材料所引起的是一种情绪，而与之匹配的艺术形式所引起的应是另一种情绪，这样两种情绪的对抗才能转化出有艺术力量的作品来。例如，鲁迅的小说《阿Q正传》所表现的是当时人们的一种社会心理：中国国民性麻木、愚昧、自欺欺人，明知自己不行，却还要找出种种理由安慰自己，甚至还觉得自己很强大，还是精神上的胜利者。这种社会心理材料当然会引起人们的沉重、忧虑、焦急、悲哀等，但鲁迅面对这样一种情绪指向的社会心理材料，没有采取同样是会引起人们感到沉着、忧虑、焦急艺术形式加以表现，相反，他在写《阿Q正传》时采取了一种开心的、幽默的、带有喜剧色调的艺术形式来加以表现，让读者在轻松的笑声中陷入沉思。甚至在写阿Q上刑场时，连他自己只是觉得那个圆圈画得不够圆，但后来他想“孙子才画得圆”呢，他也就释然入睡。一个在农村打短工的下层人民，莫名其妙被处死，这是一个很严肃、很悲哀的事，但鲁迅偏用一种不严

---

① 列·谢·维戈茨基：《艺术心理学》，上海文艺出版社1985年版，第281页。

肃乃至轻佻的笔法来叙述，这看似是不可思议的，但却受到了理想的艺术效果，因为真正的读者为此就会感到十倍的悲哀、沉重。在这里，作品里的社会心理材料的情感指向与艺术形式的情感指向在对立中获得了真正的统一。这就是形式征服了作为题材的社会心理。在鲁迅的小说中，我们还可以看到另一种形式征服题材（社会心理）的写法。如《祝福》中写鲁四老爷，表面看作者是用严肃的庄重的笔调写严肃的人，但仔细一分析仍然具有喜剧色彩，他满口仁义道德，似乎是正义的化身，可从作者揭示的杀害祥林嫂的事实中，鲁四老爷外表与内在的矛盾中，就显得很滑稽。实际上作者用了双重视角的写法，一般群众的视角（认为鲁四老爷与祥林嫂的死没有关系）和作者的视角（认为祥林嫂的死鲁四老爷负有不可推卸的责任）交织在一起，这样鲁四老爷的喜剧性也就显示出来了。应该看到的是，对满嘴仁义道德、实则无恶不作的封建遗老们的反感，也是当时普遍流行的一种社会心理，鲁迅对鲁四老爷们的描写具有很强的形式感，这样也就使作为题材的社会心理被形式完全征服。当题材完全被形式征服之后，真正的艺术作品才得以诞生。

艺术形式征服作为题材的社会心理，其实质是以形式去塑造、改变、加工社会心理材料，使社会心理材料的无序性、散乱性得到整理、协调和秩序化。在这个问题上马尔库塞的论点对我们是有启发的，他说："在审美形式中，内容（质料）被组合、整形、调整，以致获得了一种条件，在这个条件下，'材料'或质料的那些直接的、未被把握住的力量，可以被把握住，被'秩序化'。形式就是否定，它就是对无序、狂乱、苦难的把握，即使形式表现着无序、狂乱、苦难，它也是对这些东西的一种把握。艺术的这个胜利，是由于它把内容交付于审美秩序。而审美秩序就其本身的要求看是自律的。艺术作品建立了自己本身的界限和目的，它的意味就在于把各个组成部分按其自身的法则联系在一起，这些法则构成悲剧、小说、奏鸣曲和绘画的'形式'……因而，内容被形式所改造，从而获得了超越其内容组成成分的一种意义。"[①]如果他说的内容就是指质料，那么他所讲的的确是内行的话。马尔库塞在这里最重要的思想是形式"把握"质料，如何"把握"？那就是以艺术形式去组合、整形、调整、秩序化，最终完全把质料交付给作为艺术秩序的形式。形式否定质料中无法把握的东西。马尔库塞这一思想可能来源于席

---

① 马尔库塞：《审美之维》，生活·读书·新知三联书店 1989 年版，第 123—124 页。

勒。席勒说:“艺术家通过艺术加工不仅要克服它的艺术门类的特性本身带来的限制,还要克服他所加工的特殊素材所具有的限制。在真正美的艺术作品中不能依靠内容,而要依靠形式完成一切。因为只有形式才能作用到人的整体,而相反的内容只能作用于个别功能。内容不论怎样崇高和范围广阔,它只是有限地作用于心灵,而只有通过形式才能获得真正的审美自由。因此,艺术大师的独特的秘密就在于:他要通过形式来消除素材。素材本身越雄伟、越傲慢、越富于诱惑力,素材越专擅地显示自己本身的作用,或者观众越倾向于直接介入素材,那主张支配素材的艺术就越成功。……在艺术中对待最轻浮的内容也必须把它直接转化为严肃的东西。对待最严肃的素材我们也必须把它更换成最轻松的游戏,激情的艺术如悲剧也不例外。”[①]席勒的要“靠形式完成一切”的说法也许是片面的,但他的“通过形式来消除素材”的总体思想对我们有启发。在谈论艺术形式与社会心理的关系中,社会心理总是作为素材或题材而出现,为了使素材不停留在素材上,题材不停留在题材上,强调艺术形式对素材、题材的征服、消除、克服、塑造、掌握、组合、整形、秩序化,无疑是重要的。

(《文学艺术与社会心理》,童庆炳等著,高等教育出版社 1997 年 7 月版)

---

① 席勒:《美育书简》,中国文联出版公司 1984 年版,第 114—115 页。

艺术趣味与社会心理

艺术活动的最后一个环节，是艺术接受。在艺术接受中，艺术趣味问题是一个核心问题。艺术趣味不仅关系到艺术接受的动力，而且关系到艺术接受过程的审美效应，同时还关系到艺术接受的性质。换言之，只有艺术兴趣能够引导读者、观众进入到兴味盎然的艺术活动中，只有艺术兴趣能够使读者、观众充分领略艺术品的魅力，只有艺术趣味的高、下能够决定艺术接受的健康的性质。本文将讨论艺术趣味的特点、功能和系统，艺术趣味与社会心理的互动关系，以及艺术趣味的优化与健康社会心理培育的关系等问题。

一、艺术趣味的特点、功能和系统

大家都知道，趣味这个词就其直接的意义来看，是指人的一种感觉。最常说的是味觉，味觉有甜、咸、酸、苦、涩、辣等，即人通过自己的味觉器官，把对象评价为有什么味，或没有什么味。这是生理味觉，人们从饮食中体验到愉快或不愉快，是一种饮食时的生理定向。后来这种生理定向，推广到非生理定向，表现为对某种生活方式、某种对象、某种事业的情不自禁的眷恋和喜爱，这是更广大的兴趣。如果这种兴趣活跃于艺术审美活动中，那么这趣味就成为艺术趣味或审美趣味。艺术趣味在同味觉的类比中产生，它是指人在长期的艺术接受（当然也包括创作）经验中形成的审美心理定向，它常表现为对某类作品的特殊的偏爱。例如有人喜爱格律诗，有人喜爱自由诗，有人偏爱喜剧，有人偏爱悲剧，等等，这是艺术趣味的不同所致。

艺术趣味的特点可以说处在一个悖论中。

一方面，“像任何心理定向一样，审美趣味不可避免是主观的。因为趣味标准在某个人的个体的经验中形成"①。主观性、随机性、不可强迫性是艺术趣味一个重要特点。拉丁谚语云:"趣味无争辩。"中国古代葛洪《抱朴子·广譬》云:"观听殊好,爱憎难同。"现代俗语也说:"萝卜青菜各有所爱。"中外这些谚语、古话、俗语都道出了艺术趣味的主观性、自由性的特征。不同艺术趣味的人偏爱不同类型的作品,就是对同一本书,个人的喜爱也可以是不同的。《世说新语》中记载一个小故事。谢安有一次问弟子:"'毛诗'何句最佳?"谢玄回答:"昔我往矣,杨柳依依;今我来思,雨雪霏霏。"谢安就不同意,说:"讦谟定命,远猷辰告有雅人深致。"两人的趣味完全不同,所以对同一部《诗经》也各有所爱。这样的例子不胜枚举。艺术趣味的主观性,是艺术接受的主体和客体之间处于特别亲和、融洽,接受主体不由自主地受对象的牵引,进入到一种忘我的审美的状态,而无须任何外力的强迫。鲁迅曾说:"看客的取舍,是没法强制的,他若不要看,连拖也无益。"②鲁迅的话说明趣味是无法强迫的,是自由的。趣味的主观性、自由性使艺术接受活动成为一种无限长久和宽阔的活动,正如赫尔岑所说的,人类世世代代,各以自己的方式反复阅读荷马。实际上,世界上所有的伟大的作品,人们都可以凭着自己的艺术趣味永远阅读下去。那么,艺术趣味的主观性和自由性是怎样形成的呢?这个问题是不难回答的。人的艺术趣味是同人的需要密切相关的,不同的需要导致不同艺术趣味。但人的不同需要又是怎样产生的呢?产生不同需要的原因有:(1)出身经历的不同;(2)文化修养的不同;(3)性格的不同;(4)审美经验的不同;(5)价值观念的不同;(6)年龄的不同;等等。这些都易于理解,此不赘论。总的说,艺术趣味作为人们艺术接受活动中的心理定向,是主观的、自由的,因而是无可争辩的。

但这只是问题的一面,就是说对"好"趣味来说,的确是无须争辩的;但艺术趣味有高级和低级之分,这就是所谓的"趣味质"的问题,对此就不能说"趣味无争辩"了,这就是说,趣味是可以争辩的,这不能不说是趣味的又一个特征。特别在今天的社会转型期,在拜金主义流行,低级的艺术趣味泛滥,视丑为美或视美为丑的现象到处皆可见,"打黄"老是打不尽的情况下,对"趣味质"这个问题的讨论,就具有毋庸置疑的现实意义。恶的艺术,诲淫诲盗的艺术,无论中外,历来就有。对创作者来说,是为了迎合读者的低级趣味,对欣赏这些作品的读者来说,则是他们的低级艺术趣味的表现。例

---

① 列·斯托洛维奇:《审美价值的本质》,中国社会科学出版社 1984 年版,第 148 页。

② 鲁迅:《偶成》,《鲁迅全集》第五卷,人民文学出版社 1959 年版,第 165 页。

如，中国古代的一些时期，流行春画、色情宫体诗，以及一些毫无文化内涵的专写床上动作的艳情小说，都表现了当时部分作者和读者的低级艺术趣味。对这些低级趣味，当然要"争辩"一番，通过争辩，呼唤健康的艺术趣味。不过，在辨析这些趣味时，一定要有眼光，不可把正常必要的描写说成是低级趣味。正如鲁迅对一些批评家所说："我所希望的不过愿其有一点常识，例如知道裸体画和春画的区别，接吻与性交的区别，尸体解剖与戳尸的区别，出洋留学和'放诸四夷'的区别，笋与竹的区别，猫和老虎的区别，老虎和番菜馆的区别……"[①]鲁迅的话提醒我们，对什么是低级趣味，也要有起码的识别能力。现代作家创作的小说，多要写到"性爱"，我们不能像刘心武的小说《班主任》里的谢惠敏那样，翻看了《牛虻》中外国男女谈情说爱的插图，就心理紧张，失声叫起来："真黄！"性爱在文学创作中不是不可以描写，问题在于：第一，这种描写是不是情节发展不可少的；第二，作者是怎样写的，是审美化的描写，还是纯生物刺激性的描写；第三，读者又是怎样读的。前两条不必多说，这是作者的事，对判断读者是不是低级趣味来说，这第三点尤其重要。读者是怀着怎样的趣味、态度去阅读，是至关重要的。像《红楼梦》这样伟大的小说，其中也有性爱的描写，如果读者不去领会小说的主要意义，专注于其中个别段落的性描写，那么这趣味也是低级的。甚至有人能从《钢铁是怎样炼成的》这样的作品中也看到"黄"，那纯粹是读者的趣味太低级。这也就是说，在一定的条件下，读者的低级艺术趣味可能是与阅读对象无关的，不是对象引发的，而是读者本身的趣味、态度造成的。由此可见，要辨别作者和读者的"趣味质"，都不是很简单的事情。

趣味无争辩；趣味又可以争辩。这个悖论可以说是艺术趣味的基本特点。饶有意思的是艺术趣味的功能，也是一个悖论。艺术趣味的功能就是它具有定向的选择性，这种选择性一方面表现为封闭的、保守的，另一方面又表现为开放的、转移的。

首先，让我们先来看艺术趣味选择功能的封闭性和保守性。作为心理定向的艺术趣味是在长期的、无数次的艺术感知和艺术体验中逐渐积淀而形成的，因此艺术趣味一旦形成，无论在选择欣赏对象的范围，还是选择欣赏的方式、欣赏的习惯等，都固定下来，呈现出某种封闭状态，这就是艺术趣味选择功能的保守性。这种保守性具体表现为趣味的偏狭性，只能欣赏自

---

① 鲁迅：《对于批评家的希望》，《鲁迅论文学》，人民文学出版社 1959 年版，第 2 页。

己偏爱的某一类、某一种形式的艺术品，而排斥其他类型、其他形式的艺术品。例如中西绘画刚开始交流时，由于艺术趣味的选择性已经形成定势，彼此看不惯，西方人习惯于看讲究透视、色彩、光线的画，初看中国画就难以接受，觉得单调、平面、无深度等，他们无法欣赏中国画的线条的韵律和笔墨的趣味；反过来，中国人也无法欣赏西洋画，当时，就有人说西洋画“笔法全无，虽工亦匠”，因而“不入画品”[①]。这就是由于欣赏习惯不同而造成的趣味的偏狭性。又如，现在多数青年人喜欢流行歌曲一类的艺术形式，不太喜欢京戏等旧的艺术形式，也表现出一种选择上的偏狭，这也是由于欣赏习惯的定式造成的。艺术趣味的选择的偏狭性，还表现为对作品的思想和情感的不同理解，这一点鲁迅早就说过：“《红楼梦》是中国许多人所知道的，至少，是知道这名目的书。谁是作者和续者姑且勿论，单是命意，就因读者的眼光而有种种：经学家看见《易》，道学家看见淫，才子看见缠绵，革命家看见排满，流言家看见宫闱秘事……”[②]对同一部作品的思想，各人理解不同，有的已超出艺术欣赏的范围。再如对《诗经》的欣赏，孔子把自己的伦理情感强加上去，归结为“思无邪”，也是艺术趣味选择的保守性的一个很突出的例子。实际上，《诗经》的思想感情很丰富，决不是“思无邪”三个字概括得了的。这是由于思想感情的单一所造成的欣赏的偏狭性。此外，性格的不同也可能造成艺术趣味选择的偏狭性。刘勰说：“夫篇章杂沓，质文交加，知多偏好，人莫圆该。慷慨者逆声而击节，酝藉者见密而高蹈；浮慧者观绮而跃心，爱奇者闻诡而惊听。会己者嗟讽，异我者沮弃。”[③]意思是说，文学篇章很复杂，质朴的和华美交错在一起，人的爱好多有所偏，很难全面理解问题。性情慷慨的人遇到激昂的声调击节赞赏，有涵养的人遇到细致含蓄的篇章就高兴，喜欢浮华的人遇到绮丽的文章就动心，爱好新奇的人听到奇异的声音就竖着耳朵来听。总之，合乎自己的性格爱好的便赞叹诵读，而不合自己性格爱好的就加以抛弃。古人是这样，现代人也是如此。郁达夫说：“譬如放浪形骸之外，视世界如浮云的人，他视法国高蹈派诗人和我国的竹林七贤，必远出于《神曲》的作者及屈原之上。性喜自然的人，他见了自然描写的作品，就不忍释手。喜欢旅行的人，他的书库里，必多游记地志。”[④]这就是由于人的性

---

① 邹一桂：《小山画谱・西洋画》。

② 鲁迅：《〈绛洞花主〉小引》，《鲁迅全集》第七卷，人民文学出版社 1959 年版，第 417 页。

③ 刘勰：《文心雕龙・知音》。

④ 郁达夫：《文艺鉴赏上之偏爱价值》，《文艺论集》，上海光华书局 1926 年版。

格不同而产生的艺术趣味的选择的偏狭性。

艺术趣味选择功能的保守性、偏狭性如果发展到极端，就会使审美判断片面化。也就是说，在保守性和偏狭性的支配下，劣质的作品因符合他的趣味，而被任意抬高，优秀的作品因不符合他的趣味而被随意贬低，这种情况有时甚至发生在一些大艺术家身上。例如，柴可夫斯基降B小调第一钢琴协奏曲的乐稿完成之后，当时美籍波兰著名的钢琴家、作曲家鲁宾斯坦完全不能欣赏，并斥之为“俗不可耐”，而这一作品在波士顿首场演出则使全场听众倾倒。最让人不能理解的是大文豪列夫·托尔斯泰对贝多芬作品的排斥，他说：“村妇们的歌曲是真正的艺术，而贝多芬的那首奏鸣曲（按：指作品101号）只是一个不成功的艺术尝试。其中没有任何明确的感情，因此它没有什么可感染人的。”[①]列夫·托尔斯泰的看法完全是片面的。令人困惑不解的是还是这位列夫·托尔斯泰对莎士比亚也不怀好感，他认为莎士比亚的戏剧“非但不是无上杰作，而且是很糟的粗滥之作”，“与艺术诗歌毫无共同之处”[②]。鲁宾斯坦和列夫·托尔斯泰决不是缺少艺术修养和鉴赏能力，他们在审美上所出现的片面性完全是他们固执于自己的艺术趣味，从而表现出对不符合自己趣味的作家作品的强烈的排斥倾向。艺术趣味选择功能的保守性、偏狭性还可能导致对艺术创新的反对，这种情况也是屡见不鲜的。如苏轼以自己的豪放风格的词试图改变“诗庄词媚”时，便遭到了当时固守词的传统趣味的人们的围攻，连他的学生陈师道也认为其词“要非本色”。

但是，艺术趣味选择功能又具有开放性和可转移性的另一面。艺术趣味达到较高水平的人，必定是有足够的艺术修养和文化修养的人，换言之，艺术趣味是他的艺术修养和文化修养的表现。因此，艺术趣味本身含有对艺术美的高度领悟。这样，具有好的艺术趣味的人虽然在开始时，他往往只对合乎他的艺术趣味的艺术作品感兴趣，但由于他的艺术欣赏能力比较强，艺术感悟力特别出众，所以当他把自己的欣赏对象扩大一些时，就有可能对其他的作品也逐渐发生兴趣，从而使自己的趣味具有开放性和可转移性。例如，一位本来只对格律诗有浓厚兴味的欣赏者，当他把欣赏的视界转移到自由诗时，由于他的艺术趣味所养成的对诗的感悟能力，他有可能通过一段

---

① 列夫·托尔斯泰：《艺术论》，人民文学出版社1958年版，第143—144页。

② 列夫·托尔斯泰：《论莎士比亚及其戏剧》，《古典文艺理论译丛》第二卷，人民文学出版社1961年版，第159、174页。

时间的对自由诗的审美实践,而产生了对自由诗的审美趣味。可以这样说,艺术趣味从本质上说是对于生命的彻悟,而生命时时刻刻都在进展,彻悟也总是越来越多,因此趣味也就可能时时刻刻在创化。已故朱光潜教授曾讲过自己的体会:"培养趣味好比开疆辟土,须逐渐把本非我所有的变为我所有的。记得第一次读外国诗,所读的是《古舟子咏》,简直不明白那位老船夫因射杀海鸟而受天谴的故事有什么好处,现在回想起来,这种蒙昧真是可笑,但是在当时我实在不觉到这诗有趣味。后来明白作者在意象、音调和奇思幻想上所做的功夫,才觉得这真是一首可爱的杰作。这一点觉悟对于我便是一层进益,而我对于这首诗所觉到的趣味也就是我征服的新领土。我学西方诗是从19世纪浪漫派诗人入手,从前只觉得这派诗有趣味,讨厌前一个时期的假古典派的作品,不了解法国象征派诗和现代英国诗,对它们逐渐感到趣味,又觉得我从前所爱好的古典派的诗有好些毛病,对于它们的爱好不免又淡薄了许多。我又回头看看假古典派的作品,逐渐明白作者的环境立场和用意,觉得他们也有不可抹煞之处,对于它们的嫌恶也不免减少了许多。在这种变迁中我又征服了许多领土。对于已得的领土也比从前认识较清楚。对于中国诗我也经过了同样的变迁。最初我由爱好唐诗而看轻宋诗,后来我又由爱好魏晋诗而看轻唐诗。现在觉得各朝诗都有特点,我们不能以衡量魏晋诗的标准去衡量唐诗或宋诗。他们代表几种趣味我们不必强其同。"①在这段话中,朱光潜教授很详尽地谈到了自己读诗趣味的转换和开拓的情况,像他这种体会许多人都是有的,它说明了一个读者重要的是自己的彻悟能力,只要有了这种对文学艺术的彻悟能力,那么你的艺术趣味的选择功能不但不会使你变得偏狭,而且会帮助你走向开阔。所以,从一定意义上说,艺术趣味的选择功能,又具有开放性、可转移性。

那么,艺术趣味的特点和功能是怎样形成的呢?我们认为这与艺术趣味的结构有着密切的关系。艺术趣味作为心理定向是一个完整的系统,它不是由单一的感觉或情感因素构成的。作为一个完整的系统,艺术趣味也不能理解为诸多因素的拼凑或相加,它的确是以情感定向为中心的多层次的组合,但这组合是一种"自组织"。就是说,读者、观众在反复的艺术感知、艺术体验中,调动了自身的各种因素,并在欣赏实践中自动合作协同,形成了一个具有定向选择的心理机制,这一机制的活跃,使欣赏主体对欣赏对象

---

① 朱光潜:《谈读诗与趣味的培养》,《朱光潜全集》第三卷,安徽教育出版社1987年版,第351页。

产生亲和的美感效应。为了讨论的方便，我们可以对艺术趣味的内部结构作一次抽象的分析。我们的理论假设是，艺术趣味是以情感定向为核心的包括审美感知、审美心境、审美理想、价值观念、社会心理的完整的系统：

艺术趣味 { 审美感知
审美心境
审美情感
审美理想
价值观念
社会心理
意识形态 } 欣赏对象（艺术作品）

从这个图示我们可以看到，艺术趣味的最表层是审美感知。如前所述，艺术趣味首先是一种对艺术品的细微的敏感，这种敏感靠审美的感官，人们往往看一眼、听一声、读一页，就知道面前的这个艺术品符合不符合自己的艺术趣味；其次是审美心境，心境是一种情绪性的东西，艺术趣味能不能被调动起来，与审美心境有密切关系。平时你可能对喜剧特别有兴趣，但如果这一天你死了母亲，而你又非常爱你的母亲，你处在极其沉痛的心境中，那么这一天即使是最好的喜剧，也无法调动你的艺术趣味，审美心境是艺术趣味发挥的必要条件；第三，定向性的审美情感，这是艺术趣味的核心，为什么有的人特别迷恋武侠小说，而有的人又特别迷恋言情作品，……为了自己喜爱的艺术欣赏，甚至可以废寝忘食呢？这是因为自己情感的特别投入，情感定向的特别投入，是艺术趣味的核心和重要表征。以上三个层面，主要是艺术趣味的感性结构，它表现为相对的惰性、固执性、自主性。前面我们所论述的艺术趣味的主观性、自由性，以及艺术趣味选择功能的封闭性、保守性、偏狭性，主要是由艺术趣味的感性结构造成的。人的一切都是社会化的，但比较而言，人的感知、心境、情感侧重于人的自由欲望，其中有些属于幽深的无意识心理，是较难控制的心理领域，所以一旦这种欲望性的心理占了上风，那种主观性、随机性、保守性、偏狭性就必然要顽强地表现出来。但是，艺术趣味的结构并不止于感性的层面。还有理性的层面，这首先是审美理想，审美理想虽然是一个独立的范畴，但艺术趣味中有审美理想的因子。当然，审美理想同审美趣味一样，在审美经验的基础上产生，并概括这些经验，但审美理想比艺术趣味概括得更深刻和更广泛。一般来说，审美理想所表现的不是个别人的，而是一个阶级和阶层的，它具有更强的自觉性，也更具有理性的品质，当然这种理性是与感性密切联系在一起的。不论人们自觉还是不自觉，艺术趣味中总是或多或少渗透了一定的审美理想。例如，经过革命战争洗礼的老战士和一些青年人在艺术趣味上的区别，其中就有审美理想的差异；价值观念似乎与趣味无关，实际上艺术趣味中暗含了价值观。一个"入世"的人，他认为人的价值就在与天奋斗、与地奋斗、与人奋斗中，那么他对像陶渊明这样隐士的诗就不会产生趣味。反之，一个"出世"的人，他认为人的价值就在山水的游乐中，在离世的独处中，那么他对陶渊明的诗发生趣味也就很自然了。对于李白和杜甫的诗，历代都有争论，一般而言，扬李抑杜，或扬杜抑李，表现了艺术趣味的不同，而在这背后实际上可能是价值观的不同。社会意识形态似乎与艺术趣味离得更远，或者说没有什么关系，其实不然。社会意识形态也总是通过社会心理在暗中支持着这样或那样的艺术趣味，换言之，艺术趣味中也有社会意识形态的因子，而社会心理则更直接与艺术趣味相关。审美理想和价值观念本质上是伦理性的，社会心理和意识形态则是社会性的，而这种伦理性和社会性的因素的重要特征是集团性，并不断发展着。前面我们所论述的艺术趣味的可争辩性及其选择功能的开放性、可转移性，主要是由艺术趣味系统中的这种伦理、社会因素的集团性、发展性所造成，因为趣味的构成系统中既然有审美理想、价值观念和意识形态这种集团性的可发展的因素作为支撑物，这就必然导致它的可争辩性以及选择功能的开放性、可转移性。

从上面的论述中，我们可以清楚地看到，艺术趣味在性质上、功能上的悖论，都是由艺术趣味自身构成系统的内在矛盾造成的。

二、艺术趣味与社会心理的互动关系

从宽泛的意义上说，社会心理是艺术趣味系统构成的一个要素，但我们也可以把社会心理理解为人们的某种艺术趣味流行的"场"来理解。讨论艺术趣味和它流行的"场"——社会心理——的互动关系是更为重要的。

前面，我们已经说明了，社会心理是指在特定历史情境中自发形成的人们的社会性知觉、情绪、愿望、需要、兴趣、时尚等的总和，它具有原始性、群体性、易变性和无意识性的特征，它与文学艺术活动有着互动的作用。艺术趣味作为艺术接受活动中的驱动力，当然也与社会心理有着互动的关系。

即，一方面，社会心理及其变化影响艺术趣味及其变化，另一方面，艺术趣味及其变化又反过来强化或削弱某种社会心理。

为了讨论社会心理与艺术趣味的关系，必须明确一个概念——群体艺术趣味。上面我们所讲的是个人的趣味，个人趣味当然也与社会心理有密切关系，但与社会心理发生更为密切关系的是群体趣味。群体趣味是指社会某一时期、某一阶级、阶层、集团共享的趣味。

首先，社会心理总是这样和那样地制约着群体趣味。

不同历史时代的人们具有不同的群体趣味，因为在各个不同的时代，由于社会关系的不同，进入人的头脑里的材料也不同。所以它的加工结果不同也不足为怪。不同时代具有不同的社会心理，也就具有不同的群体艺术趣味。特别在社会处于进步或有共同问题的时期，人们对时代的发展认同感强，人们的艺术趣味也就趋于一致。例如，在新时期刚开始的时候，要求改变过去的"以阶级斗争为纲"，要求解放思想，要求平反冤假错案等，成为人们共同的心理趋向，于是在一段时间里，所谓"伤痕文学"、"反思文学"、"改革文学"成为大家感兴趣的作品，形成了共同的群体趣味。但时过境迁，这种沉重的艺术虽然可以在历史上占一席之地，却不再成为大家的群体趣味了。这类情况，在历史上是很多的，如歌德的《少年维特之烦恼》、易卜生的《玩偶之家》在当时的欧洲和我国的"五四"时期，都曾激起强烈的反响，引起大家共同的趣味，这是因为这两部作品与当时的社会心理相吻合的缘故。又如抗日战争时期，杜甫的诗特别引起抗日者的趣味，就是因为杜诗中描写安史之乱前后那些诗，特别能引起大家的共鸣，而共鸣的原因是希望抗日早日获得胜利的社会心理。等到抗日战争胜利后，杜甫虽然还是杜甫，却不可能像抗日战争期间产生那种审美效应了，因为时代变了，社会心理也变了。

同一阶级有着共同的价值观和审美理想，因此同属一个阶级的人们，由于其社会心理相同和相通，其艺术趣味也就相同或相通。车尔尼雪夫斯基就专门谈过，不同阶级对女性美的不同趣味，"健康，朝气勃勃，双颊绯红，"这是农民所认同的少女美丽的标准，而"社交美人的纤手细脚"，则是"王孙公子们"所认同少女美的标准，这不同的标准实际上就是不同阶级的趣味的标准。当然车尔尼雪夫斯基谈的是女性的美，不是谈艺术的美，但不容否认的是不同阶级的确有不同的趣味标准。《水浒传》是歌颂农民起义的壮举的，但封建统治阶级不喜欢，因为与他们的趣味不合，所以就有人腰斩《水浒》，删去原本的七十回以后的部分，即删去受招安的内容，他们觉得"强盗"

受了招安，并能建功立业的事不能提倡，同时又于宋江受天书之后，伪造卢俊义一梦结束，把英雄们的壮烈功业，化为凄惨的悲剧。这就是不同阶级的社会心理不同，造成艺术趣味不同。又如，莎士比亚的作品中充满了民主主义的思想感情，这就得到了革命民主主义批评家别林斯基的赞美："那神通、伟大的、不可企及的莎士比亚，却领悟了地狱、人间和天堂；他是大自然的主宰，他同样地考虑善与恶，在富于灵感的透视中诊断了宇宙脉搏的跳跃。"[①]但是，流亡到法国的英国贵族则对莎士比亚极尽污蔑之能事。这也是阶级心理不同导致艺术趣味不同的缘故。

同一阶层的人，有着相同或相通的价值观和审美理想，因此同一阶层的人们的社会心理是一致的，这也要反映到艺术趣味上面。例如当前社会上明显地形成不同的阶层，例如文化精英阶层和商业新贵阶层，前者因商业大潮而被推到社会的边沿，他们的激愤的社会心理，使他们要坚持雅文化的趣味，守住严肃文艺这一片净土。相反，后者则是当前社会的精英，他们处在社会的中心地带，他们有的是合法或不合法赚来的钱，他们的心理是赶紧消费、及时行乐，追求官能刺激，这样他们追求的是符合他们心理需求的平庸浮浅的俗文化，他们的趣味另是一样。

同一民族的人们也由于民族心理相同的缘故，而形成了相同和相似的艺术趣味。这都是明显的事实，此不赘论。

概而言之，社会心理对群体趣味的作用，可分以下三点来说明：

(1) 社会心理具有群体性特征，个体对自己认同的群体所持的肯定倾向越是有力，那么个体对群体的遵从也越是有力。在一个被认同的群体中，人们的盲目遵从行为是很难抗拒的，人们都希望被自己认同的群体所接纳，都怕遭到群体的孤立，这样，人们就习惯于拿自己认同的群体当作镜子来照，在他看清楚群体的影像之后，他便把那镜子中的影像，挪到自己的内部来。人们对群体艺术趣味也应作如是观。例如，当前，中国一些所谓的"大款"、"款爷"，由于流行拜金主义的价值观和商业工具主义的观念，以及及时行乐的消费享受，他们的艺术趣味趋向庸俗肤浅，即所谓的"俗趣"、"畸趣"，逐渐取得所谓的"文化霸权"的地位；它不是以强迫的方式，而是以潜移默化的方式，在大众中蔓延开来，人们对流行音乐、卡拉 ok、迪斯科、美女图等趋之若鹜，似乎自己不加入这个潮流，没有这种趣味就不是现代人。

---

① 别林斯基：《文学的幻想》，《别林斯基选集》第一卷，人民文学出版社 1959 年版，第 21 页。

(2) 社会心理具有易变性的特征，一个短时期由于一种新的事物的产生，一种时尚的变化，一种情境的转换，社会心理也就跟着转换。社会心理的易变与转换，促使群体的艺术趣味也跟着变化和转换。人们有一种追新的心理趋势，如果许多人的在某些方面变了，就可能成为一种时尚，得赶紧追上，唯恐自己落后，也要赶时髦，赶快变。艺术趣味也是如此，特别在服装艺术方面、装饰艺术方面的反应尤其快。社会心理变易性与艺术趣味的变易性成正比的关系，这一点尤其值得我们重视。

(3) 一个社会在同一个时期，常常是几个社会集团并存，不同的社会集团有不同的社会心理，与此相应，也有几种艺术趣味并存，而且并存的集中艺术趣味产生不可避免的冲突。这种冲突实际上是几种社会心理冲突的必然结果。例如在当前，文化精英阶层有较高的文化修养，他们有艺术的创造力，但他们被社会所疏离，处在边沿状态，但他们又不甘心处在这种非主流的状态，于是激愤之情常溢于言表，可没有人理睬他们，于是除了一部分分化出去之外，大部分人凭着自己的高雅趣味，守着严肃文艺这块“净土”，成为“孤旅”；不仅如此，占主流地位的大众消费文化，还不时要侵占他们的仅有的“地盘”，这就不可避免地要产生冲突。这种艺术趣味的冲突归根到底是两种社会心理冲突的反映。

总的说来，社会心理对艺术趣味的作用是显著的，有什么样的社会心理，相应地就会有什么样的艺术趣味产生。这是一方面。另一方面，群体的艺术趣味对社会心理也起反作用。这种反作用，可能以两种方式出现：当某一群体的艺术趣味与某一种社会心理相适应时，那么群体的艺术趣味就会强化这种社会心理。例如，当前商业新贵们的享乐消费趣味越是高涨，就越是促使和强化商业新贵们的拜金主义和消费工具主义的社会心理。当某一种群体的艺术趣味与某种社会心理不相适应，而这种群体的艺术趣味又得到某种具有权威力量的支持时，那么，这种社会心理就会或多或少受到削弱。例如，假定占主流的意识形态力量全力支持文化精英们的雅致的艺术趣味，那么，商业新贵们的拜金主义和消费享乐主义就多少要收敛一些。所以，支持什么样的艺术趣味，并不是什么小事，是关系到社会心理健康化的大事。

三、艺术趣味的优化和健康社会心理的培育

健康社会心理的培育要靠多方面的努力，不是单靠艺术趣味的优化就

能促成的，但是艺术趣味的优化，对社会心理的健康化的确是有关系的，不看到这种关系是不对的。应该说，艺术趣味的优化和健康社会心理的培育这二者之间，也存在一种互动关系。一方面，社会心理越是健康，艺术趣味就越是优化；另一方面，社会群体的艺术趣味越是优化，也越有利于社会心理的健康化。

我们对艺术趣味的优化，要有一个正确的认识。我们不应该有这样一种认识：只有“雅”的才是优的，“俗”的都是不优的。实际上，艺术趣味的多样化，是一个客观的事实。这一点，我们已在前面谈过了。一个大学教授喜欢读武侠小说，并不表明他的艺术趣味就低下，一个村妇喜欢读诗歌并不表明她的艺术趣味就高雅。“雅”和“俗”并不是衡量艺术趣味是否优化的标准。况且，从历史的角度看，过去的“俗”文艺，今天可能已经成了“雅”文艺了。宋词就是一个很好的例子。宋词在当时确是“俗”文艺，词作者作了词，要通过歌妓的演唱，才能流传开来。可历史发展到今天，宋词的曲调已失传，剩下的词成了“雅”而又“雅”的作品，今天若是哪位能欣赏宋词，大家就要说他趣味高雅了。可见，以“雅”还是“俗”来论艺术趣味的优劣高下，是不妥的。艺术趣味的优化，应该从欣赏主体的诸心理要素之间是否匹配的角度来理解。前面我们强调了艺术趣味的结构是一个完整的系统，所谓优化，就是艺术趣味系统诸要素处于相当水平的有力的组织结构中，使艺术趣味系统以有序的状态参与艺术欣赏活动。换言之，艺术趣味的系统所具有的欲望的、伦理的、社会的三个层次，都达到较高水平，它们之间在互补中深刻地统一，这样艺术趣味就处于优化的状态。

首先是各要素要互补，处于有序状态，欲望的、伦理的、社会的要素在互补中趋于一致，那么艺术趣味就得到优化。一个读者在阅读作品过程中，如果在不知不觉中，能感受得到欲望上的满足，同时又合乎伦理的规范，并且又达到社会的要求，应该说他的艺术趣味是纯正的、优化的。通常我们所见到的是，在阅读中，欲望的要求超越了伦理的、社会的要求，这样他的艺术趣味系统就不能达到互补中的统一，那么这种艺术趣味离优化就还有距离。例如，当前某些人的艺术趣味，专一在寻找官能刺激，完全不顾伦理的、社会的要素，就是一种低下的艺术趣味。另一种情况是，社会的、伦理的要求超越了欲望的、感性的要求，他的艺术趣味系统也不能在互补中达到统一，那么，这种艺术趣味离优化也还有较大距离。例如，汉儒对《诗经》的欣赏，停留在伦理道德上面，完全不顾艺术的感性感受，认为《诗经》是先王用以“经夫妇，成孝敬，厚人伦，美教化，移风俗”[①]的工具，把情歌《关雎》说成是咏“后妃之德”。这也是艺术趣味系统内部失调的结果。一个人的艺术趣味是不是优化，往往在具体的艺术鉴赏中流露出来。例如，闻一多谈读《庄子》：“读庄子的人，定知道那时多层次的愉快。你正惊异那思想的奇景，在那踌躇的当儿，忽然又发觉一件事，你问那精微奥妙的思想何以竟那样凑巧的，曲达圆妙的辞句来表现他，你更惊异；再定神一看，又不知那是思想那是文字了，也许什么也不是，而是经过化合的第三种东西，于是你尤其惊异。这应接不暇的惊异，便使你加倍愉快……”[②]闻一多欣赏《庄子》的多次惊异，就是因为这里既有感受，又有认识，还有思考，他的艺术趣味系统的各个要素在互补中达到有序的状态。

其次，艺术趣味的优化还要看系统中各要素在互补中所达到的深刻程度。当然，这里所说的深刻程度，与人们的文化修养和艺术修养是密切相关的。意大利美学家克罗齐说：“要了解但丁，我们就须把自己提到但丁的水平，从经验方面说，我们当然不是但丁，但丁也不是我们；但是在观照和判断的那一顷刻，我们的心灵和那位诗人的心灵必须一致。”[③]这就告诉我们，我们越是能在提高文化修养、艺术修养的基础上使自己的心灵深刻化，我们的艺术趣味就越能够优化。我们自己常会遇到这样的事情，一本自己喜欢的书，读了二十遍，当我们读第二十一遍时，突然有了新的发现。这一过程恰好说明你的艺术趣味有了提高。

社会心理的健康化，能促使艺术趣味优化。那么，对艺术趣味来说，什么样的社会心理是有利于艺术趣味的优化的呢？过分政治化、伦理化的社会心理是不利于艺术趣味的优化的。例如，在“文革”时期，一切都政治化，所谓“三忠于”、“四无限”压倒一切，对文学艺术的欣赏也必须与政治挂钩，许多优秀的文学艺术作品都被打成“毒草”，只让人们看样板戏，这样，人们的艺术趣味自然狭隘化、肤浅化。历史上也有这种情形，当儒家的思想成为大一统的时期，社会心理就过分伦理化，相应地人们的艺术趣味就过分地与伦理道德挂钩。例如清朝的一段时间，儒家思想统治很严，社会心理过分伦理化，结果艺术趣味就偏狭化，例如，清人陈沆的《诗比兴笺》就完全用儒家的“比兴寄托”来解诗，其中就有不少牵强附会的东西。如汉乐府中的《上

---

① 《诗大序》。

② 《古典新义·庄子》，《闻一多全集》第二卷，三联书店 1982 年版，第 85 页。

③ 克罗齐：《美学原理·美学纲要》，外国文学出版社 1983 年版，第 192 页。

邪》和《有所思》都是情歌，但他解释《上邪》说："此忠臣被谗自誓之词也。"解释《有所思》则说："此疑藩国之臣，不遇而去，自抒忧愤之词也。隐语假托，有难言之隐焉。"欣赏者不是从具体感受入手，而是用伦理观念去套。这种情况的发生与当时的社会心理有密切的联系。当然过分欲望化的社会心理也不利于艺术趣味的优化。例如，明代中后期，淫欲之风在社会流行，"成化时，方士们如李孜、僧继晓之徒，俱以献方药至贵，嘉靖时道士陶仲文献红丸得宠，官至礼部尚书；其他如方士邵元节、王金之流，俱以献此得幸。此风散播。流传日盛，进士儒生亦步释道后尘，如盛端明辈，因献秘药大贵。因此官场中遂竭智尽力，锻炼寻求，到了晚明，此风日盛。于是士子不以谈淫词为羞，作者不以写性欲为耻。戏曲、歌谣、争鸣淫艳；丹青画笔，竞写春情"①。这样一种社会心理的流行必然使艺术趣味低级化、庸俗化。健康的社会心理应是在理性制约下的多元化的社会心理，这种心理既有青年的感性，又有成人的理性；既保持童心，又具有老年的成熟，既百花齐放，又不失伦理规范……在这样的社会心理的滋润下，才能促进人们的艺术趣味的优化。

反过来，艺术趣味的优化，也有利于社会心理的健康化。当然，社会心理的健康化，需要多方面的努力，但人们艺术趣味的优化总能或多或少地强化健康的社会心理，或是减弱不健康的社会心理。正如低级的艺术趣味可能为不健康的社会心理推波助澜一样，高雅纯正的艺术趣味可能成为健康的社会心理一种推动力。事实证明，当前社会心理存在着拜金主义、商业工具主义等问题，这与一个时期以来，黄色的、低级的艺术品的流行，存在着某种对应关系。这些黄色的、低级的艺术品，宣扬了钱能通神、及时行乐等思想感情，人们(特别是青少年)把这当作时髦，把它当一面镜子来照，并把其中的思想言谈内化为自己的思想言谈，并把它借用到生活实践中，这样一来，本来在低级趣味艺术品中的影像，就出现在现实生活中，其结果就毒化了流行的社会心理。因此，对艺术趣味的优化，关系到社会的精神文明建设，我们必须重视这个问题。

(《人文杂志》1996 年第 5 期)

① 刘大杰：《中国文学发展史》(下册)，上海古籍出版社 1962 年版，第 1064 页。

文艺思潮与社会心理

文学艺术发展过程中，一个突出的现象就是不断出现文学艺术思潮。每一次文艺思潮的兴衰都会给文艺发展的历史留下深深的痕迹，标志着文艺的发展又揭开了一个新的篇章。文艺思潮的更替，不是孤立的，除了有文艺自身发展的原因之外，更为重要的是与一定历史时期社会发展的各种问题密切相关，其中与社会心理的关系尤为密切。本文将从比较中给文艺思潮以一个简明的界说，并讨论世界文艺史上几个重大的文艺思潮与社会心理的关系。

一、文艺思潮及其形成

在一定国家或若干个国家在一定历史时期，出现了有共同审美追求的艺术家群体，他们有相同和相似的创作主张，形成了某种总体性的审美趋向，引导和规范了一个或长或短时间的文艺创作，并出现了一群创作特色相同的有较大影响的艺术家和艺术作品，一般把这种文艺发展的态势，称为文艺思潮。

文艺思潮不同于文艺风格。文艺风格可分为个人风格、流派风格、时代风格、民族风格，一般而言，风格这个概念都跟作家、艺术家的创作个性相关，个人风格是作家的创作个性成熟的表现，流派风格则因同一流派的作家、艺术家创作个性相近而成，时代风格、民族风格一般也是指时代的共同个性、民族的共同个性的表现。无个性就无风格。文艺思潮的范围比文艺风格的范围要宽，同一思潮可以包括不同的个人风格，不同的流派风格，不同的时代风格，不同的民族风格。例如，晚明时期形成了一种文学以李贽和“公安派”三袁为代表的文学思潮，这一思潮的审美趋向大概有三点：第一，是反对复古，“不效颦于汉、魏，不学步于盛唐”；第二，主张抒写自己的性灵，“独抒性灵，不拘格套”；第三，力主真实，提倡“童心”、“真心”、“最初一念之本心”。在这三个共同点的基础上,在创作风格上则多种多样,李贽的杂文,徐渭、汤显祖的戏曲,袁宗道、袁宏道、袁中道的诗文等,都各有自己的风格。文学思潮涵盖了风格。

文艺思潮也不同于创作方法。通常把创作方法分成现实主义、浪漫主义等,它是指一种审美规范,这种规范并不一定出现在一个时期,而可能贯穿整个文学艺术史。现实主义、浪漫主义作为创作方法,无论中外,从古至今都是有的。这跟作为文艺思潮的现实主义和浪漫主义是不同的。例如,浪漫主义作为一种思潮,出现在 18 世纪末和 19 世纪初德、英、法等欧洲各国,等到 19 世纪三四十年代,这一思潮就式微了。批判现实主义作为一种思潮曾流行于 19 世纪欧洲各国,是 19 世纪欧洲文学的主潮。一到 20 世纪,这一思潮也就减弱了。思潮是有时间性的,而创作方法是没用时间性的。

文艺思潮也不同于创作流派。创作流派是若干个作家、艺术家在相同艺术主张条件下的自觉和不自觉的结合,同一个历史时期可能有许多不同的文艺流派。但文艺思潮则往往是以时代为标志的,一个时代一种文艺思潮,却可以容纳思想方向上相同、艺术追求上不同的文艺流派。例如中国“五四”时期,出现了一个以反对封建主义束缚,追求个性解放的文艺思潮,但这个统一的文艺思潮,既包括了以鲁迅为代表的现实主义流派,又包括了以郭沫若为代表的浪漫主义流派。可见,文学思潮比流派具有更大的包容性。

文艺思潮之所以与艺术风格、创作方法、创作流派不同,这与文艺思潮形成的复杂原因有密切关系。文艺思潮形成的原因,大致说来,有两个方面:

第一方面,文艺思潮是文艺自身运动的结果,文艺有它自身的发展规律,当一种文艺形式发展到极端,一般就要失去活力,不能继续发展下去,这时候就会有新的思潮产生,为文艺的发展开辟出一条新路。例如,明代文学的发展,前后有几次思潮更替,首先就是文学自身变化运动造成的。明初出现了以所谓“前七子”为代表的“拟古主义”思潮,其领袖人物是李梦阳与何景明,《明史·文苑传序》云:“而李梦阳、何景明倡言复古,文自西京,诗自中唐而下,一切吐弃,操觚谈艺之士,翕然宗之。”“梦阳才思雄鹜,卓然以复古自命。弘治时,宰相李东阳主文柄,天下翕然宗之,梦阳独讥其萎弱,倡言文必秦汉,诗必盛唐,非是者弗道。”由于他们的倡导,拟古主义作为一种思潮风行一时。当然,拟古主义思潮能风行一时,也是有原因的,一是因为当时的“台阁体”空洞无物，为大家所厌弃，同时当时的读书人，心中也只有几篇时文范本，没有更多的东西，所以“拟古主义”能够风行起来。其后的所谓“后七子”更把“拟古主义”推到极端。当一个主义走到了极端，就必然会暴露出种种弊病，于是就必然会有人出来反对。首先起来反对“拟古主义”思潮的是被称为“唐宋派”的一群作家、诗人，例如，唐顺之在《答茅鹿门知县》一文中，就表达了反对复古的思想，他说：“今有两人：其一人心地超然，所谓具千古只眼人也。即使未尝操纸笔呻吟，学为文章，但直抒胸臆，信手写出，如写家书，虽或疏卤，然绝无烟火酸馅习气，便是宇宙间一样绝好文字。其一人犹然尘中人也。虽其颛颛学为文章，其于所谓绳墨布置则尽是矣，然翻来覆去，不过是这几句婆子舌头语，索其所谓真精神与千古不可磨灭之见，绝无有也，则文虽工而不免为下格。此文章本色也。”这是对“拟古主义”的反抗，虽然还不能成为一种思潮，但它是新的思潮的潮头了。到了晚明，反“拟古主义”的斗争终于酿成了文学运动，新的思潮以对“拟古主义”的反拨的形式出现，这就是以李贽和“公安派”为代表的主张抒写性灵的新的文学思潮。在“公安派”出现之前，王阳明、李贽等就有许多反对复古的言论和实践，到了“公安派”三袁为代表的时期，新的文学思潮终于形成。袁宏道作为新思潮的主要代表，他首先提出文学发展观，说：“文之不能不古而今，时使之也。……夫古有古之时，今有今之时，袭古人语言之迹，而冒以为古，是处严冬而袭夏之葛者也。‘骚’之不袭‘雅’也，‘雅’之体穷于怨，不‘骚’不足以寄也。后之人有拟而为之者，终不肖也，何也？彼直求‘骚’于‘骚’中也。至‘苏’、‘李’述别及十九等篇，‘骚’之音节体致皆变矣，然不谓之真‘骚’不可也。……古人之法，顾安可概哉。”[①]这是说，一代有一代的文学，文学永远是发展的，因袭古人是没有前途的。其次，袁宏道提出了“独抒性灵”的主张，他说：“足迹所至，几半天下，而诗文亦因之日进。大都独抒性灵，不拘格套，非从自己胸臆流出，不肯下笔，有时情与境会，顷刻千言，如水东注，令人夺魂。其间有佳处，亦有疵处，佳处自不必言，即疵处亦多本色独造语。”[②]“独抒性灵”就是文学要表现自己的真实的情感，而不因袭古人；“不拘格套”，就是文学要有独创精神，不拘泥古人的成法。晚明新的文学思潮给当时文学带来繁荣。从上面的例子中我们可以看到，文艺思潮往往是文学艺术自身运动的结果。“拟古主义”思潮走进死胡同，作为

① 袁宏道：《雪涛阁集序》。

② 同上。

它的反拨的新的文学思潮就必然要出现。所以,文艺思潮的形成首先是文艺自律的表现。

第二方面,文艺思潮的形成又有文艺以外的原因,具体说就是社会和社会思想运动的产物,其中作为社会意识的社会心理起着重要的作用。文学艺术虽然也有理性,但与其他社会意识相比,它具有更多的感性,这样带有感性形态的社会心理对文学艺术的影响就特别巨大,这一点我们在前面已从不同的角度详细讨论过。同样的道理,社会心理对文艺思潮的影响也是特别直接和特别巨大的。事实证明,一定历史时期的社会心理作为一种驱动力,会形成新的审美理想和审美趣味,而新的审美理想和审美趣味就必然以巨大的力量,召唤新的文艺思潮的诞生,新的文艺思潮又必然推动新的审美规范的确立,并出现一批新的文艺作品。这就构成这样一个文艺思潮的链条:社会心理──→审美理想、审美趣味──→审美规范──→具体作品。在链条前面的社会心理和审美理想、审美趣味是“根”,是驱动力,而在它后面的文体样式和具体作品,则是“花朵”,是结果。以西方文艺复兴时期的文艺思潮为例,我们可以从链条的最后的环节往前一步步来分析一下。首先文艺复兴时期给人类贡献出了一批与中世纪的骑士文学完全不同的作品,出现了一批写世俗生活的作家、艺术家,如达·芬奇和他的绘画作品,莎士比亚和他的戏剧作品,还有薄伽丘和他的小说等等。那么,这些作品与中世纪相比,确立了什么样的新的审美规范呢?让我们还是从作品分析入手吧!达·芬奇有两幅作品最著名,一幅是《最后的晚餐》,一幅是《蒙娜丽莎》。后一幅画尽人皆知,还是让我们来欣赏一下《最后的晚餐》。英国著名艺术史家贡布里希这样来描述这幅画:

> 在米兰的圣玛利亚慈悲修道院的修道士们用作餐厅的长方形大礼堂里,这幅壁画占了一面墙,人们必须在脑海中想象一下,在壁画展现出来的时候,在跟修道士的长餐桌并排出现了基督和他的使徒的餐桌时,景象是什么样子。这个宗教故事以前从来没有那么接近、那么逼真地出现在面前。那仿佛是在他们的大厅之外又增添了又一个大厅,最后的晚餐就以可感可触的真实的形式出现在那里。落在餐桌上的光线是那么明亮,它多么增进人物的立体感和坚实感。大概修道士首先是为它的逼真感到吃惊。所有的细部都描绘得那么真实,那台布上的盘子,还有那衣服的皱褶。那时跟现在一样,普通人评价艺术作品往往是根据作品的逼真程度。然而这只是第一感。在充分赞赏了这一非同寻

常的真实感以后，修道士的注意力就要转向莱奥纳尔多画的那个圣徒故事时使用的方法了。这幅作品中没有一处跟先前表现同一主题的作品雷同。在那些传统画本中，我们看到的使徒们是安静地在餐桌旁坐成一排——只有犹大跟其他人隔离开来——而基督正在平静地分发圣餐。这幅新画跟那些画大不相同；这幅画中有戏剧性，还有激动。莱奥纳尔多跟其前的乔托一样，追索到《圣经》的原文，而且已经尽力想象过当时的景象必定是什么样子，那时的情况是：基督说道，"'我实在告诉你们，你们中间有一个人要卖我了'。他们就甚忧愁，一个一个问他说，'主，是我么？'"（《马太福音》第二十六章，第21—22节）。就是这一询问和点头示意的行动使场面产生了运动。基督刚刚讲过那些悲剧性的话，听到这一启示，他身边的使徒吓得退缩回去。有一些人好像表示他的敬爱和清白，另外一些人似乎在严肃地争论主说的可能是谁，还有一些人则好像期待主解释他的话。圣彼得比别人性急，冲向坐在耶稣右边的圣约翰。在向圣约翰悄声耳语时，他无意之中把犹大推到前面。犹大并没有跟其余的人隔离开来，可是他好像是孤立的。只有他一个人不作手势，不加询问。他躬身向前，怀疑地或愤怒地仰望，跟平静地、听其自然地安坐在这一强烈的骚乱之中的基督形象形成戏剧性对比。人们不知道那第一批观众花了多长时间来理解支配着这全部戏剧性行动的尽善尽美的艺术。尽管基督的话已经引起激动，画面上却毫无杂乱之处。十二个使徒似乎很自然地分成了三人一组的四组群像，有相互之间的姿势和动作联系在一起。那变化之中是那么有秩序，而那变化之中又是那样有变化，使得人们绝对不能把起始动作和呼应动作之间相互和谐的作用完全探究清楚。[①]

也许我们的引文太长了。但这个分析不但很精彩，而且很能说明文艺复兴时期的文艺思潮的审美规范。第一，虽然有的题材写的还是神，但已经摆脱了中世纪教会的束缚，神已变成了人，从神性走向人性，人性是美丽的。第二，描绘的真实性、逼真性，反对骑士文学的虚假；第三，结构的多样的统一，变化中求秩序，秩序中求变化；第四，即使世俗化，也还广泛利用传说、神话故事。文艺复兴时期的文艺思潮之所以确定了这样的审美规范，是由于当时人们的审美理想、审美趣味已经更新，首先是认为人生的意义在人自

① 贡布里希：《艺术发展史》，天津人民美术出版社1998年版，第162—163页。

身,并不在神那里,面向世俗,面向现实,才能找到美和意义。其次,真实性的审美理想的确立,达·芬奇说:“画家的心应当像一面镜子,将自己转化为对象的颜色,并如实摄进摆在面前所有物体的形象。应当晓得,假设你不是一个能够用艺术再现自然一切形态的多才多艺的能手,也就不是一位高明的画家。”[①]“镜子说”是那个文艺思潮中最重要的理论。像镜子一样真实正是他们的追求。可见,在文艺复兴时期的文艺思潮中,是人们的审美理想、审美趣味制约着创作的审美规范。而当时的审美理想和审美规范又是怎样产生的呢?这就要追溯到当时的社会心理。当时的社会心理可以用一句话来概括,那就是人的重新发现。人们走出了一切由神所统治的长长的中世纪,终于发现世界上最宝贵的是人,强调人的理智、智力和自由意志,把人作为自己命运的主人,米盖朗琪罗说:“人应为世界万物的尺度”。人可以征服一切,人可以创造一切,科学也随之发展起来。人的地位确立了,那么人的世俗生活就是最美丽的、最有意义的。像镜子一样把人的世俗生活再现出来的文艺,也是美丽的、有意义的。正是这样一种人的重新发现,人性的重新发现,使新的审美理想、审美趣味得以产生,进一步使新的文艺思潮得以流行。

二、浪漫主义、现实主义思潮与社会心理

作为文艺思潮的浪漫主义,通常指发生在18世纪末和19世纪早期的文艺运动。我们仍然采用上面的方法,先简单举一点作品为例,说明浪漫主义的审美规范,进一步追溯产生这种审美规范的审美理想、审美趣味,最后追溯到直接影响思潮的社会心理,并在这过程中来把握浪漫主义思潮与社会心理的关系。

韦勒克在《文学史上的浪漫主义概念》一文中提出了“泛欧浪漫主义概念”,他认为在18世纪末到19世纪的欧洲,浪漫主义是以“国际运动”的形式出现的,的确,在德国出现了以海涅和歌德为代表的一批浪漫主义作家,在英国出现了以华兹华斯为代表的所谓“湖畔诗人”,以及雪莱、拜伦等浪漫主义诗人,在法国则有以雨果为代表的一批浪漫主义作家,他们之间尽管有很

---

① 《达·芬奇论绘画》,人民美术出版社1979年版,第41页。

大的区别，但总起来看都属于浪漫主义文学思潮则是无疑的。

我们以著名的文学史家勃兰兑斯引过的德国浪漫派诗人佛朗茨·斯特恩巴德的《月光曲》为例：

树林后面像震颤的火焰，
山岭上面照耀着一片金黄，
绿色灌木将闪闪发光的头颅
诚挚地垂在一起沙沙作响。

波浪啊，你可为团圆明月的亲切脸庞
给我们涌现出一个映象？
树枝看到它，欢欣地摇动着，
将枝桠伸向了魔光。

精灵开始跳跃在波浪上，
夜花叮叮当当地开放，
夜莺在浓密的树木中醒来，
诗意地谈述着她的梦想，
声调象耀眼的光线向下流着，
在山波上发出了回响。

这是对大自然的无限赞美。正如勃兰兑斯所分析的："这里应有尽有：月亮的震颤的火焰，头部闪闪发光的灌木，涌现出圆月脸庞的波浪，在波浪上跳跃的精灵，诺瓦利斯笔下的夜、夜花和夜莺，歌声象耀眼的月光一般荡漾的夜莺。"①如果这首诗具有代表性的话，那么我们似乎可以从中窥见浪漫主义文学创作上的审美规范：(1)对大自然的无限热爱和无限赞美，月亮、树木、波浪、夜色，夜莺都是美的化身；(2)大胆的想象和幻想，月亮如何会震颤着火焰，灌木如何会伸出头颅，精灵如何会在波浪上跳跃，夜莺如何会诗意地谈论梦想等，这都是诗人想象、幻想的结果；(3)神话和象征的运用，精灵是神话，魔光也是神话，而这里所写的一切都是象征，象征原始的美。我们分析出来的这三点也恰好是韦勒克所概括出来的浪漫主义三个尺度：即想象，作为世界观沉思对象的大自然，以及构成诗的风格的象征与神话②。

---

① 勃兰兑斯：《十九世纪文学主潮》第二分册，人民文学出版社1988年版，第144页。
② 韦勒克：《批评的诸种概念》，四川文艺出版社1988年版，第154页。

浪漫主义的审美规范，与当时人们的审美理想、审美趣味及其背后的社会心理密切相关。在经过了文艺复兴运动以后的约三个世纪的科学发展和最初的工业化以及资本的发展，人们发现科学和工业化也不是一切都好，最初的科学是原子论、机械论，科学把宇宙和世界都看成是机器，可以拆卸，也可以安装，一切都可以是碎片，有的哲学家甚至宣称：人也是机器。自然的有机的整体性失去了，同时，那时的工业化也是原始的，原本是纯洁的乡村变成了被污染的、乱糟糟的城市，生活的宁静失去了。原本以为人征服自然是有意义的，这时也发生了怀疑。在工业化过程中建立起来的复杂的社会关系给人类带来许多问题。在这样一种社会心理的支配下，人们的审美理想、审美趣味也发生了变化。过去觉得能逼真地模仿自然和社会，就是最高的美，现在不同了，觉得人自身感情的流露才是美的。这就出现了由再现论到表现论的转化，现实主义到浪漫主义的转化。这种转化的原因，首先是自然观的变化。人们对未加破坏的大自然倍加珍视，因为这种未被加工的自然是整体的、有机的、充满生命和诗意的。勃兰兑斯在曾谈到德国浪漫派蒂克时说："大家知道，蒂克生造了一个词 Waldeinsamkeit（朋友们主张改为 Waldeseinsamkeit 按：意为'森林间的孤寂'）浪漫主义的文艺正是以颤抖的声音向 Waldeinsamkeit 的深处呼喊，而回声也把颤抖的反应传回来。……古人只是当自然在微笑、表示友好并对他们有用的时候，才真正发现自然的美。浪漫主义者则相反，当自然对人们有用的时候，他们并不认为它美；他们发现自然在蛮荒状态中，或者当它在他们身上引起模糊的恐惧感的时候，才是美的。"[①]这种自然观的变化，使他们喊出了"返回大自然"的口号，这口号显然有针对最初的资本和工业化的成分，因为正是资本和工业化破坏了纯洁的大自然。另外，自然观的变化还表现在对人的自然的看法，就是说周围的物不是最珍贵的，人的心灵，连同人的心灵的情感、想象、幻想等才是最珍贵的。因此，真实再现周围的世界，并不是人们的审美理想，最高的审美理想是人的心灵、情感自由、任意的抒发和表现。其次，怀旧情绪的产生也是导致浪漫主义流行的一个原因。可以想象的是，工业化带来的社会关系的复杂化和种种问题，使人们怀念中世纪宁静的生活。中世纪情调令人神往。古老的意大利令人憧憬。勃兰兑斯曾描写德国浪漫派蒂克和瓦肯罗德尔于 1793 年联袂旅行德国是的一些情景，他说："纽伦堡便是他们主要的巡

① 勃兰兑斯：《十九世纪文学主潮》第二分册，人民文学出版社 1988 年版，第 139 页。

礼目标。他们观光这座城市次数越多，他们重游旧地便怀着越发浓厚的赞赏以至肃穆的心情。‘他们在这里完全沉浸到古代德国的艺术生活之中。他们从前朦胧预感到的一切，在这里早已变成活生生的现实。这座城市有圣·泽尔巴尔德教堂和圣·洛仑茨教堂，有阿尔布莱希特·度勒、菲舍尔和克拉夫特的作品，它的各种艺术纪念碑是何等丰富啊！这里的手工业品已经由艺术感和辛勤劳动提高成艺术。每座房屋都是古迹，每口水井、每张凳子都是先人们的宁静、朴素而又意味深长的生活见证。白色的粉刷仍没有使各家房屋一律化。它们富丽堂皇地装饰着五颜六色的、从民间传说和诗歌中借用的图像。可以看见奥特尼特、西格诺特、迪特里希及其他英雄人物在各家的大门上面充当守护神。在这座保存各种奇迹珍品的、名不虚传的古老皇城上空，缭绕着一股诗的香气，而在别的地方早已被近代的政治和文明的大风吹散了。’”[①]由于这种怀念中世纪的情绪，所以在浪漫派的审美规范中特别看重神话、传奇以及象征也就可以理解了。从上面我们所提供的事实和分析中，我们不难看到欧洲的浪漫主义思潮与当时社会心理的密切关系。可以这样说，正是当时人们想要疏离近代文明的心理，要从自然（大自然、人的自然）寻找意义和美的心理，促使了浪漫主义思潮的诞生和流行。

19世纪西方的文艺思潮又为之一变，批判现实主义成为主潮。这是司汤达、巴尔扎克和福楼拜的时代，是狄更斯、萨克雷的时代，是果戈理、列夫·托尔斯泰、契诃夫的时代。批判现实主义大师的名单可以列得很长。批判现实主义的审美规范为人所熟知，简要地说，批判现实主义的审美尺度是：(1)按生活本来的样式再现生活，主张反映历史具体的真实；(2)主体的隐蔽性倾向不是说出来，而是让情节和场面自然而然地流露出来；(3)创造典型环境中的典型人物；(4)也许是最重要的一点，即淋漓尽致地暴露资本主义的黑暗，揭露各种由资本主义矛盾所引起的罪恶。应该说明的是，当时的欧洲各国的情况是很不相同的，英国处在工业发展的兴盛时期，法国则处在动荡的变更时期，德国还是封建分裂的国家，而俄国则还实行农奴制，社会背景有很大差异，各自的社会问题也很不相同，但却形成了统一的批判现实主义思潮。批判现实主义文学思潮的出现，有文学自身方面的原因，这不是本文要讨论的问题，此不赘论；但社会和社会心理方面的原因，则是要重点讨论的问题。尽管各国社会背景不同，但有一点是相同或相似的，那就是

---

① 勃兰兑斯：《十九世纪文学主潮》第二分册，人民文学出版社1988年版，第129页。

随着社会文明的发展，资本主义世界的矛盾更尖锐地暴露出来了。贵族、地主、资本家压迫、剥削、欺骗下层人民的罪行触目皆是，社会不平等也到处存在着。而一些深受人道主义熏陶的作家、艺术家，有一种社会责任感，不能不面对这残酷的现实，并以人道主义为标尺进行艺术的揭露和批判。作家们对社会的不平等和社会罪恶痛心疾首。1857 年，列夫·托尔斯泰曾到欧洲旅行，他亲眼目睹了社会不平等、人性的丧失，不但在农奴制的俄国存在着，而且也在法国、瑞士等所谓的文明国家存在着，他写了一篇以真人真事为题材的描写一位下层音乐家的遭遇的短篇小说《卢塞恩》，列夫·托尔斯泰愤怒问道："谁主要是文明人，谁主要是野蛮人呢：是哪个英国勋爵，他因看见歌手穿着破烂衣服便恶狠狠离开桌子，而且不肯从自己的财产中拿出百万分之一来酬劳他，现在吃得饱饱的怔坐在明亮、宁静的屋子里，悠闲地大谈中国的事情，认为那里滥施杀戮是正义的，还是那个歌手呢？他冒着坐牢的危险，口袋里只有一个法郎，二十年来走遍了高山和低谷，没有危害过任何人，而用自己的歌声安慰人，并在今天受到污辱，差一点被人撵走，已经跑到什么地方的霉烂的稻草上去睡觉了。"①这只是一个极小的例子，它说明社会的不平等、人性的丧失，已经让许多有人道主义精神的作家忍无可忍。这样，作家、艺术家的审美理想和趣味已不再在月色上面，不在夜莺的歌唱上面，而在追求社会的正义与平等上面，在如何消灭社会的罪恶上面。正如 19 世纪俄国伟大批评家别林斯基所说："如今，要想在诗坛上成功，只有才能是不够的；还需要在时代精神中发展起来。诗人已经不能生活在幻想的世界了；他已经成为他当代的现实疆域里的公民；一切发生过的事情必须生活在他里面。社会已经不愿把他看作是一个娱人的角色，而要成为它的精神和理想的代言人；成为能够解答最艰深问题的预言家；成为一个能够先于别人在自己身上发现大家共有的病痛，并且以诗的复制去治疗这种病痛的医生。"②可以说，别林斯基这段话代表了那个时代的批判现实主义作家发出了自己的审美宣言。以复制的方法，揭露社会病痛，成为时代精神的代言人，这就是当时的社会心理所催生的审美理想和趣味，而批判现实主义思潮正是这种审美理想和趣味的产物。由此我们不难看出批判现实主义思潮和当时社会心理的密切联系。

---

① 米·赫拉普钦科：《艺术家托尔斯泰》，上海译文出版社 1987 年版，第 53 页。

② 《别林斯基论文学》，新文艺出版社 1958 年版，第 24 页。

三、现代主义、后现代主义思潮与社会心理

现代主义文艺思潮是19世纪和20世纪以来的影响最大的文艺思潮。直到现在这一思潮仍然在许多国家发展着。现代主义是许多流派的总称。一般认为，象征派诗歌、荒诞派戏剧和意识流小说是现代主义文学思潮的代表。实际上这种说法可能还不能全部概括它。

现代主义虽然流派众多，其内部矛盾也很多，但我们还是可以通过作品的分析和作家们的宣言，窥见它的大致的审美规范：(1)反传统，是大家公认的现代派的一个特征，在许多作品中的许多方面，都与传统背道而驰，传统的语言是流畅的，现代派的语言则往往是晦涩的，传统的结构是连贯的，现代派的结构则是零乱的，传统的人物性格是有脉可循的，现代派的人物性格则前后矛盾等等。(2)变形性，也常常是现代派的一个重要特征，人可以变成甲壳虫，动物则可以变成人等等。(3)荒诞性。外表看是荒诞可笑，错乱颠倒，实际上一切都缺乏意义，人们不知所措。(4)非理性，没有逻辑，现实如梦幻等等。(5)表现上常采用象征、抽象等。现代主义作为现实主义的反拨，还有许多稀奇古怪的特点，这不是本文所能全面概括的。我们关心的是，本世纪流行的现代主义思潮的这样一些审美规范与社会心理的联系。可以这样说，20世纪以来，随着资本主义的进一步发展，在创造了物质财富的同时，社会的弊病进一步发展，已经到了无可救药的地步。就是说物质、财富、工业的高度发展，并没有给人带来多少好处，相反，“现代工业城市的产生更加深了人不知自己为何物和孤独的感觉”[①]这里，最重要的一个趋势是人的异化的加深。人成为非人，这成为本世纪资本国家的“世纪病”，在这绝症中，一再回响尼采的“上帝死了”的呼声。我们可以引用一位美国学者的话来说：“在荒诞的世界中，没有什么是值得信赖的：失去了永恒感且备受自我的不确定性所折磨的荒诞的人只好用死亡这唯一的确定性来使自己感到满足了。这样，荒诞便指向两种互相信赖的现象：毫无意义的世界及人在其中的有限地位。”[②]对于20世纪西方世界人们的社会心理，可以用两个字来概括：

---

① 《荒诞的艺术，荒诞的人，荒诞的主人公》，《现代主义文学研究》(下册)，中国社会科学出版社1989年版，第642页。

② 《荒诞的艺术，荒诞的人，荒诞的主人公》，《现代主义文学研究》(下册)，中国社会科学出版社1989年版，第642页。

"焦虑"。对与人生没有意义的焦虑,正是这样一种社会心理,使人们的审美趣味也变形了,对传统的明晰的艺术的厌倦,转而喜欢这种反传统的、荒诞的、晦涩的艺术,因为传统的艺术已不足以满足他们发展了的审美趣味,不足以填充他们空虚的心理。所以,我们简直可以把现代派的艺术叫做焦虑的艺术,把现代主义的文艺思潮理解为焦虑的社会心理的对应物。我们认为像卡夫卡的《变形记》、《城堡》等小说,艾略特的《荒原》等诗歌,贝克特的戏剧《等待戈多》等,特别能说明现代主义的文艺思潮是 20 世纪人们对生活没有意义的焦虑心理的对应物。例如,《等待戈多》就非常典型,"戈多"是谁? 人们作了许多研究,还是一无所获。1974 年,罗伯·吉尔曼在《现代戏剧的形成》一书中才比较令人满意地指出:"这部戏剧就是表现弗拉季米尔和爱斯特拉冈怎样等待戈多;戈多不来,他的本性就是不来,他是被追求的超验,现世以外的东西,人们追求它为了给现世生活以意义。"戈多永远等不来,表明现世生活是没有意义的。《等待戈多》所反映的就是人类这样一种生活状态。

20 世纪中期起(主要是第二次世界大战结束以后),随着高科技的迅速发展,又流行开后现代主义文化思潮。关于后现代主义问题,无论国内外都有许多分歧意见,见仁见智,不拟评说,我们这里只想谈点看法。我们认为,后现代主义无论在西方还是在中国,都正在作为一种文化思潮流行开来,它是伴随高科技而出现的,并且将伴随高科技的发展而发展,高科技的出现,使人们的时间感和空间感都发生了变化,这正是后现代文化产品得以产生的心理基础。这种趋势不是任何人能阻挡的,原因在于它也是社会心理的文化折射。

一般认为,后现代主义文化产品,最早开始于建筑领域,后来扩大到其他文化领域。大致有如下一些特征:(1)商品性,娱乐性,是后现代产品的首要特征,如高级服装店,看起来像一个画廊,而某些画廊又越来越像服装店,商品艺术化,艺术商品化,这样后现代文化产品就兼有商品和娱乐品的特色。(2)碎片化,拼贴化,由于机器的作用超越了主体的作用,主体丧失,人虽然制造了机器,但机器反过来控制人,使人无法创造,对象都成了碎片,古的,今的,北方的,南方的,中国的,西方的,作为碎片可以拼贴在一起,这种拼贴在一起的产品,只有意符,没有意指,意指链断裂,文本只是游戏而已。(3)平面化,深度消失,一张用新技术印制出来的美女图,看来看去还是那张面孔,她背后没有内涵,因此也无须解释,20 世纪 60 年代,苏珊·桑塔格写过一本书,书名就叫《反对解释》,"她说我们不需要那帮教授、批评家来告诉我们文学的意义究竟是什么,也不需要他们无止无休地来解释一部作品。她认为我们不需要解释文学,而是去体验文学;我们需要的是新的经验,文学应该给我们带来新的经验。文学的刺激性就是目的，而不是要去追寻隐藏在后面的东西"[1]。(4)无个性，逼真，复制，后现代的许多作品都是摄影写实主义作品，机器一开动，成千上万张作品瞬间就生产出来了，完全是复制，而且极为逼真，连人的眉毛也一根根清晰可见，但千人一面，个性是找不到的。

如果说现代主义作品中充满焦虑的话，那么，在后现代的作品里焦虑完全消失了，连时间与历史也消失了，所剩下的就是文本的游戏。那么，是不是说现代主义思潮中对生活无意义的焦虑因高科技的发展而自动解决了呢？当然不是。让我们来听一听一位学者的意见：

> 反省人类今天的生活环境，这个社会的确是有些差错：有人指出某些地方的人口过多；又有人谈到成长的极限(罗马学社)；石油危机震撼全球，工业化的世界一旦短缺能源立刻就有无数人要失业；不断进步的唯理化过程在工业和商业界同样造成抢人饭碗的压力；愈来愈精巧的机器人不是强迫工人失业，就是强迫工人改行；工业化本来是要给更多的人工作做，生产和服务愈来愈唯理化的程序却逼迫更多的失业。在高度发展的国家，人对这个现象反映十分惊惧，他们觉得不安，因为根本的生存受到了威胁而对未来怀有恐惧。[2]

这位学者还罗列了现代人一大堆的恐惧，如原子大战，政治绑架，暴力活动，食品、药品可能的污染等，可见不是什么焦虑消失，生活在后现代的人们已经不能像《等待戈多》中总还怀着一丝模模糊糊的希望，实际上人们已经顾不上焦虑，而放弃了焦虑和恐惧。在这种情况下，人们只能不去想它，把那些焦虑、恐惧悬置起来，过一天是一天，与其自寻烦恼，还不如及时行乐，就成为当前的一种社会心理，后现代主义文化思潮的作品有很大程度上就是适应这种社会心理而出现的。因此我们不能不对后现代主义思潮的负面性质有所认识。正如杰姆逊所指出的那样，后现代的作品可能把人心掏空，人变成"空心人"，这是很可怕的。对于我们中国人来说，后现代文化产品还是来得过早的奢侈品，我们在消费它时不能不深思。

---

① 杰姆逊：《后现代主义与文化理论》，陕西师范大学出版社1986年版，第182—183页。

② 孙志文：《现代人的焦虑和希望》，三联书店1994年版，第13—14页。

辑二　精神之鼎与诗意家园

文艺与人的建设

哲学社会科学与自然科学，本来如车之两轮，鸟之两翼，它们是相互依存、相互为用的，它们对于社会的发展和人的建设都是同样重要的。但是一段时间以来，重理轻文的现象随处可见，这不能不引起严重后果，其中最为明显的是社会发展的片面化，人的发展的片面化。现在中共中央确立了科学的发展观，提出社会的协调发展和可持续发展，同时又提出各项工作都要"以人为本"，特别是发布了《进一步繁荣和发展哲学社会科学的意见》的文件，这不但是从社会发展的实际出发的，也是具有远见卓识的。历史将证明这一点。科学的社会发展观告诉我们，一个社会的发展应该是全面的、协调的和可持续的。所谓全面的协调的，就是社会的物质文明、精神文明和政治文明等全面的发展，不可为了强调这个方面而忽略那个方面。之所以要全面的协调的发展，归根到底是社会的人的需要是全面的和均衡的。倘若我们发展了其中的一个方面，而忽视发展另一个方面，人的全面需要就不能得到满足。当人的需要在某一个方面缺失的时候，那么人们就会躁动不安，就会苦闷忧愁，就会精神失衡……，而随之各种社会矛盾也会激化，那么这就是一个社会不稳定的开始和不能持续发展的开始。

正是基于我们对社会发展的这种认识，我们需要自然科学，也需要哲学社会科学。自然科学认识世界，回答世界是什么样的。自然科学的发展，促进了科技的发展，为物质财富生产的突飞猛进创造了条件。人们首先必须吃喝住穿，然后才能从事其他活动，其中也包括精神活动。这一点，我们通过许多曲折和教训，已经获得了深刻的认识。但是一个社会的发展是否就靠自然科学及其实践呢？这在我们的认识中常常是一个盲点。如果自然科学告诉我们世界是什么样的，帮助人们发展物质文明的话，那么哲学社会科学就会告诉我们世界应该是怎样的，帮助我们建立精神文明和政治文明，并使几种文明协调发展起来。可以说，哲学、人文社会科学包含了人的几乎全部精神世界的问题。例如人们为什么活着？如何活着才有意义？我们如何来规划我们的社会？怎样的社会最适合我们的生存？社会生活中哪些是具有价值的和需要提倡的？哪些是没有价值的和需要加以防止的？我们对国家民族的复兴是否负有责任？如果负有责任的话，我们应如何奉献我们的力量？我们如何来发扬具有悠久历史的民族精神？我们如何避免战争？一旦战争不可避免我们又如何应对？我们对于人的幸福应如何理解？难道吃得好住得好就是幸福吗？我们应如何对待别人？人与人之间应如何相处？……这些问题还可以这样不断地提下去。

毫无疑问，这些问题的深刻解决，当然是社会进步的不可或缺的保证。自然科学作为一种不具有价值判断的科学在回答这些问题上面显得无能为力和无所作为，而作为具有价值判断的哲学、人文社会科学来说，深刻回答和解决这些问题恰好是它们大显身手的领域。我这里想重点来谈一谈文学艺术在社会发展和人的建设中的作用问题。在重视哲学社会科学的今天，哲学、社会学、经济学、新闻学、教育学、考古学、历史学、国际关系学、管理学、旅游学等受到更多的关注，而文学艺术则也常常被看成可有可无的东西，多一点不算多，少一点不算少。但是，文学艺术对社会的发展和人的建设真的无关紧要吗？文学艺术具有满足人的审美需要的作用。

我们知道，人之所以是人就因为人是具有人性情感的和自觉意识的，人不但有物质的需要，也还有精神的需要，其中就包括了审美的需要。精神的需要、审美的需要是属人的需要。因此，人不仅会感到生理性的饥渴，人也会有审美性的饥渴。这种审美性的饥渴，在改革开放的今天，在各种媒体如此发达的今天，不容易彰显出来。但一旦人们处在特殊的状况下，在缺乏审美信息的状况下，这种审美的饥渴也是很可怕的。例如，在“文革”中，当时八亿中国人只有八个样板戏，没有小说，没有诗歌，没有散文，没有新的艺术作品，人的情感就陷入了危机状态，人们感到生活干枯，没有色彩，没有滋味，人的精神陷入缺失性的紧张中。这时候，人就要想尽一切办法去解除这种审美的饥渴。于是在“文革”中出现了手抄本的小说，这些小说如《第二次握手》、《梅花党》、《一只绣花鞋》等，这些作品无论就思想和艺术来说都是很差的，但还是辗转流传，不胫而走，拥有大量的读者，也许是“有胜于无”的效应吧。就是说，人们为了解除审美的饥渴，宁可忍受次等品的低劣和丑陋，这是令人悲哀的。在“文革”后期，引进朝鲜影片《卖花姑娘》，这部普通电影引来观众如潮水一般的欣赏热情，每一个地方放映都有数万人去观看。湖南某地，因为看这部片子的观众太多，秩序混乱，发生了人踩踏人的悲剧事故，一次就死了300多人。这是有案可查的事实。这说明了人们欣赏文学艺术作品，是一种不可或缺的满足人的精神需要的活动，因此文学艺术可以说是人的精神家园的一部分，回归到这个精神家园里，让人获得快乐、振奋和慰藉，让人获得精神的舒展和自由，让人获得审美的满足，决不是什么奢侈的要求，它是满足人的精神需要的必需品。从更积极的角度说，优秀的文学艺术作品所表现的时代精神、英雄气概、磅礴气势、阳刚阴柔之情、悲剧正剧之美等等，通过潜移默化，更能振奋人的精神力量，更调动人们建设社会主义的热情和积极性。

我们不能不指出，这样的优秀作品今天不是多了，而是太少太少。不但如此，文学艺术还通过培养具有艺术素养的人，推动科学技术的发展，共同推动社会的进一步发展。人们常有一种错觉，认为搞自然科学的人与文学艺术无关。文学艺术对于他们最多不过是消遣品，可有可无。事情是这样的吗？我这里举一个例子，20 世纪 50 年代，美国与苏联正在进行空间技术的竞赛。它们都想率先把人造卫星送上太空。美国人更是雄心勃勃，觉得他们的科技发展是世界第一的，因此他们认为率先把卫星送上太空理应是美国。但是事情发展却出乎人们的预料。1957 年 11 月苏联率先把人造地球卫星送上了太空。这一下震惊了整个美国，美国人觉得他们在空间技术领域落后于苏联，是奇耻大辱，是无法接受的。于是开始寻找原因。经过十年的调查研究，美国人得出的结论是：美国的科技和科技教育的确是世界第一的，但艺术和艺术教育则落后于苏联，正是美苏两国科技人员不同的艺术素养导致了美国空间技术的落后。艺术教育帮助前苏联科技人员提高了艺术素养，使他们能够在尖端科技的发展中取得了领先的地位。1967 年美国哈佛大学教育研究生院设立“零点项目”研究，之所以用“零”命名，表示对艺术教育认识的空白。这个项目的设立，可谓知耻而后勇。为什么科技方面的竞赛转到了艺术教育的竞赛？为什么艺术教育的发展能够促进科技的发展呢？这就是艺术教育对人的整体素养的培养是至关重要的，文学艺术对于高科技人才的情感熏染，使他们在最高水平的竞赛中能够脱颖而出。诺贝尔物理奖得主李政道对此发出这样的感叹：“我想，现在大家可以相信科学和艺术是不能分割的。她们的关系是与智慧和情感的二元性密切关联的。伟大艺术的美学鉴赏和伟大科学观念的理解都需要智慧。但是，随后的感受升华和情感又是分不开的。没有情感的因素，我们的智慧能够开创新的道路吗？没有智慧，情感能够达到完美的成果吗？它们很可能是确实不可分的，如果是这样，艺术和科学事实上是一个硬币的两面。它们源于人类活动最高尚的部分,都追求着深刻性、普遍性、永恒和富有意义”。文学艺术作为“情感的因素”,就这样发挥着对于科技对于社会发展的作用。

由此我们不难得到启发,自然科学与文学艺术是孪生姐妹,彼此依靠着,互相渗透着,共同发展着。哲学、人文社会科学意义在于它关注的问题深入到人的内心世界,深入到社会发展的内在机制,在于它要建设全面发展的人,在于它要规范社会的均衡协调发展。因此,建设具有深厚功力和蓬勃活力的哲学、人文社会科学,是一项刻不容缓的伟大事业。

(《文艺报》2004 年 5 月 20 日)

大众文化的二重性

各位同学，现在我们讲第七讲：大众文化的二重性。在这个问题下面，准备分三个题目来讲：第一个就是大众文化流行符合群众的需要；第二个是历史启示我们大众文化作品也可以成为经典；第三个是大众文化产品的确有二重性。这三个题目中的第三个将作为我们今天的一个重点来讲。

一、大众文化的流行符合群众的和现实的需要

大众文化的流行是群众的需要。我们首先要对当下的大众文化有一个界说。这里所说的当下的大众文化和20世纪30年代所说的大众文化与20世纪50年代所说的大众文艺是不同的东西，它指的是当前流行的以电子媒介等工具为载体的大众文化。它在当前已经形成了一种汹涌的潮流，从电视连续剧到电视广告，从网络、手机短信到迪厅，层出不穷，五花八门。比如说在北京，中央台十几个电视频道，北京台十几个频道，再加上各省市都有一个到两个频道，合在一起就有上百个频道。你想看什么电视连续剧，看什么娱乐节目，里面什么都有！可以由一个频道转到一个频道，最后才从几十个频道选定了一个频道来看。比如说在我家，我跟我老伴还有一个小保姆小郭分别包着两个电视机，我看一个，她们看一个。她们看的都是侦破片，有案件，有悬念，有警察介入侦破要弄个水落石出，情节非常曲折生动，里面有凶杀、有恋爱，她们要看得很晚，而且有时一边看一边还要流眼泪，流完眼泪之后还要讨论一番。小郭本来文化程度不高，可是她来我家六年以后，通过看电视什么都懂了，清朝有几个皇帝，哪个是好皇帝，哪个是坏皇帝，慈禧太后是怎么回事，孙中山怎么闹革命，什么是国共合作，抗日战争是怎么回事，她都弄清楚了。而我抱着电视机看什么呢？我就喜欢球赛，比如说现在北京每天晚上都在播世界乒乓球比赛，今天我从《联合早报》看到了消息，新加坡队打得不错，也进入十六强，中国队肯定要拿冠军，这是没问题的。不

管什么球，篮球、排球、足球、棒球、羽毛球、乒乓球，我都喜欢。一有球类比赛的直播，我就锁定那个体育台来看。电影院与过去相比也更电子化了，宽银幕，看得十分清楚。总而言之，现在有各种新时尚、新的文化娱乐节目，这些作为文化现象此起彼伏。现在以电子媒介为载体的这种大众文化就成为大家评论的对象，成为学术界争论的一个热点。比如现在正在放映张艺谋导演的电影《英雄》，有叫好的，也有骂街的，不同意见在网络上、在报纸上交锋。这些文化现象不必多说，大家都是知道的。

为什么说当下流行的大众文化是群众的需要？首先，大众文化的流行并不是无缘无故的，是由于群众需要这种大众文化。中国社会生活自20世纪80年代以来出现了很大的变化，在80年代以前或者在80年代刚开始的时候，大家都在劳动中，而且负担很重，每个星期工作六天，有时候星期天还要到单位去加班加点，以表示你很勤劳、很敬业，剩余时间是很有限的。但是从80年代末90年代初以来，这个情况发生了变化，属于大家自己的时间越来越多。中国社会科学院的一个研究机构曾经做过一个调查，其结果是这样的：实行五天工作制以后，除了那些很特殊的工作族群以外（比如说警察，他们晚上也要去上班），人们一个星期工作五天，普通人在一个星期内除去吃饭睡觉以外起码有50个小时的闲暇时间。这是怎么算出来的呢？因为在中国人们不像你们新加坡人这么辛苦。老实说，北京与新加坡相比工作的节奏是很缓慢的。在北京，如果你早上8点上班的话，那么下午三四点就可以下班回家了；如果你是9点上班的话，那么下午四五点钟就可以回家了；如果你是10点上班的话，前面已经空了两个小时，那么下午5点或6点也就可以下班了。总的说，工作是比较悠闲的。所以在中国办事情，你去得太早是找不到人的，去得太晚也是找不到人的。还有一部分工作人员，他们在家里工作，随心所欲，想多干就多干，想少干就少干，比如说像我们这些老师，还有一些中学老师，都是如此。中学老师也不像你们这里这样上那么多课。比如那天我与郭光老师聊天，我问他一周上多少课，他说一周有40多个小时的课，这吓了我一跳，因为这个在中国是完全不可能的事情。如果一个小学教师一天上三节课，五三一十五，15节课，怎么会有40多节课呢？所以说你们新加坡人还是很敬业啊，也很辛苦啊（笑声）。在中国人们的闲暇时间这么多，那么如何来打发这些时间对大家来说就成为一个问题。当然每个人可以有自己的各种安排，但是通过大众文化来娱乐消闲是很多人的选择。既然是娱乐消闲，人们就喜欢看那些通俗的、轻松的、幽默的、微微有点刺激性的东西，而不愿意看那些板着面孔教训人的、太沉重的东西。这是很自然的。文艺具有娱乐消闲的功能，这是文艺理论的一个定律。古罗马的理论家贺拉斯在《诗艺》中说："如果是一出毫无益处的戏剧，长老的'百人连'(指古罗马武装部队的单位——引者)就会把它驱下舞台；如果这出戏毫无趣味，高傲的青年骑士便会掉头不顾。寓教于乐，既劝谕读者，又使他喜爱，才能符合众望。"①尽管贺拉斯是古罗马帝国的正统理论家，他在指出文艺在"劝谕"作用的同时，仍强调"乐"的重要。毛泽东强调"文艺是团结人民、教育人民、打击敌人、消灭敌人的武器"，但他也讲文艺的"消愁破闷"的作用。他的长子毛岸英在朝鲜牺牲后，毛泽东自己强忍着内心的痛苦，同时十分关心他的失去了丈夫的儿媳刘松林。1959年刘松林大病，毛泽东写信用李白的诗鼓励她："你身体是不是好了些？……'登高壮观天地间，大江茫茫去不还。黄云万里动风色，白波九道连雪天。'这是李白的几句诗。你愁闷时可以看点古典文学，可以起消愁破闷的作用。"②我长期持这样一个看法：文艺的本质是审美的、娱乐的。战争时期把文艺说成"武器"，是文艺的功能性借用，并不表明文艺的本质特征，就像我们的牙齿，它的基本功能是咀嚼，但在与敌人进行肉搏时也可以用它做武器，把敌人的耳朵什么的咬下来，这是功能性借用，完全是可以的。但是，在和平时期，文艺可以在很大程度上恢复它的本性：审美、娱乐、休息、消闲……文艺要为人民群众服务，大众文化也要为人民群众服务。人民群众既然有这种需要，那么我们就满足人民群众这种需要。大众文化的流行与当下人民群众的需要密切相关，如果人民群众根本就没有这种需要，比如说电视台的娱乐节目没有观众，那么大众文化如何能够流行起来呢？大众文化能成为一种汹涌澎湃的潮流，其原因就在这里。

其实，这个问题早在"文革"之前就提出来了。1961年是中国国家政策的一个调整年，那一年提出了"调整、巩固、充实、提高"的"八字方针"，工作放慢点，不能冒进，各行各业都在调整政策，文艺界就提出了"文艺八条"。这"文艺八条"是很宽松的，比如说你写作，不仅可以不写英雄，写小人物也可以，写中间人物也可以，写什么都可以。在这一年周恩来就说过："艺术是要人民批准的。只要人民爱好，就有价值"；"艺术作品的好坏，要由群众回答"；"群众看戏、看电影是要从中得到娱乐和休息"；"朱德同志说，我打了一

---

① 贺拉斯：《诗艺》，见《〈诗学〉〈诗艺〉》，人民文学出版社1962年版，第155页。

② 毛泽东：《致刘松林》，见《毛泽东文艺论集》，中央文献出版社2002年版，第321页。

辈子仗,想看点不打仗的片子"[①]。这些话虽然很简短,却包含了深刻的道理。就是说,一个人在劳动和战斗的时候很辛苦、很紧张,辛苦到受不了,现在劳动和战斗结束了,在劳动、战斗之余,就要求精神上放松,这是很自然的事情。如果文艺娱乐作品仍然是直接写紧张的劳动与战斗,搞得很紧张很枯燥,那么就达不到放松的目的。这个道理,在改革开放后的今天,在群众有了闲暇的今天,就更明显不过了。所以,文艺娱乐消闲娱乐功能的突出是现实的需要群众的需要。

大众文化流行不但符合群众的需要,而且也符合文化生产者的需要。现在提倡文化产业,流行文化往往由文化生产商来制作,因此要给文化商家以发展的空间。大众文化不能完全按模子来搞。现在的大众文化都不是主旋律,大家明白吗?中国已经在迈向市场化了,或者说,正在建设市场经济。市场经济不仅指制造各种各样的物质的产品,也指制造精神文化产品——也被称为文化产业。像剧团、电影院、期刊报纸编辑部、广播台、制片厂、电视台等,统统都被推向了市场。过去它们都是政府包起来的,有政府支持,必须搞主旋律,现在国家不给钱了,把它们推向市场,让它们自负盈亏,自己养活自己。文化商家的重要目的也是赚钱。关于艺术生产问题,马克思当年就在《剩余价值理论》这部著作中说过:"作家所以是生产劳动者,并不是因为他生产出观念,而是因为他使出版他的著作的书商发财,也就是说,只有在他作为某一资本家的雇佣劳动者的时候,他才是生产的。……同一种劳动可以是生产劳动,也可以是产生非劳动。例如,密尔顿创作《失乐园》得到5镑,他是非生产劳动者。相反,为书商提供工厂式劳动的作家,则是生产劳动者。密尔顿出于春蚕吐丝一样的必要而创作《失乐园》,那是他的天性的能动表现。后来,他把作品卖了5镑。但是书商指示下编写书籍(例如政治经济学大纲)的莱比锡的一位无产者作家却是生产劳动者,因为他的产品从一开始就属于资本,只是为了增加资本的价值才完成的。"[②]马克思所讲的道理很深刻。同样是文学作品,可以是非生产劳动,即人的天性的能动的表现,就像春蚕吐丝那样,也可以是生产劳动,即为资本创造价值,为商家赚钱,也为自己赚钱。虽然马克思所讲的是19世纪西方资本主义的情况,但我

---

① 周恩来:《在文艺工作座谈会和故事片创作会议上的讲话》,见《周恩来论文艺》,人民文学出版社1979年版,第92页。

② [德]马克思:《剩余价值理论》,见《马克思恩格斯全集》第26卷第一册,人民出版社1972年版,第147—149页。

们现在也是搞市场经济，因此我们用马克思关于文学生产的道理来反观当下的大众文化，也是有其合理性的。

当下的中国文化产业的制作者已经是文化商家，他们不能不为自身的利益考虑，这就面临一种选择：如果一味搞以教化为主的产品，缺乏情趣，群众不喜欢看，收视率很低，那制作产品的成本都拿不回来，这样搞下去不就是赔光、赔净了吗？那当然是不行的了。于是他们选择自己发挥的空间，小心翼翼地揣摩观众的心理，投合观众的口味，搞一些有趣味性的产品，力图打开销路，以便能收回成本，并希望能赚大钱。这些策划、导演、演员、编辑们啦，所有自负盈亏的这些文化产业单位的领导们啦，他们也不傻，为了单位能生活下去，为了能“增加资本的价值”，就要尽量搞通俗一些、轻松一些、幽默一些的东西，尽量搞出些兴趣来，搞出些滋味来，搞出些有可读性、可看性甚至有微微的刺激性的东西，反正是搞“生产”，而不是春蚕吐丝，就是挨骂也要创造票房价值，要能赚钱。有人认为这是政府“逼良为娼”，我觉得这种说法是不对的。既然是搞文化产业，既然是把生产大众文化的生产单位都推向市场了，当然要给人家生存空间，要让人家自己走自己的路，你不能下很多政策条文，这也不许做，那也不许做。这就像贺拉斯所说的“寓教于乐”，他说完“寓教于乐”之后，还要让索修斯兄弟赚钱，一方面要寓教于乐，一方面还要让出版商即“索修斯兄弟”赚钱，要给这些人一些生路，这样大众文化才能发展起来。

所以，我认为当下大众文化流行一方面是群众休闲、娱乐的需要，一方面又是文化产业要创造价值这一现实的需要。这两个需要结合在一起，各类大众文化产业也就繁荣起来，成为一种不可阻挡的潮流。

二、历史的启示——俗的可以变成雅的

历史启示我们，大众文化作品虽然是通俗文化作品，但在一定的条件下，在经过时间的沉淀以后，也可以变为文学经典。一般来讲，纯文学、纯艺术是雅的，而大众文化、通俗文化是俗的，但是，我们认为，俗和雅是相对的，并不是绝对的。有一种看法认为俗文学现在俗，将来俗，永远都会俗到底，这看法不对！俗和雅是相对的，如果俗文学具备了美的质素，经过时间的沉淀以后，俗的也会变成雅的，这是非常自然的事情。我们中华文明的一个特

点就是崇尚诗，认为诗才是文学的正宗，所以中国古代文论最重要的是三个字："诗言志"。"诗言志"是从《诗经》那时候开始的，《诗经》产生于中国的西周时期，而《尚书・尧典》已提出"诗言志"，自此以后，"诗言志"就成为一种传统。在汉代儒学那里，《诗经》和"诗言志"的观点被当成文学正统，很多人对此作出了解释。汉代《毛诗序》中说："诗者，志之所之也，在心为志，发言为诗。"又说："正得失，动天地，感鬼神，莫近于诗。先王以是经夫妇，成孝敬，厚人伦，美教化，移风俗。"这就把诗抬到很高的地位。六朝时期，在继承了"诗言志"的传统的同时，有的作者也有新的提法，如陆机在《文赋》中提出"诗缘情而绮靡"，刘勰在《文心雕龙》中提出"为情而造文"，在有的人那里这些就被看成是脱离了"诗言志"的传统。到了唐代诗更受到推崇，当时实行以诗取士，你的诗写得好，你就可以当官。所以说诗是中国文学的正统，诗历来被看成雅正的东西。

到了宋代，实际上是早在晚唐时期，就出现了另外一种文学形式，这就是词。宋词在当时就像现在的电视连续剧一样是没有地位的，现在长篇小说看重谁得了"茅盾文学奖"，短篇小说看重谁得了"鲁迅文学奖"，大家认为这些才是正宗的，是正统的。宋代的诗被看成是正统，那些词就不是正统。词是配乐歌唱的一种艺术形式，词人写出了词，歌女就配以曲调，在酒楼茶苑歌唱，不论词人、歌女还是听众都认为它是一种通俗的艺术形式，所以历史上有所谓"诗庄词媚"这种说法，即认为诗是庄严的，词是媚俗的，也说"诗硬词婉"，即认为诗是刚健的，词是婉约的。也有人说"词之为体如美人，诗则壮士也"，美人不管多美，都是女人，在中国古代都是没有地位的，唯有男人，唯有壮士才是有地位的。说词是"媚"、"婉"、"美人"，这些定性的语言，说明当时的词的地位跟诗比较还是很低的。诗是雅文学，是正宗，是那个时代的"主旋律"；而词是小道，是薄技，是俗品，是消闲的玩意，只配写写喝酒唱歌、风花雪月，写写儿女情长、离愁别绪，最高的评价不过就是个"诗余"，所以那个时候的词人虽然词写得很好，但没有地位。比如说柳永是宋朝非常有名的词人，他也是福建人，他从福建到当时的京城开封写了很多词，流传天下，凡是有歌女的地方都在唱柳永的词，这是非常了不起的。但是他还是觉得自己整天跟歌女混在一起没有地位，也想弄个官来当当，于是就去考进士，考进士就要通过皇帝这一关，皇帝一看是柳永，就下了一道旨意，说柳永是一个写词的人，那就让他写词去啊，为什么他还来应考，还想来当官呢。后来柳永就自嘲"奉旨填词柳三变"——他的小名叫柳三变。最后他只好离开京城到江南各处，在有酒楼茶馆的地方继续填词，继续跟那些歌女们混在一起，依旧没有地位。诗是言志之作，是“发乎情，止乎礼义”，以讽喻美刺为传统，而词被称为“艳科”，浸润着享乐的意识，所以词要比诗的地位要矮一截。苏轼以诗为词，用词体写出“大江东去，浪淘尽千古风流人物……”，就为人所不理解，甚至遭到批评，如《后山诗话》云：“退之以文为诗，子瞻以诗为词，如教坊雷大使之舞，虽极天下之工，要非本色。”连苏轼自己的弟子也觉得丢脸。就像现在某些严肃作家写起通俗小说不被人理解一样。然而，历史的发展证明了宋词是反映宋代世俗生活的重要作品，从一定意义上它比宋诗的地位要高，它已经堂堂正正进入中国古典文学史，是中国古典文学的骄傲，当年的通俗文学转化为今天的文学珍品。

元曲起初也是没有地位的。元曲有两种，一种是整套的曲，一种是散曲。元明清三代都有戏曲，像《西厢记》《牡丹亭》，一直到后来清朝的《桃花扇》，但是在当时都是没有地位的，人们认为它们都是歪门邪道，都是旁支，不能够跟诗相比，唯有作诗才是正业。但是，元明清的戏曲，包括套曲和散曲，其中的优秀作品在经过了时间的沉淀、历史的筛选之后，都进入了中国文学的经典行列。“俗”的变成了“雅”的。

唐代有传奇，宋元有话本，到明代出现了小说，明清有各种各样的小说，它们原先都是没有地位的。比如《聊斋志异》的作者蒲松龄，他考举人死也考不上，最后就在他家乡的路口摆了一张桌子，每天坐在一把椅子上，凡是过往的行人到他这里坐坐，喝点茶水，他就不让人家走，得讲个故事给他听听，他就把这些故事收集起来重新加以改编，这就成了文言短篇小说集《聊斋志异》。蒲松龄的老家在山东，现在他的老家也成了一个旅游景点，有蒲松龄纪念馆，纪念馆里面把他的著作放在中间，有几十种版本，评论他的著作也很多，可以说浩如烟海。现在蒲松龄成了一个名人，他的故乡以他为荣，但是在当时他是没有地位的。

《红楼梦》不用说了，曹雪芹在当时也是非常没有地位的，他生活的时期离我们现在不过200多年，但连他的身世至今都没有弄得很清楚，所以很多“红学”研究者都在考证曹雪芹的身世。现在我们知道的很有限，只知道他属于汉军八旗，他祖父在南京做“江宁织造”，“江宁织造”地位很高，就是管江宁纺织业的高官，曹家不知怎样得罪了皇上，皇上派人抄了他们家。这样曹家又回到了北京。据考证，曹家回到北京后就住在一个叫“十间房”的地方。后来曹雪芹可能在城里也待不住了，就到香山附近安家。香山有八旗，有一个地方叫正白旗，据说他就在正白旗住了下来，开始写他的《红楼梦》。他一边写一边给他的一位亲戚看，这位亲戚也许是他的长辈，可能他写一回就给他的长辈看一回，那个长辈就给他的小说写了一些批语，他的长辈也没有留下真姓名，写批语时写上“脂砚斋”，所以现在有《脂砚斋重评石头记》，大概是经过他的长辈评点过的《红楼梦》。曹雪芹一生潦倒，在当时没有地位也没有钱，过着“举家食粥酒常赊”的生活，全家饿肚子的时候怎么办呢，喝粥；想喝酒怎么办呢，“酒常赊”，去赊账。后来他妻子死了，他儿子也死了，他伤心过度，泪尽而亡。《红楼梦》没有写完，只写到了80回他就去世了，当时有谁知道他以后会成为伟大的作家呢！敦诚、敦敏是他当时的朋友，据说还有一个私塾先生也认识他，知道他在写《红楼梦》。现在香山一带有个传说，完全是传说，说曹雪芹已经写完120回《红楼梦》，但临死前不知道把《红楼梦》交给谁好，后来就交给了他邻居的一个老太太，那老太太说，好，我一定会帮你保存好，有机会送给一些人看。据说曹雪芹去世的那年冬天天气特别冷，那老太太因为天冷要找东西生火取暖，可一时又找不到生火取暖的东西，于是就顺手把《红楼梦》的稿纸一张一张地拿来引火。幸亏引火的时候书稿不是正面放在那里，是反着放在那里的，而老太太引火的时候，从上面一张张地拿过来烧，就是从第120回开始烧，烧到第80回的时候，正白旗的那位私塾先生正好来到老太太的家里，一看了不得，这是曹雪芹的《红楼梦》啊，怎么能烧起《红楼梦》呢，赶快把它抢救下来，这才留下80回的《红楼梦》。这是香山一带流传的故事，未必可信。不管怎么说，曹雪芹穷困潦倒一生，当时他死也不会想到将来他会成为世界级的伟大作家。他不会想到，自己写的《红楼梦》将来会有很多人来研究，许多人来吃这碗饭，研究他的书成为一门学问，叫“红学”。你们知道中国现在研究“红学”的有多少人吗？我估计最起码得有5000人。这5000人吃的就是曹雪芹的饭，如果没有曹雪芹，他们就没有这碗饭吃。连我的第一篇论文写的也是曹雪芹的《红楼梦》，要是没有它，我的论文就写不出来，别人就会说我的业务不好。后来我的论文写出来在《北京师范大学学报》发表，人家才说我的业务很好。胡适作为一个学术家在某种意义上说就是靠研究《红楼梦》起家的。胡适手里藏有一本甲戌版的《红楼梦》，一共16回，据说是最早的抄本，他带到台湾去，内地的红学家耿耿于怀啊，幸亏后来胡适把它影印出来了，所以现在两岸共享，这是很珍贵的东西啊。现在要是有《红楼梦》的原稿，一页稿纸不知道值多少钱，可是在当时《红楼梦》是没有地位的。经过250年的积淀，曹雪芹的小说变成了雅文学，变成了伟大的作品，变成了世界性的作品。

我讲了这些文学史现象，是想说明俗的文化作品只要是优美的、表现人的美好感情的、有艺术品位的，在经过历史的沉淀之后，在一定条件下也可以转化为雅的文化作品。像宋词、元曲、明清小说，经过历史的沉淀、时间的筛选，在今天都变成雅文学了，被写进了中国文学史并占有崇高的地位。根据这个道理类推，今天流行的大众文化经过 100 年、200 年的历史沉淀，其中的优秀作品会不会成为雅文学呢？会不会也进到文学史、文化史里面去呢？我觉得这是肯定的。因为历史就是这样走过来的，我们不能忘记，历史是一个伟大的雕塑家，它可以把“俗”的东西经过雕塑变成“雅”的东西，这就是它的本领。我们没有理由轻视、忽视今天流行的大众文化。

三、大众文化二重性及实例分析

上面我们已经讲了大众文化流行的原因，也指出了今天大众文化只要是优秀的，经过时间的雕塑终有一天会得到历史的承认，可以由“俗”转到“雅”。那么怎样的文化作品才会经得起时间的检验呢？这就关系到大众文化的二重性问题了。大众文化产品确实有二重性。

第一重，大众文化产品通过电子媒介的传播，其图像的直观性、生动性和现场感可以给大众提供娱乐、消闲和快乐，满足人的视觉享受。这不好吗？非常好！这就是当下流行的一种说法，叫做“养眼”，意思是大众文化的图像琳琅满目，五光十色，让人的眼睛为之一亮，使人真的得到娱乐和休息，解除了视觉的欲望的饥渴。你们看过张艺谋导演的电影《十面埋伏》吗？那里面一望无际的层层叠叠的秋天红叶，漫山遍野的青翠欲滴的竹林，似乎就在你的眼前，冲击你的眼球，这画面多么美丽，难道不是让我们的眼睛为之一亮吗？我们从这里获得了愉悦、快乐，特别是视觉上的享受，满足了所谓“视觉上的食欲”，这就是“养眼”。

第二重，大众文化产品是文化商家制作出来的，常常要迎合观众的口味，甚至是迎合观众的低级口味，它往往是糖果包着的毒药，接触过多必然会消磨我们积极的健康的思想和感情。就是说，它在“养眼”的同时并不“养心”，甚至还要毒害我们的心。

一种大众文化产品如果只是具有娱乐性和“养眼”的功能、只是满足人的视觉的食欲，是有很大局限的。就是说，中国多数的大众文化产品经过商家的运作之后，为了赚钱，都不能不、不得不迎合读者的口味，甚至迎合读者的低级口味，在愉悦和“养眼”中潜藏着消极的不健康的因素，甚至隐藏着毒素，这一点是我们必须充分认识的。比如说我老伴和我家保姆小郭，她们看完电视连续剧，要笑要流泪，还要在饭桌上谈论半天，这的确给她们带来了快乐，这有什么不好的啊，很好，这有什么问题啊，没有问题。但我们又不能不看到大多数的大众文化都是经过商业运作的，这些制造大众文化的商家为了赚钱，就会出现很多问题。这些大众文化你接触得多了，看着那些豪宅、高级的轿车、奢华的穿戴、令人垂涎的餐饮，你就容易产生商业社会中的“拜物主义”。“拜物主义”就是那种对物的享受、对物的一种崇拜。比如电影或电视剧中那别墅那花园富丽堂皇，你看了后自然会产生瞬间的快感，你不断地去玩味这种住宅文化，时间长了，你就会不顾自己的实际也去追求这种富丽堂皇的住宅，久而久之，这就会成为你日思夜想的一种生活方式。这些大众文化产品最热衷的主题之一就是性爱，曲折的爱情故事、离奇的做爱方式、大胆的色情描写，这些都吸引观众的眼球，你看一部两部是无关紧要的，但是看多了，迷恋上了，你的情感就被它改造了。问题还不在于你关于生活方式的想法，你的情感被改造，问题在于你所神往的生活方式由于你自身的条件不足而不能实现，你的被改造的情感也没有落脚点，于是你感到痛苦，感到活不下去。西方马克思主义者霍克海默和阿多尔诺在他们写的《启蒙辩证法》一书中说：“文化工业通过不断地向消费者许愿来欺骗消费者。它不断地改变享乐的活动和装潢，但这种许诺并没有得到实际的兑现，仅仅是让顾客画饼充饥而已。需要者虽然受到琳琅满目、五光十色的招贴的诱惑，但实际上仍不得不过着日常惨淡的生活。”[①]他们所讲的道理是深刻的。当代的大众文化片面追求娱乐、“养眼”就印证了他们的理论。

当下的大众文化产品对于读者、观众来说就像鸦片一样，鸦片作为一种临时的药物是非常管用的，但是你一旦吸上了瘾，它就成为一种毒品，这就麻烦了。如果你天天接触这种大众文化，天天看这种肥皂剧，天天看这种美人图，天天看这一类东西，那么问题就来了，这种情况就像有的人所说的那样会形成一种观念：“生命是短促的，我们所追求的无非就是流向快乐之途上的汹涌奔腾之潮和活现现的呼吸着的现代，今日，和瞬间。”[②]这种对人生

① [德]霍克海默、阿多尔诺：《启蒙辩证法》，洪佩郁等译，重庆出版社 1990 年版，第 130—131 页。

② 见《新文艺》，1930 年，第 1 卷，第 6 号。

的看法和理解认为，生命是短促的，那么我们追求着的无非是一瞬间的事情。就是说人一生尽管活几十年，实际上就是一瞬间，那么在这一瞬间我们就来享受，来快乐，我们为什么要那样辛苦，为什么要那样劳动啊，这些都是没必要的，我们只要抓住人生的一瞬间的快乐来满足我们的人生，这就够了。这是一种“刹那主义”。实际上，这种情况早在中国20世纪30年代就有了。在中国的文学史上有所谓“海派”和“京派”的区别，“海派”就是以上海为中心的一些文人所提倡的一些东西，“京派”就是以北京为中心的一些文人所提倡的一些东西。北京的文人出思想明星，上海的文人出文学先锋；北京的文人主张“文以载道”，上海的文人讲求艺术创新；北京的文人提倡为人生而艺术，而上海的文人无非是为艺术而艺术，唯美派、现代派、颓废派、新感觉派全都出自上海，所以有的文学评论家说“海派近商”。20世纪30年代上海的大众文化比较流行，娱乐的东西很多。就今天而言，如果我们天天泡在只是“养眼”和娱乐的大众文化里，那么那种悦志悦神的美学理想就会被那些悦耳悦目的平庸的大众文化所顶替，文化产品的快感就会发展成一种颓废的、色情的、恶俗的官能刺激，那是很危险的。通俗的商业性的一味强调“养眼”的大众文化是有它的弊端的，这一点不但中国人看到了，西方的许多学者也看到了。西方的一些美学家和学者、批评家，比如说德国法兰克福学派里面的一些学者就指出，资本主义的大众文化表面上看起来是娱乐、消闲，但在表面的娱乐、消闲背后是社会控制。从某种意义上来说，资产阶级要比先前的任何社会阶级都更加彻底地整合艺术，审美不过是一种现实的化妆品。美国“西马”学者马尔库塞在《单向度的人》一书分析资本主义统治阶级如何控制人们的思想时说：“在这里，所谓的阶级差别的平等化显示了它的意识形态功能，如果工人和他的老板享受同样的电视节目并游览同样的娱乐，如果打字员打扮得像她的雇主的女儿一样花枝招展，如果黑人挣到了一辆卡德拉牌汽车，如果他们都读同样的报纸，那么这种同化并不表明阶级的消失，而是表明那些用来维护现存制度的需要和满足在何种程度上被下层人民所分享。”①实际上，那些一般的大众文化产品不过是统治阶级用来麻醉人民以便安于他们的统治的控制物。马尔库塞说的是美国的情况，但是对于我们今天所处的商业社会仍然有启示意义。总的说，大众文化一重是“养眼”，使人获得视觉的满足和娱乐；另一重是“不养心”，在外表的娱乐

---

① ［美］马尔库塞：《单向度的人》，张峰等译，重庆出版社1988年版，第9页。

和休闲的包装下，消磨人的积极健康的思想感情。

大众文化的二重性实际上是商业操作的结果，这些文化商人都会明白无误地告诉你们，美丽当然是可以定做的。本来“美丽”这种东西，比如说艺术是经过艺术家千辛万苦创作出来的东西，就像春蚕吐丝那样辛苦，但是现在只要你有钱，它就可以“定做”。它已经不是古往今来的艺术家辛勤劳动的果实了，而是可以批量生产的，是跟市场化联系在一起的生产活动。这样，再好的东西都要贬值，因为好东西一旦流传开来、泛滥开来就要贬值了。看起来非常好的东西，只要我们把它稍稍地向前推一步，那么从崇高到可笑可能只有一步之遥。

下面就大众文化的二重性，具体分析几个例子。

第一个例子是韩国的电视连续剧《大长今》。大家看这张图片，这是我从你们的《联合早报》上翻拍下来的。大家看清楚了吗？这是谁，（大长今）这就是《大长今》里面的两个主角。我是很少看电视剧的，但是很巧《大长今》我看完了。因为湖南电视台已经播了第三遍，播第三遍的时间恰好是在晚上10点钟开始，每天晚上播两集，从10点到12点，正好我12点以前也睡不了觉。大家都在议论《大长今》拍得如何如何的好，我就一集一集地看，因为10点钟以后没有人来找我，所以我把它全部看完了。你们这里好像还是第一次播映，播到20集左右，那大长今起起伏伏还有很长的故事。当然《大长今》是娱乐性的，但它的娱乐性体现在什么地方？吸引人的地方在哪里？我现在给你们分析一下。

第一点，《大长今》是一个吸引人的“灰姑娘”的故事。大长今本来是一个不起眼的小姑娘，但是她在宫中经过自己的奋斗，经过师傅的指点，最后从一个“灰姑娘”成为一个“大长今”。“大长今”这个称号是皇帝赏赐给她的，这是一个没有限度的官，皇帝用这个称号表明一个小女子成就了一番大事业。她本来一无所有，受人歧视，遭人白眼，被人打击，但经过她的努力，她一次次地克服了意想不到的困难而获得了成功。可她一次次地成功又一次次地失败，起起伏伏，最终才得到了皇帝的肯定。皇帝甚至要给她封个很高的官，遭到别的官员的反对，最后给她封了个很高级别的“大长今”，而且最终她的恋爱也成功了。《大长今》之所以成功就在于它有这样一个离奇的、大开大合的、大起大落的故事，观众自然喜欢这样的故事。

第二点，这里面有一个非常美好的爱情故事，郎才女貌，女子非常执著于爱情，而男子恰好也非常执著于爱情，为了长今可以抛弃一切，一切都以自己的恋人长今为中心，在长今最危险、最困难、最关键、最千钧一发的时候，出现在她的身旁来解救她。经过男子的帮助长今就脱离了危险，命运又向她倾斜。在《大长今》故事里面，女人是最好的女人，男人是最好的男人，这最好的女人和最好的男人经过许多曲折，最后过上了幸福的生活，这就满足了观众的愿望。电视连续剧有一个要素，那就是故事情节大起大落，大开大合，曲折动人，寄托了观众的一种理想，就像我们吃巧克力一样，一下子吃到了令人品味不完的滋味。我生活里就想找这么一个男人，好，就给你提供了这么一个男人；我生活里就想找这么一个女人，好，就给你提供了这么一个女人。哪个男人看了不动心？哪个女人看了不动心？

第三点，《大长今》的故事是宫廷中的故事，明的、暗的阴谋和冲突，非常曲折离奇，又非常隐蔽，在人们意料之中，又出乎人们意料之外。要害你，要杀你，还先要吹你、捧你、宠你，在吹你、捧你、宠你的背后，是要把你和你的同伙斩尽杀绝，把你们“一锅端”，弄得你和你的同伙死无葬身之地，这里面有阴谋，有爱情，阴谋和爱情搞到一起了，这不是观众最乐于见到的吗？

第四点，《大长今》里面有非常丰富的知识，这正好满足了我们现代人的需要。现代人最苦恼的就是读书，我们都不想在一板一眼的辛苦阅读中得到知识，我们只想在无意中、在娱乐中、在消闲中获得知识，而《大长今》在这一点上也满足了我们。比如说关于朝鲜古代的官职的各种称呼，宫廷有多少个太监，皇帝下面有多少个大臣，这些大臣都是管什么的，怎么称呼，等等，在看《大长今》的时候都可以得到这些知识。最重要的是朝鲜菜的知识。我 1996 年曾在韩国的高丽大学整整待了一年，在那里教书。他们的老师每个月都请我到饭馆吃一顿饭，在他们的饭馆里只有烤牛肉，再就是泡菜。首先端上来的是各种各样的泡菜，我们中国人开始还觉得他们的泡菜跟四川的泡菜差不多，可以吃得下去，但是天天吃泡菜就反胃了，就受不了了。当时觉得朝鲜菜哪里有我们中国菜如此丰富啊，川菜系列，鲁菜系列，粤菜系列，淮扬系列，等等。但是在《大长今》里面，韩国人给你展露了琳琅满目的极为丰富的材料和菜的做法，让你看到他们那个御膳房的操作禁不住要流下口水，一下子把他们朝鲜菜的知名度提高了 100 倍，放大了 100 倍。还有中药和药疗，他们不叫中药而叫“韩药”，其实韩药与中国药相似，各种各样的药也是琳琅满目。因为长今开始时做厨房里面的侍女，后来又去做医女，于是各种各样的药和医疗的方法都展现在你的面前，你可以通过娱乐休闲无意中获得各种各样的韩国的医药知识。不但如此，你还可以通过这个片子了解朝鲜的景点、民情、民俗，这部分内容也很丰富。所有这些都让你在娱乐中增长了知识，这也是观众喜欢的。

第五点，我似乎觉得《大长今》是韩国人专为华人制作的，甚至是专为中国制作的，因为里面有亲中、有亲华的情节，里面只要谈到中国的东西，就是最好的东西。因为写的是相当于中国明朝的那段时间，而中国明朝的时候是中国和朝鲜最为友好的时期，那时候朝鲜是一个进贡国，朝鲜要向中国进贡一些东西，而且朝鲜朝廷册免太子什么的，还要经过中国皇帝特使的批准。电视剧里面谈到从明国来的东西，从明国来的就是从中国来的，比如说这种野鸡跟朝鲜鸡不一样，这是从中国来的，叫做“金鸡”！哇！中国人看了以后，民族自尊心就得到了满足啦。又比如说这种菜是从中国来的菜，这种药是从中国来的药，都是十分好的。里面有一个情节，中国明朝一个特使到他们那里大摇大摆，先把他们教训了一顿，但是这个特使有糖尿病，朝鲜人通过菜疗的方法把他的糖尿病给治好了，这个特使就把长今表扬了一番，整个宫廷里面的人都高兴坏了。我们在北京聊天的时候就议论说，韩国的《大长今》是不是专为中国制作的啊，它满足了中国人的民族主义情绪，让中国观众多高兴啊。

第六点，慢镜头。《大长今》每一集里面的故事情节是很少的，而且演员演得非常投入，演技非常逼真，我们的小孩和老人都看得懂，青年人、中年人能看懂就更不用说了。这种慢镜头完全适合东方人的口味，它不像美国的电视连续剧那样跳跃得太快，根本不让我们看懂来龙去脉就换了场景。《大长今》没有一点不让你看得清清楚楚，而且不但让你看得清清楚楚，还让你设身处地去体味一番。你看的时候，你会觉得此刻你正站在大长今的旁边；大长今哭了，你不免也为大长今伤心；大长今笑了，你也为大长今高兴，希望以后大长今不会再遇到什么困难和新的麻烦——当然，这困难和麻烦是持续不断的。就像我那天说的，流眼泪就流到脸蛋这个地方，不会再流下了，也不会流得不够，每一点都让你看得清清楚楚，连那个大长今头发的发式都让你看清楚看明白。大长今完全是古典的打扮，她那个古装有的是红的，有的是绿的，比现代的衣服还好看。演女主角的演员李英爱穿这种古典的衣服很漂亮，她一旦改穿现代的衣服我们反而感觉不舒服，觉得还不如穿那种古典的衣服漂亮，因为她演的大长今角色的穿着、发式、表情乃至笑的样子、哭的样子、走路的样子，都通过慢镜头让你一点一点地去体味，给你留下很深的印象了。

第七点，色泽。对于电视连续剧来说，色泽很重要。《大长今》里面的场景、穿着、菜肴等，都有鲜亮的色泽。因为它的色泽是拍下来以后又经过加工的，因此，红的是红的，绿的是绿的，黄的是黄的，蓝的是蓝的，房屋、宫殿、穿着、草木、山水等都非常漂亮。我在韩国和朝鲜根本就没有看过这么漂亮的房子，这么漂亮的宫殿。首尔的宫殿非常小，但是从电视屏幕上看起来，这个地方拐个弯，那个地方拐个弯，拐过去又是一个大殿，拐过来又是一个大殿，那宫殿里面真是气势宏伟、金碧辉煌得不得了，它会给你一种幻觉。人物穿的衣服也是经过现代的改造才会这么美，大长今盘在头上的头发更是经过精心设计的，色泽、颜色调配得非常好，导演对这一切把握得非常成功。有色泽，才会有生活气息，有艺术氛围，也才会有真实感，才能让你获得真正的视觉的享受。

《大长今》的娱乐性一共有七大因素。正是这七大因素的结合供我们娱乐、休息、欣赏，使我们一边看一边就像嘴里嚼着香香的巧克力，觉得很有滋味，很甜美。这是我对《大长今》娱乐因素作的一点粗浅分析。

《大长今》作为一种大众文化产品，如果我们天天看，又会怎么样呢？是不是仅仅是娱乐，仅仅是视觉的享受呢？会不会产生问题呢？

《大长今》是一部宫廷戏。宫廷戏的一个重点就是皇帝的威严与力量，皇帝站在哪一边，哪一边就胜利，皇帝不站在哪一边，哪一边就要失败，皇帝的喜怒哀乐决定宫廷里所有人的喜怒哀乐。比如说在《大长今》所写的宫廷里，女子都争着想做厨房里面的御膳娘娘。谁能做御膳娘娘呢？要经过膳食比赛。膳食比赛的“裁判员”就是皇帝一人而已。皇帝一边吃着一边说这个好吃，那么做这个菜肴的人就得第一了，皇帝吃着说差一点点，那么她就被比下去了。所以没有皇帝的帮忙是不行的。大长今遭遇的每一次矛盾的化解，几乎都是因为皇帝作出了一种改变或是作出了一种决定，于是这个事情就转好了，大长今就逢凶化吉了，步步高升了。因为大长今是受欺负的，我们的同情始终在她这一边，这样随着故事的发展，我们在无形当中就觉得最好的人就是皇帝，大长今的成功，她的封号，她所有的一切，都是皇帝给的。我们在无意识当中就会接受大长今和皇帝，觉得跟他们是一派的，而那些在暗地搞阴谋、迫害折磨大长今的人，都是跟皇帝作对的，在无形当中我们也用大长今的观点来看周围世界：皇帝是好人，皇帝是了不起的，是最重要的，我们的情绪都决定于皇帝和他作出的决定。那么，你觉得这是一种什么思想呢？有意识无意识都认为皇帝是好人，要以皇帝的是非为是非，以皇帝的喜好为喜好，以皇帝的感觉为感觉，皇帝是救星，皇帝万岁，最终你会无意识地把希望寄托在皇帝身上，寄托在皇帝身边的那些清官身上。这么一种思想完全是反民主的,是一种顺民的意识,奴才的意识。像《大长今》这种宫廷戏,如果我们天天看,最后我们也要成为皇帝的顺民和奴才,连民主、自由、平等这些东西都可以不要了。

大众文化的二重性就在这里:它给你娱乐,但又给你有毒的思想,娱乐包裹着毒素,蜜糖包裹着毒药。当我看《大长今》的时候就觉得这个戏很吸引人,一集都没有落过,70 集全部看完。但看完以后我就想,《大长今》作为一个宫廷戏,最终的结果就是告诉你,你的一切几乎都是皇帝赏赐给你的。《大长今》里面的"英雄人物",女主角和男主角,都是皇帝的奴才和顺民,他们唯一听从的就是皇帝。封建帝王是封建地主阶级的最高代表,他们虽然生活在不同的历史时期,所遭遇的社会问题各有不同,所具有的个性也千差万别,但是他们都自称"天子",所谓"君权神授",他们拥有至高无上的权威,并以此实现严酷的统治,甚至有生杀予夺之权。用今天的观点看,应该说皇帝在本质上就是专制制度的一种象征,所有的皇帝没有一个不是反民主的,没有一个不是反法制的,他们代表着旧社会,代表着旧的制度和文化,这是他们的共性。尽管皇帝里面有所谓实行"王道"和"霸道"的区分,似乎实行"王道"的皇帝更加顺应民情,能实行所谓的善政,而实行"霸道"的则不顾人情和道德。实际上历代君王中完全实行"王道"的很少,完全实行"霸道"的也很少,多数是实行"中道",结果都一样。你看看韩剧《大长今》,然后看看中国的《雍正王朝》,再来看看《汉武大帝》,接着看看《康熙私服微访记》,又去看看《铁齿铜牙纪晓岚》,这么一路看下去,只要看上一年,那好,你的思想就变了,你就变成了一个低眉顺眼的顺民,变成了一个奴颜媚骨的奴才,你就觉得天下就应该有一个皇帝,什么民主啊自由啊统统都是没有用的。上面我们分析的例子充分说明了大众文化的二重性:你看的时候觉得很有意思,津津有味,得到很多快乐;但是它里面有毒素,这毒素在你心中慢慢地释放出来,你就像吸鸦片一样,时间长了,这毒素侵染你的全身,到时候你猛醒了,你想改变过来,但已经改变不过来了,因为大众文化的这种影响是潜移默化的,就是在无意识中把你的感觉、你的情感、你的思想改造了,你说问题严重不严重?!

第二个例子,还是宫廷戏,中国的宫廷戏。中国的历史很长,对于不同历史时期的皇帝仍然要有区分,因为生活在不同历史时期的皇帝所起的作用是不一样的。现在中国内地流行宫廷戏,就有一个河南的作家二月河写了清代三个皇帝的小说,就是写康熙皇帝、雍正皇帝和乾隆皇帝,这三帝就是被称为“康雍乾盛世”的三个皇帝，所以这三部小说都很畅销，成为适合大众口味的大众文化产品，后来又先后被改编成电视连续剧，吸引了成千上万的观众，大家都看得津津有味。《雍正皇帝》这部电视连续剧艺术上很成功，在台湾地区放映之后反响也很好，他们的报纸评论说，没想到内地也可以拍出这么有艺术性的历史题材的作品，把电视连续剧搞得这么精致，这么成功。演雍正皇帝的演员叫唐国强，他本来是专门演毛泽东的演员，后来演雍正皇帝也演得十分出彩，受到了大家的赞扬。

二月河写的清代帝王系列小说以及由此改编的帝王系列电视连续剧，其中重要一点，就是认为康雍乾是盛世。可康雍乾是否是盛世呢？这三个皇帝统治的时间一共是134年，在乾隆传位给嘉庆的那一年(他自己还没有死)，离中国开始沦为半殖民地半封建社会的1848年鸦片战争只有52年了，离辛亥革命也只有115年，对一个有着5000年文明历史的古代中国来说，到了此时，中国封建社会已经到了衰落的后期甚至是末期了，康雍乾时期不过是这个衰老的躯体最后的回光返照。所以二月河的小说以及后来改编的电视连续剧所写的所谓“盛世”，不过是末世的繁荣，或者说是即将开败的花，即将枯萎的树，是黄昏时刻的落日，是远去的帆影。但是原著者、改编者、导演和演员，还是不能做到按照历史发展的大趋势去再现它把握它，而是用众多的艺术手段去歌颂所谓的“康雍乾盛世”，里面有许多溢美之词。比如说他们唱的歌里面就有这样的歌词：“面对冰刀血剑风雨”，“踏遍万里山河”，“在风口浪尖紧握住，日月旋转”，“愿烟火人间，安得太平美满”。在写康熙的那个剧里的片头曲说“还想再活五百年”，康熙再活五百年，就活到现在了，这还了得？《雍正王朝》里则吹嘘雍正是什么“千秋功罪任评说，海雨天风独往来，一心要江山图治垂青史”，真把康雍乾三朝描写成为一个“盛世”了。我觉得作者某种程度上在推销帝王文化。其实，中国的历史发展到明代，中国社会自身已经开始萌生资本主义的幼芽，特别到了万历时期，资本的流通盛极一时，蕴含了资本主义的因素。此时在思想领域出现了泰州学派，出现了李贽这样的思想家。李贽等思想家是不以孔子的是非为是非的。而且当时的农民起义风起云涌，中国已经到了历史转折的关头。如果当时不是满人入关来统治中国，按照中国社会自身发展的规律，那么资本主义在明代末年就有可能破土而出。后来清朝统治中国，正是在康雍乾三代这134年间，中国的社会虽然基本安定了，生产也得到了恢复，但是这三个皇帝也把中国封建主义的专制制度发展到了极端，朝廷的一切政务，包括行政、立法、审判、刑罚，事无巨细都由皇帝钦定，特别是用儒家的思想来控制人们达到了登峰造极的地步。康雍乾三朝盛行文字狱，比如说康熙、雍正、乾隆的名字人们说话时都要有所避讳，你不能够把康熙或者雍正的名字说出来，你也不能给你儿子起个跟“乾隆”重了的名字；又比如你写诗不能写“河水不清”，你要这么写，就要怀疑你是不是反清，那是要杀头的啊。康雍乾三朝的文字狱，一朝比一朝厉害，光是乾隆朝的文字狱就多达130余起，因为文字狱而被斩首、凌迟、诛灭（诛灭九族）的人很多，惨状层出不穷。整个知识文化思想界都被束缚住了，大家噤若寒蝉，都被扼杀了思想自由。我认为中国百姓的奴隶性，正是在康雍乾这三个朝代形成的，这种情况必然导致朝廷眼光狭隘，闭关锁国，蔑视科学，重农轻商。可以说，康雍乾社会已经埋下了晚清时期国力孱弱、内忧外患、亡国灭种的危机。但是与此同时，就是在17、18世纪，当中国感觉自己繁荣得不得了的时候，欧洲的主要国家在文艺复兴以后已经开始或者完成了资产阶级革命，科学发明不断，轰轰烈烈的工业革命已经创造了空前的财富，开始了现代化的进程，把东方各国远远甩在了后面，而且这个时候以英国为首的列强已经把眼光投向了中国，中国遭人宰割的日子已经不远了，这就是历史大趋势坐标中的所谓康雍乾盛世。所以康雍乾的统治并不是顺应历史发展潮流的，而是逆历史发展潮流的。这三部帝王小说和相关的电视连续剧并没有用宏观的眼光来看待历史，而是歌颂康雍乾如何一心一意地为百姓谋利益，不畏艰苦地为中国谋富强，却不知道正是这个时候，西方列强已经开始了现代工业化的进程。所谓的康雍乾盛世，我觉得这是二月河小说以及相关的电视连续剧给我们的一个幻影。我们如果去欣赏这类小说或电视连续剧的话，那么我们就可能忘了一个最重要的东西，就是历史发展观。每一个人都要有正确的历史发展观，就是我们看一个帝王有没有在历史上作出贡献，是要看他处于历史发展的哪个阶段，他是不是适应历史发展的潮流。他是逆历史发展的潮流还是顺应历史发展的潮流，这是我们评价一个帝王是否值得歌颂的极为重要的一个标准。

比如说，汉武帝我们可以适当歌颂。为什么？因为汉武帝是中国封建社会刚刚确立时的很有作为的皇帝。那个时候中国内忧外患，内部有人要搞分裂，外部周边少数民族不断入侵，汉武帝用卫青、霍去病平定了北方的叛乱，同时也平定了内部的混乱，真正实现了中国的统一。在汉武帝时期，中国是处于世界的领先地位的。我们应该看到，汉武帝是顺应历史发展的潮流的，而康雍乾三个皇帝恰好是逆历史潮流而动的。如果我们不明辨是非，在看电视剧的时候把“康雍乾”和“汉武大帝”同样接受下来，那么，我们的历史观就会被误导，我们就分不清什么是历史发展的真正的进步势力，什么是拖历史发展后腿的势力。这个例子也同样说明了大众文化是有两重性的：它在给你娱乐、休息的同时，也给你一种误导，一种历史观念的误导。中国人奇怪的就是在这个地方，就是明知道康雍乾时代不是盛世，也知道当时真正的盛世是在现代英国出现，但还是要陶醉在“康雍乾盛世”当中。西方开始工业革命的时候，中国已经落后了，如果中国不是耽误了100多年，也许早就赶到西方的前面去了。科学技术都是人发明的啊，是靠人去研究和创造的，一旦社会、时代创造了条件，思想解放达到那个程度，也许蒸汽机就有可能不是瓦特发明的而是中国的一个什么人发明的啦，这就是问题的所在，所以对于清朝的统治我们就要很好地反思一下。中国的帝王戏主要就是辫子戏，一段是“康雍乾”，还有就是晚清从慈禧太后到戊戌政变这一段。戊戌政变大家都应该很清楚啊，这时中国已经处于亡国灭种的边缘上了，后来慈禧太后搞成那个局面，完全由慈禧一个人负责吗？是她的祖宗那里就走错了路，康雍乾那里就走错了路。如果顺着晚明的市民社会不断地发展下去，也许中国的资本主义早就破土而出，也许我们早在300年前就开始了工业革命，比英国早得多。当然这是说历史，而我们不能作历史假设。历史已经这样走过来了，这已经成为事实。这个例子意在说明电视连续剧等这一类大众文化，虽然一方面提供了娱乐，可另一方面又误导了我们的历史观，其局限很明显。

第三个例子，就是我反复讲过的作为大众文化的新兴旅游业。我已经给大家放映过一些湘西“凤凰城”的图片。那个“凤凰城”在旅游业兴起之后，已经不是黄永玉60年前看到的凤凰城，黄永玉说，那是找不回来的故乡。今天你们的《联合早报》头版登了新华社一条消息，说的是有1700年历史的新疆克泽尔千佛洞。这就是那个千佛洞，每个洞里面都有很多佛像，很多人正在往上走。按照这消息里面的解释，这是中国开发最早、地理位置处于最西部的大型石窟群。看这边的这个题字，那边的那个题字，都是游客的题字啊，在长年累月的游客题字和触摸下，这些国宝伤痕累累，甚至形成了大手印。看下面那个大手印，大家看得清楚吗？啊，就是这个大手印，你们看见了没有？（看到了。）这些文物将要在旅游中被毁掉。

旅游文化作为一种新兴的大众文化，是不是要像中国现在这样一味地去推广呢？我觉得这是一个大问题。旅游业固然能给我们带来许许多多的经济效益，给游人带来享受，但是旅游业不利于文物的保存。我们应该认识到，像有着1700年历史的千佛洞这样的古迹，不只是我们这一代人所享有的东西，它们既属于我们的祖先，属于我们，也属于我们的子孙后代。我们应该为我们的子孙后代留一些可供参观、可供游览的地方，不能任意地随便地开发这些景点。再举个例子，山西平遥有保存得非常完好的古城墙，甚至比西安城墙还完好，这个城墙要走11里才能够绕一圈，后来被评为世界文化遗产，这是山西省最早被列入世界文化遗产的一个景点。开始平遥县让汽车在城墙上跑，因为这个11里走起来太远了，很多老人走不下来，于是就用汽车拉着游客在城墙上跑。汽车在城墙上跑，这城墙就受到了压迫，很容易被破坏。后来有人提了意见，终于取消了汽车在城墙上跑，改用三轮车带着游客在城墙上转。我去的时候，汽车在城墙上跑已经停止了，开始蹬三轮了。蹬三轮在城墙上跑照样也是压迫城墙，结果最近几个月平遥古城先后两次塌陷，塌陷的不是一点点，塌陷的有两三千米。这个古城给我们带来了游览的快乐，但也就这样被我们“消费”掉了。

四、大众文化的品位追求

大众文化是群众与现实的需要，其中“俗”的东西经过时间的筛选也可能会变为“雅”的东西，但大众文化有两重性，既提供娱乐、视觉享受，也可能会有毒素，毒害我们的心灵。那么，如何才能避开大众文化中的毒素，使大众文化既“养眼”又“养心”呢？关键问题是要提高大众文化的品位。

当前通俗文艺作品的创作中的确存在一个品味问题。现在的小说创作似乎不写“性”就不成其为小说，有的作品甚至超越了必要的界线，写得很“黄”，又没有多少文化内涵，一味迎合读者的低级趣味。有的作品大肆宣扬拜金主义、极端个人主义，思想毒素十分明显。有的作品宣扬小市民的理想，低级庸俗，看了令人作呕。对此现象如果我们不加以正视和批评，我们就是失责。现在有一种观点叫“趣味无争辩”：我就喜欢这些有趣味的作品，你管得着吗？持这种观点的人还振振有词。在趣味问题上，我的观点是：趣味是一个悖论。一方面，趣味是无须争辩的，俗话说“萝卜青菜，各有所爱”，趣味是可以而且应该多样化的，你喜欢爱情片，我喜欢战争片，他喜欢武打片，你喜欢散文小品，我喜欢长篇小说，他喜欢诗歌，你喜欢婉约的，我喜欢豪放的，他喜欢隽永的，这都随便，不必争辩。但另一方面，趣味又是可以争辩的，低级的、黄色的、堕落的、庸俗的趣味，把读者引导到非人的异化的方向去，那么这就要加以批评，甚至禁止，不这样做社会风气就会败坏，人文的、积极的和美好的精神就会丧失，对此我们非争个水落石出不可。我们一定要提倡健康的、美好的趣味，对此我们也非要把道理讲透不可。

恩格斯在《德国的民间故事书》中谈到德国民间故事书的作用时说："民间故事书的使命是使一个农民做完艰苦的日间劳动，在晚上拖着疲乏的身子回来的时候，得到快乐、振奋和慰藉，使他们忘却自己的劳累，把他的贫瘠的田地变成馥郁的花园。民间故事书的使命是使一个手工业者的作坊和一个疲惫不堪的学徒的寒伧的楼顶小屋变成一个诗的世界和黄金的宫殿，而把他的矫健的情人形容成美丽的公主。但是民间故事书还有这样的使命：同《圣经》一样培养他的道德感，使他认清自己的力量、自己的权利、自己的自由，激起他的勇气，唤起他对祖国的爱。"恩格斯说得多么好！他认为民间故事书是为了使读者"得到快乐、振奋和慰藉"，他把"快乐"两个字放在前面绝非偶然，他要强调故事书必须是有趣味的，能使人得到休息，并在幻想中美化自己的生活，白天的劳动够沉重的了，故事书能让人们乐一乐，这就是"养眼"。但这还不够，故事书还得使人"振奋"，也就是说故事书必须有较高的品味，是鼓舞人、激励人、催人向上的；而只有这样有较高品味的故事书，才能使人得到"慰藉"，使人获得一个精神家园，这样才能在使人得到快乐的同时，又能培养人的道德感、力量感，激起争取自由、权利的勇气以及热爱祖国的感情，这就是"养心"。我认为恩格斯对德国民间故事书的功能的全面、深刻的论述，完全适用于我们今天对通俗文艺创作和以娱乐为主的大众文化的要求。

高品位的追求应该成为一切通俗文艺创作、一切以娱乐消闲为目的的大众文化产品的内在品质。应该认识到，是追求高品位还是迎合低级趣味，关系到对现实和历史是否负责的问题。所谓高品位，按我的理解就是作品具有的人文主义的、民主精神的和审美关怀的文化内涵。一艘美丽的游船，如果里面没有足够的压舱物，那么它航行起来就要东摇西晃，就有可能翻船；同样，一篇或一部具有娱乐消闲功能的大众文化作品，要是没有人文主义、民主精神、爱国主义、集体主义等"压舱物"，也是危险的。

（本文是作者于2006年给新加坡新跃大学研究生班的讲稿，载童庆炳著《美学与当代文化讲演录》，广西师范大学出版社2007年10月版）

精神之鼎与文学的当代任务

文学是什么，大概有几百种说法，这众多的说法，各有各的理由，我们无需再说三道四。但我以为我们今天谈文学应与特定时期人的生存状态联系起来。例如，在抗日战争时期，人们说，文学是抗日的武器，是有其充分理由的。虽然就文学的本性而言，文学并非是战斗的武器，但在那个特定的时期，我们的国家民族处在生死存亡的关头，遭遇着亡国灭种的危险，作家们借文学作武器，不但是可以理解的，而且是必须的。我常给学生们讲，我们的牙齿的功能是咀嚼，但当你在战场上跟敌人进行肉搏时，你的牙齿恰好碰上了敌人的耳朵，你以牙齿作武器，把敌人的耳朵咬下来，这是很合理的，这叫"功能性借用"。文学的本质是审美，但在抗日战争中作为"团结人民教育人民打击敌人消灭敌人的武器"，也是"功能性的借用"，也是合理的。因为这样来看文学是把文学与当时中国人的生存状况联系起来了。何况，文学的审美价值与非审美价值也不是绝对不相容的，审美价值有一种溶解力，可以把政治价值、思想价值、宗教价值、历史价值等溶解其中。今天，我们谈文学同样也不能跟我们今天的生存状态相脱离。在理想世界没有到来之前，纯审美的文学其意义总是有限的，文学就其总体而言，永远是对人的生存状态的写照与思考，特别是对人的精神状态的写照与思考。写照——提供一面镜子，人生存得怎样，生存得像人还是像兽，让我们从文学这面镜子里，看一看自己的尊容。思考——则需进一步评价如此生存值得还是不值得，有意义还是无意义，应该怎样生存，以怎样的精神状态生存，才是有意义的，才是理想的。

我们不能脱离我们今天的生存状态来空谈文学。如果连我们自身的生存状态都弄不清楚，或不愿弄清楚，只是在"后什么"、"新什么"等名词上兜圈子，我们谈来谈去是没有太大的意义的。

我们处在一个有着逼人的社会问题的时代。我们的生存状况，特别是精神生存状态离基本的要求还有相当的距离。我们是否可以这样来描述我们当下的生存状态呢？我们生活在一个思想和言说受到严重限制的时代，生活在一个受着金钱奴役的时代，生活在一个受着机器挤压的时代。当然生活中有光明的东西，但上述问题是无法回避的。正因此我们几乎无时无刻不处在焦虑之中。我们焦虑什么？我们焦虑三种东西，或者说厌恶三种东西，与此对应，我们呼唤三种东西。

首先，我们厌恶极“左”的意识形态以及支持它的体制。建国以来，政治运动连绵不断，无情地整了一批又一批的人，发展到“文化大革命”，成千上万的人被当成“牛鬼蛇神”，打翻在地上，再踏上一脚，多少人妻离子散，家破人亡，国家的经济也被推到了崩溃的边缘，历史已为此作了结论。在历次政治运动中发生的事对许多人来说已不堪回首。而支持像“文化大革命”这类政治运动的就是极“左”的意识形态和支持它的“一言堂”体制。现在的问题是有人认为这一切都已经过去，再也不会发生了。我看不然。我认为，时至今日这个阴影并没有完全消失，套用过去的话来说，那些搞极“左”意识形态的“人还在，心不死”，“不会自动退出历史舞台”，特别是我们的体制还很不完善，因此只要气候适宜，张春桥们，姚文元们，江青们，就会变换一个新的嘴脸卷土重来。这样，极“左”的意识形态就可能借某一个契机，在一夜之间重又成为压在我们头上的一座大山，悬在我们身边的一把利剑，到那时自由的思与说都是有罪的。因为极“左”的实质就是专制，只许一人思一人说，不许众人思众人说。我们随时都可能处在这种可怕的生存状况中。因此作为无力的知识阶层的人们，如果对极“左”的意识形态不感到厌恶的话，那么这些人就可能是极“左”意识形态及其体制的既得利益者。我们对这些姚文元式的职业告密者不能不保持警惕。

与厌恶极“左”意识形态相对应，我们呼唤民主精神。民主就是人民当家做主。“中华人民共和国”的国名上，赫然写着“人民”这个词，民主是我们追求的目标之一。我们的“五四”先辈流血牺牲，不就是为了推翻封建专制制度，建立民主制度吗！在这里，我不想讲“民主”的四个含义（直接民主、代议制民主、立宪民主、社会民主和经济民主），我只想讲民主精神，我认为民主精神的关键词是人民、人权、自由、宽容、理解、真实、法律、契约等，我深知没有绝对的民主，所以我把“法律”、“契约”这两个词也摆进去，我们要的是在遵守法律和契约的条件下的民主。现在常听到一种说法，认为老百姓与民主无缘，就是给他们民主，他们也不会运用民主。我对这种说法深表遗憾。我的看法恰好与此相反，我认为普通的老百姓有一种天生的运用民主的才能，要知道民主制起源于人类的童年——古希腊城邦，说明民主与人的自然本性是一致的，而在普通人民身上，最充分保持了朴素的人的本性，所以他们实际上比那些戴着各种各样面具的人士，更具有把握、运用民主的能力。想一想吧，改革开放的第一页——包产到户——是从安徽省最贫穷的一些农民那里开始的，他们冒着危险，签字画押，自己做主，冲破了旧体制，建立了新的农业民主新体制，解放了生产力。

其次，我们厌恶拜金主义，拜金主义也是使我们感到焦虑的一种怪物，因为我们大家，无论是富人还是穷人，都受到它的奴役。当然，我(们)过去受过穷，一个月只有 56 元工资，连续拿了 22 年，每到月底就揭不开锅。我(们)饿过肚子，每天只有一两粮食。我们大家不想过这种贫穷的生活。摆脱贫穷是我们梦寐以求的。改革开放，我们的物质生活水平逐渐提高了。我们为此兴奋不已。(当然，我们要记住全中国还有许多人过着极度贫穷的生活，为“脱贫”而苦苦挣扎。)然而，曾几何时，我们又陷入了另一种东西——金钱——的奴役与嘲弄。从某种意义上说，现在在一些地方是“金钱专政”、“人民币专政”，权钱交易，金钱可以买到一切，可以打通一切，金钱把人兽变成人，又把人变兽。为了它，北京市的一位常务副市长自杀了，原北京市委书记、政治局委员受审了，在这自杀和受审的背后，还不知有多少肮脏龌龊的故事，而这样腐败的事情并不只是在北京发生，恐怕在别的地方也同样在发生。拜金主义是腐败之源，是万恶之源。当一个社会充满腐败和罪恶，我们就只能在受人欺骗和愚弄中生活，在恐惧中生活，在谎言中生活，在这种情况下，生活的提高就变得毫无意义了。因为我们是人，不是填饱肚子就满足的动物。

与拜金主义相对立，我们呼唤诗意关怀。诗意的栖居是人的生活的特性，它就像日光、空气和水一样，是人的一种须臾不可缺的东西，因为人的美欲也同人的性欲、食欲一样，是人的一种天然欲望，只是后者人们能意识到，前者则意识不到，常处在无意识中，但一旦出现“十亿人只有八个样板戏”的情况，无意识的需要就变为有意识的需要。“文革”中为争看一部平庸的电影《卖花女》，就在拥挤中踩死几十人。诗意关怀绝不是可有可无的东西。何况我所说的诗意关怀不限于文学艺术，诗意关怀的关键词是生命、爱情、美、艺术、亲情、纯朴、友谊、幻想、诗、酒和鲜花，还有美丽的大自然等。这些东西是金钱买不来、换不来的。

第三，我们厌恶唯科学主义。诚然，科学是人类现代文明所开出的花朵，科学使我们的生活变了样，科技是生产力，我们要大力发展科技，这都不成问题。但我们必须清醒认识到，科技是一种中性的东西，它可以给人类带来进步，也可能给人类带来灾难，这要看科技掌握在谁的手里。我们正在纪念世界反法西斯胜利50周年，没有人否认正因为当年先进的科技掌握在希特勒和东条英机手里，他们才有可能发动侵略战争，把人类拖进苦难的深渊。同时我们还要认识到，唯科学主义的实质是物质主义，物就是一切，物就是上帝，当人被物挤压得无立足之地时，人类也就面临危机；唯科学主义在方法论上是机械主义，似乎世界上的一切都只是部件，拆了可以装，装了可以拆，一切属人的价值都可能被它毁灭。所以唯科学主义与马克思主张的“人性的复归”的思想是对立的。

与这种唯科学主义相对抗，我们呼唤人文主义（Humanism）。人文主义在中国有悠久的传统。《易》：“文明以止，人文也。观乎天文，以察时变，观乎人文以化成天下。”又说：“有天道焉，有人道焉，有地道焉”，把天、地、人并称为“三才”。人与天地并称，突出了人的地位和价值。《文心雕龙・原道》说，人为“三才”之一，“为五行之秀，实天地之心”，更进一步把人的价值放到宇宙的中心位置上。西方的人文主义思潮产生于文艺复兴时期，其基本思想也是认为在世界万事万物中人的价值具有首要意义，因此应以人为衡量一切的标准。看来中外的人文主义思想在实质上是一致的，那就是要关心人爱护人重视人，把人看成高于一切，人不是工具不是手段，人本身就是目的和标准，人应当像人。人文主义的关键词是人、人性、人道、独立、尊严、激情和理想等。有人对人文主义有疑虑，怕又出来一个什么专制主义来统治我们，实际上正是人文主义向人展开了一个一切为了人的多元的世界。倒是唯科学主义可能把人类送上绝境。

民主精神、人文主义和诗意关怀是人的精神生活之鼎，鼎有三足，鼎足而立，人在大地上就站稳了。

文学与人的精神生活的一致，应是当代文学的基本出发点。80年代初中期，我一直呼唤文学的审美回归，现在看来也许这种呼唤还为时过早。文学还是要从我们当前人的生存状态的实际出发，以审美的形式向阻碍我们的生存质量的极“左”的意识形态、拜金主义和唯科学主义抗争。在当代我以为文学就是要以民主精神、人文主义和诗意关怀为尺度，加强对现实批判的力度，因为这三者构成了我们精神生活的全圆，文学理应为这全圆划上重重的一笔。当然，文学可以“玩”，可以“调侃”，可以“嘻皮笑脸”，可以“消闲破闷”，可以“后现代”，可以“新状态”，可以“载道”，可以“言情”，各种形态的作品完全可以并存,但有一点我们要想到的:如果我们想要有自己的"托尔斯泰"、"巴尔扎克"等大师级别的文学家,那么我们就不能不呼唤"托尔斯泰"和"巴尔扎克"的伟大精神。我跟一些青年朋友谈到我上面这些思想,他们戏称我的思想为"新保守主义",起初我很不高兴,我觉得自己的思想不保守。可是我自己经过一番思想清理之后,我释然了。我所呼唤的三种东西,没有一样是新鲜的。更进一步推论,民主精神在文学上的体现是"真",人文主义在文学上的体现是"善",诗意关怀在文学上的体现是"美"。真、善、美这不是最陈旧的理论吗?我终于领悟到,我的确是"保守主义",之所以说我"新",只是我主张我的,我不排斥一切新鲜的观点。同时,我还领悟到,最新的不一定是最好的。人类的精神价值应该有一种古今中外皆认同的、恒常的、普遍的标准,这恒常的、普遍的标准就是我们的前人早已指出的精神之鼎,而在文学上则是真、善、美这万古长青的三个大字。当代文学的不足,我以为就在于我们的作家并没有通过自己的创造把真、善、美推到极致,而不在不够"后"或不够"新"。

(《文艺争鸣》1995 年第 5 期)

“文学是人学”新论

“文学是人学”这个命题最早是由前苏联伟大作家高尔基提出来的。高尔基强调文学与人的密切关系。1957 年 5 月华东师范大学教授钱谷融先生发表过《论“文学是人学”》一文，文中论述了文学的任务问题，作者认为仅仅提“文学反映现实”，只是表明存在第一性和意识第二性的唯物主义的哲学命题，并未深入到文学的命题本身，是不够的。因此作者提出：人是现实的焦点，是生活的主人，所以抓住了人，也就抓住了现实，抓住了生活。你只要真正地写出了人，写出了人的个性，就必然写出了这个人所生活的时代、社会和当代复杂的阶级关系，就必然反映出整个现实。另外，钱先生在谈在文学的评价标准的时候，又认为人道主义是构成人民性和现实主义的必不可少的条件。哪儿没有人道主义，哪儿也就不会有人民性和现实主义。人道主义是评价文学作品的一个最基本、最必要、也可以说是最低的标准。这篇文章一发表就遭到了铺天盖地的批判。一是认为钱先生犯了唯心主义错误，二是认为他在鼓吹人道主义，抹杀文学的阶级性。这个问题直到新时期开始以后才得到认真的学术性的对待，但似乎学术上的是非一直存在着，因为就是在 20 世纪的 80 年代还兴起过一次批判文学人道主义的高潮。从今天的观点看，钱先生的观点通情达理，实事求是，大兴讨伐之师，实在是很愚蠢的。

时代向前发展了，历史条件变化了，难道我们不可以换一个角度来论证“文学是人学”这个旧问题吗？

今天的社会物质生活诚然丰富了许多。这是现实主义的胜利。试想一想，如果我们今天还像三年困难时期那样嘴里喊着阶级斗争，或者像“文革”时期那样喊着“不断革命”，却要凭票购买有限的粮食，凭票购买有限的猪肉，甚至凭票购买蔬菜、购买点心，整天饿着肚子，那种日子是人过的吗？马克思、恩格斯早就说过，人必须首先满足了吃、喝、住、穿，然后才能从事别的活动。谢天谢地，我们现在终于明白这个道理，终于能集中精力进行了经济建设，二十多年过去了，我们也终于看到，中国人在搞经济的问题上并不比别的民族差，搞现代化也不比别的民族差。尽管前面还会遇到困难，但是只要我们实事求是的思想路线不动摇，我们就一定能够战而胜之。但是，毋庸讳言的是，随着市场经济的发展，带来了它的一些伴生物，那就是人的本能欲望的膨胀，于是在一部分人那里拜物主义、拜金主义成为生活中的一面旗帜。作为拜物主义、拜金主义的滋生物，出现了腐败堕落，出现了贪官污吏，出现了假冒伪劣，出现了嫖娼卖淫，出现了行凶抢劫，出现了亲情泯灭（前几天从报上读到一位大学三年级的学生因功课不好无法面对自己的亲人，在开学前夕竟然把自己的奶奶和爸爸残酷地杀害了，我的心不禁战栗起来）……对于这些把拜物主义、拜金主义奉为旗帜的人来说，他们不但是精神的残疾者，严重的则完全丧失了人性，他们已经从人变成了非人，他们不是人。对于目睹这种现象发生的多数人而言，他们处于焦虑状态，对这个社会的负面阴影感到有点陌生，有点隔阂，有点惶恐，有点失望，有点恐怖，概而言之，他们感到精神家园的失落。

当然，我们必须指出，拜物主义和拜金主义并非中国工业化的特产。实际上任何一个国家在实现工业化的过程中，都是不可避免的。正如法国19世纪著名思想家托克维尔所说：在工业化过程中，“人性得到了最完全的发展，也是最残暴的发展，文明表现了它的奇迹，文明也几乎使人成为野人”。

从根本上说，人们精神家园的失落意味着什么呢？可以肯定地说，意味着人文精神的极度匮乏。人文，人文主义，人文精神，人文关怀，是近几年中国关心社会发展的知识界谈论得最多的问题之一。那么，人文主义究竟是什么呢？就西方思想来看，可以分成三种不同模式看待人和宇宙：第一种模式是超越自然的，上帝是至高无上的，把人看成是神所创造的一部分，人不过是神的奴仆，“堕落的生物”；第二种模式是自然的，这就是科学的模式，这是在文艺复兴之后建立起来的模式，这种模式的核心在自然，把人看成是自然的一部分，人不过是自然之子，人与其他的生物都是科学认识的对象，科学才是至高无上的；第三种模式是人文主义模式，这种模式认为在宇宙中人才是核心，以人的经验作为对人、对神、对宇宙的了解的出发点，人是人自身的主人[①]。因为人是自身的主人，尊重人的不可估量的尊严，发挥人性的巨大的潜能，看重人所独有的良知，塑造人自己的生活，人应该成为自己命运的建筑师，成为人文主义的基本内涵。近现代以来，由于科学主义的流行压

① 阿伦・布洛克：《西方文人主义传统》，董乐山译，三联书店1997年版，第12页。

迫了人的地位，人的精神家园有丧失之危险，所以近现代的西方思想家如尼采、海德格尔、萨特、加缪等一批人，都在呼唤适合于人生存的人文主义和人文关怀。当然，人文主义如果不作为一种思想运动而作为一种精神追求，那么在中国古代文化传统中也是十分丰富的，儒家、道家有许多不同，但在关怀人的生存、注重人性的发展、看重人的尊严上面是相通的。儒家的创始人孔子所提倡的“己所不欲，勿施于人”箴言，强调人与人之间那种感通身受的关系，强调人的价值，可以就是人文精神的经典的表述。道家的代表庄子所说的“独与天地万物相往来”的话，虽然重在自然，但落脚点还是人的精神的自由，也是富于人文精神的。今天，我们在实现工业化的过程中，遇到了人文精神的匮乏问题，我们就应在新的历史条件下，吸收前人的人文主义的精神财富，加以改造和发展，形成一种适合于我们今天社会的新的人文主义、新的人文关怀。

那么，这种人文精神的资源最集中储藏在哪里？应该说文学、历史、哲学、教育等一切人文学科的著作中都有人文精神，但最集中储藏在一切优秀的文学艺术作品中。我们说“文学是人学”，就在于优秀的文学作品总是以具体的审美的形态，表现人性的各种情感，表现人的童心，表现人的善良，表现人对自己的信心，表现人的倔强，表现表现人决心掌握自己命运的决心，表现人性的美丽……如果说资本片面生产财富，而不注意对人的关怀话，那么文学艺术唯一的目的就是关怀人，关怀人性。我们正是在这个意义上说“文学是人学”。

发展经济不是也不应该是我们的最后的目的。科学技术的发展为我们创造了巨大的财富，但巨大的财富也不是也不应是我们最后的目的。我们的最后的目的是培育全面发展的人。因此我们的目光不能只是停留在技术理性工具上面，让文学艺术这个营造人的精神家园力量也进入我们的视野中。文学艺术不会一天之内就让人的善心都呈现出来，它是改造人性的一种潜移默化的无形的手，但只要我们认同文学是人学这个命题，长久地关注它培育它，那么我们最终将让千百万人获得精神的温馨家园，找回失落的人文理想。

（《学习时报》2002 年 4 月 22 日）

谈审美与人的全面发展

近几年来，有两个话语在各种场合所出现的频率特别高，这就“以人为本”、“人的全面发展”。在《中国共产党第十六届中央委员会第三次全体会议公报》中，就提出“五个坚持”，其中指出：“坚持以人为本，树立全面、协调、可持续发展观，促进社会经济和人的全面发展。”“以人为本”和“人的全面发展”给文学艺术开辟了辽阔的生存和发展空间，因为作为审美高级形态的文学艺术的本质特征就是“以人为本”，以人的情感为本，以人的本质力量为本，其最大的功能就是促进人的全面发展。

一、工业文明与人的断片化

当代世界的学术思潮中，出现了一个十分引人注目的现象，那就是各个学科从不同的视角关切并研究着人自身。这种现象的出现并不是偶然的。

随着现代工业文明的突飞猛进，经济的快速发展，人的物质生活水平有了很大的提高。显然，这一切都是现代工业文明给人带来的好处。但是，工业文明给人类带来的是双重的“礼品”，人在发挥自己的聪明才智获得巨大的物质利益的同时，人也付出了昂贵的代价。这主要是人的断片化。那么什么是人的断片化呢？这要从德国思想家、作家席勒和伟大的马克思说起。

席勒生活的18世纪的德国，他就在这工业文明刚刚露出曙光的时刻，曾超前地预见到人类将用很高的代价来迎接工业文明。他一针见血地指出：“现在国家与教会，法律与习俗都分裂开来，享受与劳动脱节、手段与目的脱节、努力与报酬脱节、永远束缚在整体中一个孤零零的断片上，人也就把自己变成了断片了。耳朵里所听到的永远是由他推动的机器轮盘的那种单调乏味的嘈杂声，人就无法发展他生存的和谐。”[①]资本主义现代工业的发展给

① 席勒：《美育书简》，中国文联出版公司1984年版，第51页。

人带来的某些灾难，证实了席勒的论点。资本主义现代工业的一大特征就是劳动分工的进一步发展。在一个工业流水线中，每一个人只负责其中的一个工序，永远重复着同一个动作，人被死死地捆绑在机器的一个局部上，或者说，人也变成了机器的一种手段。从一定意义上说，资本主义现代工业文明实际上是很不文明的。因为在这里，人不再是人，原本是完整的人变成了机器的附属品，变成了一个个断片，现代人本性的内在纽带，就这样断裂。人们的知、情、意都被活活地割裂，资本主义工业文明带来了“一代感觉迟钝的人”。席勒的思想充满了对人自身的关心，他所发出的是人道主义的呼唤和警告。

卡尔·马克思听到了席勒的呼唤和警告，他循着席勒的思路继续思考。他发现，工业文明造成人性的分裂和人的断片化的原因是资本主义条件下必然要发生的“异化劳动”。所谓“异化劳动”，用通俗的话来说，就是劳动者不但感觉不到劳动的亲切和愉快，而是感到劳动处处与劳动者为敌。首先，劳动的异化使劳动者与他们的产品相敌对，因为他们的产品都被资本家掠夺去了，于是劳动者生产愈多，供他消耗的就愈少，他创造的价值愈多，他自己就愈无价值，愈下贱；他的产品造得愈美好，他自己就变得愈残废丑陋；他的对象愈文明，他自己就变得愈野蛮；劳动愈有威力，劳动者就愈无权；劳动愈精巧，劳动者就愈呆笨，愈变成自然的奴隶[①]。其次，更为严重的是异化劳动使劳动者的人性受到摧残，失去了人的本质力量。因为，“他的劳动不是肯定而是否定他自己，不是感到快慰而是感到不幸，不是使人自由地发挥他的身体和精神两方面的力量，而是摧残他的身体，毁坏他的心灵。所以结果是：人（劳动者）除掉吃、喝、生殖乃至住和穿之类动物性功能之外，感觉不到自己自由活动，而在人性的功能方面，他也感觉不到自己和动物方面有任何差别。动物性的东西变成了人性的东西，人性的东西变成了动物性的东西”[②]。就这样，劳动者在这种异化劳动中由人变成了非人，变成了动物。在整个资本主义工业文明的异化劳动中都面临着人的断片化的现实危机。这就是马克思沿着席勒的人道主义的思路所做出的惊骇世人的结论。也许大家都看过著名演员卓别林演出的电影《摩登时代》，在影片中，人与机器完全一样，人也是整个机器的一部分，人的身体进入机器，随机器的转动而转动，人已经成非人。这虽然是一个喜剧，里面有许多夸张，但夸张的背后是对真

---

① 参见马克思《1844年经济学哲学手稿》，人民出版社2000版，第52页。

② 同上。

实生活的放大而已。

有人可能会提出，马克思的结论产生于资本主义的资本积累时期，在资本主义经过了一个多世纪的调整之后，劳动者并未出现绝对贫困化的新条件下，人的断片化的问题是不是已经解决了呢？人们会想，随着电子信息时代的到来，机器可以自动运转，劳动者的生活也改善了，人的劳动强度大大降低了，闲暇时间越来越多，人类是不是就可以免除人性断片化的危险呢？情况并非如此。西方马克思主义者、美国学者赫伯特·马尔库塞认为：集中营、大屠杀、世界大战和原子弹这些东西恰恰是现代科学技术和统治成就的自然结果。“人对人最有效征服和摧残恰恰发生在文明之巅，恰恰发生在人类的物质和精神成就仿佛可以使人类建立一个真正自由的世界的时刻。”(《爱欲与文明》)这是马克思的弟子在20世纪向人类发出的新的警告。

断片的人要走向全面发展的人，这是马克思在100多年前就憧憬这一理想。与席勒的返回古希腊的文明的说法相反，卡尔·马克思则主张向前看。他认为，只有实现共产主义，才能才能实现人的全面发展，才能使人“作为一个完整的人，把自己的全面的本质据为己有”[①]。在这里马克思指明了一条从断片的人全面发展的真正出路。那么，马克思所理解的“完整的人”究竟是什么样的呢？马克思认为，完整的人、丰富的人、全面发展的人作为理想的人，应该具有人的类的全部特性，而“自由自觉的活动恰恰就是人的类的特性”。这里所谓的“自觉”，是指人的活动是合目的性合规律性的，人能按自己的需要展开有目标有计划性并具有能动性的活动；这里所说的“自由”，是指人的心灵的自由，即人的知、情、意诸心理功能的自由协调的活动。

二、审美作为从断片的人到全面的人的中介

马克思的理想也许还要经过若干岁月才能实现。聪明的人类并没有消极等待。他们早就开始寻找从断片的人向完整的人的过渡的中介。在科学技术文明高度发展的今天，他们更深入地探讨人自身的处境，并寻求克服人性断片化的办法。于是人们的目光不约而同地投向了审美。审美是从断片的人向完整的人过渡的重要中介。在西方较早提出这一主张的还是席勒。

① 参见马克思《1844年经济学哲学手稿》，人民出版社2000版，第81页。

席勒从他的人道主义的理想出发，为了克服人性的断片化，提出了美育。他认定，从感觉的受动性到思维和意志的能动状态过渡，唯一的途径就是通过审美的中介。在他看来，要使感性的人成为理性的人，即从不完整的人到完整的人，从片面的人到全面发展的人，首先要使他成为审美的人。于是他提出了美学史上一个著名的论断："只有当人在充分意义上是人的时候，他才游戏，只有当人游戏的时候，他才是完整的人。"[①]这里说的游戏，不是指孩童的戏耍，而是指基于审美需要的审美活动，其中又以对文学艺术美的创造和鉴赏为主要内容。马克思也认为在文学艺术中的审美活动可以使人获得德、智、体、美全面发展，可以使人的本质力量得到对象化。

为什么文学艺术的审美活动可以成为从断片的人到全面发展人的一种中介呢？从一定意义上说，断片的人被束缚在单一的感觉上，其他一切肉体的、精神的能力都成了牺牲品。当然，他们已经丧失了"感受音乐的耳朵、感受形式美的眼睛"。他们丧失了自己的精神家园，就像一个远离故乡的游子茫然无所依归。他们的感觉钝化，已不能领略杜甫的"细雨鱼儿出，微风燕子斜"那种自然景物的细微变化；他们的情感已麻木，不能体会贺铸的"若问闲情都几许？一川烟草，满城风絮，梅子黄时雨"那种无尽的愁思和"昼出耘田夜绩麻，村庄儿女各当家；童孙未解供耕织，也傍桑阴学种瓜"那种温馨的田家乐，更不会有李白的"人生得意须尽欢，莫使金樽空对月。天生我材必有用，千金散尽还复来"的豪情胸襟和陶渊明的"采菊东篱下，悠然见南山"的闲情逸致。他们的想象力已萎缩，他们无法相信女娲补天、后羿射日和孙悟空的七十二变；他们的理解力也已下降，难以体味屈原的"路漫漫其修远兮，吾将上下而求索"、王维的"行到水尽处，坐看云起时"、刘禹锡的"沉舟侧畔千帆过，病树前头万木春"、苏轼的"横看成岭侧成峰，远近高低各不同"等诗句中的深刻哲理，心理功能的严重障碍已成为了断片的人的基本特征。而审美体验恰好就是清除心理障碍的适当途径，它可以帮助人们恢复各种心理功能，使人的心灵进入一个无障碍的、自由和谐的境界，使人既有感性的青年性和理性的成年性，为人的全面发展的实现创造了条件。在审美体验的瞬间，诸心理因素之间，不是这个压倒那个，也不是那个压倒这个，各种心理器官完全畅通，达到了自由和谐境界。正是在这个意义上，我们说审美是自由在瞬间的实现。审美是苦难人生的节日，是由断片的人到全面发展

① 席勒：《美育书简》，中国文联出版公司 1984 年版，第 90 页。

的人的一个中介。在文学艺术的审美体验那个瞬间,人的感知、回忆、联想,想象,情感,理智等一切功能都处于最自由的状态,人的整个心灵暂时告别现实而进入自由的境界。你可上九天揽月,也可下五洋捉鳖,你是一个男人,却可以尝一尝女人分娩的痛苦;你是一个乞丐,却不妨去当一回国王;如果你愿意,你可以从黄河钻进去,再咕咚咕咚从亚马逊河钻出来……我记得前苏联诗人叶夫图申科的一首题为《我想……》的诗,其中开头一段是这样的:"我想/生在/所有的国家里,好让西瓜般的地球/亲自为我/打开自己的秘密。我想成为世界上各条大街上/所有的狗,成为所有海洋里/所有的鱼。我不想向上帝/顶礼膜拜,可是当东正教的嬉皮士/我也不愿意。我想潜入/深邃的贝加尔湖,憋着气/钻出/密西西比。我想在可爱又可憎的/宇宙里,独立成为一颗牛蒡,也愿意成为娇滴滴的紫罗兰,/我愿意做上帝创造的任何生灵,/哪怕做最低下的癞皮狗,/但决不做暴君,/也决不做听命于暴君的打手。"现实中一切不可能,在审美的瞬间变成了一切都可能。正如古人所言,审美之际,"精骛八极,心游万仞","观古今于须臾,抚四海于一瞬"(陆机《文赋》),"登山则情满于山,观海则意溢于海"(刘勰《文心雕龙》)。总之,审美给予人以充分的选择自由,使人性的残缺,变成了人性的完整,断片的人通过审美的中介走向全面发展的人。从这个意义上说,文学艺术的审美对人来说绝不是可有可无的游戏,而是人所需要的一种生存形式。在现代科学技术高度发展的条件下,现代人受到机器、仪表、汽车、高楼的重重挤压,面临着更深刻的断片化的危险,而防止、医治人的断片化的审美体验,也就成为人的不可缺少的、高层次的精神需要。

三、科学、哲学和文艺是人的生活之鼎

需要强调的是,实现人的全面发展,审美性的文学艺术起着重要的作用。大家知道,中国古人煮食物的器具叫做"鼎",鼎有三足,鼎才能在地上站得稳。人类的精神生活也有"鼎之三足",这就是和人的心理结构知、情、意相对应的科学、哲学和艺术。科学、哲学和文艺是人的精神生活的"三足",三足缺一不可。

大体而言,科学赋予人一种客观的语言,使人能与自然对话,使人能在改造自然中又与自然和谐相处。现在的问题是我们常常违背科学去办事。

我们只顾向自然索取，而不跟自然对话。自然的报复，就是环境的污染，生态失衡，地球的气温升高，冰雪消融，缺水现象日益严重，人类再不以科学的态度对待自然，与自然平等对话，人类的生存将难以为继。

哲学赋予人另一种的特殊语言，使人不但能与别人对话，而且能回答人的“最后问题”。人能不能智慧地生活。人不是为活着而活着。活着要顺应自然又要有所作为。这里就会有矛盾，有问题，这些矛盾和问题的解决，要依靠哲学的思考。

文艺则赋予人一种审美语言，使人能与他人对话，又能与自己的心灵对话。我们应该有这样的意识：与人平等对话，与自己倾心相谈，这是生活的本质。人只有在这种对话中，才能使人能把自己精神潜能全部释放出来。在文艺作品中，文学又具有特殊的意义，因为文学是语言的艺术，世界上没有什么事物、情感、思想和幻想是文学不能写的。文学能够深刻地表现其他艺术无法表现的东西，从这个意义上，我们似乎可以把文学称为艺术之母。现在，有一些人在那里担心文学在电子图像时代会消亡，我是不同意他们的看法的。文学有一种特性，就是“无视”和“无听”，它不是画，也不是音乐，但它在文字间流动情感、隐含着形象，它凭着语言文字可以深入到图画和音乐进不到的最深邃的地方，领略图画和音乐所没有的那种深刻和美。有一些事物不能入画或进入音乐，但文学可以描写一切事物，而且是诗意地描写。德国著名艺术理论家莱辛在其代表作《拉奥孔》中说：“事物有可以入画的，也有不可以入画的，历史学家可以用最没有画意的方式去叙述最有画意的东西。而诗人却有本领把最不堪入目的东西描绘成为有画意的东西。”因此，只要人类还要进入到这最深邃的地方，领略这图画和音乐所没有的深刻和画意、诗意，那么文学就永远不会终结。

当科学、哲学和文艺都以人为本之时，那么就是人有希望达到全面发展之日。我们期待着这一天的到来。

（《语文建设》2009年第1期）

隐忧与人文关怀

在各种报刊上，在许多学术会议上，不断地看到和听到人们以忧心忡忡的心情，谈到当代审美文化。那么当代中国的审美文化在那些方面出了问题？它可能引起的后果是什么？从文化意义上看，我们处在怎样一个时代？从这样一个特定的时代出发，我们的审美文化应该有什么样的品味？审美文化的创造者能不能逃避历史的责任？研究这些问题是一个系统的学术工程。我的这篇短文，只想简略地谈我的一些不成熟的看法，供进一步研究作参考。

现状与隐忧　新时期的审美文化在经过了80年代初、中期的严肃的、执著的、庄重的、神圣的意义追求并显示了它的一度辉煌之后，随着社会转型的加速，进入了一个人文意义消解的阶段。我所说的“人文意义消解”，并不是指全部的审美文化作品的特征，而是就一种流行的倾向而言。追求人文意义的优秀文化作品仍不时涌现，就电视剧而言，有《渴望》《编辑部的故事》《风雨丽人》《北京人在纽约》等一批人文意义很强的作品，其他方面也是如此。但就流行的倾向而言，与新时期开始时已发生了很大的变化，审美文化的“意义消解”表现在以下几个方面：

（一）创作态度的游戏化。新时期开始之际，各个审美文化领域，反思“文革”和前十七年中某些政治运动给人所造成的精神创伤，追求人性的解放，呼唤个性的重建，寻求人生的意义，要求社会的公正与合理，成为审美文化作品的基本旨趣。虽然这些作品沿用的是文艺复兴时期、马克思早期和“五四”时期的思想武器，并没有提出新的思想、观念，但追求意义是它们的共同特征，神圣的使命感是他们共同的创作态度。作家的作品很畅销，却很少想到自己的作品是商品。1986年前后涌现出一些作者，创作态度为之一变，神圣的使命感消失，代替它的是纯粹的“游戏”和“玩”。游戏或者玩的本质就在于对真、善、美和假、恶、丑不作价值判断的情况下，按一定的游戏规则操作，从中获得快感。所以，“玩的就是心跳”的创作心态，其本质就是要避开对意义的追求。

（二）作品的平面化。追求对生活的表面的描写，拒绝深度。放弃选材要严的原则，琐碎的无意义的生活小事，不搭界的事物和色彩，皆可拼凑成篇。展览生活的原生态，作逼真的描写，不作解释，不作评价，当然也不揭示意义。在城市和农村广为畅销的“美女图”，开始还是“嫦娥奔月”、“女娲补天”，其后就是明星刘晓庆、丛珊的倩影，再往后，就差不多是搔首弄姿的美丽而又俗气的女孩儿图像，这些图像是些“超级摄影主义”作品，连每一根眉毛都清晰之极，却不能从她们的脸上分析出什么蕴涵，因为它不是油画《父亲》一类有深度的作品。

（三）传播的商业化。无论是“美女图”，还是千部一腔的武侠片、武侠小说，或者是琼瑶式的言情片、言情小说，都完全商品化，编造，模仿，复制，刺激，赚钱，这就是一切。人文意义已被淡化。还有借裸体艺术之名，展示性的构造，这就不只是消解人文意义，而是反人文意义。以“炒”股票的办法“炒”审美文化作品，某些平庸的无意义的作品，在一夜之间，被“炒”成畅销书。如果需要，书商们就可以把一部作品或一个作家通过“炒”而使其闻名天下，而不管这部作品有无意义，这个作家是不是优秀。商业化还使一些有意义的传世之作丧失意义。如当荧屏上贝多芬的《命运》交响曲伴随高级皮鞋一起出现时，贝多芬及其乐曲的意义被消解了。当“红豆生南国”被当做“红豆”牌衬衫的广告时，王维的诗的意义也被消解了。

当代审美文化人文意义的消解，不能不引起人们的担忧。因为这将产生严重的后果：(1)现实的失落。由于这些作品平面化，没有深度，只有形象，这就意味着形象把现实抽空了，终日浸泡其中的人，他自己也变成“空壳人”，他先是不想理解现实，然后是不会理解现实；现实的真实感的丧失使他们难于担当好自己的社会角色。(2)精神的失落。由于这些作品缺少精神产品的素质，其消费过量者就从精神家园里被放逐出去，成为精神上无家可归的游子，被剥夺对精神故乡的回忆和对乐土的热望，想象力也随之萎缩。(3)人的失落。由于这些作品缺少人文价值，一味刺激人的生物欲望，人的本性就在无意义的文化消费中失落，使人不能真正具有人的本质，人被物和欲所异化就成为不可避免的事。一种不敢正视人和现实的文化，虽然不同于当年鲁迅所说的“瞒和骗”的文化，却是鲁迅所说的“媚俗”的文化，是无聊的、庸俗的、培养小市民习气的文化，对此，人们不能不感到隐忧。

对时代的历史定位 当代的中国需要什么样的审美文化呢？这首先要给我们生活于其中的时代作历史的定位。我们要清醒地认识到，以高科技为标志的后工业时代还没有来到中国，中国有一点高科技，但现代工业远远未到“化”的时期。只要你到中国广大的农村走一走，你就会发现，在晨雾中背着孩子犁田的农妇的脊背上，在乡镇企业的简陋的厂房中，在那些以手工操作女工的粗糙的手上……因此我们正处在一个有着逼人的社会问题的时代，经济发展与通货膨胀，土地与人口，环境污染与生态平衡，教育经费短缺与人才急需，民主与法制，资金短缺与腐败严重……但这又是一个充满机遇的重要的时代，一个生机勃勃的时代，一个有着无限发展前途的时代。所谓机遇与困难并存，发展与阻力同在。概而言之，这是一个令人焦急和焦虑的时代。

上述对时代的表述，如果还比较切合实际的话，那么文化的中国并没有进入“后现代主义”时期。现实主义——浪漫主义——现代主义——后现代主义，这是西方文艺发展的路线，也是一般审美文化发展的大致路线。中国当代的审美文化走过了现实主义和浪漫主义，但现代主义在一个长时间里被说成是颓废、没落的，虽然也有一些文化现象带有现代派色彩，但没有成为一种流行的时尚。现代主义与后现代主义起码有两点是很不相同的：第一，现代主义关注现实社会，它的许多作者对社会不关心人的生存境遇，怀着极大的不满，因此现代主义的审美文化是对社会的种种问题与矛盾感到焦虑的表现，正如杰姆逊所说，“现代主义是关于焦虑的艺术，包含了各种剧烈的感情、焦虑、孤独，无法言语的绝望等等”（《后现代主义与文化理论》）；后现代主义则是游戏的艺术，它觉得社会的不合理与人生的荒诞已无可解救，彻底绝望后已无路可走，不如破罐破摔，以游戏来填充无益的人生。第二，现代主义主张深度模式，追寻生活的意义，因此现代主义的文化艺术有更多的象征、隐喻、转喻等，在表层的描写的后面总是有着深厚的意蕴，从而表现出人文的关怀，它通常是把不值得过的生活揭示出来，使人们惊醒，从而去寻找解救的路；后现代主义则是主张平面化与无深度，只要能使人的感官得到瞬间的刺激和满足也就足够了，抓住了片刻的幸福就是胜利，何必去管不可知的永恒，因此后现代的文化产品只需制造和复制，不必深沉，更无须解释。

现在的问题是，就中国而言，就时代的需要而言，我们更需要什么样的审美文化呢？对于大众，我们是给带着过多的糖分并加了麻醉剂的文化饮料，使他们在幻觉中享受片刻的欢乐呢，还是给一杯不太甜的、甚至带些苦味的、却带有清醒剂的饮料，使他们稍许清除一些“烦”之后，以清醒的头脑去着手思考和解决社会问题呢？如果我们的选择是后者，那么我们急需的审美文化，还应该是说不尽的现实主义和现代主义。我们今天仍然需要真正的巴尔扎克和托尔斯泰，需要真正的卡夫卡和加缪。所谓的“后现代”对大众而言，还是过早来到的奢侈品，是不必要的“预支”。这“预支”有过多人为因素的作用，不是顺其自然的结果。

性质的二重性 社会的转型和市场经济的呼唤，使我们不能不考虑审美文化的商品性的问题。因为审美文化的生产者要自负盈亏，就必须考虑产品的商业价值。但审美文化产品又是一种精神产品，同一般的物质产品有很大的区别，这就是说，审美文化产品带有精神产品和商业产品的二重性。如何处理好这种二重性就成为审美文化生产首先要考虑的问题。

有三类审美文化产品：第一类，商品性很强，合大众的胃口，可读性、可看性、可听性都不错，畅销、赚钱，但精神品位很低，甚至有毒素；第二类，意识形态性很强，但可读性、可看性、可听性都较差，滞销、赔本；第三类，精神品位高，同时又有可读性、可看性、可听性。第一、二类产品存在的问题都是没有处理好文化产品的二重性关系。第一类，商品性超越了人文性，它的特点是“媚俗”，迎合一些人的低级趣味，完全抹杀了审美文化产品所需的品位，把审美文化产品混同于一般商品；第二类，意识形态性完全超越了商品性，从生产者的角度看存在两个问题：首先是缺乏商品意识，其次是把高品位理解为意识形态的宣传与生硬的灌输，这样既失去商品性，也失去审美性；第三类，人文性和商品性找到了契合点，既有社会效益，又有经济效益，是当前审美文化的理想产品，目前这类产品还太少。

当然，就当前的审美文化产品的现状看，主要的问题还是审美文化产品缺少人文关怀。应该把意识形态的规定和人文关怀适当地区别开来。当然这两者有联系，不能截然分开。但意识形态的规定和人文的关怀是两个层面的问题，因此意识形态的规定不能代替人文关怀。生活中有不少非意识形态的方面，却处处渗透人文精神。人文精神是什么？其外延是指人的整个的精神生活的建设，其内涵又可分为三点：(1)作为社会的人活着是为什么？(2)人与人、人与社会的关系是怎样的？(3)一个真正的人的本质是什么？人文精神的中心就是寻找人生的意义，从而使人生如何变得更丰富、更美好。当然要使人生更有意义，更值得过，与社会如何更公正、更合理是密切相关的，因此人文精神与现实感也是密切相关的。比如在欧洲文艺复兴时期，人文精神就表现在人的觉醒，人不是神的奴隶，人是独立的，人性要解放，人的个性和人格要受到尊重，社会的合理性表现为人道主义的高扬。“五四”时期的人文精神则表现在对扼杀人的生存权利的封建礼教的批判，提倡人的个性解放和自由；对社会则提倡科学和民主。审美文化作为一种精神性的活动，往往是各个时代人文精神的最重要的一种载体。过去是这样，现在也是这样。就今天而言，中国人的精神素质还太低，特别是人文精神素质太低。在市场经济的冲击下，在相当多人那里，人欲横流，道义丧尽，人的价值观念解体。人文关怀已成为一项急迫的事。鲁迅早就说过：“首在立人，人立而后凡事举。”当代的审美文化应该成为人文精神的新的载体，为“立人”尽一分力。应为人们寻找新的人生意义，提出新的生活依据，建立新的精神支柱。

审美文化的种类很多，最重要的就是文学艺术。文学艺术究竟是为什么的？我以为鲁迅上世纪二三十年代所说的话并没有过时：“文艺是国民精神所发的火光，同时也是引导国民精神的前途的灯火。”（《论睁了眼看》）做小说“必须为人生，而且要改良这人生”（《我怎么做起小说来》），尽管鲁迅这些话已经过去六、七十年，但鲁迅当年所揭露的“国民性”弱点并没有消失，只是以更现代的形式表现出来而已，因此通过文艺以“改良这人生”仍然是鲁迅对当代文艺家的恳切的呼唤。值得注意的另一点是，马克思的共产主义理想，说到底，是人的理想。马克思这样给共产主义下定义：“共产主义是私有财产即人的自我异化的积极的扬弃，因而也是通过人并且为了人而对人的本质的真正占有；因此，它是人向作为社会的人即合乎人的本性的人的自身的复归，这种复归是彻底的、自觉的、保存了以往发展的全部丰富成果的。”（《1844 年经济学—哲学手稿》）这是马克思从意识形态角度提出的要求，这一要求与从人文精神所提的要求，在“对人本质的真正占有”这点上是完全一致的。可以说，马克思的共产主义具有深刻的人文品格。今天我们的建设是与将来的理想联系在一起的。我们在搞经济建设的同时，应该特别重视人自身的建设。审美文化，特别是其中的文学艺术要跟人的建设联系起来，加强人文关怀是必要的。

当然，必要性并不等于可能性。如果文艺家在作品中生硬宣讲某个人文观念，成为一种劝诫文艺，就失去了文艺的魅力。这类作品是把感性的层面和人文的理性的超感性的层面简单地焊接在一起，这是艺术上无能的表现。真正的文艺家有能力把感性的层面和超感性的层面，把现象的描写和哲学的渗透，把形象的塑造和人文的关怀，有机地、水乳交融地结合在一起。

加缪说："伟大的小说家是一些伟大的哲学家。巴尔扎克、萨德、麦尔维尔、司汤达、陀思妥耶夫斯基、普鲁斯特、马尔罗、卡夫卡就是如此。""作品是一种常在不言中的哲学的结果，是它的说明和它的完成"(《西绪福斯神话》)。这意思是说，作品是"哲学的结果"，哲学的"完成"，它不是哲学讲义本身，因为它是在"不言中"结的果。人生哲学尽在不言中，有艺术能力的作家是可以达到这种境界的。

审美文化的创作者肩负着人的精神建设的使命，要有一种责任感。古人说"先天下之忧而忧，后天下之乐而乐"，这还是一种宝贵的精神。"忧患意识"在今天尤显它的意义。有些现实我们可能无力去改变它，但仍要尝试着去改变它。就像海明威的《老人与海》中的老渔夫桑地亚哥那种明知不可为而为之的精神，还是要提倡的。审美文化的创造者的工作，应是一种苦修，要有自甘寂寞的准备，应有宗教式献身的决心。

(《文艺研究》1994 年第 1 期)

谈当前道德与文学关系

在市场经济迅猛发展的冲击下，从整体而言，道德的下滑，甚至沦丧，是众所周知的事实，无需多说。但这里也要作一些具体分析。过去某些“极左”的道德信条，如把个人的奋斗视同于个人主义，把“吃大锅饭”视同于集体主义，把合理的收入视同于资本主义，等等，在改革开放和历史的进步的条件下，受到冲击、清理、批判，是理所当然的，这不是什么道德的倒退，是道德的进步。所以我不同意不加分析地认为当前的道德都倒退了这种说法。但拜金主义、物质主义作为市场经济的伴随物而流行，导致道德领域出现了许多让人无法忍受的事情发生，这是无法否认的，也无需否认的。

人类全部的历史都证明，历史的进步并不总是伴随道德的进步，恰恰相反，历史的进步往往要以道德的溃败为代价。我们又一次面临这样一个现实。在这现实面前，文学该做些什么呢？可以从两个不同的角度来思考这个问题：

从社会学的角度来看，作家是社会的良心，文学是精神的力量，当然不能为这种毁坏我们的道德准则的拜金主义、物质主义推波助澜，文学应该以崇高的道德精神，成为一种社会的制衡力量，为重新规范人与人的关系、人与社会的关系，尽一分力量。这应该成为文学创作的一种重要的选择。强调不强调这一点是大不相同的。所谓强调，就是制造舆论，让出版诸如《欢喜冤家》这类出版者感到有压力，卖这类书的书商感到不好意思。

从审美学的角度来看，这个问题要复杂得多，也重要得多，因为它关系到文学自身的发展问题。审美绝不仅是形式问题，首先还是内容问题。审美的文学内在地包含历史和道德这两个尺度。在社会变动时期，在社会生活中，大量存在的是历史尺度与道德尺度的二律背反。一方面是历史的进步，要扫荡旧时代的过时的道德信条，但同时又把它的善与美一起都扫荡掉了，这是历史的片面性的必然表现。卢梭就认为人类历史的进步，物质财富的增长，往往伴随道德的衰败而出现，他甚至说：“主张科学……是道德的最恶的敌人，而且一切科学的起源是卑鄙。”[1]恩格斯也正面引用过黑格尔的“恶是历史发展的动力借以表现出来的形式”，“人的恶劣的情欲——贪欲和权势成了历史发展的杠杆”。总之，每一种新的历史进步都必然表现为对某一神圣事物的亵渎。但另一方面，旧时期的某些道德规范也是片面的，它束缚历史的进步，它阻挡历史前进的步伐，这也是一条定律，为了保全这旧有的道德规范，有时就要牺牲历史的进步。这就是历史与道德的二律背反。作为时代精神的表征的文学，要真实地反映这历史与道德的二律背反，并使二者之间取得某种张力。历史的进步是我们首先考虑的东西，历史的尺度不能放弃；但善与美也是我们追求的东西，也不能放弃。要充分写出这两者的矛盾，并以巧妙的艺术处理，而使两者的矛盾震撼人心。前苏联的一些作品，如《第四十一》《这里的黎明静悄悄》《告别焦马拉村》《活着，但要记住》等，所写的内容不同，但其艺术处理十分相似，既要历史进步，也要道德理想，让这两者“纠缠”不休，而激动人心。这是可供我们借鉴的。当代作家们已意识到这个问题，50年代，就出现了《洼地上的战役》，新时期后则创作出了电影《集结号》，但我们自己的一些作品如《离离原上草》《鲁班的子孙、《最后一个鱼佬》都不太成功。

（《中国文化报》1994年6月29日）

① 罗素：《西方哲学史》（下），何兆武、李约瑟译，商务印书馆2009年版，第228页。

人文主义的历史维度和历史主义的人文维度

近年来，文艺界关于人文主义争论很是热烈，一方说当前的社会是人文主义的失落，在社会转型期中，在不少人那里道德失范，理想破灭，拜金主义流行，极端个人主义猖獗，等等，虽然生活是比以前富裕了，可精神的质量是降低了，总之是闹着“精神危机”吧；可另一方说，我们从来就没有过什么人文精神，何谈失落，过去在很长的一段时间里，极“左”的东西时时出现，运动中从不把人当人，人的尊严得不到起码的承认，甚至连人的起码的生活权力都被剥夺，过去的一些所谓“崇高”不过是“伪崇高”，并没有真正的理想和道德，现在社会精神环境多元化，是一种进步，干吗又喊什么人文主义呢？你这个人文主义要是唯一化，僵死化，又会成为一根捆绑人的精神绳索，还是别唱这些高调吧！这是我对近年来关于人文精神问题讨论的大致理解，我自信我的理解是大致不错的。

我自己也是比较早就提倡人文关怀的论者之一，记得是1993年秋天，北京几所大学和汕头大学的一群学者在香山开会，讨论当代审美文化问题。我有感于社会上拜金主义流行和道德的沦丧以及腐败的蔓延等，提出了人文关怀的不可或缺和启蒙精神的必要性。这个被一些年轻学者讥为“新保守主义”的发言，后来发表在《文艺研究》1994年第1期，题目是《隐忧与人文关怀》，不久，《人民日报》也摘要转载了。后来还就此问题发表过几篇文章。在经过了两年的思考后，我觉得当时自己的思想是有片面性的，而且我觉得近年来争论双方都有片面性。

我认为，主张人文主义的人是站在道德的立场上，想挽救社会不良风气于既倒，这是知识分子作为社会良心的表现。是他们的社会责任感的表现。当一个社会出现精神上、道德上的问题时，有人出来喊一喊人应该像人，人应该有精神和理想，警醒人们不要堕入物质主义的泥潭，这有什么不好呢？从这个角度看，主张人文主义是无可非议的。人文主义的基本旨意是“反恶”。但是，人文主义提倡者的失误是没有清醒看到这些社会问题是在社会进步中出现的。应该看到，从“以阶级斗争为纲”到经济的改革开放，从一味搞政治转移到以经济建设为中心，这是社会的进步，而且是非同小可的进步。因此，对社会转型期出现的道德失范问题，除了从道德的角度去加以考量之外，还必须从历史的角度加以把握。换言之，在社会转型期，出现道德的失范，是经济发展的伴生物，是难以避免的。切不可对此做出过分的反应，转而又以精神运动为主去治理社会，我们面临的主要问题还是贫穷和极"左"的威胁，因此，我们所主张的人文主义必须有历史的维度，也就是说是在总结历史的经验教训，保证社会进步、促进经济发展的前提下，去提倡人文主义。这样，人文主义就必须和历史主义相结合。是否可以把这种人文主义叫做"开放的人文主义"呢？我看是可以的。开放的人文主义是历史的、宽容的、民主的和诗意的，不是独裁的、专制的、僵死的和教条的。

反对提人文主义的人，实际上是历史主义者，他们是站在历史的立场上，强调对于新中国成立以来的历史进行深刻的反思。精神至上主义的结果往往走向极"左"，历史的经验已经作出了预告，社会要是沿着这个路线走下去，我们不但会更贫困，而且也根本得不到"人的尊严"，人的价值的实现也成为一句空话，多数知识分子所希望的多元格局和宽容的氛围也无法形成，所谓的"人文主义"也将落空。所以，历史主义的旨趣是反极"左"。但是历史主义论者的失误在于没有清醒看到，今天社会出现的拜金主义，极端个人主义，社会的腐败现象，已经达到了失控的地步，如果对这种道德失范的现象，不以人文主义的理想与之对抗，多元化将演变为社会的混乱，经济的发展将演变为物质至上主义，人也就可能在没有精神的支撑下沦为只有生物欲望的动物。换言之，一个社会缺少精神的治理和制约也是不行的。因此，历史主义也必须具有人文的维度，也就是要清醒看到今天社会存在问题的严重性，呼唤人文主义的理想也是必要的，甚至是刻不容缓的。这样，历史主义就必须而且可以与人文主义相结合。历史主义应该是有理想的，有精神的，有限制的，不是无边的，无精神内涵的，无限制的。

我认为，近一年多来文艺界关于人文主义的争论，是人文主义与历史主义的一次对谈，争论双方都有现实感，都有正确之处。人文主义反对恶，好不好？好！历史主义反对极"左"，好不好？好！但双方又都有片面性。我现在认为二者可以互补，可以结合，可以沟通，可以合作，可以握手，可以不要争论了。当一个社会的历史主义和人文主义作为两条腿协调迈步之际，这个社会就开始是真正的人的社会了。

（《文学自由谈》1996 年第 2 期）

媒体变化与审美文化的品位追求

在高科技迅速的发展中，传播媒体的变化是惊人的。从印刷媒体到电影、广播，从单频电视到多频电视，从网络传播到各种多媒体的传播，这种变化是高科技给人类送来的果实。但是，媒体变化给人类送来的果实是越来越甜美呢？还是越来越苦涩？对于这个问题，当然不能一概而论。这要看我们衡量的标准是什么。如果仅从视觉的色彩的角度看，那么当然是电视和网络给我们更多的享受。但如果从历史的、人文的和诗意的标准看，那么，就总体的发展趋势看，就大多数的情况看，越是现代的高科技的媒体，所给予我们的东西就越少。

在审美文化的范围内，印刷媒体虽然是传统的，历史最长的，比较古老的，但它给人类留下的审美文化遗产也最为丰厚(当然不是说这里没有差的和比较差的)。但拿文学领域的情况看，无论中外，都给我们留下了无数的优秀的作品，它的历史的、人文的和诗意的价值，真是人类最为光辉的一页。从中国的活字印刷开始，无论是古代的诗赋词曲，无论是四大传奇，都给予我们太多的享受。外国的情况也是如此，无论是19世纪法国和俄国的批判现实主义长篇小说，还是20世纪现代派的作品，从卡夫卡现代小说还是荒诞派戏剧，都给我们这代人留下了太深的印象。更不用说还有那么多的音乐和绘画。这里有无数经过时间洗刷的经典，我们可以一一举出它们的书名。过多的举例是没有必要的。

在电影时代，如中国20世纪30年代到60年代，80年代初、中期，我们在读小说的同时也看电影。许多电影作品也有很高的思想和艺术品位，反映历史的真实，表现人对人冲突、同情、理解和关怀，展现诗情画意。我们不会忘记这些电影给予我们的强烈的感受。但是，与印刷作品相比，它们给我们的感受主要是视觉的，持久力不那么强。一些原是印刷的名著，一一被改编为电影和电视连续剧。它们一方面使名著得到形象化的塑形，获得更广泛的传播，但也因为这些视觉的固定印象束缚住了我们的想象力和理解力，破坏了印刷作品本来应有的不确定性的辽阔空间。例如，以为凤姐就是刘晓庆和邓捷那个样子。这在某种意义上，破坏了印刷原著的与读着之间的各种对话的可能。还有，原著的文化蕴含、艺术韵味都在改编中丧失了一些。从这个意义上，从艺术的品位上说，电影和电视连续剧是对于印刷品艺术的一次退步。

中国到了电视连续剧泛滥的90年代，电视台多如牛毛，电视连续剧和各种其他电视及网络审美文化也作品多如牛毛。审美文化的后现代性明显加强，复制、逼真、平面、无深度、拼凑和戏仿等特征成为一种时尚。这不能不表现为：一方面是审美娱乐性的进一步加强，一方面是艺术品位的急剧下滑。明明是历史剧却很少历史，大量的是戏说。明明是爱情剧，却很少情，大量的身体的展览和利益的交换。明明是反贪剧，却不知贪污受贿的原因何在。历史的、人文的、诗意的因素的缺失，成为许多审美文化作品的共同特征。当然，也有好的或比较好的作品，《长征》、《激情燃烧的时代》等既叫座也叫好，好评如潮。

问题在于：为什么随着高科技的媒体的发展，在总体上反而那种激动人心的审美文化作品反而减少、反而品位更低呢？我认为，问题的关键是商业资本不规范地介入审美文化的运作。商业是好东西，没有商业货物就不能流动，人们就无法正常地消费。我们家里的哪一样东西不是从商店里买来的？但商业资本如果不规范地运作，那就是一个坏东西。这种商业资本运作的基本原则就是利润至上主义，利润就是一切。为了利润可以坑蒙拐骗，可以不顾道德良心，可以寡廉鲜耻。为了收视率，不惜迎合观众的低级趣味。审美文化在今天可以是一种正常的文化产业，像好莱坞那样运作。但如果商业资本不规范运作，那么它的品位的下滑是必然的。因此，商业资本运作的规范性成为一个十分令人关注的重要问题。只有当那些文化商人也认识到“叫好”才能“叫座”的时候，我们的审美文化才能健康地发展，我们才有可能在历史的、人文的和诗意的追求下实现创新。

（《北京社会科学》2003年第2期）

现实·历史·品位

——当前文艺的娱乐消闲功能之我见

现实的需要

文艺具有娱乐消闲的功能是文艺理论的一个定律，古罗马的理论家贺拉斯在《诗艺》中说："如果是一出毫无益处的戏剧，长老的'百人连'（古罗马武装部队的单位——引者）就会把它驱下舞台；如果这出戏毫无趣味，高傲的青年骑士便会掉头不顾。寓教于乐，既劝谕读者，又使他喜爱，才能符合众望。"尽管贺拉斯是古罗马帝国的正统理论家，他在指出文艺在"劝谕"作用的同时，仍强调"乐"的重要。毛泽东强调"文艺是团结人民、教育人民、打击敌人、消灭敌人的武器"，但他也讲文艺的"消愁破闷"的作用。他的长子毛岸英在朝鲜牺牲后，毛泽东自己强忍着内心的痛苦，同时十分关心失去了丈夫的儿媳刘松林。1959 年，刘松林大病，毛泽东用李白的诗鼓励她："你身体是不是好了些？……'登高壮观天地间，大江茫茫去不还。黄云万里动风色，白波九道连雪天。'这是李白的几句诗。你愁闷时可以看点古典文学，可以起消愁破闷的作用。"[①]我长期持这样一个看法，文艺的本质是审美的、娱乐的，战争时期把文艺说成"武器"，是文艺的功能性借用，并不表明文艺的本质特征，就像我们的牙齿，它的基本功能是咀嚼，但在在与敌人进行肉搏时，也可以用它做武器，把敌人的耳朵什么的咬下来，这是功能性借用，完全是可以的。但是，在和平时期，文艺可以在很大程度上恢复它的本性：审美、娱乐、休息、消闲……

上面是说娱乐消闲作为文艺的功能之一是大家的共识，那么为什么现在又要来讨论这个问题呢？这是因为现实生活重新向我们提出这个问题。

---

① 张贻玖编：《毛泽东评点、圈阅的中国古典诗词》，中国工人出版社，1992 年版，第 83 页。

首先是与过去相比，属于我们自己的时间越来越多，特别是五天工作制的实行，人们除睡觉、吃饭时间之外，除那些特殊的工作族群外，据有的社会调查机构的说法，普通的大众在一个星期里起码也有50个小时的闲暇时间，如何来打发这么多时间，对大家来说成了一个问题。当然，人们可以又各种各样的安排，但通过文艺的欣赏以娱乐消闲是许多人的选择。既然是娱乐消闲，大家就愿意看一些通俗的、轻松的、幽默的、微微有点刺激性的东西，而不愿看那些板着面孔教训人的东西，不愿看那些太沉重的东西，也就很自然的了。我们的文艺是为人民群众服务的，群众有这种需要，难道我们能让人民群众失望吗？这样文艺的娱乐消闲功能就更突出了。这个道理周恩来早在1961年就说过："群众看戏、看电影是要从中得到娱乐和休息"，"朱德同志说，我打了一辈子仗，想看点不打仗的片子"（1961年6月19日《在文艺工作座谈会和故事片创作会议上的讲话》）这个道理，在改革开放后的今天，在群众有了闲暇的今天，就更明显不过了。所以，文艺娱乐消闲娱乐功能的突出，是现实的需要，群众的需要。

我们说现实的需要，还由于在改革开放之后，许多剧团、电影院、期刊、报纸、杂志、出版社等都要自负盈亏，国家不给钱，要自己养活自己，如果还是以前那样一切都要为政治服务，那么只能演出、放映、刊登、发表、播放教训人的东西，那么群众就不买你的账，你还能像"文革"时期那样，强迫群众走进剧场和电影院，去看那看了无数遍的"样板戏"？这你已经做不到了。现在可供群众选择消闲的方式和空间大大扩大了。逛那象画廊一样的商店，看那像商店一样的画廊，出门旅游，看甲A足球联赛，进"迪"厅、"氧"厅，种花养草，……干那样不行，非要看你舞台上的、银幕上的、副刊上、杂志上的专门想教训人东西吗？当然，演员们，导演们，编辑们，主编们，所有主持文艺单位又要自负盈亏的领导们，都不傻，为了单位能生存下去，不能不想办法，去迎合群众的口味，尽量通俗一些、轻松一些、幽默一些，搞点有趣味的、有滋味的、有可读性的、又可看性的、甚至微微有的刺激性的东西给大家看，这是可以理解的。有人把这种情况说成是"逼良为娼"，这太过分了。既然你把这些文艺生产单位推向市场，就必须要给予它以生存的空间。如果要他们走老路，这也不准，那也不准，却又不给经济上的支持，那是又要马儿跑，又要马儿不吃草，是不可能的事。就是那位贺拉斯在提出"寓教于乐"之后，还说了"这样的作品才能让索修斯兄弟赚钱"这样一句话。索修斯二兄弟是罗马著名书商，贺拉斯的"寓教于乐"就是给他们一条生路。

还有一点，一个社会的文艺的娱乐消闲功能被突出，是这个社会较为平稳的一种表征，这无损治理社会者的光辉。

历史的启示

从文学历史发展的角度看，通俗的具有较强娱乐消闲功能的文艺作品，在当时与雅文学并不是对立的，而且经过时间的沉淀之后，俗文艺作品也可能变成在文艺史上有着重要地位的雅文学作品。宋词就是一个典型的例子。

在宋代，词是配乐歌唱的一种艺术形式，词人写出歌词，歌女配以曲调在酒楼茶馆中歌唱，不论是词人、歌女还是听众都把词当作娱乐消闲的艺术形式，所以历来都有“诗庄词媚”、“诗硬词婉”的说法，也有人说，“词之为体如美人而诗则壮士也”。所谓“媚”、“婉”、“美人”等定性语，都说明词在当时的地位与诗相比是很低的，诗是雅文学，是正宗，是“主旋律”，词则是小道，是“薄技”，是俗品，只是娱乐消闲的玩意，只配写些喝酒唱歌、儿女风情、风花雪月、离愁别绪，最高的评价是“诗余”，作者以“资欢”为目的，听众也以“资欢”为目的，总之，诗是“言志”之作，“发乎情，止乎礼义”，以讽喻美刺为传统，词是“艳科”，浸淫着享乐意识，词比诗要矮了一大节。苏轼以诗为词，用词体写出“大江东去，浪淘尽千古风流人物……”，就为人所不理解，甚至遭到批评，如《后山诗话》云：“退之以文为诗，子瞻以诗为词，如教坊雷大使之舞，虽极天下之工，要非本色。”连苏轼自己的弟子也觉得丢脸。就像现在某些严肃作家写起通俗小说不被人理解一样。

然而，历史的发展则证明了宋词是反映宋代世俗生活的重要作品，从一定意义上它比宋诗的地位要高，它已经堂堂正正进入中国古典文学史，是中国古典文学的骄傲，当年的通俗文学转化为今天的文学珍品。还有明清传奇小说，在当时也是娱乐消闲作品，甚至曹雪芹在《红楼梦》中也说，他写此书也是让读者“可破一时之闷”，可经过时间的筛选，这些作品中的精品，已成为古典作品的精华。这就是历史给我们的启示。

所以，我们千万不可看轻今天作家创作的娱乐消闲的作品，我相信今天的通俗作品中的精品，在经过历史的沉淀之后，终有一天为后人所重新发现，成为文学史上不朽之作。我认为今天的通俗作品的创作，要提到历史的高度来看。它是现实的需要，同时它将得到历史的回响。我们必须有这样一种眼光。

品位的追求

当前通俗文艺作品的创作中，的确存在一个品位问题。现在的小说创作似乎不写性就不成小说，有的作品甚至超越了必要的界线，写得很"黄"，又没有多少文化内涵，一味迎合读者的低级趣味。有的作品大肆宣扬拜金主义、极端个人主义，确有思想毒素。有的作品宣扬小市民的理想，低级庸俗，看了令人作呕。对此现象如果我们不加以正视和批评，我们就是失责。现在有一种理论，叫"趣味无争辩"，我就喜欢这些趣味的作品，你管得着吗?振振有词。在趣味问题上，我的观点是，趣味是一个悖论。一方面，趣味是无需争辩的，俗话说，"萝卜青菜，各有所爱"，趣味是可以而且应该多样化的，你喜欢爱情片，我喜欢战争片，他喜欢武打片，你喜欢散文小品，我喜欢长篇小说，他喜欢诗歌，你喜欢婉约的，我喜欢豪放的，他喜欢隽永的，这都随便，不必争辩；但另一方面，趣味又是可以争辩的，低级的、黄色的、堕落的、庸俗的趣味，把读者引导到非人的异化的方向去，那么这就要加以批评，甚至禁止，不这样做社会风气就会败坏，人文的、积极的和美好的精神就会丧失，对此我们非争个水落石出不可。我们一定要提倡健康的、美好的趣味，对此我们也非要把道理讲透不可。

恩格斯在谈到德国民间故事书的作用时说："民间故事书的使命是使一个农民做完艰苦的日间劳动，在晚上拖着疲乏的身子回来的时候，得到快乐、振奋和慰藉，使他们忘却自己的劳累，把他的贫瘠的田地变成馥郁的花园。民间故事书的使命是使一个手工业者的作坊和一个疲惫不堪的学徒的寒伧的楼顶小屋变成一个诗的世界和黄金的宫殿，而把他的矫健的情人形容成美丽的公主。但是民间故事书还有这样的使命：同《圣经》一样培养他的道德感，使他认清自己的力量、自己的权利、自己的自由，激起他的勇气，唤起他对祖国的爱。"(《德国的民间故事书》)恩格斯说得多么好！首先，他认为民间故事书是为了使读者"得到快乐、振奋和慰藉"，他把"快乐"两个字放在前面决非偶然，他要强调故事书必须是有趣味的，能使人得到休息，并在幻想中美化自己的生活，白天的劳动够沉重的了，故事书得让他们乐一乐;但这还不够,故事书还得使人“振奋”,也就是说故事书必须有较高的品位,是鼓舞人的,激励人的,催人向上的;而只有这样有高品位的故事书,才能使人得到“慰藉”,使人获得一个精神家园,这样才能在使人得到快乐的同时,又能培养自己的道德感、力量感,激起争取自由、权利的勇气,以及热爱祖国的感情。我认为,恩格斯对德国民间故事书的功能的全面、深刻的论述,完全适用于我们今天对通俗文艺创作和以娱乐为主的文艺活动的要求。

高品位的追求应该成为一切通俗文艺创作、一切以娱乐消闲为目的的文艺活动的内在品质。应该认识到,是追求高品位还是迎合低级趣味,关系到对现实和历史是否负责的问题。所谓高品位,按我的理解就是要使作品具有人文主义的、民主精神的和审美关怀的文化内涵。一艘美丽的游船,如果里面没有足够的压舱物,那么它航行起来就要东摇西晃,就有可能翻船。同样,一篇或一部具有娱乐消闲功能的作品,要是没有人文主义、民主精神、爱国主义、集体主义等“压舱物”,也是危险的。

(《文艺争鸣》1996年第2期)

“大片”中审美的异化

前不久看了张艺谋导演的所谓商业大片《满城尽带黄金甲》和冯小刚导演的《夜宴》。看之前，期望很高；看之后，失望之情，厌恶之感如鱼刺卡在喉间，欲吐不能，那种难受的感觉，很难用语言表达出来。

《满城尽带黄金甲》和《夜宴》这两部影片描写了中国古代文化中的宫廷政变，明争暗斗，手足相残，篡权夺位，贪欲无厌，丰乳无数，乱伦偷情，奢华排场，特别是万兵对峙，杀声震天，无情杀戮，人头落地，血流成河。这些现象无疑是中国传统文化中最丑恶、最腐朽的部分。当然，不是说这些丑恶的、腐朽的东西不能写，完全可以写，问题是怎样写。审丑也是审美的范畴之一。但审丑的重要条件是揭露丑，批判丑。如同我们把一个坏人痛斥一顿，是会让人感到畅快的，把一件坏事揭露一通，是会让人感到快意的。像鲁迅那样痛斥吃人的封建礼教，可以转化为一种美感。当然，我们不能冤枉影片的导演张艺谋和冯小刚，说他们在歌颂、鼓吹这些反文化的东西，但也看不到他们对这些反文化的东西的揭露和批判。实际上，他们在展览这些东西，在金碧辉煌的色彩、气势恢弘的场景、夸饰无度的表演掩盖下展览这些东西。展览者，不可能是完全客观的展示，通过这些展示或多或少仍然有欣赏的意味，而且通过展览仍然指向某个思想主题。我一直认为，中国传统文化有两面，有人文、道德、儒雅、亲情、友情、人情、智慧、淳朴、勤劳、节俭、自然、超脱的一面，同时又有贪婪、残忍、丑恶、无情、愚昧、虚伪、庸俗、封闭、麻木、停滞、腐朽、糜烂的一面。为什么张艺谋、冯小刚把自己的镜头转向中国古代的时候，对人文、道德、儒雅、亲情、人情、智慧、淳朴、勤劳、节俭、自然、超脱这一面不感兴趣，却将中国传统文化中最腐朽的反文化、反人性的部分选择出来，集中起来咀嚼和玩味呢？我无法理解。

电影作为审美文化，不但需要有文化的品格，而且理所当然要有审美的品格。《满》《夜》两片不但无审美可言，甚至是反审美的。审美是人对于对象的情感的评价。在审美的情感评价中，首先要有可以供我们情感评价的客体和对象。如果说，张艺谋以前导演的商业大片《英雄》和《十面埋伏》，还多少通过一些场景，如与故事若即若离的漫山遍野的红叶，青翠如滴的竹林，制造一些视觉的奇观，吸引观者的眼球的话，那么新一轮大片《满》和冯小刚的《夜》连这个也没有了。审美可以分成高级和低级两种形态。所谓审美的低级形态，就是对象作用于人们的感觉（主要包括视觉和听觉），引起感觉的快感，用流行的话来说就是好看，动听，也就是"养眼"。虽然《英雄》《十面埋伏》那些华美、宏丽的场景，没有完全发挥它的叙事功能，与故事有脱离之嫌，但观者仍然可以把这些场景或多或少孤立出来，感受它的场景及其色彩。但在《满》和《夜》中连低级形态的审美也荡然无存了。审美的高级形态，就是对象诉诸人们的心灵，让人有一种刻骨铭心的感动，有一种精神超越的美感，用流行的话来说，就是震撼、惊心，也叫做"养心"。审美境界的全面实现，应该是感觉的快适和心灵的美感的结合，"养眼"和"养心"的结合。如果说张艺谋的《秋菊打官司》《一个都不能少》《千里走单骑》和冯小刚的《不见不散》的确还能"养心"的话，那么在《满》《夜》中，不但没有这种精神超越的审美境界，而且可以说是"反审美"，或者说"审美的异化"，就是说，《满》《夜》给予人的不是"养心"，也许可以叫"败坏人心"，就是说"审美"在这里已经走向它的反面，走到它的"异己"方面。在《满城尽带黄金甲》中，王为了发迹陷害第一任夫人，而娶了梁国的公主（即后来的王后），是什么"审美"吗？王后与王子私通乱伦，是什么审美吗？王知道王后勾引王子之后，密令蒋太医在治疗王后的虚寒症的药中加入了毒药"西域草乌头"，企图令王后昏聩而死，是什么审美吗？王子元祥与继母乱伦之后又与宫女蒋婵偷情，是什么审美吗？三王子年龄那么小，却可以毫不犹豫地拿起刀刺杀自己的哥哥，是什么审美吗？最后兵变与反兵变的队伍残酷厮杀、鲜血染红了铺天盖地的菊花，是什么审美吗？在刚刚杀过人的地方突然把无数的尸体和残菊迅速清除掉重新摆上新鲜的金黄的菊花以制造节日气氛，是什么审美吗？张艺谋似乎借用了《雷雨》故事情节为自己辩解，似乎这里还真含有亲情、人情。完全不对。曹禺的《雷雨》有其特定的时代环境，作者对其情节灌注进亲情、人情，具有正确的审美判断，但《满》则借了《雷雨》故事躯壳和人物关系的概念，在后唐这样一个时代中，在宫廷的环境里，在相互残杀的背景下，在人物关系转换了的情境中，抽尽了其中的亲情与人情，这怎能与《雷雨》同日而语？《夜宴》中的情况大体相同，此不赘述。

特别要指出的一点是，无论是《满》还是《夜》，堂皇宫殿的金碧辉煌，无尽乳房的耀眼与诱惑，遍地菊花的绚丽与灿烂，黄金甲胄的严整与威风，盾牌城墙的坚固与气势，所有的场景都被偏执地铺排到了无以复加的地步，但并不能形成导演所希冀的所谓视觉奇观。我不同意所谓的"形式大于内容"的观点，因为，所有这些铺排的场景都不是孤立的存在，它已具有叙事功能，无法从故事中剥离出来。在颜色和场景奢华的背后，处处隐藏着阴谋、算计、凶险、欺骗、背叛和杀戮，金色的菊花镶嵌在杀气中，美丽场景镶嵌在无耻的污秽中，犹如王后手中待饮的带有毒药的汤药，在这种情况下观众如何可能放心地把这些金光闪闪的恢弘场景剥离出来欣赏呢？美丽场景与凶杀阴谋已经融合在一起，这还能刺激起人们单纯的视觉欲望吗？"养心"根本没有，"养眼"也悄然消失。这不是什么审美，完全是审美的异化。

电影作品作为审美文化，应该有自己的审美理想。这审美理想应该就是前面所说的感觉快适与心灵感动的结合，休闲、娱乐与精神提升的结合，即俗话所说的"养眼"与"养心"的结合。恩格斯在谈到德国民间故事书的作用时说："民间故事书的使命是使一个农民做完艰苦的日间劳动，在晚上拖着疲乏的身子回来的时候，得到快乐、振奋和慰藉，使他们忘却自己的劳累，把他的贫瘠的田地变成馥郁的花园。民间故事书的使命是使一个手工业者的作坊和一个疲惫不堪的学徒的寒伧的楼顶小屋变成一个诗的世界和黄金的宫殿，而把他的矫健的情人形容成美丽的公主。但是民间故事书还有这样的使命：同《圣经》一样培养他的道德感，使他认清自己的力量、自己的权利、自己的自由，激起他的勇气，唤起他对祖国的爱。"(《德国的民间故事书》)恩格斯说得多么好！首先，他认为民间故事书是为了使读者"得到快乐、振奋和慰藉"，他把"快乐"两个字放在前面决非偶然，他要强调故事书必须是有趣味的，能使人得到休息，并在幻想中美化自己的生活，白天的劳动够沉重的了，故事书得让他们乐一乐；但这还不够，故事书还得使人"振奋"，也就是说故事书必须有较高的品位，是鼓舞人的，激励人的，催人向上的；而只有这样有高品位的故事书，才能使人得到"慰藉"，使人获得一个精神家园，这样才能在使人得到快乐的同时，又能培养自己的道德感、力量感，激起争取自由、权利的勇气，以及热爱祖国的感情。我认为恩格斯对德国民间故事书的功能的全面、深刻的论述，就是大众文化的审美理想，完全适用中国今天的包括电影创作在内的审美要求。我们如果把《满城尽带黄金甲》《夜宴》与恩格斯所提的审美要求相比，那么其距离就不是相差一里两里，而是相差十万八千里。但是我们的电影工作者难道不应为恩格斯所提的审美要求而努力吗？

(《文艺报》2007年4月19日)

把文艺消费考虑进来之后

——接着“董文”说

关于小说《沙家浜》，我们已写过一篇文章（见《文艺报》2003年5月27日《改写名著的三条原则》）而且，还组织我们的学生进行过一次专题讨论。本来，这个话题我们不准备再谈了，因为一旦深入下去，拓展开来，将会面临许多复杂麻烦的问题，而这些问题又不是一篇或几篇文章就可以解决的。但是最近读了董健等三位先生撰写的文章（以下简称“董文”）之后，又引起了我们进一步思考的兴趣，觉得有些问题还有继续讨论的必要。

关于“公序良俗”

董文的主要意图是与郝铁川先生商榷，在对“样板戏”的生产过程进行仔细的梳理与分析之后，作者得出了如下结论：一、“样板戏”是“文革”的产物，它无法代表所谓的“公序良俗”与“民族精神”；小说《沙家浜》对“样板戏”的解构与改写，谈不上违反所谓“公序良俗”和“民族精神”的问题。对于作者的这些观点，我们是完全赞同的。事实上，我们所写的那篇关于小说《沙家浜》的文章，起因也与郝铁川先生的《小说〈沙家浜〉不合理不合法》有关。当时读了郝文之后，我们的想法是这样的：小说《沙家浜》固然存在着问题，但用法律的有关条文为它定性或定罪却是很不妥当的。因为从法律的角度对小说《沙家浜》进行定性正如从道德的、政治的角度对它批判一样，实际上都是对一个复杂问题的某种简化处理。沙家浜镇的人固然可以起诉小说的作者与发表这篇小说的刊物，郝铁川先生自然也可以说小说《沙家浜》违反了当代民法的“公序良俗”原则，但这只是这篇小说衍生出来的外部问题（或者更准确地说应该是以往那种政治思维的延续，只不过现在可以以“法律的名义”了）。有时候，外部问题的解决不但无助于文学内部问题的了断，甚至有可能遮蔽真正的问题。然而，让人可惜的是，现在文学界的许多问题都简化成了一个法律问题，而不是还原成一个文学问题。表面上看，这是法制意识的加强，但实际上也意味着人们为了“器”的层面的干脆利落而常常放弃了“道”的层面的追问。

之所以形成如上想法，主要还是觉得郝铁川先生的文章思路不对，问题很多。对于一个现代社会来说，法律当然是必需的，但法律从来都不是万能的。尤其是用法律来解决文学和与文学相关的问题时，总会遇到意想不到的麻烦。有一点文学史常识的人都清楚，西方的许多文学作品都曾受到过当时法律的“礼遇”，但最终胜诉的常常是文学而不是法律。这样的例子起码说明了这样一个事实：法律往往是对既定的现实秩序的维护，而许多的文学作品却常常是反秩序的。《包法利夫人》不符合法国当时的“公序良俗”原则，《尤利西斯》也让当时爱尔兰的“公序良俗”大伤脑筋，但福楼拜与乔伊斯却是无辜的。如何解释这一现象？估计包括郝铁川先生在内的许多法学家都无法作出满意的回答。为什么无法作出满意的回答？要说原因也很简单，一旦你把一个文学问题简化成一个法律问题，那么你就走上了一个思考问题的死胡同中，等在你前面的答案只能是是非对错而不可能有别的选择。众所周知，写小说又不是随地吐痰，包二奶，生二胎，你把法律条文搬出来教训它，这是解决不了问题的。

因此，如果我们的观点与“董文”有所不同的话，区别大概如下：“董文”着重论述的是“样板戏”为什么不能代表“公序良俗”和“民族精神”，小说《沙家浜》为什么不违反“公序良俗”和“民族精神”，从而指出了郝铁川先生逻辑思路的荒谬，而我们则认为，法学家一开始的思路就出现了问题，结果只能越走越远。或许也可以说，这个问题在法学界也许是个真命题，但是放到文学界就很难成立或者简直就成了伪命题。这就好比有些定理放在牛顿的物理世界中是千真万确的，但是一进入爱因斯坦的相对论中就立刻显得不伦不类了一样。也许道理就这么简单。

关于“样板戏”

“董文”的主要篇幅论述的是“样板戏”的生产过程，并主要援引巴金与王元化先生的说法来论证“样板戏”生产的非法性、危害性和“样板戏”与“文革”的不可分割性。对于作者的这一观点，我们也完全同意。我们这里想要指出的是，也许是出于反驳“郝文”的原因，“董文”在谈到这一问题时更多是从文艺生产的角度入手的，我们则想引入文艺消费的维度，以便把这一问题理解得更复杂些。

“样板戏”诞生至今，所经历的境遇与变化颇耐人寻味。“文革”期间，在文化专制主义与文化禁欲主义的历史氛围中，八亿人民八台戏把许多人看得苦不堪言，这应是一个不争的事实。于是，“文革”结束后有了对“样板戏”的清算。在这种清算中，巴金先生与王元化先生的声音可以说是具有代表性的。前者在80年代初期就对“样板戏”的罪恶进行了控诉，后者则在80年代后期对“样板戏”进行了理性的审视与批判。这样，“样板戏”在整个80年代基本上处于“历史垃圾堆”的位置，同时也基本处于一个被“有意遗忘”的状态。90年代初期，随着“红太阳”歌曲的重新翻唱，“高强硬响”的旋律经过商业文化的包装之后重新进入人们的视野当中，并在一段时间内获得了极佳的市场效应。这一现象的出现折射出非常复杂的文化症候，远不是三言两语就可以说清楚的。但这里起码透露出了这样一个信息：对于同样承载着“文革”意识形态的歌曲，人们已经更多呈现出一种宽容的态度。而且，喜欢听这些歌曲的人显然不是在怀念“文革”期间的“三忠于”、“四无限”或者“造反有理”和“打砸抢”，而是更多地在消费一种“形式”。对他们来说，“内容”是什么已变得不那么重要了。

有了这种前期铺垫，特别是有了90年代中后期“重写红色经典”种种文化事件的铺陈渲染之后，革命“样板戏”在世纪之交突然获得了全面的、重新言说的历史契机。据报道，早在1990年，中国京剧院就以原班人马率先复排了《红灯记》，然后上海京剧院便迅速跟进，先后两度复排了《智取威虎山》，1999年还复排了另一出“样板戏”《沙家浜》。另外两出“样板”舞剧《白毛女》和《红色娘子军》也在北京、上海几度复排。1999年中央芭蕾舞团访美，《红色娘子军》曾在33个城市巡回演出。各大音像、唱片公司争相再版“样板戏”的唱段和演出实况，连当年“样板戏”的副产品“钢琴伴唱《红灯记》”也出版了盒式音带。中国唱片公司上海公司还出版了两张在当年原版录音上覆盖立体声伴奏的CD唱片。世纪之交，曾主演过“样板戏”的著名演员李长春、杨春霞等还应邀将“样板戏”唱段带入台湾，举办了专场演唱会。与此同时，媒体又大炒“香港人要看样板戏”的新闻。2000年至2001年，“样板戏”的回潮则形成了高潮，出现了所谓的“样板戏热”。北京京剧院继复排《沙家浜》之后，还推出了一个“样板戏”的专场。武汉则举办了“现代京剧长江行”的大型活动，邀请《沙家浜》《智取威虎山》《红灯记》三剧会演。中国京剧院的《红灯记》更相继在山东、杭州、长沙、上海、南京、合肥等地进行了巡回演出。记者在描述人们在北京音乐厅看“样板戏”的情景时指出：“此场演出的观众90%以上年龄在40岁以上，……有些是全家来的，有当年一同插队的知青结伴来的。大家通过这场演出怀念青春、忆旧、团聚。的确，现场看上去，很像一次40岁人的大聚会。整场演出有一种难以言传的气氛自始至终。每当一个唱段起始，观众席里会有释然颔首的小小骚动，好像相逢了故友。”更让人深思的是，一些剧团为了软化政治情节，曾对当年的台词作了一些小小的改动(比如上海京剧团改动了《智取威虎山》中的一句极“左”道白)，却换来观众的倒彩。上海京剧院的李中诚说：“观众哄闹得太厉害，演员不肯再用新词演唱。这种现象发生在我们所到的每一个演出地点。”由于李本人主张艺术自由，他不能对观众的要求置之不顾。“极左也罢，观众要听旧词，所以我们现在仍唱旧词。”

虽然“样板戏”的回潮同样呈现出非常复杂的文化症候，但毋庸讳言的是，“样板戏”已在很大程度上走出80年代完全受批判、遭质疑的境地，成了大众文化菜谱中的一道特色菜。为什么那么多人对“样板戏”趋之若鹜？显然，仅仅从“样板戏”制作、生产的层面无法回答这一问题。这样，我们就觉得有转换到欣赏或消费的维度的必要了。

一旦引入消费的维度，“样板戏”的问题马上就会变得复杂起来。巴金、王元化先生是在那个特殊的年代里以特殊的方式(即王元化先生所说的“用强迫命令的办法，叫人去看、去听、去学着唱。看后还要汇报思想，学得不好就批斗”)接受“样板戏”的，这种接受当然不可能是欣赏，而只能是一种变相的惩罚。这样，“样板戏”与他们痛苦、屈辱的生命体验就紧紧焊接在一起。当年那些被游斗、受批判、关牛棚、进监狱的老一代知识分子恐怕都有巴金、王元化先生的类似体验，所以，对于他们来说，“样板戏”不可能产生任何美感；在他们的心目中，“样板戏”本来就是、而且永远都应该是专制和暴政的美学形式。形成这样的感受和观念是无可指摘的，因为这既是事实，同时也是老一代知识分子的集体记忆。我们现在想说的是，也许这只是问题的一个方面，问题的另一面是八亿人民八个戏，这意味着“样板戏”同样进入了众多的普通民众的心理结构当中。对于那些“沉默的大多数”来说，“样板戏”又意味着什么呢？

这个问题恐怕很难回答，而且一旦操作起来将是一个巨大的工程。我们这里只想引用一个例子略作说明。批评家黄子平先生“文革”期间在海南岛深山的一个偏僻农场“上山下乡”，曾记录下他们观看《智取威虎山》的特殊经验：“看完电影穿过黑沉沉的橡胶林回生产队的路上，农友们记不得豪情激荡的那些大段革命唱腔，反倒将这段土匪黑话（指‘天王盖地虎，宝塔镇河妖……’）交替着大声吆喝，生把手电筒明灭的林子吼成一个草莽世界。”多年之后，黄子平分析了土匪黑话借“主要英雄人物”之口吼出而给他们带来的“快感及精神治疗作用”：“土匪黑话被官方红话所收编所征服，纳入了正统意识形态的样板叙述之中，而红话也为此付出了代价：它不得不承认有另类的存在，对它们的收编和征服无法抹杀反而提醒人们注意了这种存在。不仅此也，在这里：红话的载体真英雄必须以假土匪的身份才能合法地在舞台上说黑话；而在情节中，他向这套话语的权威屈服以证明自己真土匪的身份；在舞台下，观众因了黑话出自真英雄之口而获得大胆复述的合法性——无论在何种情况下，黑话明显地自成一格都仍然令人不安。不仅此也，相对于正统叙述的旗帜鲜明，这套话语的含混暧昧却产生出某种魅力，既暗示了另类的生活方式，也承续了文化传统中对越轨的江湖世界的想象与满足。”

一般人恐怕无法上升到黄子平先生这样的理论高度，但并不等于一般人不会采取黄子平先生如此这般的观看方式。这就意味着当“样板戏”试图把自己的意识形态灌输到普通民众当中的时候，他们可能已经创造了适合于自己的观看方式，并以这种方式进行了不自觉的抵抗。尽管“样板戏”中提供的这种情节极为有限，尽管这种抵抗在强大的红色叙事面前常常无效，但是，毕竟我们应该承认，在那种强迫命令式的、痛苦的观看方式之外还存在着一种民间的、游戏化的、很不正经的观看方式。对于这些人来说，“样板戏”不可能引起他们太多的痛苦记忆，他们也不可能更多地把“样板戏”与“文革”意识形态联系到一起。

很可能这些人就是世纪之交“样板戏”回潮中的消费主体。当然，这个问题谈起来更加复杂，依我们的看法，大致可以从主、客观两方面去寻找“样板戏”回潮的原因。

第一，必须承认，在“文革”期间，“样板戏”以特殊的方式培养了好几代人的审美趣味，尽管这种趣味不高雅也没品位，但却是几代人的集体记忆。如果我们承认不同职业、不同身份、不同年龄人的心目中都有属于自己的“样板戏”的话，那么对于更多的普通百姓来说，他们现在看“样板戏”很可能是对他们童年、少年或青年记忆的一种缅怀。在记者的采访中，一位名叫王楠的学者认为："我们这一辈45岁左右的人一听到'样板戏'马上就把它变成合唱，也许现在的人觉得非常夸张可笑，但我们觉得一点不可笑，完全能理解。这种狭窄的、被迫的、单一的欣赏模式一旦形成，不管多可笑多荒诞多夸张你都一样会接受它喜欢它，这是人的心理审美定式。另外，'样板戏'也确实具有一定程度的艺术价值，有汪曾祺这种大师加盟，再"左"再反动，它也难看不到哪里去。"这样一种说法很大程度也解释了为什么淡化政治色彩的台词改动在普通观众那里没有市场，因为在普通民众那里，是没有"左"、"右"、"政治"等等的概念的，所谓的极"左"、"文革"意识形态主要是官方和知识分子的事情。对于普通民众来说，他们过去在"样板戏"中不可能看到江青之流的险恶用心，现在知道了也依然觉得无所谓。他们也许就是怀旧——怀"样板戏"的旧而并非"文革"的旧，仅此而已。

第二，"样板戏"是特殊年代的政治戏，但同时也是特殊年代的艺术戏。也就是说，尽管"样板戏"是政治强奸艺术的产物，但毕竟是一些艺术家戴着镣铐跳出来的舞蹈，这其中很多东西可能是我们这些外行人看不出来的。中国艺术研究院谭志湘指出："样板戏在人们心目中的地位是被不断强化出来的，但是也有它本身的艺术价值，因为如果单靠强化，在有了更多选择以后是会被抛弃的，可是现在没有，说明剥离开政治，样板戏是有它自身的艺术魅力的。样板戏也在现代戏上进行了一些尝试，比如没有了水袖厚底，怎样表现人物，怎样演军人，演李奶奶的高玉倩就说过她在'痛说革命家史'那一段里运用了话剧曲艺说唱的手法，她把这些都化成了京剧。另外，在舞美上、音乐上、人物形象上都表现了非常高的水准。"这种说法应该是比较公允的。更有甚者，有论者还指出了"样板戏"的艺术形式蕴含着"社会主义现代主义"的美学原则。这种说法是否准确姑且不论，但起码给我们提供了一个重要的启示：只谈政治上的"样板戏"不谈艺术上的"样板戏"很可能是不全面不完整的。

在"样板戏"的反复回潮和对它的不断接受中，我们倾向于把"样板戏"理解为"文革"意识形态逐渐剥落的过程，或者理解为政治性淡出、艺术性凸显的过程。作出这种判断当然不是说"样板戏"的内容发生了怎样的变化，而是说人们现在接受它的关注点、兴奋点、视角、感受方式和思维方式等等都发生了很大程度的变化。这就意味着当那些僵硬的政治符号化的舞台造型、对白、唱词不再成为人们的关注中心之后，它们也就走向了衰亡；而那些艺术化的唱腔、民间化的"道魔斗法"的场景则在人们的欣赏与消费中不断获得了新生。于是,“样板戏”中的政治意识形态逐渐被现在的怀旧意识形态和消费意识形态取代,也就成了顺理成章的事了。

作出这样的判断并非信口开河,因为这既有接受美学上的理论依据也有文学艺术接受中的大量例证。比如,大家都知道赵树理曾经是一个意识形态味道很浓的作家,他在20世纪四五十年代写的大量作品大都是为了配合和宣传当时的路线、方针、政策,用他的话说就是要有“老百姓喜欢看,政治上起作用”的效果。从实际情况看,当时他确实达到了自己的目的。例如,在整风学习、减租减息以至后来的土地改革中,《李有才板话》成了干部必读的参考材料。他们不但自己学习,还把它像文件似的念给农民听。结果反响异常热烈,收到的实效超过了《小二黑结婚》。然而,时过境迁之后,赵树理的文本已经不可能成为配合政治宣传的教科书了,那么,是不是意味着它已经失去了存在的价值呢?不是的。我们现在依然接受甚至喜欢赵树理的小说,并不是喜欢那里边的政治性,而是觉得它的意识形态色彩随着时间的流逝逐渐淡化之后,作品的民间性(比如赵树理的农民立场)、文学性(比如评书体小说模式)等等反而越来越显得分明起来,这才是赵树理的可爱之处。“样板戏”的生产过程虽然与赵树理的小说创作大不相同,但从接受的角度看,其道理却是相通的。

如果以上说法可以成立的话,我们就可以在“董文”的基础上进行一些延伸性的思考。“董文”说“这种试图把‘样板戏’从‘文革’躯体上剥离开来的做法,是根本行不通的。‘样板戏’不是‘文革’躯体上的一件外在饰物,而是长在‘文革’躯体内部的一个重要器官,甚至可以说是一种精神性、灵魂性的器官。”从生产的角度看,这个说法毫无问题,但换到消费层面,所谓的“行不通”似乎已变成“行得通”了,因为真实的情况是这种“剥离”早已开始已然存在并且还将继续下去。既然这种剥离已成事实,那么听“红太阳”歌曲,看“样板戏”可能就不是一件多么大不了的事情,也不是要与“文革”意识形态度蜜月。关于这一点,我们前面已举过例子作过说明,下面再举一个例子来作为我们这部分的结束语吧。韩少功的《暗示》中有一个名叫老木的人物,此人当年插队时丢了一只眼睛。若干年后他成了大款,一到歌厅就要小姐给她唱“红太阳”里的革命歌曲。一次,三陪小姐不会唱并给他推荐了走红的港台歌牒,不料竟惹得他勃然大怒。他踢翻了茶几,把几张钞票狠狠摔向对方的面孔,“叫你唱你就唱,都给老子唱十遍《大海航行靠舵手》!”然后作者评论道:

他是在怀念革命的时代吗？他提起自己十七岁下乡插队的经历就咬牙切齿。他是在配合当局的共产主义意识形态灌输吗？他怀里揣着好几个国家的护照，随时准备在房地产骗局败露之后就逃之夭夭。那么，他是一个什么样的人？他对往日革命歌曲的爱好何来？关心《红太阳》的读书人们该如何解释他唱歌时的兴奋、满足乃至热泪闪烁？

作为他的一个老同学，我知道那些歌曲能够让他重温自己的青春，虽然残破却是不能再更改的青春——他的天真，他的初恋、他的母亲或者兄弟、他最初的才华和最初的劳苦，还有他在乡下修水利工程时炸瞎的一只眼睛，都与这些红色歌曲紧密联系在一起，无法从中剥离。他需要这些歌，就像需要一些情感的遗物，在自己心身疲惫的时候，拿到昏黄的灯光下来清点和抚摸一番，引出自己一声感叹或一珠泪光。他不会在乎这些遗物留有何种政治烙印。

小说《沙家浜》是“后现代”文本吗

在今天这个时代里，把一篇小说放到一个本来属于它的文学空间里来进行讨论，依然是一件奢侈的事情。然而，尽管如此，我们依然想从文学的角度来指出这个文本所存在的缺陷。

从文学的角度看，小说《沙家浜》应该是失败之作，相信稍有文学鉴赏力的人都能看到这一点。那么，它究竟失败在何处呢？从目前的情况看，许多人都把它归结到了“戏说”乃至“后现代”那里。比如，“董文”似乎就有这样的判断：“坦率地说，我们憎恶‘文革’封建专制文化语境中产生的‘样板戏’《沙家浜》，但也并不欣赏具有‘后现代’商业文化色彩趣味不高的小说《沙家浜》。”而在《江南》杂志社的道歉信中，则干脆把西方的“后现代”作为了“红颜祸水”：我们“不应该受西方价值观念的影响，以完全错误的所谓‘后现代主义’、所谓‘实验文本’来取代严肃的革命文学”。尽管我们更愿意把这种表述理解为为了检查“深刻”而采取的修辞策略，但是这里有两个问题必须予以澄清：第一，小说《沙家浜》是“后现代”文本吗？第二，后现代主义文学是一个坏东西吗？

先回答第一个问题。关于小说《沙家浜》的创作，作者薛荣曾披露过自己的一些想法，这样我们可以首先从作者的创作动机或创作理念上去寻找一些答案。在第一次接受的采访中，他曾有过这样的表述："发生在上世纪40年代的《沙家浜》是一路真实，60年代的创作是二路真实，我这次创作是三路真实，是一种并列的、平等的关系。这次的小说创作只是一个对当时那个环境下的人性化创作的试验文本，同样跟所谓'戏说'没有任何关系。"如果我们承认"戏说"与后现代主义存在着某种关系的话，那么作者的这种说法等于否定了自己的创作与"后现代"的联系，而所谓的"真实"云云又只会让人想起传统的现实主义创作原则。然而，在后来接受的采访中，作者的说法又有了某种变化："我突然发现所有的样板戏都有问题。而且我突然发现如果我不写的话，另外的人也会写，只不过是迟早的问题。另外的人也会用这样一种解构的手法重新对样板戏(进行反思)，但可能角度不同，视点不同。"这里提到了"解构"的手法，而"解构"又是后现代主义的一个基本策略，这又意味着作者承认了自己的创作与后现代的联系。如果上述两种说法都是出于作者真实的想法，那么这起码说明作者在写这篇小说时的创作理念处于混乱状态。因为现实主义与后现代主义承载着不同的写作精神与审美原则，真正的小说家也常常对自己的写作路数心知肚明，你把水火不相容的两种元素放到一块，不是自己给自己找别扭吗？所以依我们的看法，这个文本一开始就埋下了不伦不类的种子。

这颗种子最终还是在小说中开花结果了，这样我们就需要看看果子的成色。西方的后现代主义文学家确实非常注重文本与文本之间的关系，他们往往把自己的文本看作是其他无数文本的回声。比如，博尔赫斯就经常"改编"或"改写"已有的文本或材料，并将自己的文字戏称为"抄袭"。而法国后结构主义思想家克莉斯蒂娃则干脆把这种现象命名为"互文性"(intertextuality)。她说："每一个文本都是作为一个引文的镶嵌(mosaic)建构起来的，每一个文本都是对另一个文本的吸收和转化。"表面上看，薛荣似乎得到了后现代主义的写作秘籍，因为小说《沙家浜》"改写"了京剧《沙家浜》，或者说，他把京剧《沙家浜》这个文本吸收、转化成了自己的文本。而且，在他所构造的"三路真实"中，也确实会令人联想到后现代主义的重要策略：历史文本化。然而若是仔细分析，所有的这些东西在作者那里还仅仅是一种"理念"，它们没有内化到小说的叙事模式、人物设计、文本构成当中，也没有转化为小说的语义结构与语法结构。

可以拿西方的后现代主义经典文本与小说《沙家浜》作一比照。西方的后现代主义小说在具体的文本策略运用方面非常讲究戏仿(parody)、拼贴

(pastiche)、反讽(irony)、荒诞(absurd)、引征(quotation)与摹仿(imitation)等,而这些策略中,戏仿又是其中最重要的策略。琳达·哈琴把戏访定义为"带着一种批判的反讽距离的模仿",美国作家巴塞尔姆的代表作《白雪公主》则可看作戏仿的典范之作。那么,在巴塞尔姆对格林童话《白雪公主》的改写中,他又是如何运用戏仿的技巧呢?首先,他把小说的场景从华丽的宫殿和梦幻的森林转移到了喧嚣浮华的美国当代都市,汽车、商业、吸毒等等构成了故事的背景。其次,童话中纯洁善良的白雪公主虽仍然头发黑如乌木,皮肤洁白如雪,却每天忙于打扫煤气灶和刷洗烤箱,成了个家庭主妇。同时她还不安于室,盼望着"让自己的爱欲生活焕然一新"。同样,童话中七个善良的小矮人在巴塞尔姆笔下也变得形象猥琐,与白雪公主关系暧昧。王子保罗是一个自认为有着贵族血统的失业者,他在小说中的使命是把白雪公主从侏儒的束缚和简(巫婆和后母原型)的谋害中解救出来,但他一开始就对这一使命忧心忡忡。当他终于决定完成这一任务时,却又发现自己毫无行动能力,只好在危急关头笨拙地喝了毒酒。为了把他的戏仿风格体现出来,作者使用了这样一个有趣的开头:

> 她是一位黑美人,高个子,身上长着许多美人痣:胸上一颗,肚子上一颗,膝盖上一颗,脚踝上一颗,臀部一颗,脖子后面一颗。它们全长在左边,从上到下,几乎能列成了一排,
>
> ●
>
> ●
>
> ●
>
> ●
>
> ●
>
> ●
>
> 她的头发黑如乌木,皮肤洁白如雪。

这才是戏仿。戏仿让人哑然失笑,而它所要的也正是这种喜剧性效果。那么,小说《沙家浜》中使用了戏仿的技巧吗?没有。不光没有戏仿,也没有拼贴、反讽、荒诞等等后现代主义文本所必需的修辞策略。作者板着面孔一脸严肃地讲述着一个发生于20世纪40年代的故事,这个故事的背景依然是京剧里面的那个"沙家浜",这意味着故事的时间与空间没有发生任何变化。缺少了故事的"移位"(displacement),意味着作者的本意依然是想把读者带入一个真实的时空中,作品无法对读者产生"间离效果"(alienation-effect)。

后现代主义小说家笔下的人物往往具有更多的虚幻性、变化性、破碎性和不确定性，这是对现实主义性格人物和现代主义心理人物的一种反拨。但是小说《沙家浜》中的人物都是实实在在的人物，作者想把这些人物塑造出鲜明的性格（显然这是一种现实主义的写法），却又常常把他们搞得性格模糊、心理逻辑混乱（这并非后现代主义写作的胜利而只能理解为现实主义写作的失败）。作者倒是把缺席的阿庆请到了前台，但是这个原来被"意识形态"删除的人物却又在小说中被"意象形态"(imagology)化了。同时被意象形态化的人物还有阿庆嫂、胡传魁和郭建光，作者用力比多抹掉了他们的政治灵光又让他们在力比多的驱使下蠢蠢欲动，好像很后现代，实际上却是对商业主义流行畸趣的响应、献媚和曲意逢迎。后现代主义小说家尤其强调想象和虚构的能力，但无论从哪方面看，小说《沙家浜》中呈现出的一个女人和三个男人的故事都暴露了作者想象力的严重匮乏（现在那些名目繁多的流行读物上不是每天都生产着类似的故事吗）。后现代主义主张"超越界限、填平鸿沟"，因此许多作家要不借用侦探小说和科幻小说的叙事模式，把小说写得有趣好读，要不反故事、反情节乃至反小说，把小说"拼贴"成了研究报告或学术论文，从而让小说味同嚼蜡，相当难读。但是小说《沙家浜》却既不好读也不难读（不好读是因为它感觉平庸语言乏味，不难读是因为它依然是在讲故事），它的叙述是中规中矩的，那里面没有后现代主义的叙事革命，也没有哪怕非常外在的后现代主义式的叙述标记。毫无疑问，作者的现实主义笔法还没练出个眉目，却已经做起了后现代主义的"解构"美梦。这就好比你老想像美国人那样打一场后现代战争潇洒一回，但手里却只有前现代的武器小米加步枪，那你到了伊拉克不是找死吗？因此，京剧《沙家浜》作为"三突出"的产物不是不能解构，而是不能那样不着四六地"解构"。如果你非要坚持如此这般的"解构"精神或自认为这就是后现代主义的写作原则，那么你也就只能把"解构"做成了通俗小报上的准黄色故事，你在"政治场"中失败得一塌糊涂，在"文学场"上也无法赢得人们的同情，而且，还让后现代主义背上了一个本来不属于它的骂名。

限于篇幅，第二个问题只能点到为止。无论是作为一种理论还是作为一种文学样式，后现代主义在西方都是流派林立，众说纷纭。概而言之，既有人文主义色彩浓郁的后现代主义，又有科学主义意味盎然的后现代主义；既有文学家眼中的后现代主义，又有科学家心目中的后现代主义；既有破坏性（或否定的、激进的）的后现代主义，又有建设性的后现代主义。但是在后现代主义从西方到中国的理论旅行中，我们传播和接受的却更多是一种单一的东西。于是，一提到后现代主义，我们脑子里出现的就是削平深度、消解意义、怎么都行、去中心、反人文。但是实际上，后现代主义的内涵是非常丰富的。一般来说，在对后现代主义的丰富性、复杂性没有一个全面的把握之前，最好不要信口开河，尤其不要做出"错误的所谓'后现代主义'"之类的判断(顺便说一句，这种检讨的用语与修辞，很容易让人联想到80年代反对资产阶级自由化时的语境)。

至于西方的后现代主义文学，情况就更加复杂。别的不说，这里只要罗列几个后现代主义作家的名字，明眼人即可知道后现代主义文学的分量：博尔赫斯、科塔萨尔、马尔克斯、罗伯—格里耶、杜拉斯、纳博科夫、格拉斯、卡尔维诺、艾柯、戴维·洛奇、米兰·昆德拉、巴塞尔姆……毫无疑问，这些都是20世纪西方的重量级作家，同时也是对中国读者、尤其是对中国作家产生强烈震撼的人物。如果没有这些作家的影响，中国目前的整体文学水平很可能会与西方文学的距离更大，能否出现马原、莫言、余华、王小波、韩少功等作品中的叙事革命也将会打一个大大的问号。如此说来，我们还敢把后现代主义说得一文不值吗?

中国人常常把许多事情做坏。本来，后现代主义也许并不可怕，但让人扫兴的是，后现代主义却又一次被我们做坏了。

一、我们并不是要说反对将文学或小说的存在置身于法律之外，而是说法律也好，政治也好，社会也好，都要尊重文学艺术的存在规律，尤其应该极其慎重地避免动辄以法律的名义对文学艺术加以审视，更何况是面对《沙家浜》从样板戏到当下小说这样一个特定历史变迁中的特殊现象。我们首先要看评论的对象是一个什么问题，如果是创作思想问题就要首先将创作思想、文学创作问题限定在文学艺术和学术范围之内，这也正体现了当代中国的法制精神和时代的进步。

二、历史变化了的消费主体可能只注意某些作品艺术上的可流传性，以及艺术形式的可取之处，比如唱腔，而对极"左"的思想内容忽略不顾。也可能只是怀旧性质的，寄托对流逝岁月的情感。

消费主体在意识形态上也可由于时代的变迁而对过去的思想性内容的神化、左倾加以解魅，而抽象出某些人物意象和戏剧片断与一脉相承的现实思想意识形态相衔接，对极"左"意识形态的去魅化和实际接受的忽略，导致在新意识形态状态下的可接受性，从而保持了从20世纪50年代至60年代再加 70、80、90 年代革命历史及其意识形态的一致性，这种接受和消费中的现实无疑具有合理性，是可以解释的。当然这种接受只是建立在历史误解(马克思在谈到三一律时指出过这种误解的合理性)基础上的表面化的符号性消费，在我们这个具有开放宽容精神的时代，没有必要去绝对化地理解一些复杂文化问题，更不能简单化地处理。把当下的接受现实与极左挂钩，或把样板戏的影响与真正的革命历史和英雄主义挂钩，都是不必要的，我们要更多地去理解在当下的接受实际，去理解多元化接受主体的现实感受和意见。

革命历史是一个客观存在，完全没有必要借助样板戏来说事；样板戏也是历史的存在，也没有必要揪住不放，因为在当代文艺生活中所接受和消费的东西可能又是一回事。

三、恰恰因为小说《沙家浜》的写实性，导致其与样板戏《沙家浜》没有构成“解构”的关系，而与接受中的怀旧对象，甚至人们的红色记忆，革命英雄主义构成某种程度真实的解构关系。在这一点上，小说《沙家浜》是失败的，人们对它的批评是可以解释的。

总之，我们非常赞成用消费现实贯穿、解释这个问题。关键是我们的解释要体现新世纪中国的先进文化，任何冲动都毫无意义，而冷静往往是正确的。

(与赵勇合作，《文艺争鸣》2003 年第 5 期)

文艺学创新:以20世纪中国现代传统为起点

对于当前的文艺学建设,有两种看法、意见一直困扰着我:一种意见来自文艺学界内部,这就是关于"失语症"的议论;一种来自古代文学研究界,认为中国现代的文学理论概念都是来自西方,是西方文论的延伸,也"归于西方"。这两种意见是不同的,前者强调我们应该更多吸收中国古代文论话语来建设新的文论,对古代文论实现现代转化;后者则强调文学理论建设要回到古典,所谓古代文论的现代转换仍然是"殖民地心态"。但这两种意见有一个共同点,那就是他们都否认中国自20世纪初以来,经过100年许多学者、作家的前赴后继的不懈努力,虽然有许多曲折、失误和错误,但我们还是初步建设起了中国现代文学理论的新传统。

承认不承认我们已经建立文学理论现代传统,关系到今后我们的路应如何走的问题,关系到我们在那个基础上实现理论创新的问题。如果承认有这个新传统,那么,我们21世纪的文学理论研究者,面临的就是一个在20世纪文学理论先辈已取得的成果基础上"接着说"的问题;如果不承认有这个新传统,我们面临的问题就是白手起家、重起炉灶、另辟新路的问题。

我的看法是:我们没有理由不承认中国文学理论现代传统已经初步形成。

要论述20世纪中国现代文论现代传统,要评述20世纪中国文学理论家的成就,研究他们提出了哪些理论范畴和概念,进行了怎样的论述,可能要写好多部书,这不是我这篇短文的目标。我这里想探讨的是,我们根据哪些理由说20世纪我们初步建设起了中国文学理论的现代传统?

一、西方文论结合了中国的实际,获得了中国视野

衡量一个学科是不是中国的,根据在于学科理论知识是不是结合了或

深入地结合了中国现代社会生活的具体实际,并作出了与别的国家不同的结论和解释。事实说明,中国现代文学理论经过了 100 年历程,基本上达到了这一点。举例来说,文学的"真实性"问题,虽然中国古代文论中也不乏"真"的观点,但我们不能不承认"文学真实性"主要是一个西方文学理论的术语,我们接受了它,并不是我们喜欢它,进而机械地模仿它。这是因为我们在"五四"新文学运动中,遇到了一个如何来反对封建主义文学中的虚伪、作假、隐瞒和欺骗的问题。鲁迅在 1925 年写了著名的《论睁了眼看》,其中说:"中国人向来因为不敢正视人生,只好瞒和骗,由此也生出瞒和骗的文艺来,由这文艺,更令中国人更深地陷入瞒和骗的大泽中,甚至已不自觉。世界日日在变,我们的作家取下假面,真诚地,深入的地,大胆地看待人生并且写出他的血和肉来的时候到了;早就应该有一片崭新的文场,早就有几个凶猛的闯将。"正是针对中国国民性的危机和民族的危机,要摆脱封建的固有模式,解决中国现实和中国文艺的问题,鲁迅接受了"真实性"的概念,并提出了我们所要的艺术真实不是"真中见假",而是"假中见真",不要装腔作势一般的《林黛玉日记》或《板桥家书》,宁愿读《红楼梦》和《道情》。鲁迅还重点抨击中国封建时代的"十景病"和"团圆主义",指出"十景病"是中国国民性的祖传病态之一,这种病态的要害是掩饰缺陷;"团圆主义"的"曲终奏雅"则完全是撒谎,是对黑暗现实的粉饰。这一些都清楚说明了鲁迅的真实性概念的提出,完全是根据中国的现实情况所作出的理论选择,已经有中国现代的独立的眼光和立场。因此,在中国"五四"时期的"艺术真实"概念有鲜明的意识形态色彩,有自己"敢于正视人生",反对"瞒和骗"的独特内涵,甚至可以说有一种要冲破封建思想罗网,说出真话来的"勇气""骨气"和"火气"。20 世纪的 50 年代和 80 年代,又重提"写真实"问题,这与当时的某些文学创作一味粉饰现实有关,与当时某些文艺界的领导人不喜欢像《组织部来的青年人》一类作品有关,针对的是中国当时的文艺现实,"写真实"的提倡者同样也有一种"勇气"和"火气"。

不难看出,我们所提倡的"文学真实性"与西方文论中的"真实性"的概念的内涵有很大差异。西方文论的"真实性"概念最经典的表述就是亚里士多德《诗学》中的"把谎话说得圆",这是荷马教给其他诗人的,即要利用似是而非的推断,这完全是一种诗歌技艺上的要求。在荷马看来,如果在作品中第一件事情成为事实,那么第二件事情也随之成为事实,人们以为第二件事情既然已经是事实,那么引起第二件事情的第一件事情也就是"真实"的了,其实这第一件事情是虚构的，是假的。可以看出，这里所论的是一个如何让读者在虚构的艺术中感到真实的问题，是一个与现实无关的纯艺术问题，丝毫也没有鲁迅的和50年代人们的那种“火气”，也无需什么勇气。当然，其后西方文论中的“真实性”也获得了新的内涵，如认为只有“真”的才是“美”的，莎士比亚就说过：“啊，美如果有真来点缀，它看起来就要美多少倍！”（莎士比亚《十四行诗·第五十四首》）黑格尔也说：“美本身必须是真的。”[①]后来也还有一些作家和理论家论文学艺术的真实性，主要是区别艺术真实与生活真实、区别艺术真实与历史的真实，或说明真实性对作品的意义与价值等。像“文学真实性”这类概念和范畴很多，如审美、现实主义、浪漫主义、现代主义、再现、表现、倾向性、生活、思想性、艺术性、时代性、民族性、典型、直觉、灵感、主题、题材、结构、体裁、风格、鉴赏、文学批评等等，都经过了这样转化，限于篇幅，不再赘述。

需要顺便说明的是新名词术语的采用问题。言语是思想的符号，没有新的术语，如何去表述新的思想呢？诚如王国维在《论新术语之输入》一文中所说：“事物之无名者，实不便于吾人之思索，故我国学术而欲进步，则虽在闭关独立之时代由不得不造新名词，况西洋之学术骎骎而入中国，则言语之不足用固自然之势也。”重要的不是我们借用西方的一些术语，重要的是我们能不能结合中国的实际情况作出自己的解释。

那么，为什么说真正结合了中国的实际情况的文论范畴就是中国的现代的呢？这是因为它延伸进中国现实生活的内部，解决的是中国自身的问题，赋予了中国的意义，这样一来，这个本来是从西方引进的概念和范畴也就自然转化为中国自身的现代的理论。这就像西汉以来的佛学从印度引进，与中国的现实与思想结合，变成了中国文化“儒道释”有机的组成部分。至今我们有谁还说“释”家或禅宗是归于印度的呢？更进一步说，西方文论的概念、范畴由于与中国的现实和文艺的现实相结合，产生出新的解释，发挥出新的功能，获得了新的活力，这就从中国的角度对西方的文论进行了补充与完善。本是西方的产物现在渗入了中国的元素，成为不中不西、又中又西的财富，这岂不也很好吗？中华民族本来就是一个善于吸收和消化外来文化的民族，我们在文论上面也能变西方的为中国的现代的，这不但没有辱没中国，反而说明中国文化的富有青春的吸纳能力。“失语症”之叹大可

---

① 黑格尔：《美学》第一卷，商务印书馆1979年版，第142页。

不必。

二、古代文论的现代转化,获得了现代视野

中国古代文论深微而丰富,但是到了清末民初,就它的总的思想根源而论,封建的、保守的、病态的方面已暴露无遗。“诗无邪”“讽谏”“温柔敦厚”“发乎情止乎礼义”“顺美匡恶”“怨而不怒”“宗经”“征圣”“文以载道”等等“诗教”,是封建主义的正统思想在文论上的表现,它对于正在兴起的以挽救国家和民族危亡为目标的新文学运动来说,是格格不入的,理所当然遭到人们的抛弃。但是,中国的文论界并没有把孩子连同脏水一起泼掉。一百年来,中国现代文论界总是不忘传统,总是把那些可以与封建意识形态剥离开来的民主性的文论精华,结合中国现代的文艺的实际,参照西方文论,加以继承和改造,使传统的文论焕发了生机,并获得了现代的视野。鲁迅对于古代的文化传统的态度是“弃其蹄毛,留其精粹,以滋养及发达新的生体”(《论“旧形式的采用”》)。一百年来,中国文论界多数人就是这样做的,所取得的成果也有目共睹。现在有人说古代文论与现代文论不具有通约性,认为古典还是古典,现代还是现代,古代文论的现代转化是不可能的。这不是事实。如果我们不带偏见,就会看到,在中国20世纪现代文论发展的过程中,许多著名的文论家为把中国古代文论转化到现代文论的话语中,做出了艰苦卓绝的努力,取得了不少成果。例如,王国维从古代文论中提炼出来的“境界”说、“出入”说,鲁迅提炼出来的“白描”说、“知人论世”说、“形神”说、“文人相轻”说,郭沫若提炼出诗、歌、舞“同出一源”说、“阳刚”说、“阴柔”说、“推敲”说,朱光潜提炼出来的“不即不离”说,宗白华提炼出来的意境的“灵境”说、“虚实相生”说,钱锺书提炼出来的“诗可以怨”说、“穷而后工”说,王朝闻提炼出“以一当十”说,王元化提炼出来的“心物交融”说、“杂而不越”说等等,都进入到现代文论的话语中。这只是举其要者,疏漏肯定不少。其他学人的所取得成绩还很多,更无法一一列举。此外,还有不少古代文论的术语,经过现代精神的洗礼,直接融汇到现代的文论话语体系中,举其要者,如“发愤著书”、“气势”、“含蓄”、“自然”、“灵气”、“胸襟”、“本色”、“童心”、“感悟”、“主旨”、“意象”、“性格”、“传神”、“神似”、“形似”、“滋味”、“韵味”、“知音”、“品味”、“豪放”、“婉约”、“谨严”、“衬托”、“对仗”、“伏笔”、“直叙”、“补

叙”、“插叙”、“见景生情”、“情景交融”、“诗中有画，画中有诗”、“疏密相间”、“前后呼应”、“波澜起伏”、“言之有物”、“一唱三叹”、“以一当十”、“小中见大”、“声情并茂”、“知人论世”、“功夫在诗外”、“文如其人”、“意在言外”、“韵外之致”、“奇正相生”、“成竹于胸”、“胸中之竹”等等。这些本来是中国古代文论、艺论中的概念、术语，不但可以用来解释传统的诗文，也可以用来解释现代的文学创作和鉴赏活动，传统的范畴概念被注入现代的意义，成为现代文论体系中的一部分，充分说明中国古代文论与中国现代文论是有通约性的，也充分说明古代的文论观念经现代精神的“铸造”，获得了现代视野，纳入现代文论的结构和体系中。封建的大厦倒下了，但大厦里面有许多珍品，我们可以一一挑拣出来，为我们今天所用。这就是百年文论界所做的事情之一。

三、20 世纪中国作家和学人提出了新的观念，属于中国自己的创造

一切理论创新都源于社会实践。只要我们在实践中，只要我们有自己的独立的思考，那么新的理论就会源源不断、一一被创造出来。或者也可以这样说，20 世纪中国人民面临着许多关乎国家民族兴亡的挑战，中国人民其中也包括中国的知识分子不断地提出了应对的思想。文学理论界当然也是在许多的挑战/应战的文艺实践过程中，随着时代的发展，不断提出新论。举其要者有：梁启超提出的小说“群治”说、“新民”说，王国维提出的文学“境界”说、“出入”说、文学“独立”说、文学的“不用之用”说、“古雅”说，刘师培提出的“南北文学不同论”，蔡元培提出的“美育代宗教”说，胡适的提出“白话文学”说，陈独秀提出的“文学革命”论，鲁迅提出的文学“改造国民性”说、文学“为人生”说、人物性格真实说、“拿来主义”，郭沫若的诗“专在抒情”说、“内在律”说、“节奏”说、旧诗新诗“万岁”说，闻一多的诗的“节奏”说，朱光潜的诗的“韵律”说，宗白华的“意境”三层次说，毛泽东的“文艺为工农兵方向”说、普及和提高说、文学源泉说、作家深入生活说、写新的时代新的人物说，胡风的“主观战斗精神”说，钱锺书的“模写自然和润饰自然”说、“设想与同感”说，秦兆阳的“现实主义广阔道路”说，钱谷融的文学是人学说，巴人的文学写人情说，周谷城的“时代精神汇合论”、“无差别境界”说，何其芳的典型

即“共名”说,邵荃麟、赵树理的写中间人物说、写小人物说,等等。在 20 世纪的后 20 年,人们又提出一批新说,如黄药眠提出的“美是评价”说,蒋孔阳提出的美是“创造”说,李泽厚提出的“积淀”说,钱中文等人提出的“文学审美意识形态”论、“新理性精神文学论”,王元骧等提出的“审美反映论”、“文学活动论”,胡经之等人提出的“文艺美学”论,王蒙提出的文学“干预心灵”说,刘再复提出的“性格组合论”、“文学主体性”说,此外还有学者提出文学历史理性和人文关怀张力说,形式征服内容的文体说等等。尽管在 100 年的时间里,由于各种原因文学理论界的创造的主动性受到了这样或那样的压抑,但是扎根于文艺发展的现实的新论还是层出不穷,源源不断。这里无法把这些新论产生的历史文化语境一一阐释清楚,也更无法把这些新论的创造者的遭遇一一叙述,这里只需指出一点:其中一些新论是作者用自己的鲜血和生命换取来的,我们没有理由不重视它。当然这些新论未必都完全正确,争论总是有的,这是学术发展的常态。我们看看西方现代的文论思潮的发展历程,不比我们的争论更多更激烈吗?为什么我们可以承认西方的“你方唱罢我登场”的理论,就不能承认我们自己的还不是尽善尽美的理论呢?中国人早应该有一点自尊心和自信心,早就应该承认创新并不是外国人或古人的专利,早就应该说我们也有自己的理论创造。

四、中国文学理论现代传统形成的标志

上面三点说明了我们结合中国文艺发展的实际,融汇了西方文论,改造了古代文论,也提出了我们自己的新论,充分说明了 20 世纪中国文学理论深深地植根于中国自身的现实土壤中,有自己民族的根性。尽管这中间也有食洋不化和食古不化的时候和人物,但占主流的仍然是根据中国文艺实践所产生的成果。有这么多成果算不算已经初步建立了“中国现代传统”呢?或者说初步建立“中国现代传统”的标志是什么?我认为,这标志应该是量和质的统一。的确,从量的观点看,我们根据现实的需要,初步有了自己的系统和结构,满足了“量”的要求;更重要的是我们在“质”上实现了根本的改造。就是说,20 世纪中国文论有了区别于中国古代文论的新的“质”:

第一,**摆脱以君王一人为中心的封建正统观念,树立了以民众为中心的观念**,封建主义正统观念的核心是:君王就是一切。普天下的人民群众的喜

怒哀乐都不算，普天下的人民群众都没有地位，唯有君王一人的喜怒哀乐才算，才有地位。梁启超在《小说与群治之关系》一文中，提出了小说应“新民”的主张。所谓“欲新一国之民，不可不新一国之小说”，小说的功能是要改良“群治”。从为“君”到为“民”，这是一个根本的变化。用后来周作人的话来说：“夺之一人，公诸万姓”，这是现代性思想的精髓之点。王国维的《论哲学家与美术家之天职》则提出了走了另外一条摆脱君王的思路。王国维认为哲学和美术是“天下万世之真理”，“故不能尽与一时一国之利益合，且有时不能相容，即此神圣之存在也”，这里强调哲学与文学艺术的独立性，与一时一国的政治不相容性，也就意味着古典的那种文学艺术为君王一人的观点，是过时的，与哲学、艺术的性质不相合的。毛泽东提出的文艺为工农兵服务的文艺方向，更是彻底摆脱了封建主义的文艺观。

第二，摆脱小说等艺术创作为雕虫小技的古典看法，这是文体观念的一大变化，也是中国文学观念现代性生成的重要方面。中国古代一直视诗文为正宗，连宋代的“词”也只是“诗之余”，只是“浪谑游戏”之作，北宋文人钱惟演自述：“平生惟好读书，坐则读经史，卧则读小说，上厕则欲读小词。”（参见欧阳修《归田录》）这种轻视诗赋意外文体的思想，早在汉代就已经形成。在梁启超、王国维等人笔下，情况为之一变。小说被抬到比诗歌要高得多的地位。梁启超的文章说：“欲新一国之民，不可不先新一国之小说。故欲新道德，必新小说；欲新风俗，必新小说；欲新学艺，必新小说；乃至欲新人心，欲新人格，必新小说。何以故？小说有不可思议之支配人道故。”梁启超详细论述了小说的“熏”“浸”“刺”“提”四种力。能把这四种力发挥到极致的人，那就是“文圣”。最后的结论是“小说为文学之最上乘也”，“可爱哉小说！可畏哉小说！”这种不无矫枉过正的论点，彻底转变了那种鄙视小说文体的观念。王国维则对各种文体均不排斥。诗词小说戏剧，只要是好的，都认为表现了“天下万世之真理”。他评《红楼梦》，写《宋元戏曲史》，大大提高了小说、戏曲等文体的地位。其后，在“五四”新文学运动中，由于白话文体运动取得了胜利，由于平民主义取得了地位，小说、戏剧和新诗等文体成为文学文体的正宗，成为文学观念变化的标志之一。

第三，批判意识的勃兴。20世纪的中国是马克思主义向封建主义、自由主义发起进攻的时期。批判精神是中国现代文学理论的灵魂。批判意味着冲突、矛盾、不和谐、不稳定，意味着争论，意味着一方批判另一方，另一方也这样那样回应批判方。20世纪的中国作为追求现代化的曲折过程，这种基于冲突和矛盾的批判充满了整个过程。中国现代文学理论在批判中成长。中国现代文学理论的前驱者始终认为，统治了中国长达2000多年的封建思想，就是以孔子为代表的儒家思想，特别是其中的“君君，臣臣，父父，子子”等组织社会秩序的“礼教”思想，使人民麻木、迟钝、落后，被认为是致使中国落后并受列强欺凌的原因。因此“五四”新文学运动批判意识勃兴，并把批判的矛头对准儒家思想。他们喊出了“打倒孔家店”的口号。离儒家之经，叛封建之道，成为一种时尚。封建礼教“吃人”成为定论。通过各种文学作品对封建主义的批判成为新文学的一个重要母题。文学“改造国民性”、“为人生”等文学观念就是在批判中提出来的。

第四，**在反对封建的共同斗争中，和不断的论战过程中，文论话语开始转型。文论界不约而同地认为中国古代文论也是封建时代的僵死之物，已经无法用来解释中国现代的新文学**。于是从“五四”新文学运动以来，我们的文学理论在批判意识勃兴的情况下，放弃中国古代以“诗教”为中心的文论话语，吸收改造外国的文论话语；同时也改造和继承了古代的话语，古代的“诗文评”文体也变成了现代的逻辑推论的科学文体，从而形成了具有中国现代民族特色的、融汇了古今中外的话语结构体系。

以上四点说明了中国现代文论摆脱了封建主义的古典，获得了“新质”。当中国现代文论具有“新质”，又实现了古今中外的融汇和综合，具有民族的根性，我们也才有充足理由说在20世纪中国现代文学理论传统已初步形成，我们才能说“归于西方”论和“失语”论都是不能成立的。如果我们承认20世纪中国现代文学理论传统已初步形成，那么在21世纪开始的时候，我们就必须充分重视这个传统，总结这个传统，在已有的传统上“接着说”，在新的历史条件下，结合当下的文艺实践，说出新意来，在新的世纪实现中国文艺学的理论创新。

（发表于《北京师范大学学报》2003年第3期，
《新华文摘》2003年第7期全文转载）

在“五四”文艺理论新传统基础上“接着说”

自“五四”新文化运动以来的一百年中，中国现代文艺理论是否形成了自己的新传统？这是我们当前实现文艺理论创新面临的一个必须回答的问题。如果说我们已经有了一个现代文艺理论的新传统，那么，就是在已有的传统的基础上“接着”说，说出一些新的东西来，也就是如何更上一层楼的问题；如果我们根本就没有新的传统，那么，今天我们谈理论创新，就是“白手起家”，重起炉灶，这谈何容易呢？目前有一种说法是否定我们有“五四”以来的文艺理论的新传统。他们说，中国古代文论与中国现代文论其文化精神的内核时时处处冲突碰撞，后者我们已经将之归入西方即欧美文学理论在中国的延伸，它的基本要素与理论范畴来源于西方文学理论。在某些人看来，中国文学理论不过是欧美文学理论的附庸，完全没有自己的时代的和民族的根性，这种看法符合不符合中国现代文学理论发展的实际呢？

中国现代文学理论如果从1899年梁启超提出“诗界革命”、“文界革命”和不久之后又提出“小说界革命”算起，已历尽百余年。诚然，在这百余年之间，有过“全盘西化”的提法，有过以西方文论的马首是瞻的人物，有过西方文论名词轰炸的时刻，至今仍有一些年轻的或不太年轻的学者亦步亦趋追赶西方的文论浪潮，这个事实不容回避。但也有比较客观评介西方文论的著作，把西方文论的术语、概念经过我们的改造，变成中国自己的东西。无论怎样说中国现代文论发展受外国的影响，也是不争的事实。但一味“赶西方文论浪潮”的问题在文论界内部已争论很久，多数有识之士对于那种不顾中国现实与文学发展实际一味照搬西方文论话语的做法表示不满甚至厌恶。我们不能不看到，中国百年现代文论的主流是随着中国时代的变迁而变迁的，它对西方文论话语的取舍，对中国古代文论话语的取舍，都与时代的发展和现代文学的发展密切相关，与当下的社会文化状况密切相关。中国现代文学理论的“根”在中国的现实及其发展中，在中国文学的实际及其发展中。可以说，从梁启超、王国维到鲁迅、郭沫若、茅盾、宗白华、朱光潜、冯雪峰、胡风、杨晦、黄药眠、何其芳、钱锺书、王元化、蒋孔阳、李泽厚等，再到“文革”时期被批判的而活跃于21世纪五六十年代所谓“黑八论”的作者，诸如秦兆阳、巴人、周谷城、钱谷融等，再到新时期开始后中国当代新文论形态的建设者，绝大多数都是立意做本土化的中国现代文论的。

不难看出，中国现代文论经过一代又一代人前赴后继的努力，已经形成了一个新的传统。尽管可能我们较多地借用了西方的一些文论术语，但其内涵已经根据中国的民族精神、中国正在发展的现实和中国正在发展的文艺实际而具有中国的特色。如真实性、典型性、审美、再现、表现、形象、形象体系、现实主义、浪漫主义、现代主义、艺术思维、审美意识形态、艺术生产、思想性、艺术性、内容、形式、鉴赏、接受美学等等术语，由于与中国文学发展的实际相结合，用以说明和分析与西方不同的中国现代文学，它们的本土化特征是很明显的，也是多数人所认同的。

就鲁迅而论，他在现代新文学的建设中，既创造了现代的优秀的文学作品，成为现代文学最早一批最具艺术实力的成果，又采取和改造了一批文艺理论观点，实现了文学观念的改造。鲁迅的文艺理论完全是属于中国现代的。这样说的根据何在？在鲁迅那里，无论是对于西方文论的择取，还是对于中国古代文论的继承，都是从当时中国的实际出发的，针对性很强，他的阐释揉进了对于中国种种情况的分析和理解，已经有了新的含义，不是简单生硬的照搬照抄。鲁迅主张现实主义文学，特别提出“真实性”的概念，有过多次精辟的深刻的阐述，使“真实性”成为最早成熟的中国现代文论观念，并对创作产生了极大地影响。为什么这个源于西方的“真实性”概念会最早进入鲁迅的视野呢？这是因为“五四”新文化运动的目标之一是反对封建主义的虚伪的、虚假的、欺骗的和不敢正视现实的弊病，鲁迅的“真实性”观点是在批判封建主义文学的“瞒和骗”的弊端的过程中阐发的。在鲁迅看来“瞒和骗”是违反真实性的，是与艺术相敌对的。1925年鲁迅在《论睁开了眼看》的重要文章中说：“中国人向来因为不敢正视人生，只好瞒和骗。由此也生出瞒和骗的文艺来，由这文艺，更令中国人更深地陷入瞒和骗的大泽中，甚至自己都不觉得。世界日日改变，我们的作家取下假面，真诚地，深入地，大胆地看待人生并且写出他的血和肉的时候早到了。早就应该有一片崭新的文场，早就应该有几个凶猛的闯将。”鲁迅还重点抨击中国封建时代的“十景病”和“团圆主义”，指出“十景病”是中国国民性的祖传病态之一，这种病态的要害是掩饰缺陷；“团圆主义”的“曲终奏雅”，则完全是撒谎，是对黑暗现实的粉饰。这一些都清楚说明了鲁迅的真实性的概念的提出，完全是根据中国的现实情况所作出的理论选择，已经有现代的独立的眼光和立场。当一种理论已经扎根于中国现实的土壤中的时候，那么，它已经获得新的内涵，已经在很大程度上民族化和本土化了。如果还说这"归于西方"，那就失去了理论应有的客观的态度。再如鲁迅对于中国古代文论某些概念的继承也不是完全的照搬照抄，而是进行现代转化，使旧的概念获得新的意义和内容。"形似"与"神似"是传统画论和文论的重要范畴，鲁迅根据现代现实主义文学的要求，认为"神似"当然重要，但"形似"也很重要，"神似"与"形似"可以并重，这就超越了中国古代那种单纯"文贵神似"的观念。鲁迅对于古典的文化遗产的态度是"弃其蹄毛，留其精粹，以滋养及发达新的生体。"(《论"旧形式的采用"》)那么根据什么标准来"弃其蹄毛，留其精粹"呢？这就是中国现代现实的需要。以这样一种态度去对待中国古代的文化遗产，那么我们就可以获得新的眼光新的内容。

在这里，我们还可以简要解析一个术语个案。中国现代文论引进了"审美"这个词语，但引进后"审美"的含义已经有很大的变化。在西方，"审美"作为一个概念，大致上就是康德所说的"审美无功利"。但自从王国维在20世纪之初引进"审美"这个观念之后，"无功利"的含义已经大大被削弱，而渗入了审美也可以"有功利"的思想。这是由于中国自晚清以来遭受帝国主义列强的侵略，沦丧为半殖民地的境地，亡国灭种的危险日益迫近，这不能不引起一些有起码爱国心的知识分子的忧虑。所以他们从西方引进"审美"的观念，就不仅单是纯粹的游戏，完全的逍遥，不能按照西方的"审美无功利"照搬，而要加以改造和变化。王国维提倡审美，一方面也强调文艺审美的独立性，强调文艺的独特的功能，甚至也宣扬"游戏"因素，但是他自己又自觉不自觉地把"审美"与通过教育改变"民质"相联系，审美中不能不夹带着启蒙，这里就有了功利目的。自此以后，中国的文论家、美学家一般将审美的无功利与有功利视为可以相容的方面，审美无功利和审美有功利并存。王国维和鲁迅都先后提出过艺术"无用之用""不用之用"的主张，所谓"无用""不用"即艺术审美无功利，所谓"有用"就是艺术审美有功利。20世纪50年代美学大讨论，美学家李泽厚就明确审美无功利与有功利统一的看法，这个看法被很多人所采用，蒋孔阳先生也采用这个说法，在许多学者那里一直延续到如今。可以这样说，在民族社会矛盾十分突出的时期，审美的"无功利"一端被放到次要的方面，"有功利"的一端凸显为主要的方面，于是强调文艺为政治服务。如抗日战争时期毛泽东《在延安文艺座谈会的讲话》中就提出文艺从属于政治，认为文艺是"团结人民、教育人民、打击敌人、消灭敌人的武器"，功利性可谓强矣；但毛泽东也不是不要审美，只是“政治标准第一”“艺术标准第二”，功利是主要的，但也要艺术，也要审美。这种说法一直延续到“文革”时期。新时期伊始，文艺学界为了纠正“文艺为政治服务”口号的偏颇，根据实事求是和解放思想的精神，作出了很大的努力，提出了文学“审美特征”论，其中有的提出“审美反映”的观点，有的提出“审美意识形态”的理论，直到1999年笔者仍写了一篇《审美意识形态是文艺学的第一原理》的论文。所谓“审美反映”和“审美意识形态”，既强调文学的感性特征，同时又强调文学的理性特征；既强调文艺的无功利性，义强调文艺的有功利性。就其实质而言，就是要在文学的感性与文学的理性的紧张关系中取得某种平衡，在文艺审美的无功利与有功利的紧张关系中取得某种平衡。这些观点及其在历史发展中的变化都不是完全照抄外国的教条，它针对的是中国的现实，并获得了中国本土眼光与内涵。不难看出，“审美”这个外来词，已经成为中国现代文论、美论的有机的组成部分。关于中国现代“审美”这个关键词如何被引进，如何随着历史的变化而变化，如何获得区别于西方的“无功利又具有功利”的内涵等等，可以写出一篇很长的论文来。从这个个案分析就足以说明中国现代文论虽然用了部分外国的概念，但在中国现代文学和文论的发展，已经获得了本土化的内涵，成为中国现代文论的新传统。

以上简要的论述说明，中国现代文论就是符合中国现实发展和现代文学发展实际的文论，就是与中国的民族精神相结合的文论，它植根于中国自身的民族奋斗的现实中，它是属于中国的，并非西方文论的简单延伸，并不能不加分析就说归于西方。要是我们中国现代的文艺理论是失语的，是归于西方的，并不存在中国现代文艺理论传统，那么社会科学中文艺学作为一个学科，还能不能成立呢？建立这么多的文艺学的博士点和硕士点还有没有基础，还有没有必要呢？当然，我并不认为中国现代形态的文论已经完全成熟，它仍在途中。也正因为还在途中，还在发展中，所以我们觉得有创新的必要。如果我们根本没有“五四”以来现代的文论传统，甚至一点基础也没有，根本就不具备“接着说”的前提条件，那么我们的创新就要变成“凭空”说了。根据我个人的体会所有的“创新”都不可能是凭空的创造，创新在大多数的情况下是“旧中之新”，而不可能是绝对的“新”。“原创”也可能还会有，但在人文社会科学领域，“原创”的时期似乎已经过去。对于当代文艺理论界来说，我们多半只能在“五四”所开创的文艺理论新传统的基础上“接着说”。

（《文艺研究》2003年第2期）

当代中国文化和文学:在民族性和开放性之间

在经济全球化的背景下,当代文化建设和文学发展面临着趋同化和求异化的矛盾。经济的全球化,在一定意义上就是商品的全球化。在全球流通商品中就必然包括文化商品。我们无法拒绝外国的其中也包括西方的文化商品。西方的文化商品中有思想和艺术品位高的或比较高的,对此我们加以吸收是不成问题的。但是,西方的文化商品中,也包括许多趣味低下的腐朽的腐蚀人的心灵的作品,对此我们又该如何对待呢?按照商品流通的法则,不论我们愿意不愿意,似乎无法完全拒绝低级腐朽的文化商品,因为商品的流通是以利润为转移的,商人的唯利是图的本性是难以根本消除的;但按我们社会主义文化建设的原则,我们又无法接受而必须加以拒绝,这就是我们不能不面对的困境和问题。或者我们把问题提得更直接一些:中国当代的文化向何处去?中国的文化(包括文学艺术)还要不要保持自己的民族个性?难道我们的文化就真的要融入普适性的世界文化中而失去自己固有的民族特色吗?这种趋同的走向是不可避免的吗?面对这一问题我们必须首先寻求一种指导性的文化思想的支持。世界上现时流行两种文化思想,这就是文化进化主义和文化相对主义。

文化进化主义是我们必须加以认真研究的一种理论。文化进化主义最早由19世纪英国思想家斯宾塞(Herbert Spencer,1820-1903)提出的,他主要是将达尔文的生物进化主义置换到文化问题上面来,认为文化与生物一样也有低级高级之分,人类天生也有种族优劣的分别,如认为盎格鲁-萨克逊民族是天生的优等民族,应成为世界的统治者。文化所遵循的原则也是“物竞天择,适者生存”。文化进化主义认为,文化存在进步与落后之分,文化是可以比较的。他们强调西方文化是具有适应多种环境需要的文化,最文明,最先进,世界上其他民族文化都无法与其相比。在这样一种文化逻辑的推导下,以西方文化来取代其他民族的文化就是理所当然的。文化进化主义的基本思想是文化的趋同化,世界上一切民族的文化最终都趋同到西方先进文化的旗帜下。西方有品位很高的文化作品,我们对于这些作品要加以吸收。但是如果世界上只有一种美国情调的音乐、舞蹈和电影等,本民族的文化都消融到单一的普适性的文化中,那么,我们怎能忍受这种单一性呢?更何况各个民族的文化自豪感、自尊心、自信心将被完全抛弃,是各民族的人民能够接受的吗?当然文化进化主义这种理论受到殖民主义者、第一世界的重视是毫不足怪的,因为它可以为他们的殖民、侵略、掠夺和霸权给予理论支持,在今天则可以为他们的新殖民义找到理论支持。

文化相对主义也是我们必须加以关注的。作为对文化进化主义的反动,出现了文化相对主义。文化相对主义是斯宾格勒(Oswald-Spengler,1880-1936)提出的。斯宾格勒认为,每一个民族文化是彼此隔绝的独立运动,世界有多种文化,它们各自有青年期、兴盛期和衰落期,各民族文化是不可比较的。他的观点对后来的学者有很大影响。他们认为,世界上有多种多样的文化形态的存在,而每一种文化形态都有它存在和发展的理由,因为各种不同的文化作为世界文化的一种,其价值的判定来自本民族的需要;而且,每一种文化都与本民族独特的环境相适合,有自己独特的评价标准,评价某个民族文化的价值只能在自己的文化系统中加以确定。因此,文化是多元的、平等的、相对的存在,这里没有低级与高级之分,没有文明与原始之分,也没有先进与落后之分。保持发展民族的特性是各民族自己的事情。文化相对主义的基本立场是文化的趋异化,主张文化的民族性的延伸与发展。很显然,这种文化相对主义理论为殖民地的人民、第三世界人民反对殖民主义、反对文化霸权寻找到理论上的根据,无疑起到了积极的作用。对于这种积极作用应该予以充分的肯定。但是,文化相对主义是不是就没有问题呢?不是。诚然,每个民族都拥有自己的文化,但民族文化的形态由于历史、地域、风俗、习惯、宗教等各种力量的作用,其情况是复杂的。就中国古代文化来说,其中确有儒雅的、纯正的、善良的、勤劳的、勇敢的、高尚的、优美的、古朴的、豪放的、婉约的、亲情的、温馨的、诗意的等等符合人性的部分,但也存在着专制的、狭隘的、虚伪的、暴力的、孱弱的、保守的、麻木的、畸形的、教条的、僵死的、非诗意的等等不符合人性的部分,更复杂的是前者与后者有时又难以完全区分。在这种情况下,如果只是保持原有文化形态的相对独立性和价值标准,而不与别的民族文化碰撞、对话、交流、融合,那么,文化就不能随着时代的发展而获得现代性的新质,也不能使民族文化满足更新了的人性的自由发展。中国“五四”新文化运动的基本思想,就是要批判中国封建主义的、违反人性的旧文化，实现西方文化与中国传统文化的碰撞，走出一条文化革新的道路来。这实际上是冲破了文化相对主义的戒律。文化相对主义强调各民族文化是一个地域的范畴，强调文化的相对性，文化的极端本土性，甚至于不可交流性，不可理解性，不可通约性，这又走到了另一个极端。实际上，各民族文化之间的交流和交换已是一个不争的事实。鲁迅的“拿来主义”，就是强调对外民族文化精华的选择和吸收。在今天，如果我们一味采取文化相对主义，认为只有自己的文化传统有价值，别的民族的文化传统都没有价值，而不去吸收别的民族的文学的养分，那么我们文学的发展也会遇到问题，严重的话岂不要走到狭隘民族主义和闭关锁国的胡同里去吗？

如此看来，在全球化的语境中，我们遭遇到了文化的趋同化和求异化的紧张。如何来面对这种紧张是必须思考的问题。如果一味趋同化，那么我们的文化就会失去民族的鲜明的个性；如果一味求异化，那么我们的文化虽然保住了民族的个性，却可能会失去文化的民族活力。如何在保持文学的民族性的同时，又能吸收外民族的精华，使我们的文化保持民族的强大活力呢？或者可以更深入地问：我们的文化立场如何才能不接受文化进化主义的谬误，又不陷入文化相对主义的偏激呢？

我认为，我们要提出一个既与文化进化主义相区别，也与文化相对主义不相同的立场。我们的文化立场应该是基于符合人性发展的“开放型的民族性”。这种开放型的民族性的理论立场的要点是：

1. 开放的民族性要求文化的发展必须保持文化的民族个性，不要在全球化的过程中泯灭文化的民族个性。中国作为一个有古老文化传统的国家，形成了相对稳定的文化民族性。我们有自己的琴棋书画的优良传统，有自己的“兴观群怨”的诗学宗旨，有自己的“风清骨峻”的审美追求，有自己的“韵外之致”的艺术趣味，有自己的“天籁本色”的创作理念，有自己的“天人合一”的艺术理想，有屈原、陶渊明、李白、杜甫、苏轼、关汉卿、施耐庵、曹雪芹、鲁迅、郭沫若、沈从文的伟大作品所形成的文学传统，所有这一切是我们的文化瑰宝，它们为我们所热爱所喜爱，它们是我们的精神家园，它们是我们精神的根据地，我们可以从这里出发去开拓文化的新领地新趣味新境界。我们今天的文化尽管也进入了市场，也仍然要保有民族的精神，也要喊出我们自己的声音来，但在世界的文化的合唱中或对抗中要有中国的一个声部与众不同，这里要有炎黄子孙独特的嗓声。全球化不应是一极化，应是多极化之间的对话与汇通。

2. 开放的民族性在建设新文化中是开放的流动的,向世界各民族开放,不断地吸收世界一切民族优秀的文化因素,在对话中交流,熔铸出具有现代性的新质的文化来。这种开放应该是真实的,对于世界上一切民族的优秀的文化形态,我们都要敞开大门。我们民族的优秀的文化别人可以吸收,那么别的民族所创造的优秀的文化,我们也可以吸收。优秀的文化是无国界的,无论哪个国家民族的优秀的东西,大家可以“共享”。从汉代开始我们对印度的佛教文化就有吸收,两千多年都在吸收新的文化,“五四”新文化运动也在吸收,吸收并共享别的民族文化的优秀的成分,使人们的文化在或对话或交流或渗透或交融或碰撞或对抗中变异出新的文化形态来,这是文化发展的必然。特别是今天我们要实现经济的现代化,那么文化的现代化也是必然要求之路,为此我们的文化与世界其他现代化的文化互相对话,不但不是无奈的行为,应该是我们积极的态度。所以,向世界文化开放是重塑中国现代化的民族文化的一个关键。当然,我们吸收的应是外国文化中的优秀文化,应拒绝那些腐朽的东西。如美国的文化中的霸权文化、种族歧视文化、极端个人主义文化、暴力文化、色情文化、举债文化等,应坚决予以拒绝。

3. 开放的民族性既然要吸收中国古代的,又要吸收外国的,那么这吸收的标准是什么呢?我认为这标准就是人性。凡是符合人性的,不论中外,我们都要大胆吸收,凡是不符合人性的,我们都要排斥。为什么是人性而不是别的东西?因为人性是人生存和发展的根本理由。人性的满足使人的生存成为可能,人性的满足又使人的生存变成人的一种精神享受;因此,人性的满足既是文化的最低标准,又是人的最高标准。

人首先是一种动物,一种有意识的特殊的动物。马克思在《1844 年经济学—哲学手稿》中说:“人直接地是自然的存在物。人作为自然存在物,而且作为有生命的自然存在物,一方面具有自然力、生命力,是能动的自然存在物;这些力量作为天赋和才能、作为欲望存在于人的身上;另一方面,人作为自然的、肉体的、感性的、对象性的存在物,和动植物一样,是受动的、受制约的和受限制的存在物。”人性就存在于这种受动和能动的关系之中。人性的浅层要求就是人和动物一样,必须先要吃、喝、住、穿,然后才能从事别的活动。英国著名文化人类学家马林诺夫斯基在他的《科学的文化理论》一书中,从人的动物性的欲求和需要来界说人性。他认为,人性就是满足人的基本的生物性需要。人有各种基本需要,如人具有呼吸需要;通过吸入氧气,排除了组织中的一氧化碳，感到正常；人会饥饿，通过进食，感到满足；人会干渴，通过喝水，就会解渴而愉快；人有性欲，通过交媾，就会消释；人会疲倦，通过休息，就会恢复肌肉和精神能量；人会不安，通过调整活动，不安就会消除；人会困倦，通过睡眠，就会精神饱满；人有膀胱压力，排尿之后，就会消除内压；人有结肠压力，通便之后，就感到放松；人有时也会恐惧，逃离危险后，就觉得放心；人有病痛通过有效治疗，身体恢复健康。马林诺夫斯基说："我们所讲的人性，就是指个体的生物决定因素，即执行诸如呼吸、睡觉、休息、营养、排泄和生殖等躯体功能。"我认为，这种关于人性的说法通情达理，平易近人，是可以认同的，与马克思、恩格斯的辩证唯物主义也是一致的。今天我们建设新的文化和文学，在吸收和借鉴古代的和外国的文化和文学的时候，就必须以此人性作为起码的标准。凡是妨碍人的需要得到满足的文化，我们要加以拒绝。像中国古代所谓"饿死事小，失节事大"、"存天理，灭人欲"等理学教条，还有"守寡"、"阉割"、"沉潭"等文化习俗，都扼杀了人的生存的权力，都是违反人性的，不能吸收。尽管这些是中国的，但中国历史的和现实的一切危害人的生存的东西，都是人性的敌人，都是反人性的。如由色情文化所滋生的爱滋病，也起源于西方，也是扼杀人的生命的刽子手，是反人性的，也要加以杜绝；再如殖民文化，为了自己活得好，就掠夺别的国家人民的财富，不让别的国家人民活得好，对这种违反人性的行为，不能不进行斗争。不能因为西方有科学和民主等文明的东西，就把西方的所有东西都捧上天。像上面这些违反人性的文化，我们必须坚决拒绝。世界上最宝贵的就是生命，人性是生命之根，凡一切妨碍人的生存的反人性的文化，不论西方的还是中国的，都应为我们所唾弃。从上面这个意义上说，建立在生物性需要基础上的人性，可以成为浅层的人性，它应该成为我们当代文化建设和文学发展的最低标准。

但是，人又毕竟不能等同于一般动物。人是有意识的有理性的有符号的动物。因此人性应该有深度的要求。这深度的要求是属于精神性的。就前面所讲的呼吸、睡觉、休息、营养、排泄和生殖，也不能停留在起码得到满足上面。实际上，呼吸、睡觉、休息、营养、排泄和生殖等，必然"受到了文化的制约、界定和塑造"①，在文化环境中，简单的生理需要一般是不会孤立存在的。就以"进食"为例，并不是一个简单的塞饱肚子的问题，在不同的文化

---

① ［英］马林诺夫斯基：《科学的文化理论》，黄剑波等译，中央民族大学出版社 1999 年版，第 89 页。

环境中，有食物从何而来，食物如何存放，食品如何加工，共同进食时候有何习惯、风俗和礼仪，进食要不要诗意环境和服务，进食中是否还有道德、宗教和地域问题等，总之“进食”这个原本是生物性的行为，已经成为“生物的文化运用”①，这里已经有精神性的文化机制，有了人的价值取向问题。其它，如呼吸、睡觉、休息、排泄和生殖等，都要经过文化的塑造而变成人的某种精神追求。这些最基本的生物性的人性的每一项都可以衍生为精神性的追求。不但如此，基于这些生物性的需要问题，又会衍生出诸如亲情、人情、友情、乡情、公正、公平、民主、自由、良知、人文、人道、理想等许多精神维度的价值取向，这些我们似乎可以称之为深度的人性。深度的人性关系到人的生存和生活的质量问题，更应该成为我们当代文化建设和文学发展的标准。因此，在当代文化建设和文学发展中，本民族中一切充满亲情、人情、友情、乡情、公正、公平、民主、自由、良知、人文、人道、诗意、理想的东西，不论是孔子的“己所不欲，勿施于人”的道德精神，还是孟子的“富贵不能淫，贫贱不能移，威武不能屈”的人格力量，庄子的“独与天地万物相往来”的绿色思想，屈原的“路漫漫其修远兮，吾将上下而求索”的探索精神，陶渊明的“采菊东篱下，悠然见南山”的洒脱的气度，曹操的“老骥伏枥，志在千里”的老当益壮精神，王之涣的“欲穷千里目，更上一层楼”的视野追求，李白的“天生我材必有用，千金散尽还复来”的豪放气魄，杜甫的“朱门酒肉臭，路有冻死骨”的批判精神，范仲淹的“先天下之忧而忧，后天下之乐而乐”的无私态度，陆游的“山重水复疑无路，柳暗花明又一村”的诗意哲理，文天祥的“人生自古谁无死，留取丹心照汗青”的为正义事业的牺牲精神，等等，经过我们的理解，难道不可以成为我们文化建设的“前结构”吗？还有，在文论方面，司马迁的“发愤著书”说，王充的“意象”说，曹丕的“文以气为主”说，刘勰的“风清骨峻”说，钟嵘的“滋味”说，韩愈的“气盛言宜”说，司空图的“韵外之致”说，苏轼的“胸有成竹”说，严羽的“妙悟”说，李贽的“童心”说，三袁兄弟的“性灵”说，王夫之的“即景会心”说，王国维最后完成的“意境”说，等等，经过我们的阐释，难道不可以成为今天我们文论建设的参照吗？当然，本民族中一切符合本民族文化中那些落后的东西，不要因为是本民族的就视同珍宝，该抛弃的就要毫不犹豫地加以抛弃，帝王将相、才子佳人的旧东西绝不能死灰复燃，看风水占卦、求神弄鬼的迷信旧俗绝不能视而不见，包二奶嫖娼宿妓卖淫腐败风

① ［英］马林诺夫斯基：《科学的文化理论》，黄剑波等译，中央民族大学出版社 1999 年版，第 88 页。

气绝不能听之任之；同样对于外国的好的东西，如民主、科学、法制等，如文论上面的现实主义、浪漫主义、现代主义、真实性、典型性、符号论、结构论、解释学等等，不能因为是外国的就加以排斥，而要在认真辨别的基础上加以吸收。

因此，在文化建设和文学发展中要充分考虑到历史的维度和人文的维度，历史的维度就是要考虑到人的生存与发展，解放生产力，发展社会的经济，满足人的种种需要；人文的维度就是要营造诗意的精神家园，追求人和人性的全面发展。对于文化建设来说，则尤其需要在人性的深度上下功夫，为人民提供能够完善人性、提高人性的优秀作品。

在全球化语境中，文学作为文化的一部分，应纳入当代中国整个文化建设中加以思考。文学作为语言艺术，有自身的特点，汉语文学历史更为悠久，它的特点更为突出，许多诗意的微妙的东西不是一般外国人所能理解的，它的读者主要在中国。所以在“开放性”与“民族性”的紧张关系中，更应该发扬民族的精神和民族的个性，以适应中国广大读者的需要。在全球化中，全球区域化是一个重要的概念，中国是全球化中一个区域，中国化的问题，在文化和文学问题上理应受到更多的关注。

（《陕西师范大学学报》（哲学社会科学版）2003年第1期）

新时期文学理论转型概说

新时期是对从1976年(或1978年十一届三中全会起)中国共产党打倒“四人帮”,实行解放思想、改革开放近30年以来的一个总称。它是对此前十年“文革”时期一次告别。在十年“文革”时期,极“左”思潮横行,实行极端的“以阶级斗争为纲”的路线,思想上极端保守和封闭,反映到文艺问题上则把江青在“部队文艺座谈会的讲话”奉为圣旨,把“文革”以前的所产生的作品都说成是“封资修”黑货,是“黑线专政”,并一概加以打倒;与此同时,用所谓八个“样板戏”统治舞台、出版社。文艺被当成政治的附庸和婢女,说成是“阶级斗争的工具”、“无产阶级专政的工具”,把“文艺从属于政治”的口号推到极端的境地。“四人帮”的这些做法和说法,实在是走得太远,完全违背马克思主义的文艺思想。马克思主义文艺思想最核心内容是:文艺来源于人民群众,文艺属于人民群众。文艺绝不是少数人赚钱的工具,也绝不是少数人篡夺权力的工具。从1978年起,在“实践是检验真理的唯一标准”的讨论后,在党的十一届三中全会后,实事求是,解放思想,改革开放,“以经济建设为中心”的政治路线取代了“以阶级斗争为纲”的错误路线。在这种情况下,文艺界和其他各界一样进行了反思,终于迎来了文学理论发展的最好时期。从20世纪初到21世纪初,文学理论发展的最好时期有两个:一个是20世纪初的20年,以王国维、梁启超和鲁迅(早期)为中心的文学理论现代化的草创时期;一个是1978年改革开放以来一直到现在的文学理论转型时期。这两个时期的共同特点是学术话语专业化、学术化,并且都追求古代文论的现代转化,西方文论的中国转化。

从1978年到现在的近30年中,文学理论虽说仍然存在许多问题,但这成绩诚如有的学者所说的,虽然不能说是“辉煌”的,但可以说是“耀眼”的,终于实现了文学理论的转型。这“转型”可以概括为三个“转变”:从一家“专政”式的独语,转变为“百家争鸣”式的对话;从政治话语转变为学科的学术话语;从非常态的中心话语转变为自主发展的常态话语。这三种变化也可称为对话化、学术化和常态化。这是在解放思想的旗帜下,依靠文论界老中青三代人的共同努力所获得的丰富成果。我们没有理由不珍惜它。

下面我试图把这种转型概括为反思期、追求文学理论自主期和多元综合创新期加以概要的描述。

一、反思时期(1978—1984年)

在新时期开始的时候，文学理论的反思从何开始呢？应该着重指出的是，从1957年开始，中国实行的是“以阶级斗争为纲”的路线。到了1962年，在中苏论战的背景下，在“反修防修”的背景下，毛泽东不但认为国际上阶级斗争没有解决，国内的阶级斗争也很严重，甚至认为党内也有阶级斗争。所以，毛泽东提出，“要承认阶级斗争的存在”，对于阶级斗争“从现在讲起，年年讲，月月讲”[①]。从中苏论战、社会主义教育运动，全党“以阶级斗争为纲”，直至演变为“文革”的十年内乱。中国现代以来的政治文化具有极强的制约力和渗透力，政治文化改变了，各行各界都要跟着改变。“以阶级斗争为纲”的政治路线直接影响到文艺理论。文艺理论理所当然也成为阶级斗争的工具。凡是离开阶级斗争的文艺理论都是反动的，都在“文艺黑线”之内。因此，在“文革”结束之后，在新时期开始之际，文学理论界的“反思”尽管是多方面的，如当时“形象思维”的讨论(针对概念化)、“共同美”讨论(针对文艺的阶级性)、“真实性”问题的讨论(针对单一的政治倾向性)和典型问题的讨论(针对“样板戏”的类型化、脸谱化)，尽管也很重要，也解决了一些问题，但都还不是根本问题。这个根本问题是关于文艺与政治关系的讨论，即文艺是从属于政治，还是要解除文艺对政治的从属关系？文艺是为政治服务呢，还是不再提文艺为政治服务？文艺是阶级斗争的工具呢，还是文艺对于阶级和政治可以有相对的独立性？这才是要反思的根本所在。

(一) 不继续提“文艺从属于政治”的口号

《上海文学》编辑部于1979年第4期以评论员的署名，发表了《为文艺正名——驳“文艺是阶级斗争的工具”说》一文，文章认为，“文艺是阶级斗争的工具”说，是造成文艺公式化概念化的原因之一，是“四人帮”提出的“三突出”“从路线出发”和“主题先行”等一整套唯心主义创作原则的“理论基础”；

---

① 逄先知、金冲及主编:《毛泽东传》(1949—1976)，中央文献出版社2003年版，第1251页。

“如果我们把‘文艺是阶级斗争的工具’作为文艺的基本定义，那就会抹杀生活是文艺的源泉，就会忽视文艺的多样性和丰富性，就会仅仅根据‘阶级斗争’的需要对创作的题材与文艺的样式作出不适当的限制与规定，就会不利于题材、体裁的多样化和百花齐放”①。文章的作者意识到，“文艺是阶级斗争的工具”说，与文艺从属于政治的提法有关，因此提出“工具说”离开了文艺的特点，离开了真善美的统一，从而把文艺变成政治的传声筒。虽然还不敢说文艺从属于政治的提法不科学，但强调毛泽东的“政治不等于艺术”。应该说《上海文学》这篇文章触及了文艺从属政治、文艺为政治服务的根本问题，而引起了一场大讨论。从《上海文学》的文章开始，从 1979 年到 1980 年，人们就文艺与政治的关系问题进行了讨论，维护文艺从属于政治的学者和认为文艺不从属于政治的学者，进行了针锋相对的争辩。双方都从马克思恩格斯的著作里面找根据，从文学发展的历史找根据，但由于大家都只找对自己的观点有利的方面，所以当时的讨论真如“盲人摸象”，交集点很少，当然不能得出一致的结论。

这个问题的转机是从 1979 年 11 月 1 日周扬在全国第四次文代会的报告《继往开来，繁荣社会主义新时期文艺》的“征求意见稿”开始的。当时担任中国社会科学院院长的胡乔木和副院长的邓力群就“征求意见稿”于当年 9 月 8 日给胡耀邦写了一封信。信中说：“全文的关键似在对文艺与政治的关系作出新的提法，不再因袭过去的文艺为政治服务、文艺从属于政治的提法。过去的提法有许多讲不通的地方，过于简单化，但现在不必加以批评，还是要给以历史的积极的解释和估价，因为它是时代的产物，也发挥了积极的作用（当然也产生了消极作用），但现在仍然因袭就不适当了。我们想这可能是这次文代会能否开好的一个关键。”②这是从毛泽东的《在延安文艺座谈会上的讲话》以来，党内专家第一次提出不提“文艺从属于政治”。但那次文代会周扬的报告并未否定“文艺从属于政治”的口号。然而，邓小平《在中国文学艺术工作者第四次代表大会的祝词》（1979 年 10 月 30 日）中说：“党对文艺工作的领导，不是发号施令，不是要求文学艺术从属于临时的、具体的、直接的政治任务”；“写什么和怎样写，只能由文艺家在艺术实践中去探

① 《上海文学》1979 年第 4 期。

② 参见《从胡乔木、邓力群给胡耀邦一封信谈起》，《人民政协报》2004 年 10 月 21 日，又见《光明网》2005 年 1 月 20 日。

索和逐步求得解决。在这方面，不要横加干涉”①。随后不久，邓小平又在《目前的形势与任务》(1980 年 1 月 16 日)中说：“不继续提文艺从属于政治这样的口号，因为这个口号容易成为对文艺横加干涉的理论根据，长期的实践证明它对文艺的发展利少害多。但是，这当然不是说文艺可以脱离政治。文艺是不可能脱离政治的。”②胡乔木在《当前思想战线的若干问题》(1981 年 8 月 8 日)中，对此作了进一步阐释：“我们的一切政治归根结底都是为大多数人谋利益的手段，政治本身并不是目的”；“我们不能为政治而政治，所以也不能为政治而文艺等等”。

1980 年 7 月 26 日《人民日报》发表了《文艺为人民服务，为社会主义服务》的社论，正式以“文艺为人民服务、为社会主义服务”的口号取代“文艺从属于政治”、“文艺为政治服务”的口号，这对新时期的文学理论界来说，是在反思中所实现的一次重要的进步，它从根本上解决了一个大问题，为文艺的发展、文学理论的发展开辟了广阔的道路。

当然，问题不仅仅在于不继续提文艺从属于政治、文艺为政治服务的口号本身，而在于这真是一次“拨乱反正”。所谓“乱”者，是长期以来，完全把政治意识形态与文学意识形态之间的关系，看成是不平等父子关系。似乎父为子纲，儿子依附于父亲是理所当然的。“从属”者，按照《现代汉语词典》解释，即依附，附庸之意。所谓文艺从属于政治，就是文艺是政治的依附和附庸。马克思主义从来不是这样来理解意识形态之间的关系的。按照马克思主义的社会结构理论，社会经济基础决定上层建筑，上层建筑分成两部分，即制度的部分和意识形态的部分。意识形态多种多样，政治，法律，哲学，历史，宗教，艺术等，它们之间相互联系相互作用，但又相互独立。就是说，政治意识形态，法意识形态，历史意识形态，宗教意识形态，艺术意识形态，它们之间的关系不分主仆，是平等的，但又相互作用，这里没有父子、主仆之分。这才是“正”。我们不继续提“文艺从属于政治”、“文艺服从于政治”，这是 30 年代以来第一次“拨乱反正”。文艺的相对独立性，强调文艺自身的特点，使文艺和文艺理论摆脱了狭窄的约束，获得了前所未有的广阔的空间。在这期间，不少理论家发表了不少很好的意见，如王春元的《“文艺为政治服务”是个错误的口号》(《文艺理论研究》1980 年第 3 期)，林焕平的《文艺为社会主义服务》(《文艺研究》1980 年第 3 期)，邹贤敏、周勃的《文艺的歧

---

① 《邓小平论文艺》，人民文学出版社 1989 年版，第 9、10 页。

② 同上书，第 108 页。

路》(《新文艺论丛》1980 年第 3 期),曹廷华的《"文艺从属于政治"是不科学的命题》(《文艺研究》1980 年第 3 期)等等。

(二) 从人性、人道主义的讨论到"文学是人学"命题的重新确立

实际上,"文艺从属于政治""文艺为政治服务"等口号,更深的根源在于我们是否承认人性、人道主义是马克思主义的一部分,在于是否承认文艺要表现人性、人情才会有魅力。众所周知,鲁迅批判过人性论,毛泽东的《在延安文艺座谈会上的讲话》也批判过人性论和人道主义。这样,人性论与人道主义问题就一直成为学术的"禁区"。如果有人重提人情、人性、人道主义这些与文艺问题息息相关的话题,那么,就必然会遭到毫不留情的批判。中华人民共和国成立以后,先后有钱谷融、巴人等提出过"文学是人学"、文学应该"写人情",都遭到了无情的批判。

但是"反思"的声音终于出现,从 1978 年到 1984 年这段时间,讨论人性、人道主义的文章达到三四百篇,形成了理论界的一个热点问题。老一代的文艺理论家如朱光潜、周扬、黄药眠、王元化、汝信、钱谷融等都发表了论文,参与这一重要的讨论。为什么这些大家都参与这些问题的讨论呢?我想原因起码有二:第一,在"文革"中,不尊重人,不把人当人的现象到处都是,不讲人性、人道的思想和行为达到一个顶峰,大家不但目睹,而且深受其苦;第二,这个问题是比"文艺从属于政治"更深层次的问题,这个问题的真正解决,文艺与政治关系问题才能理顺,也才能得到真正的科学的解决。

当时文学理论界提出的问题主要有:(1)人性、人道主义是什么?(2)人性、人道主义与文学的关系是什么?(3)人性、人道主义是否是马克思主义理论的一部分?下面就这三个问题简单评述一下前边提到的几位大家的观点。

朱光潜的观点。(1)"人性就是人的自然本性"。"人的肉体和精神两方面的力量"就是人性,"据说是相信人性论,就要否定阶级观点,仿佛是自从人有了阶级性,就失去了人性,或者说,人性就不起作用。显而易见,这对马克思主义者所强调的阶级观点是一种歪曲。人性与阶级性的关系是共性与特殊性或全体与部分的关系。部分并不能代表或取消全体,肯定阶级性并不是否定人性"。[①](2)朱光潜说,"人情"是人性中的一个重要因素。"在文艺作品中的人情味就是人民所喜闻乐见的东西。有谁爱好文艺而不要求其中

① 朱光潜:《关于人性、人道主义、人情味和共同美问题》,《文艺研究》1979 年第 3 期。

有一点人情味呢？”[①]同时，朱光潜认为，只有肯定人性、人情的存在才有“共同美感”的存在，而历代作家创作的许多悲剧、喜剧等都是具有共同美感的。(3)朱光潜认为，“马克思《经济学—哲学手稿》整部书的论述，都是从人性论出发的，他证明人的本质力量要尽量发挥，他强调的‘人的肉体和精神两方面的本质力量’便是人性。马克思正是从人性论出发来论证无产阶级革命的必要性和必然性……”[②]也就是说，朱光潜认为，人性作为人的自然属性是天然的存在，文艺作品要有人情味，写出共同美，才是人民喜闻乐见的。而人性论是马克思所强调过的，甚至是他论证无产阶级革命的必要性和必然性的一个出发点。这就冲破了长久以来的一个学术禁区。

黄药眠的观点。黄药眠的观点与朱光潜不一样。(1)他不同意人性是人的自然属性，他认为是所有人类共同的特质，是人类有别于动物的所没有的东西。他在承认有自然人性存在的前提下，认为“马克思主义者并不首先强调生物的本性，好像这个本性因为受外界事物的刺激，于是形成了感觉。不，马克思主义者认为，人并不是被动地去感受外在的刺激，而首先是在劳动实践中，改造世界的过程中，主动地去感觉和认识世界，同时并在感觉和认识世界的历史过程中积累了许多经验，因此人的感觉，有别于动物的感觉，它是社会文化历史所造成的结果。人一生下来，就在社会历史环境中生活、劳动，人们所闻所见以及其他一切感觉所及，几乎全部是人化的事物。人们就是在和这些事物接触中养成了人化的感觉，因此人的感觉也只能是社会化的感觉。”[③]总起来看，黄药眠认为人的感觉，就是人区别于动物的感觉，也就是人性，人性是人在社会实践中形成的，人性的本质是它社会性。(2)黄药眠用上述观点来理解人性与文学的关系。他肯定文学作品是要写人性的，但不是写动物性，是写具有社会性的人性。“古往今来的文学艺术作品，就可以看出它们并不表现自然人的赤裸裸的本能。同样是写恋爱，在‘五四’前后，我们对于描写男女青年的恋爱小说，是把它当作为提倡民主反对封建礼教的进步运动的一部分来看的。至于到了后来没完没了的卿卿我我的恋爱小说，那就被当作左翼文艺的对立物而加以批判了。《金瓶梅》对性行为方面的赤裸裸的描写是比较多的，但我认为这本书的好处恰恰不是

---

① 朱光潜：《关于人性、人道主义、人情味和共同美问题》，《文艺研究》1979年第3期。

② 同上。

③ 黄药眠：《关于文学中的人性、阶级性等问题试探》，《文艺研究》1980年第1期。

在这个地方，而是在作者把小城市的恶霸生涯以及人情世态写得栩栩如生。”[①](3)马克思主义是阶级论者不是人性论者。应该说，黄药眠的看法，特别是他对人性的社会性的看法，是符合马克思主义的社会实践理论的；他对文学与人性描写的见解也较切合文学作品的实际。

周扬的观点。周扬在1983年3月16日的《人民日报》上发表了《关于马克思主义的几个问题的探讨》一文，最后一个问题是“马克思主义与人道主义的关系”。周扬首先说明“文革”前十七年，我们对人道主义、人性问题的研究，以及有关文学作品的评价，曾经走过一些弯路。现在认识到，那时把人道主义、人性论当作修正主义来批判，“有很大的片面性”。他提出现在要“恢复人的尊严，提高人的价值”。周扬关于人道主义的主要论点是：(1)马克思主义包含人道主义。他说：“我不赞成把马克思主义纳入人道主义的体系中，不赞成把马克思主义归结为人道主义；但是，我们应该承认，马克思主义是包含着人道主义的。当然，这是马克思主义的人道主义。”[②]“马克思主义确实是现实的人道主义”[③]。(2)马克思改造唯心主义的人道主义，提出无产阶级的人道主义，这一转变过程与“异化”问题有密切关系。他提出，社会主义社会仍然存在异化，“彻底的唯物主义者应当不害怕承认现实。承认有异化，才能克服异化”[④]。在舆论的压力下，周扬于1983年11月对社会主义异化论作了检讨。1984年1月胡乔木发表了《关于人道主义和异化》的长篇论文，对周扬的社会主义异化论提出批评。非常遗憾的是，周扬没有谈到人性、人道主义与文学的关系。在20世纪50、60年代，周扬是批判人性论、人道主义的主将之一，他在新时期的这一转变是具有解放思想的意义的。

20世纪50、60年代直到“文革”十年，人性、人道主义问题都是理论禁区。当时仍有一些追求真理的人发表了这方面的文章，如巴人在《新港》1957年1月号发表了《论人情》，钱谷融在《文艺月刊》1957年5月号发表了《论“文学是人学”》，王叔明在《文学评论》1963年第3期发表了《关于人性问题笔记》，都遭到了无情的批判，“文革”中被说成是“黑八论”。新时期开始以来的这次人性、人道主义和文学问题的讨论，的确是冲破了禁区。尽管对人性问题、人道主义问题存在着不同的意见，但总的发展趋向是肯定人性、

---

① 黄药眠：《关于文学中的人性、阶级性等问题试探》，《文艺研究》1980年第1期。

② 见《周扬集》，中国社会科学出版社2000年版，第386页。

③ 同上书，第388页。

④ 同上书，第389页。

人道主义是存在的，而且认为马克思主义的一个命题，如认为虽然不能说人道主义是马克思主义的历史主义，却可以说是马克思主义的伦理原则，人学成为新兴起的一门学科。人性、人道主义的正面探讨，大大促进了人们对文学的理解。如，文学实际上是人、人性的全部展开，是人的本质理论的对象化等论点已经被普遍接受。这种认识表明，在新时期开始之际，在文学理论领域，人和人性的觉醒成为一个明显而重要的表征。

人性和人道主义问题深入讨论的一个结果，就是“文学是人学”命题的重新确立。“文学是人学”是高尔基提出的命题。1957 年钱谷融发表了《论“文学是人学”》一文，他发挥了高尔基“文学是人学”的思想，阐明了文学与人性、人道主义的内在联系，认为“文学的对象，文学的题材，应该是人，应该是时时在行动中的人，应该是处在各种各样复杂的社会关系中的人”；在文学创作中，“一切都以人来对待人，以心来接触心”；“人”是文学的中心、核心，“文学是人学”；在这个命题中，“伟大的人道主义精神”还得到特别强调①。该文发表后长期受到批判。新时期开始，钱谷融再次强调，“文学既然以人为对象，当然非以人性为基础不可，离开人性，不但很难引起人的兴趣，而且也是人所无法理解的。不同时代、不同民族、不同阶级所产生的伟大作品之所以能为全人类所爱好，其原因就是由于有普遍人性作为共同基础”；“作家的美学理想和人道主义精神，就应该是其世界观中对创作起决定作用的部分”。在文学领域，“一切都是为了人，一切都是从人出发的”；“一切都决定于作家怎样描写人、对待人”②。王蒙指出，人性具有多样性和可塑性，“文学作品是写人的，一篇作品的思想力量和道德力量和他们具有的人道主义精神是不可分的”；“三中全会以来的文学作品中，人道主义精神的发扬，对于人性和人情的诸多方面的关注、刻画或美化，对于人的尊严的维护和召唤，成为一个重要的特点”；但“作品的内容决不限于人道主义和人性等等”，马克思从未反对也不拒绝真正的人性和人道主义，不敢描写具体的活生生的人性就不可避免的导致创作的模式化、概念化而走向反艺术的道路③。钱中文认为，人性共同形态是人物性格、典型的构成要素，可从真实性、历史性与道德要求三方面评价人性共同形态的描写。他认为，以往把人性片面理解为阶级性，并将阶级性进一步狭隘化为人为的斗争，这在文学作品中表现

---

① 钱谷融：《论“文学是人学”》，《文艺月报》1957 年 5 月号。

② 钱谷融：《〈论“文学是人学”〉一文的自我批判提纲》，《文艺研究》1980 年的 3 期。

③ 王蒙：《“人性”断想》，《文学评论》1982 年第 4 期。

为对人的血肉之躯的恐惧，反映于文艺理论中表现为对于人性的恐惧。经过讨论，大家大体上确认除了阶级性，还有共同人性，这“乃是这场人性问题讨论的重要收获”。而共同人性与阶级性一样是现实的人的根本特征，是社会现实关系的组成部分。问题不是文学中有无共同人性，而是如何认识和描写人性。文学中人性描写具有抽象性与具体性两重性，因此不能把对于人性的共同形态的反映笼统的称为抽象的人性描写，也不能把文艺人性描写统称为人性论宣传。唯物史观反对人性论，但不排斥人性。“只有那些具体、生动地描写了健康的、符合生活逻辑的人性共同形态的作品，才能给人以审美享受。”人性的共同形态是人物性格、典型的构成要素，有时人物性格的刻画直接通过人性的共同形态来表现，人性论的典型和庸俗社会学的典型论都离开了现实的人。对于人性共同形态的描写可以从真实性、历史性与道德要求等三方面进行评价，“这三个方面大致可以用来区别文学创作中的资产阶级人性论和无产阶级文学中的人性形态描写之间的不同，也可以用以区别无产阶级文学和优秀的古典文学中人性共同形态描写的同异。”[①]

钱谷融、王蒙和钱中文的论述得到文论界多数人的认同，可以视为“文学是人学”命题的重新确立。从20世纪30年代以来，由于社会斗争和其他各种原因，人性论、人道主义一直遭受批判。在新时期开始之际，人性、人道主义这个与文学创作和评论密切相关的问题，被肯定为马克思主义的命题，这是一个根本的转折，是文学理论界的重大收获，也从更深的层次否定了“文艺从属于政治”的口号。应该说，从1978年到1984年，文学理论界讨论的问题很多，但以文学与政治的关系问题，人性、人道主义及其与文学的关系这两个问题最为重要。可以说，新时期的文学理论由于反思了上述两大问题，真正获得了发展的新起点。

二、追求文学理论自主性时期(1985—1990年)

如果说20世纪80年代初的反思时期，主要的努力是在拨乱反正，破除极“左”思潮的“泛政治”论对文学理论的束缚的话，那么到了80年代中后期。文学理论研究者似乎获得了充分的信心，开始了文学和文学理论的自主性

---

① 钱中文:《论人性共同形态描写及其评价问题》,《文学评论》1982年第6期。

追求，开始了文学理论作为一个学科特有的话语的建设，文学理论学科意识的生长也大为加强。

（一）追求文艺学方法论的突破

新时期文学理论自主性的追求是从“文艺学方法论”讨论切入的。1985年被称为“方法年”。北京、厦门、扬州、武汉等地都召开了专门讨论文艺学方法的学术会议。为什么文艺学的方法会引起大家的关注呢？这原因是多方面的，但主要是传统的社会历史批评一种方法，不但没有获得生动的丰富的发展，反而某种程度上被庸俗社会学化。单向的、孤立的、静止的、线性因果关系，机械的思维方式，使文艺学研究陷入狭窄的学术空间，大家对此的不满演变为对于研究方法的多样性讨论。其目的是企图通过各种不同的方法的运用，获得不同的学术视角，对于文学事实进行不同的解释，对文学经验获得不同的理解，对文学问题作出不同的解答，这样，文学理论不但可以学术化，而且研究空间和维度也大为扩大，而不必紧紧地跟随政治的单一风向的变化而变化。换句话说，文学理论能不能变成一门自主的学问，很大程度上依赖于研究方法的自觉性和多样化，研究空间的拓展，特别是对文学问题解释的多样化。“只此一家别无分店”的独断态度和个人独语，并不是学问。学问是追求真理，真理个人不得而私，真理属于许多学者不同路径的探讨过程和结果。作为人文学科的文学理论，其中当然有科学认识，但更多的往往是一种价值判断。作为一种价值判断和科学认识并存的学科领域，人言言殊的情况是时常发生的。因此，方法的革新和多样化对于文艺学来说是必然的。

1985年，刘再复发表的论文《文学研究思维空间的拓展——近年来我国文学研究的若干发展动态》影响很大。刘再复把方法论发展趋向视为文学研究思维空间拓展的需要，认为文艺研究必须注意新观念和方法，并对传统观念和方法作某种程度的反省。新方法论的介绍和运用，目的在于从更深的层次上理解文学自身各方面的本质特征，揭示文学历史发展进程，以促进文学创作与文学研究的繁荣。刘再复认为，近年来文学研究在方法论上除了从破到立这个总趋向之外，还有四个突出的趋向：(1)由外到内，由着重考察文学的外部规律转向深入研究文学的内在规律；(2)由一到多，由单一的哲学认识论或政治阶级论维度来考察文学现象转变为从美学、心理学、伦理学、历史学、人类学等多种角度来考察文学；(3)由微观分析到宏观综合，由孤立地就一个作品、一个作家或一个命题进行思考、分析转变为从联系的、整体的观点进行系统的宏观综合；(4)由封闭体系到开放体系，吸收外来的西方的文论的养料和不断吸收文学之外的其他学科的养料。最后，指出这四种趋向的七个较突出的具体表现[①]。刘再复的文章因其对传统的方法的批评而引起了一些人的不满。但大体而言，这次文艺学方法论的讨论不仅是十分有必要的，而且讨论的结果也是有益的，主要是让大家开阔了视野。在过去了20年后，我们完全不必拘泥于刘再复的概括，而用一种回顾的眼光来审视那次涉及面极广的讨论。

从今天的观点看，1985年的文艺学方法问题的讨论，是两种完全相反的思想倾向的演示：一种是科学主义的方法，一种是人文主义的方法。两种方法代表了两种不同的思潮，代表了两种对文学的不同理解。

科学主义方法，在当时最主要就是新、老“三论”的兴起。“新三论”就是系统论、控制论和信息论。“老三论”则是协同论、突变论和耗散结构论。在这新、老“三论”被引进文艺学研究的同时，生物学的、物理学的、神经生理学、脑科学、模糊数学等自然科学的方法也纷纷被引进文艺学研究领域。他们力图把文艺学纳入到定量化、精密化和科学化的轨道，使文艺学学科的研究获得完全的科学性，以避免文艺学的研究随着政治风向的变化左右摇摆。当时有不少学者热衷于科学主义的方法，发表的文章很多，生僻的自然科学术语被大量运用，自然科学术语“大爆炸”，晦涩艰深的文章流行于文学研究刊物与报纸。方法热中这一股科学主义思潮，形成了对传统的文艺学的冲击。不过在过了20年之后的今天，我们已经很少能记住这些文章说了什么。真正给人留下印象的是林兴宅教授发表于《中国社会科学》1984年第4期的论文《论文学艺术的魅力》。论文运用系统论、信息论、控制论等现代自然科学的方法论描述和研究文学的魅力，突破了以往对文艺的经验性描绘，建立起了艺术魅力的结构模式、对应模式和个体发生模式，力图打开探索文艺魅力的新视角。林兴宅指出，艺术魅力本质上是文艺作品的复杂功能体系产生的综合美感效应，它不是纯粹的对象的客观属性，而是欣赏者对作品的审美关系的产物。真实性、新颖性、情感性、蕴藉性是文艺作品的四种基本审美素质，魅力产生的内在根据是文艺作品的美学结构与欣赏者的审美心理结构的对应。艺术魅力作为艺术认识的一种表现，它的实现是一个生成过程。艺术魅力是文艺作品的美的信息对欣赏者的刺激导致欣赏者的审美心

① 刘再复：《文学研究思维空间的拓展》，《读书》1985年第2、3期。

理结构历史积淀和心理组织作用形成的合力[①]。特别要提到的是，林兴宅运用了现代自然科学的新方法，对一些文学现象作了新的阐释，发掘出传统文学研究方法不曾发现的新视域。比如在《论阿Q性格系统》[②]中对于阿Q性格系统的阐释，给人以耳目一新之感，在当时引起了学界的轰动。这篇论文可以看成是科学主义方法在当时取得的实绩之一。

很明显，科学主义的方法论者认同唯有科学才能解决一切问题，并认为文学领域的问题也完全是属于认识论的，既然完全属于认识论的，那么就可以借助于科学一步步去接近文学问题的本质，从中寻找不可更改的规律来。但是科学主义的方法在短暂的流行之后，遭到了批评。这主要是由于不少科学主义的文艺学研究论文，生搬硬套，滥用术语，晦涩费解，未能与研究的对象——文学事实、文学经验和文学问题——相契合。很自然地，另一些主张人文主义方法的学者对科学主义方法提出质疑。如有的学者提出，"艺术精灵"的意义永远是"测不准"的，"从学科的整体意义上看，建立一门'严密的''精确的''客观的''规范的'文艺科学是不切实际的"[③]。有的人的批评更为尖刻，说不要将刚刚从政治学中解放出来的文艺学匆匆卖给自然科学。当然这些说法都言过其实。因为后来的事实证明，科学主义的文论引进了俄国20世纪初的形式主义文论、英美的"新批评"，法国20世纪60年代兴起的结构主义批评(包括叙事学)，此外，还有文体学批评、符号论批评、语义学批评等，经过中国学者的加工改造，都取得了一定的成果。

那么，人文主义方法论这一派学者对于文学是怎样理解的呢？对于文学学科又有何见解？他们又提出了什么方法呢？他们显然认为文学是情感的领域，是美的领域，情感和美的领域的事情是极为微妙的，是测不准的，绝对不可以定量化、精确化、严密化和模式化。文学学科主要是情感评价问题，对于文学事实、文学经验和文学问题，更多要靠体验，在由感性体验的基础上上升为理论的概括和分析。这种理论的概括和分析不是纯科学的，经常揉进了主观的因素，对同一事实可以作出不同的个性化的解释。因此，他们提出的人文主义的文艺学方法，在那时主要是文艺心理学的方法。出版于1982年的金开诚的《文艺心理学论稿》，尽管仍然使用普通心理学的观念解释文学，但受到青睐。1985年出版的陆一帆的《文艺心理学》、余秋雨的

---

① 林兴宅：《论文学艺术的魅力》，《中国社会科学》1984年第4期。

② 林兴宅：《论阿Q性格系统》，《鲁迅研究》1984年第1期。

③ 《艺术精灵与科学方法》，《文艺报》1985年7月13日。

《戏剧审美心理学》、鲁枢元的《创作心理研究》也受到好评。稍晚一些的还有余秋雨的《艺术创造工程》(1987 年)、王先霈的《文学心理学》(1988 年)、夏中义的《艺术链》(1988 年)等。这些著作作为人文主义方法的第一批成果,有一定的理论深度,在朱光潜 30 年代的《文艺心理学》基础上结合新的文艺实际大大前进了一步。后来随着西方现代文论的引入,直觉主义的、生命哲学的、精神分析学的、现象学的、存在主义的、接受美学的等等方法,成为人文主义文艺学方法论的一些流派。

对于上述两种相反的科学主义的和人文主义的文艺学方法,当时就有学者指出,这两种方法是相反的,但又是可以互补的。朱立元说:"在我看来,文艺现象本身是极为复杂的动态网络结构系统,它允许人们从各个方面、视角、层次去剖视它,从总体上把握它,从静态方面去考察它,从动态中去研究它。若就其能否定量化、精密化、模式化地研究这一角度而言,我认为文艺存在着两重性:它既有理性、形式、结构等可测定的方面,也有感情、内容、灵感等'不可测关系'。这就为科学主义与人文主义两种方法论都提供了用武之地。文学就是人学,文艺学的研究中心也应该是艺术活动的主体——人。人的艺术活动同样有可测定与不可测定两方面。所以,目前科学主义方法论并不排斥人,而且也往往把研究的触角伸进主体领域。在这一点上,两者是互相渗透的。"①

当时,对于文艺学方法论的讨论,也发表过一些为传统的社会历史方法辩护的论文。这些论文一方面坚持马克思主义的历史唯物主义和辩证唯物主义的方法,这诚然是正确的,但另一方面又批评文艺学新方法论的更新是违背马克思主义的。从今天的观点看,1985 年开始的方法论讨论,不论科学主义或人文主义都从不同的角度坚持了辩证思维,应该说在哲学层面上没有动摇马克思主义的根本,但在具体方法有所探索、有所发展,这对于文艺学研究如何解放思想、如何开创新局面影响深远。更何况在文艺学方法论的讨论中,马克思主义的"美学的、历史的"的方法,得到了深入的讨论。有的学者较深入地考察了马克思、恩格斯在文学批评中运用比较方法的特征,指出:第一,在文学的比较研究中,自觉的贯彻和坚持唯物辩证法;第二,自觉地把比较对象置于一定的历史联系中,强调历史主义的观点;第三,注重文艺的特殊规律,把美学的观点渗透到作家、作品的比较研究中,又通过作

---

① 朱立元:《对文艺学方法论更新的若干思考》(1986),《理解与对话》,华中师范大学 2000 年版,第 57 页。

家、作品的深入比较总结出艺术创作的美学规律。辩证逻辑的、历史的、美学的观点三者的统一是马克思、恩格斯文学研究的基本特点。马克思、恩格斯文学批评的辩证性、历史性和美学性三大特征，恰恰反映了这种统一的三个侧面。这种三统一的特点，对于我们文艺学等研究都具有普遍性的指导意义[①]。这些讨论都加深了对于马克思主义关于文艺学方法论的理解，这不能不说是重要的收获。

（二）文学主体性问题的论争

1986 年被称为"文学观念年"。文艺学方法的讨论首先要落实到文学观念的革新上面。特别是"文学是人学"这个命题的重新确立，很自然地要从文学之"根"的人的角度去思考文学观念的革新。政治功利主义、庸俗社会学和机械反映论的思想相结合，从根本上说，就是忽视人和人性。如在文学活动中忽视主体的人的问题变得十分严重，如创作问题上，一味强调写重大题材，而忽略了作家作为实践主体的感受与体验；对文学作品中人物命运的轨迹和性格逻辑的破坏，被人物当作傀儡来调动；作品写出来，不论读者喜欢不喜欢，硬塞给读者，忽视读者在文学活动中的能动作用等等。这些情况都在呼唤文学主体性的出场。

1985 年《文学评论》第 6 期和 1986 年第 1 期，刘再复发表了长篇论文《论文学的主体性》。刘再复的论文的主旨是："构筑一个以人为思维中心的文学理论与文学史研究系统"，"我们的文学研究应当把人作为主人翁来思考"，"把人的主体性作为中心来思考"[②]。论文的这个主旨有明确的针对性。那就是前苏联的"社会主义现实主义"的庸俗社会学和机械认识论倾向及其对中国当代文学的影响。在批判极'左'思潮和教条主义中，主体性问题的提出可以说恰逢其时。刘再复《论文学的主体性》主要论点是"文学中的主体性原则，就是要求在文学活动中不能仅仅把人（包括作家、描写对象和读者）看作客体，而更要尊重人的主体价值，发挥人的主体地位，以人为中心、为目的。具体说来就是：作家的创作应当充分发挥自己的主体力量，实现主体价值，而不是从某种外加的概念出发，这就是创作主体的概念内涵；文学作品要以人为中心，赋予人物以主体形象，而不是把人当成玩物与偶像，这是对象主体的概念内涵；文学创作要尊重读者的审美个性和创造性，把人（读者）还原为充分的人，而不是简单地把人降低为消极受训的被动物，这是

① 朱立元：《马克思、恩格斯在文学批评中运用比较方法的特征》，《复旦大学学报》1984 年第 4 期。
② 刘再复：《论文学的主体性》，《文学评论》1985 年第 6 期。

接受主体的概念内涵。"[①]刘再复就上述观点展开了洋洋洒洒的论述。刘再复论文的意义不在于具体论述一个问题，而在于文学观念的转变，即从过去的机械的反映论文学观念，转变为价值论的文学观念。因为在强调文学的主体性的时候，刘再复核心的思想要论证人、主体的人、人的经验、人的尊严、人的思想感情、人的性格、人的命运、人的活动等才是最具有意义和价值的。一切离开"人"这个主题的文学是没有意义和价值的。

刘再复的"文学主体性"论受到多方面的肯定。如孙绍振认为："刘再复主体性论的提出，标志着在文艺理论上被动的、自卑的、消极反映论统治的结束，一个审美主体觉醒的历史阶段已经开始。这不是低层次经验的复苏，而是理论上的自觉。在新的逻辑起点上，刘再复提出新的范畴：实践主体性和精神主体性，创作主体性和欣赏主体性。"这些范畴对于认识实践真理、对于从反映论向认识结构的本体深化、对于突出个体的主体性有重要意义[②]。有的学者认为，艺术家在社会生活中不仅是实践、认识和创造新生活的主体，而且是审美的主体。在艺术家和社会生活之间横亘着的不是镜子，而是具体的活生生的人。文艺对社会生活反映势必带有个人色彩，打上人的烙印，因此反映的过程就是主体积极活动的过程。社会生活是艺术的源泉首先在于它造就了艺术创造的主体，写心灵是体现创作深度和创作广度的艺术原则，作家就是用自己的心灵浇铸自己的艺术形象，从而在其文艺作品中自然显示出自己的心灵和人格[③]。但刘再复的理论也遭到了一些人的质疑。比较有代表性的是陈涌对刘再复的主体性文学论提出严厉批评，认为它否定了马克思主义观点、方法和指导思想，歪曲了中国革命文艺以来的文学发展的实际，对马克思主义文艺原理进行了错误的概括，这是"直接关系到如何对待马克思主义基本原理的问题，是关系到社会主义的命运的问题"[④]。姚雪垠认为，刘再复主体性理论把作家和作品中人物的主观能动性"作了无限夸张"，"违背了历史科学"，"包含着主观唯心主义的实质"，"基本上背离了马克思主义"[⑤]。当然，对这种批评也有反批评。

那么，刘再复的文学主体性理论是反马克思主义，还是合乎马克思主义呢？刘再复在论文中引了马克思《1844年经济学—哲学手稿》中的论述。马

---

① 刘再复：《论文学的主体性》，《文学评论》1985年第6期。

② 孙绍振：《论实践主体性、精神主体性、和审美主体性》，《文学评论》1987年第1期。

③ 鲁枢元：《审美主体与艺术创造》，《文艺报》，1983年第5期

④ 陈涌：《文艺学方法论问题》，《红旗》1986年第8期。

⑤ 姚雪垠：《创作实践和创作理论》，《红旗》1986年第12期。

克思曾说："人是一个特殊的个体，并且正是他的特殊性使他成为一个个体，成为一个现实的、单个的社会存在物。同样地他也是总体，观念的总体，被思考被感知的社会主体的自为存在，正如他在现实中既作为社会存在的直观和现实享受而存在，又作为人的生命表现而存在一样。"刘再复还引了马克思关于人的生命活动与动物的生命活动的区别的论述。然后他指出：对于被作家描写着的对象的人来说，他是被描写的客体；但对于生活环境来说，他又是主体。所以要把人当成人。作品中的人物是有自主意识和自身价值的活生生的人，按照自己的灵魂和逻辑行动着、实践着的人。而在后来的论争过程中，更多的学者引用马克思的《关于费尔巴哈的提纲》中的一段话："从前的一切唯物主义（包括费尔巴哈的唯物主义）的主要缺点是：对对象、现实、感性，只是从客体的或直观的形式去理解，而不是把它们当作感性人的活动，当作实践去理解，不是从主体方面去理解。"①由此看来，主体性问题是马克思主义应有之义，文学主体性的见解大体上也是合乎马克思主义的，是马克思主义在文学活动问题上的具体运用。

总的看来，刘再复1985—1986年间提出文学主体性，不是没有逻辑的概念的缺陷，可作为一种与"社会主义现实主义"不同的文学观念，即主体性文学观念它还是让人们充分意识到，文学主体性理论对单纯认识论文艺学的批评有某种程度的合理性，标志着不同于认识论文艺学的主体性文艺思想的出现，这对于中国文艺学的变革与发展是有重要意义的。

（三）走向审美意识形态论

文学主体性问题论争没有获得一致的成果。许多问题被转化为文艺心理学的研究。但相对自主的文学观念寻求，仍然困扰着许多学者。于是"审美"一词在经过数年的积累后被凸显出来。其实用美学的观念来界说文学的做法早在20世纪70年代末和80年代初就有了。1979年李泽厚在《形象思维再续谈》说，文学是"一种强大的审美感染力量。审美包含认识—理解成分或因素，但决不能归结于等同于认识"②。这里力图把文学中的认识与审美区分开来。著名美学家蒋孔阳教授于1980年发表了《美和美的创造》一文，其中说："艺术的本质和美的本质，基本上是一致的。美具有形象性、感染性、社会性以及能够实现人的本质力量的特点，艺术也都具有这些特点，正因为这样，所以我们说，美是艺术的基本属性。不美的'艺术'不能成为真

① 马克思：《关于费尔巴哈提纲》，《马克思恩格斯选集》第一卷，人民出版社，1995年，第54页。
② 李泽厚：《形象思维再续谈》，《美学论集》，上海文艺出版社1980年版，第559页。

正的艺术。”[①]这里把艺术的本质和美的本质联系起来思考，已经暗示出以“美”为属性的文学观念。李泽厚和蒋孔阳的论述不能不说是新时期文学观念转向文学“审美特征”论的先声。

80年代中期，文学“审美反映”论文学观念终于诞生。基于对“认识反映”论的不满，人们认识到，仅仅把文学看成是社会生活的一般反映是不够的，这种看法只是在认识论的层面给文学定位，不能说明文学的特殊性。童庆炳在1984年出版的《文学概论》(上下卷)第一章第三个标题是“文学是社会生活的审美反映”，他认为：“社会生活是文学的唯一源泉。文学是社会生活的反映。其实，包括文学在内的全部意识形态(政治、法律、道德、哲学、艺术、宗教等)和一切社会科学，都是客观的社会生活的反映，都以客观的社会生活为源泉，所以文学是社会生活的反映的论断只是阐明了文学和其他意识形态以及一切社会科学的共同的本质，只是回答了‘文学是什么’的第一个层次的问题。然而，我们仅仅认识文学和其他社会意识形态以及一切社会科学的共同本质是不够的。……我们还必须阐明文学区别于其他社会意识形态以及社会科学的特征，弄清楚文学本身自身特殊的本质，即回答第二层次的问题。那么，文学反映生活的特殊性是什么呢？我们认为文学对社会生活的反映是审美的反映。审美是文学的特质。……文学之所以是文学就在于它是对社会生活的审美反映，文学的崇高目的是要按照一定的社会审美理想来改造人的生活，使人的生活变得更美好。”[②]童庆炳随后按照审美反映的“独特的对象、内容和形式”展开对文学“审美反映”论的论证。1986年钱中文教授也提出文学“审美反映”论，他说：“文学的反映是一种特殊的反映，由于其自身的特殊性，较之反映论原理的内涵，丰富得不可比拟。反映论所说的反映，是一种曲折的二重的反映，是一种有关主体能动性原则的说明。审美反映则涉及具体的人的精神心理的各个方面，他的潜在的动力，潜伏意识的种种形态，能动的主体在这里复杂多样，而且充满种种创造活力，这是一个无所不在的精灵。”[③]钱中文的论文不但是从根本上区别了一般的反映论与文学“审美反映”论，而且还从“心理层面”、“感性认识层面”和“语言、符号、形式的体现”层面说明了文学“审美反映”论的特征，这是十分

① 蒋孔阳：《美和美的创造》，江苏人民出版社，1981年，第52页。

② 童庆炳：《文学概论》上，红旗出版社1984年版，第46—48页。

③ 钱中文：《最具体的和最主观的是最丰富的》(1986)，见《新理性精神文学论》，华中师范大学出版社2000年版，第157—158页。

有意义的。当时另一位学者王元骧教授早就对文学审美论展开研究，他对文学的“审美反映”作出了很具体深入的解说。他在1988年发表的一篇论文中论证“文学审美反映”的各个方面，他从反映的对象、反映的目的和反映形式三个角度作了阐释，并指出文学审美反映是“以崇敬、赞美、爱悦、同情、哀怜、忧愤、鄙薄等情感体验的形式来反映对象的”。[①] 王元骧教授的文学“审美反映”理论是很完整也很深刻的，大大加强了对文学“审美反映”论的影响力。

与此相映成趣。这几位学者又提出文学“审美意识形态”论。钱中文教授于1984年提出了文学“审美意识形态”论，他说：“文学艺术固然是一种意识形态；但我以为是一种审美的意识形态；文学艺术不仅是认识，而且也表现人的情感和思想；审美的本性才是文学的根本特性，缺乏这种审美的本性，也就不足以言文学艺术。看来文学艺术是双重性的。”[②]很显然，这是运用马克思主义的社会结构学说，即社会基础与上层建筑理论，对于文学艺术观念问题的一次解决。1987年钱中文教授又发表了题为《文学是审美意识形态》的论文，正式确认“文学是审美意识形态”，并展开了论证，其结论说：“文学作为审美的意识形态，以情感为中心，但它是感情和思想的认识的结合；它是一种自由想象的虚构，但又具有特殊形态的多样的真实性；它是有目的的，但又具有不以实利为目的的无目的性；它具有社会性，但又具有广泛的全人类的审美意识的形态。”[③]钱中文提出的“文学审美意识形态论”具有辽阔的阐释空间，从哲学的观点看，文学确是一种意识类型，与哲学、伦理等具有意识形态的共同特性，但是文学之所以是文学，是因为文学的一种具体的意识形态类型，即审美意识形态。王元骧在他的《文学原理》中也赞成“审美意识形态”论。童庆炳则在2000年提出“审美意识形态”是文学的第一原理[④]。“审美反映”论与“审美意识形态”论是一致的，其区别主要在于前者从马克思主义存在与意识的关系的角度提出，后者从马克思主义社会经济基础与上层建筑的关系的角度提出；它们都建立在马克思主义的基础上，但

① 王元骧：《艺术的认识性和审美性》(1988)，《审美反映与艺术创造》，杭州大学出版社1992年版，第52页。

② 钱中文：《文学艺术中的“意识形态本性论”》(1984年)，《文学理论：走向交往与对话的时代》，北京大学出版社1999年版，第87页。

③ 钱中文：《文学是审美意识形态》，《新理性精神文学论》，华中师范大学出版社2000年版，第136页。

④ 王元骧：《文学原理》，载《学术研究》2000年第1期。

又延伸了马克思、恩格斯的思想，具有完整的理论创造，成为中国现代学者提出的马克思主义的新的文学观念。在后来进一步的论说中，他们认为“文学审美反映”论和“文学审美意识形态”是一个完整的概念，不是“审美”加“反映”，不是“审美”加“意识形态”，它们是一个具有单独的词的性质的词组，不是审美与反映、审美与意识形态的简单相加。它们本身是一个有机的理论形态，是一个整体的命题，不应该把它切割为“审美”与“反映”，“审美”与“意识形态”两部分。“审美”不是纯粹的形式，是有诗意的和思想的内容的；“反映”、“意识形态”也不是单纯的思想，它是具体的、有形式的。直到现在，“审美反映”论和“审美意识形态”论这两个观点并存甚至相互为用[①]。应该说文学“审美反映”论、文学“审美意识形态”论，是一个时代学人（除了前面已经提到的钱中文、王元骧和童庆炳外，从不同角度提出类似观点的还有胡经之、杜书瀛、陈传才、王向峰、孙绍振、王先霈、朱立元等）根据时代要求提出的集体理论创新，它是对于“文革”的文学政治工具论的反拨和批判，它超越了长期统治文论界的给文艺创作和文学批评带来公式主义的“文艺从属于政治”的口号，在意识形态与审美升华之间取得了一个结合点，但它的立场仍然牢牢地站立在马克思主义上面。多数人对这些新说形成了共识。新说终于取代了旧说。不久“审美反映”“审美意识形态”就进入了文学理论教材。据我所知，目前国内最重要的20多部“文学理论”教材都采用了文学“审美反映”论或文学“审美意识形态”论。

从文艺学方法论的探求，中间经过文学主体性问题的论争，到文学审美反映论、文学审美意识形态论的提出和完成，经过十余年的努力，中国当代文学理论学人对于建设相对独立自主的文艺学学科，付出艰苦的劳动，取得了相当巨大的学术成果。这种努力，这种劳动，这种成果，将经过历史的检验而获得肯定。

三、综合创新期（1991—2007年）

20世纪90年代以后，中国社会状况发生了很大的变化，这主要社会正式步入市场经济轨道，国民经济迅速发展，而社会问题也进一步呈现出来。

① 童庆炳：《新时期文学审美特征论及其意义》，《文学评论》2006年第1期。

在文学创作方面，文学形式的探索方兴未艾。作为理论对变化了现实的回应，文艺学形成进一步开放的态势：文艺学研究的资源进一步得到开发，如当时学者们所说，中国当代文论建设面对四种资源：马克思主义文论资源，中国古代文论资源，西方古代和当代文论资源，中国“五四”以来文论新传统所形成的资源；文艺学研究的视角进一步开放，文艺社会学的视角，文艺心理学的视角，文艺美学的视角，文艺人类学的视角，文艺符号学的视角，文艺解释学的视角，文艺文体学的视角，文艺叙事学的视角，文艺语言学的视角，比较文论的视角、文艺文化学的视角等等，各种视角的研究都有人在尝试，也都获得了不少结实的成果；文学观念进一步多样化，每一种视角的背后几乎都存在一种文学观念。正如有的学者所说，这是一个“多元共生”的时期。但在上述所谓“多元”的“杂语喧哗”中，“语言论转向”、“古代文论的现代转化”和“人文精神的呼唤”成为最重要的三种思潮。

语言论转向。20 世纪 90 年代以来最早出现的是所谓的“语言论转向”。“语言论转向”是从西方引进的一个话语。语言论文论是指西方 19 世纪末期发生“语言论转向”以来盛行于 20 世纪的以语言问题为中心的文学批评流派，最重要的是俄国形式主义、英美“新批评”、分析美学、结构主义、后结构主义等批评流派。其主要特征是：以语言取代理性而成为文艺批评中心问题；放弃对文艺本质及其他本质问题的追问，注重用语言学模型去分析文艺作品；拒绝理论的系统化和体系化，强调具体文本分析。这些理论被引进后，有人述评梳理西方的相关理论，重在介绍；但也有人加以改造，发展为中国化的文学文体学理论、文学语言学理论、文学叙事学理论等。西方文学批评的“语言论转向”转变为中国文论话语后，其一个重要特征是它没有局限语言形式本身，没有回避社会历史，没有看成是完全的所谓的“内部研究”。其中最具代表性的是童庆炳主编的《文体学丛书》(共五部)。童庆炳《文体与文体的创造》①在对中西文体论进行了历史回顾和反思的基础上对文体做出新界定：“文体是指一定的话语秩序所形成的文本体式，它折射出作家、批评家独特的精神结构、体验方式、思维方式和其他社会历史、文化精神。”从表层看，文体是作品的语言秩序、语言体式，从里层看，文体负载着社会的文化精神和作家、批评家的个体的人格内涵。该书从对中西文体的历史回溯入手，深入论述了文体系统、文体功能、文体创造等问题，在对于语体的认识

---

① 童庆炳：《文体与文体的创造》，云南人民出版社 1994 年版。

以及内容与形式的辩证关系等上都有新的理解和推进。陶东风《文体演变及其文化意味》[①]从语言学、心理学和文化学的角度考察了文体演变问题，阐释了文体演变的社会文化心理内涵，认为文体不仅是符号的编码方式，而且是社会文化的表征，文体的演变折射出人的生活方式以及人对于自身与世界的理解方式。在此基础上，该书对当代中国实验文学的文体特征进行了描述和评价，并揭示文体产生演变的内在文化机制。另外，文学叙事学研究可以说是"语言论转向"中所取得最重要的成果主要著作有：徐岱的《小说叙事学》、罗钢的《叙事学导论》、傅修延的《讲故事的奥秘——文学叙事论》、《先秦叙事学——关于中国叙事传统的形成》、高小康的《市民、士人与故事：中国古代社会文化中的叙事》、杨义的《中国叙事学》、申丹的《叙事学与小说文体学研究》、格非的《小说叙事研究》、赵毅衡的《当说者被说的时候——比较叙事学导论》、胡亚敏的《叙事学研究》等等，其中那些结合中国古代、现代和当代文学叙事的研究，特别具有意义。（关于新时期叙事学的研究，需要专门的文章来加以论述。）一批文学语言问题的研究、文学形式问题的研究也都新意迭出，冲破了此前的语言工具论的研究模式。

中国古代文论的现代转化。这个命题是1996年提出来的，在当年西安的专题讨论会议上和在《文学评论》上进行过热烈的讨论，包括季羡林、张少康、陈良运等一大批学者参与了讨论，绝大多数持肯定的态度。实际上文论研究中古今比较的研究并不是90年代才有的。20世纪以来，许多文论大家都参与了这种把古代文论转化为现代性文论的研究。王国维、鲁迅、宗白华、朱光潜、邓以蛰、梁宗岱、钱锺书等，就是其中最具有代表的学者。对于中国古代文论的研究，可取的路径有资料学的研究，语义学的研究，解释学的研究，比较诗学的研究学。1996年提出的"中国古代文论的现代转化"属于比较诗学的研究，具体说就是古今、中西对比中相互阐发的研究，通过比较和阐发，揭示中国古代文论中某些具有普适性的命题，使中国古代文论资源重新获得生命活力，使其中一些范畴在经过解释后融合到现代文论的体系中。新时期以来，早就开始了这方面的工作，并取得了一些可喜的成果。如王元化的《文心雕龙创作论》(1984年)、叶维廉的《比较诗学——理论的构架的探讨》(1983年)、曹顺庆的《中西比较诗学》(1988年)、黄药眠、童庆炳主编的《中西比较诗学体系》(上下卷，1992年)、陶东风的《中国古代心理美学六论》(1992年)、顾祖钊的《艺术

---

① 陶东风：《文体演变及其文化意味》，云南人民出版社1994年版。

至境论》(1993年)、张隆溪的《道与罗格斯》(英文、1992年)、狄兆俊《中英比较诗学》(1992年)、张法的《中西美学与文化精神》(1994年)等。1996年开始的“中国古代文论的现代转化”不过是从王国维开始以来的中西诗学互释互证互动研究的延伸，它力图寻求中西共同文学规律和共同的美学据点，或者在中西碰撞中延伸出新的理论，这是一个广阔的很有学术前景的领域，并不像某些人所说的这是什么“伪命题”。1996年后，这一方面发表的论文很多，著作则有曹顺庆著《中外比较文论史(上古时期)》(1998年)、杨乃乔的《悖立与整合——东方儒道诗学与西方诗学的本体论、语言论比较》(1998年)、赵毅衡的《当说者被说的时候——比较叙述学导论》(1999年)、李思屈的《中国诗学话语》(1999年)、余虹的《中国文论与西方诗学》(1999年)、饶芃子主编的《中西比较文艺学》(1999年)、饶芃子的《比较诗学》(2000年)、童庆炳的《现代学术视野中的中华古代文论》(2000年)和《中国古代文论的现代意义》(2001)、赖干坚的《二十世纪中西比较诗学》(2003年)、顾祖钊的《中西文学理论融合的尝试》(2004年)等等。这些著作所提出的新见解，是“中古代文论转化”所取得的实绩，可能要很长时间才能被逐渐消化。

人文精神的呼唤。随着20世纪90年代以来商业主义的流行，文学艺术中的价值取向低俗化，文艺的真、善、美的价值遭到挑战，这不能不引起人们的思考和回应。1993年第6期的《上海文学》发表了王晓明等人的《旷野上的废墟——文学和人文精神的危机》，提出了文学和人文精神危机的问题。不久《读书》、《东方》、《文汇读书周报》等报刊也纷纷发表文章参与了讨论，这就是人文精神讨论。这次讨论主要涉及人文精神危机、人文精神的内涵和人文精神重建等问题。在讨论中有争论，如对人文精神的理解、对人文精神是否“失落”等问题上，都存在不同的理解，但不能不说，这次讨论是针对当代文学所面临的精神价值的失落而提出的。随着讨论的深入，人们超越了单纯的文学危机问题，进一步去探讨世纪之交整个人文学科的现状问题、知识分子的人文环境、知识分子自身的生存方式、终极关怀和精神追求等问题。讨论中呼唤“重建人文精神”，重新确立文学的意义、价值，重新确立人类精神生活的终极追求。这次人文精神讨论体现出当代知识分子对于当代社会现实的主动介入和深入思考，是学者们为恢复和确立文艺的地位和价值所作出的一次努力。实际上，这次人文精神的讨论的意义，主要是在物质主义、商业主义和科技主义流行的条件下，对人的关注，对人性的关注，对文学的精神价值的关注。

值得注意的是，在这次人文精神的讨论中，文艺学界的学者提出了一些新说，以回应现实人文精神的失落。这里主要有钱中文提出的“新理性精神文学论”(1995年)、童庆炳提出的“文化诗学”(1998)和鲁枢元、曾永成、曾繁仁的“生态文艺学”、“文艺生态学”和“生态美学”等。限于篇幅，这里仅就“新理性精神文学论”简要作点述评。钱中文认为，文学艺术价值的下滑、人文精神的淡化和贬抑，与人的生存质量、处境密切相关。当前，我们需要寻找一个新的立足点，重新理解和阐释人的生存和文艺的意义和价值。他认为，新的人文精神的立足点，就是新理性精神。新理性精神的大视野是历史唯物主义。从历史唯物主义大视野出法，首先来审视人的生存意义，看到了人的生存的挫折感，物对人的挤压，科技进步造成的人文精神的下滑。在对“新理性精神”具体内涵的理解上，钱中文认为，新理性精神作为一种对于文化(包括文学艺术)内在的精神信念，是对旧理性的扬弃，它从现代性、新人文精神、交往对话精神、感性与文化问题等四个方面确立自己的理论关系：(1)新理性精神的出发点不是返回古典，不是倒退，而是要促进社会进入现代社会发展阶段，使社会不断走向科学和进步。因此新理性呼唤一种与现代社会相适应的理性精神、启蒙精神，一种现代意识精神和时代的文化精神。现代性本身是一个矛盾体，应当看到它的两面性，以避免使其走向极端。现代性与传统有密切联系，但又要使传统获得不断发展。(2)新理性精神把新人文精神视为现代社会的血脉。人文精神是针对现实生活中的非人性与反人性来说的，是针对物的挤压、人的异化来说的，是针对当今现实生活中大大小小而极有威力的钱性暴力来说的，是针对文学艺术漠视人的精神伤残来说的。新理性精神的核心就是要弘扬人文精神，以新的人文精神充实人的精神，以批判的精神对抗人的生存的平庸与精神的堕落。(3)在现实的人的异化、精神的堕落的状况下，人与人之间常常无法对话，古今中西的对话也遭到障碍，所以新理性奉行交往对话精神，倡导人与人之间、思想与思想之间确立起一种新型的平等的交往对话关系；在对历史现实、文化遗产的评价中，提倡一种可以去蔽的、历史的整体性观念，一种走向宽容、对话、综合、创新的包含了一定的价值判断、总体上亦此亦彼的思维。这是对阻碍文艺学、美学突破、创新的二元对立思维方式的重要超越。(4)新理性精神虽然崇尚理性，但也给感性以重要的地位，因为生活本身就是感性的表现。人的感性需求应是人的文化的需求，即具有文化内涵的感性的需求。新理性精神承认非理性乃至反理性的存在的合法性，特别承认在文艺创作中非理性有着理性所不可取代的重要作用，但同时它反对以非理性的态度与非理性主义来解释现实与历史。总结这四个方面，可以把新理性精神理解为一种以现代性为指导，以新人文精神为内涵与核心，以交往对话精神确立人与人的相互关系，建立新的超越二元对立模式的思维方式，包容了感性的理性精神。这是以我为主导的、一种对人类一切有价值的东西实行兼容并包的、开放的实践理性，是一种文化、文学艺术的价值观[①]。很明显，钱中文的“新理性精神”作为一种文化精神的呼唤，完全是根据自己对于现实生活的体验，针对现实问题而发的，不是那种从书本出发的纯概念的拼凑。新理性精神文学论的重要贡献在于把现代性、人文精神、交往对话和理性与感性关系这四者，连成一个具有内部联系的整体来思考，建立起了一种回应现实新的文化精神和思维的方法。这四者分别来看，的确不是新东西，是人们长期谈论的问题，但新理性的作者以反思和批判精神，使这些问题深刻化和现实化，构成了一种新的精神，也构成一种方法论，成为显示作为人文知识分子存在身份的根据、对社会应履行的责任和思考社会文化问题的方法。

（载《20世纪中国马克思主义文艺理论研究》，北京大学出版社2012年版，缩写见《江西社会科学》2005年第3期）

① 钱中文：《新理性精神与文学理论》，《东南学术》2002年第2期。

文学的本质观与我们的问题意识

在人文社会科学领域，所要研究的主要是问题，是中国自身的问题。我们今天处在什么状况，遇到什么麻烦，遭遇什么问题，围绕这些问题去寻找合理的答案，是人文社会工作者的主要任务。就文学理论领域说，寻找解决当下文艺问题的答案，是建设文学理论的一个出发点。如果我们一味照搬古典，照搬马列字句，照搬外国，这都无济于事。必须是围绕自身问题，为了解答问题，去寻找马克思主义的指导，去寻找古代或外国解决相关问题的一些资源，经过深入的研究，然后找出对问题的解答。这是建设我们这个学科的一个出发点。所以，有没有问题意识是非常关键的。

现在，不是说文学理论界没有问题，找不出问题，而是充满了很多问题。但是有很多年轻的学者，也有很多中年的学者没有意识到这一点，而是一味照搬海德格尔、福柯、德里达等西方学者的理论，然后用他们的理论来剪裁我们的实践。其实，他们的理论是从他们国家的问题出发，去寻找答案，去建造的一种理论体系。我们如果要学人家的话，首先要学人家这种针对自己国家问题，针对第一世界所发生的问题所作出的一种理论的解答。我们要学的是这种精神，而不是把人家的理论观点、理论照搬过来，用来套我们的现实，这样解决不了我们国家的问题。因为我们国家的情况和第一世界国家相差太远了。美国不过是一个200多年历史的国家，而我国有着5000多年的文明历史。我们背负着历史的重担，同时我们又有悠久历史可供继承。我国是一个社会主义国家，但又要搞市场经济，很多问题是我们中国人才遇到的，所以，我们必须寻找对自己问题的解决。我觉得现在的理论界开始要解决自己的问题了。比如，“科学发展观”“和谐社会”“以人为本”“建设社会主义新农村”等，都是力图想解决中国自身的问题。中国有九亿人口在农村，如果九亿农民富不起来，我们能说我们多强大？如果我们长期处于这种水平，那么，我们还是处在弱小的状态。今天有些年轻学者整天在喊消费主义，我们今天到了消费主义时代了吗？我们人均不过是1000美元，而在农村人均一年的收入只有6000—7000人民币，这还是算好的。（京津地区有的地方年收入还只有625元人民币）他们什么都消费不了，连买件衣服都要考虑再三。我们是这个发展状况。

文艺学是在文革十年极端僵硬的状况下走出来的。应该说我们文艺学是在一步一步解决自己的问题，首先解决的就是文学是不是刻板地从属于政治？文学有没有独立性？文学是不是要永远听政治的指挥？我们首先面临这个问题，当时发表文学从属于政治、还是反对从属于政治的论文几百篇，都是由《上海文学》的评论员的一篇关于反对文学作政治的工具的文章引起的，许多人群起而攻之，坚持要文艺为政治服务。但也有许多文章反对文学当工具，在巨大的舆论压力下，周扬在全国第四届文代会上的讲话，也不再讲文学从属于政治，而是讲文学要为劳动人民服务，要为社会主义服务。但是，胡乔木当时觉得文艺与政治的关系这个问题如果解决不彻底，是不行的。他认为以后不再提文学从属于政治了，从属于政治利多弊少，后来邓小平接受了他的意见，在一次讲话中说以后不再继续提文艺从属于政治，这样一下子就解放了文学创作的生产力了，因此，才出现20世纪80年代初期到中期那一大批各种各样的小说，如伤痕文学、改革文学、知青文学等。那是我们解决了自己的一个问题。接着解决的一个问题是文学要不要写人性、写人情。为了这个问题，我们吃尽了苦头。钱谷融写了《论“文学是人学”》，为此遭到了长期的批判，说是“黑八论”；王淑明提出了写人性，巴人提出了写人情，都遭到了无情的批判，有的人最后为了一篇小文章连命都搭进去了。当时，就要解决文学要不要以人学作基础，要不要建立在人性和人道主义这个基础上，马克思是肯定人性还是否定人性，马克思是肯定人道主义还是否定人道主义。不解决这个问题，不继续提文学从属于政治这种说法，就还没有坚实的基础，没有彻底解决。当时很多理论家，朱光潜，王元化，我的老师黄药眠，汝信，包括钱中文先生等一大批人都出来讨论人性的问题。最后周扬临死前写了篇文章，其中肯定了人道主义，结果遭到胡乔木的批判。周扬以前思想是比较僵硬的，为什么到那个时候才提出文学要以人性论和人道主义为基础？社会主义时期也有人的异化，为什么要这样说呢？就是他自己有切身的遭遇。他在秦城监狱一住就是九年，称他是“阎王殿”的“二阎王”，遭到非人性、人道的折磨。所以，他在最后一篇文章里肯定人性。这个问题一直延宕了很多年，20世纪90年代它还遭到批判，到了90年代中期文学的人性问题才逐渐得到解决。

再进一步，我们又遭遇到了一个问题：文学不是阶级斗争的工具？文学不再从属于政治之后，那么文学究竟是什么？于是各种各样的理论出现了。90年代中期，有人提出“文学是一种活动”，但没有解决文学之所以是文学的特殊性。于是，有人说“文学是一种情感”，但是，只是情感，能是文学吗？如果情感不能用艺术的语言表达出来，难道胸中的情感就是文学吗？这仍然解决不了问题。于是，有人回答说语言是一种本体，所用的都是俄国的形式主义理论。但问题还是解决不了，那种认为只有语言才是文学的本身，除了语言，其他都是文学的外界的看法，解决不了问题。实际上，文学打动我们的不仅仅是它语言，还有里面的人物、情节，特别是里面的感情，所以，这种理论是片面的，我们不能完全接受，它不能完全解决我们的问题，当时这种理论很多。1984年，我和王元骧先生提出文学“审美反映论”，钱中文同时提出文学“审美意识形态”论。为什么讲文学是一种“审美意识形态”呢？从解答文学是什么这个问题上来讲，我们要在政治和艺术之间取得一个平衡点，同时也能够符合文学的实际，这样也才能被党和政府所接受。我们说“文学是一种语言所呈现的审美意识形态”，这里包含了几个要素：第一个要素它是一种意识形态，它是具有思想倾向的，哪怕是休闲作品也是有意识形态的性质，这一点是无法逃脱的；第二个是文学要让人愉悦，要让人欣赏，要让人精神上有一种超越感自由感，这就是审美了；第三个要点是文学是语言所表达出来的，因此，文学是语言所呈现的审美意识形态，它是包含了三个要点的结合，它强调了文学中最重要的三个维度：语言、审美和意识形态。我们提出这个概念，是力图实现在语言、审美和意识形态三者之间的完整的结合，这是符合文学的本性的。这首先是由钱中文提出来，后来我接着写了两篇文章，即《审美意识形态是文艺学的第一原理》和《审美意识形态的再认识》。我比较了几种文学观念，认为这种文学观念是最好的。因为它是符合文学本身的，而且是上面所能接受的，也是大家能接受的。当然，这个提法首先是符合文学自身的实际。我们提出“审美意识形态”论是为了解决文学理论的核心范畴，回答文学的本质问题。这种回答兼顾了文学的几个方面，如文学的形式、内容，周围的政治环境、文化环境等。在这个思考的背后还有更深层次的东西，那就是今天乌七八糟的反文明、反文化甚至反人类的东西。我们提出文学“审美意识形态”论有价值取向的，要健康的、积极向上的，这就要和社会上那些乌七八糟的文化现象保持距离，甚至抵制、批评它。所以说我们是有问题意识的。有人说，马克思从来没有说文学是意识形态。文学怎么不是一种意识形态呢？马克思理论已经经过100年，从卢卡奇到朱光潜，多少学者都说文学是一种意识形态。还有人说审美和意识形态不配套，审美是康德的东西，意识形态是马克思的东西，康德的东西和马克思的东西是什么关系啊。其实他们是只知其一，不知其二。审美的确是在康德这开始的，但在康德之后有很多发展，我就谈到过前苏联学者斯托洛维奇的艺术的审美本质的观点，他已经不在康德那个意义上来用审美了，他是用马克思的价值论来讲审美。审美是一种评价，对象有价值性，人有情感评价的能力，人用情感评价这个对象，然后构成了一种活动，这就是审美评价。其实这个问题在 1957 年 6 月 7 日，我的老师黄药眠先生就发表了一个讲演：美就是评价。当时，6 月 7 日提出这个问题，6 月 10 日就被打成“右派”，他的那篇论文来不及发表出来，所以后来，50 年代美学大讨论只讲三派：朱光潜的美是主客观的统一，蔡仪的美是客观的，以及李泽厚的美是实践的，而我的老师是讲美是评价，没有受到关注。我们是在解决问题，试图用我们思考的能力把马克思的东西、中国的东西和外国的东西融汇起来，来回答一个问题。现在也有人对钱中文的新理性精神提出对话，认为这个什么也不是。其实，钱中文的新理性精神包含四个要点，这四个要点是相互关联的。钱中文提出文学的新理性精神就是为了回应现实的问题，现实文化当中的种种负面的问题，这些负面的问题如何解决？这就要提倡新理性精神，这样才能起到制约的作用。后来，我把文学“审美意识形态”论写进《文学理论教程》，用这个教材的学校已经接近千家了。另外，据我们的统计，二十几本重要教材都采用“审美意识形态”这个概念，所以，这个概念是逐渐趋于成熟的，里面可能有些理论的缝隙仍然没有完全论证好，但我们会继续努力，把它论证完善，把它作为一个核心概念。

若干年后，中国会有一批既区别于古代，又区别于西方，而且专门研究、回答中国自己问题的理论专著出现。所以，我觉得许明说的这一点是对的，我们要有问题意识，我们要提出问题，然后通过各种资源的整合、改造、创造，回答我们自己的问题。最后我们对问题的回答是理论的形式，而这种理论的形式可能是自主的创新。

也有人提出疑问，“审美意识形态”论是不是一种权宜之计呢？对于这个问题，我断然否认。它并非是权宜之计。首先它是从文学本身的实际情况作出的一个结论；其次，它在上面能够接受，在下面也能够接受，这在中国当前的政治文化环境当中仍然是非常重要的。文学具有意识形态性，不是我的发明，这是马克思的理论，我们不过是整合马克思的理论，最终还是要回到马克思那里。我是一直相信马克思主义的。比如，一般人给共产主义下的定义是各尽所能，各取所需。据我所知，马克思给共产主义有十几种定义；而我认为，马克思有一个定义是更具有本质性的，那个定义就是他在《1844年经济学—哲学手稿》里面说的，即共产主义是人道主义和自然主义的统一，人道主义就是人尽其才，自然主义就是物尽其用、地尽其利。我们的国家如果真正做到人尽其才、物尽其用、地尽其利，那么共产主义就实现了。我认为，共产主义本质就是这样。我对很多东西都有自己的理解，比如文学有意识形态性，就拿好莱坞的电影来说，没有一部是没有意识形态的，他们的意识形态比我们电影的意识形态还强。就是那些看起来在谈情说爱的东西，里面也都是有意识形态的。文学“审美意识形态”论是我长久的一个观念，不是什么一个权宜之计。至于审美更是我心中钟爱的东西，我对审美有多种概括：审美是人生的节日，或者说审美使人成为人，审美是和人文精神密切相关的一个问题，决不是小事。没有审美，人不是人，人还是动物。有些青年学者提倡当下的文化主要是欲望，是欲望的满足。而我提倡审美。如果我们提倡精神的审美，提倡精神超越的审美的话，那么会使兽成为人；如果我们一味地提倡欲望的话，那就会使人变成兽了。这样看来，是要审美还是要欲望呢？这个问题是一个大问题。审美是意识形态的变异，是我的一个根深蒂固的思想，完全发自我的内心，怎么能是权宜之计呢？这是我对文学的一种理解。我对语言也是有感受力的。所以，审美意识形态的三点都是我的一种认识、理解，是我进入文学殿堂50年来从文学中感悟出来的。而恰好这个东西上面也能接受，下面也能接受，那么，我何乐而不为呢？

也有人认为“审美意识形态”是讲文学本质论的问题，但文学概论没有必要讲文学本质论的问题。作为普通的文学参与者，包括作家、读者、文学专业研究者，不再关心文学是什么，而是关心一些非常具体的问题。那么，“审美意识形态”理论是不是会逐渐被边缘化？其实，文学本质问题是任何一个学文学的学生都要关心的，而且任何一个文学教授也都要关心的，不关心文学本质问题是假的。比如，有人整天研究文学的形式，在他的观念中，文学的本质观就是文学是形式，如果你不是这样理解文学，为什么你专门去研究文学形式本身呢？这不是让人感到很困惑吗？文学本质沉甸甸地深藏在每个文学教授内心最深层的一个问题，任何人都回避不了。

（《社会科学》2006年第1期）

延伸与超越

——“新时期文艺学 30 年”之我见

从 1978 年起，在实事求是、解放思想这面旗帜下，文艺学界与别的学术界一样，开始反思过去，拨乱反正，接续“五四”的传统，着意建设文学理论与批评现代形态，至今已经走过 30 年。这 30 年文艺学界发生的事情，发表的文章和著作，提出的各种各样的观点，掀起的波浪，可谓纷繁复杂、百态纷呈，不是几千字可以说得清楚的。我这里想用删繁就简的方法，不论其间发生的各种枝节，仅就其大的脉络做一次梳理，最后看看我们现在走到哪里了，该如何迈出新的步伐，谈一点看法。

我认为，新时期文艺学 30 年走过了由外而内、由内而外两个阶段之后，正在实现某种延伸与超越。

第一阶段的“由外而内”。

当新时期开始之际，我们遭遇到的是“文革”时期留下的“极左”的僵硬泛文学理论。这里理论可以用“文艺为政治服务”这一句话来概括。虽然那时候还有“反映”“典型化”“现实主义”等几个词，但“反映”也好，“典型化”也好，“现实主义”也好，都是必须为政治路线服务的，所以说到底文艺是政治的工具、附庸和婢女。文学艺术是要继续做工具、附庸和婢女，还是要摆脱这种依附的地位，这在 20 世纪 80 年代初爆发了一场论争。

随着思想解放、拨乱反正的进行，反思的深入，“实践是检验真理”的讨论展开，《上海文学》编辑部于 1979 年第 4 期以评论员的署名，发表了《为文艺正名——驳“文艺是阶级斗争的工具”说》一文，文章认为，“文艺是阶级斗争的工具”说，是造成文艺公式化概念化的原因之一，是“四人帮”提出的“三突出”、“从路线出发”和“主题先行”等一整套唯心主义创作原则的“理论基础”。“如果我们把‘文艺是阶级斗争的工具’作为文艺的基本定义，那就会抹杀生活是文艺的源泉，就会忽视文艺的多样性和丰富性，就会仅仅根据‘阶级斗争’的需要对创作的题材与文艺的样式作出不适当的限制与规定，就会不利于题材、体裁的多样化和百花齐放。”[①]文章的作者意识到，“文艺是阶级斗争的工具”说，与文艺从属于政治的提法有关，因此提出，“工具说”离开了文艺的特点，离开了真善美的统一，从而把文艺变成政治的传声筒。虽然还不敢说文艺从属于政治的提法不科学，但强调毛泽东的“政治不等于艺术”。应该说《上海文学》这篇文章触及了文艺从属政治、文艺为政治服务的根本问题，而引起了一场大讨论。从《上海文学》的文章开始，从 1979 年到 1980 年，围绕文艺与政治的关系问题，人们进行了讨论，维护文艺从属于政治的学者和认为文艺不从属于政治的学者，进行了针锋相对的争辩。双方都从马克思、恩格斯的著作里面找根据，从文学发展的历史找根据，但由于大家都只找对自己的观点有利的方面，所以当时的讨论真如“盲人摸象”，交集点很少，当然不能得出一致的结论。

这个问题的解决是从 1979 年召开的第四届中国文学艺术工作者第四次代表大会文代会为转机的。邓小平在这个大会的《祝词》(1979 年 10 月 30 日)中说:“党对文艺工作的领导，不是发号施令，不是要求文学艺术从属于临时的、具体的、直接的政治任务”;“写什么和怎样写，只能由文艺家在艺术实践中去探索和逐步求得解决。在这方面，不要横加干涉”[②]。随后不久，邓小平又在《目前的形势与任务》(1980 年 1 月 16 日)中说:“不继续提文艺从属于政治这样的口号，因为这个口号容易成为对文艺横加干涉的理论根据，长期的实践证明它对文艺的发展利少害多。但是，这当然不是说文艺可以脱离政治。文艺是不可能脱离政治的。”[③]胡乔木在《当前思想战线的若干问题》(1981 年 8 月 8 日)中，对此作了进一步阐释:“我们的一切政治归根结底都是为大多数人谋利益的手段，政治本身并不是目的”;“我们不能为政治而政治，所以也不能为政治而文艺等等”。文学和文学理论终于摆脱了禁锢的枷锁，由政治转向学术，由单一的外在的政治干预转向文艺内部自身问题的研讨。

应该说明的是，中国文艺学界所理解的所谓“外部研究”与“内部研究”，与“新批评”派的代表韦勒克、沃伦所著的《文学理论》所说的同样命题的意涵是不同的。中国当时文艺学界只把“政治”和“泛政治”化的那些“工具”论、“从属”论当“外”，而把文学艺术自身问题的研究都当成是“内”，20 世纪

---

① 《上海文学》1979 年第 4 期。

② 《邓小平论文艺》，人民文学出版社 1989 年版，第 9、10 页。

③ 同上书，第 108 页。

80年代初起，我们讨论了形象思维问题，“共同美”问题，社会主义时代的“悲剧”问题，最重要的是再次讨论了文学的“人性”基础问题，80年代中期讨论的文学的“审美反映”问题，“性格多重组合”问题，文学“主体性”问题，“文学审美意识形态”的研究，“文艺心理学”的研究，直到80年代末提出的文学文体问题，人们似乎把这些一股脑儿都当成文学的“内部研究”。尽管争论始终不断，不同意见的对峙经常发生，但“青山遮不住，毕竟东流去”，所谓的“内部研究”已经成为学术“气候”。我还记得1987年《文艺报》展开关于文学“向内转”的讨论，有人激烈反对这种“向内转”的看法，但中国式的内部研究“向内转”的观点得到了大多数人的同意，逐渐形成共识。反对的声音越来越小，最后归于沉寂。这一事件可能是中国文艺学在80年代末中国式的“内部研究”趋于成熟的标志。告别“外部研究”，转向“内部研究”（尽管此时西方文论的“内部研究”式微，新一轮的“外部研究”，即文化研究勃兴），中国的文论家作出了符合中国国情的明智的选择，推动文学理论与批评研究的转型。20世纪90年代的“语言论转向”，叙事理论的研究，文学本体论的研究，不过是更标准的、更严格的“内部研究”而已。所不同的是，80年代的“向内转”明显带有知识分子对于社会转型的热情参与，90年代后的“语言论转向”则失去了这种参与的热情。如果我的感觉没有错的话，在中国式的“内部研究”中，“审美”“主体性”“语言”这三个词被特别的“放大”，所以有所谓的“审美转向”“主体性转向”“语言转向”的说法，文学自律的趋势，成为一种研究潮流，从这潮流中涌现的成果，虽然参差不齐，但不能不说它已经成为自“五四”以来文艺学研究的独特景观。

我想说的是，新时期的80年代和90年代，中国式的“内部研究”涉及对文学艺术自身规律的研究，是文艺学的一次转型。这“转型”可以概括为三个“转变”：从一家“专政”式的独语，转变为“百家争鸣”式的对话；从政治话语转变为学科的学术话语；从非常态的中心话语转变为自主发展的常态话语。这三种变化也可称为对话化、学术化和常态化。其所获得的成果虽然不能说“辉煌”，但可以说是“耀眼”的。

第二阶段的“由内而外”。

与20世纪90年代“语言论转向”差不多同时，一种新的“外部研究”在中国文艺学界悄然而兴。这就是1993开始的“人文精神”的讨论和“文化研究”在中国的出现。

中国在90年代后，经济迅速发展，商业迅速发展，物质财富涌现，人民的生活水平有很大提高，改革取得的成果超出了人们的预料。但社会问题不断涌现，贪污腐败，环境污染，城乡差别巨大，贫富差距悬殊，矿难事故不断则是其中几个最为严重的问题。从精神上说，就是拜物主义、拜金主义的流行。这种负面的情况也超出人们的预料。1993 年由上海学者发动的人文精神的讨论就是力图摆脱这种非人文状况的一次努力。这样，大家由关注文学语言这种“内部研究”转向，开始关注作品内容的精神境界的“外部研究”。

更重要的，则是“文化研究”在中国的兴起。文化研究本来是 20 世纪 50 年代英国流行的思潮，它本身与文学研究关系并不密切。英国文化研究把文化看成是一种整体的生活方式，“文化分析就是阐明一种特殊的生活方式，一种特殊文化隐含或外显的意义和价值。”[①]而文学只是生活方式的一种而已。英国文化研究的关键词是：“阶级”、“性别”、“种族”，批判精神是其灵魂。这与英国社会上世纪五六十年代的学生运动、70 年代的女权主义运动和反种族歧视运动密切相关。随着大众文化的勃兴，“大众文化”问题也进入到他们的研究视野。文化研究后来在美国有很大的发展，增加了诸如东方学、后殖民主义学等方面的分析与研究。他们也谈到文学作品，但仅作为一种例证，并不是什么“诗学”。到了 90 年代，英、美的文化研究已逐渐沉寂，而中国的学者则如同发现“新大陆”一样发现了西方的“文化研究”，很快地加以引进。

文化研究是在上述背景下被引进中国，而且恰好是被一些文艺学的学者引进中国。应该说，他们的工作不是无的放矢的，而是有针对性的。文化研究或文化批评对于中国文艺学研究是具有启示意义的。这主要是它为文学研究提供了新鲜的视角。对于文学作品的解读，若是能从文化视角去解读，可能会读出新鲜的文化意义来，这对于中国的拜物主义和拜金主义正在蔓延的现实，也可以起到针砭的批判的作用，这无疑是有益的。中国的文化研究的确在关注和分析新兴起的大众文化，对广告文化、网络文化、“超女”文化和“80 年后”文化等，有不少新鲜的分析和见解。但是，随着 70 年代以来西方文化研究到 20 世纪末和 21 世纪初的逐渐消退，它对于文学研究的负面作用也慢慢显示出来。而中国学者的文化研究则引进的痕迹太重，而自己的问题意识并不十分清楚。但无论如何我们还是要肯定文学的文化研究的确把研究对象从“内”位移到“外”，开拓了我们的视野，引导一些学者去研

---

① 罗钢、刘象愚主编：《文化研究读本》，中国社会科学出版社 2000 年版，第 125—126 页。

究文学与社会关系问题。有的学者似乎把这一回的“由内而外”的研究看成是新的文艺社会学的复兴，这种看法也不是没有根据的。其后，人们从文化研究角度，开始关注日常消费文化的艺术现象，电子媒介所产生的图像现象等。“日常生活审美化”的提出和观点引起争论；文艺学的边界“扩容”引起争论；强调“眼睛美学”和“新的美学原则的崛起”引起争论；“文学终结论”引起争论，等等。我感到，这次“由内而外”的所提出的诸种问题并没有解决，各说各话的情况比较严重，对于文艺学来说，所取得成果还有待评估。在这新世纪开始之际，我们仍然面临的问题是：文学理论为何？文学理论向何处去？

当前需要综合与超越。

30 年时间，从大体脉络上说，文学理论先是“由外而内”，接着是“由内而外”。现在我们应该思考我们面临新的问题了：文学是不是会走向消亡？如果文学走向消亡的话，那么文艺学就失去了对象，文艺学还能存在下去吗？假如文学和文学批评能够生存下去，那么文艺学是否应该将八九十年代的“内部研究”延续下去？把 90 年代和新世纪初的“外部研究”延续下去？如果认为这样的延续会把“内部研究”与“外部研究”相隔离，并不利于文艺学的整体发展的话，那么，我们是不是应该超越“内部研究”和“外部研究”的人为的划分，让他们“内”与“外”“两翼齐飞”，内部研究中应该结合外部研究，外部研究应该结合内部研究？还有，我们以前研究的成果，审美转向的成果，主体性转向的成果，语言论转向的成果，文化论转向的成果，应该如何对待？是抛弃还是扬弃？如果选择扬弃，那么该如何扬弃？这些“转向”的成果都是我们的生命投入，我们怎么能完全抛弃呢？扬弃有所清除，也有所保存。问题是我们在保存这些成果的精华之后，该如何在“内部”与“外部”的困惑中作出选择？是“单选”，还是“全选”？单选不过是重复，似不合理，那么我们就“全选”吧！问题又来了，这种“全选”会不会成为一种大杂烩？

于是，我们探索方法应该是形成一种能实现新的综合的研究视野或方法论。这新的视野和方法论应该基于文艺学研究学术的继承，又基于对旧有成果的超越。我感到，“内部”穿越“外部”，“外部”穿越“内部”势在必行。在文学文体与历史文化之间实现互动与互构，在艺术结构与历史文化之间实现互动与互构，在故事形态与历史文化之间实现互动与互构，在艺术叙事与历史文化之间实现互动与互构……应该成为研究的课题，方法也要相应革新，这样，我们就可能实现文艺学的又一次“位移”。上世纪 80 年代初，中期“由内而外”，我们把研究对象“位移”到文学自身的规律上面，90 年代以来的“由内而外”我们把研究对象由语言“位移”到社会文化上面，那么，这一次的综合应该把研究对象“位移”到艺术文本与历史文化互动与互构上面，这就是我和一些学人这些年来一直呼唤和提倡的“双向拓展”，一直提倡的“文化诗学”。“文化诗学”仍然是“诗学”，一方面，审美仍然是中心，语言分析不能放弃，但它不把文学封闭于审美、语言之内；另一方面，也不是又让外部政治来钳制文学，文学的某种“自治”的程度必须保持，“写什么和怎样写，只能由文艺家在艺术实践中去探索和逐步求得解决”。我们的主张是，让文学艺术与社会文化在新的基础上实现互动与互构。学术要多样，各种不同的研究要延续，但也要着重考虑超越。因此，我觉得具有包容性的、关注文学的整体的“文化诗学”是一个新的起点。

（《文艺争鸣》2007 年第 5 期）

政治化—学术化—学科化—流派化

——从近三十年文艺学学术的发展看高校学术组织任务的演变

从20世纪80年代初以来，中国高校文科各个专业不但在争取硕士点、博士点上面下了很大的工夫，80年代后期又开始建立国家级重点学科，目前国家重点学科也建设到了第三期。在世纪之交，教育部又下了大决心确立了100个人文社会科学重点研究基地，目前基地的建设也进入到了第二期。国家为什么要拿出这么多经费来建设文科博士点、重点学科和研究基地呢？这些学术组织担负的任务是什么呢？北京师范大学文艺学学科有悠久的历史，我们于1953年建立了全国高校第一个文艺理论教研室。新时期以来，我们专业又于1983年建立了全国第一个文艺学专业博士点，2000年我们的文艺学研究中心又获得了教育部的人文社会科学重点研究基地，2002年我们专业又被评为国家级重点学科。我自己一直置身其中，参与了文艺学专业的学术组织的工作，有一些体会。我想从中国新时期文艺学专业30年学术的发展来分析高校文科学术组织的任务，回答上面提出的问题，以便加强和提升自觉建设文科学术的意识。

政治化——"路线"话语

新时期开始之际，文学理论界所面临的问题，是如何从"文革"路线的完全政治化的话语中解放出来的问题。"文艺为政治服务"、"文艺从属于政治"就是"文革"路线留给我们的"遗产"。我们是要继续接受和背负这份"遗产"呢，还是要拒绝这份"遗产"，这就展开了"凡是"派和解放思想派之间的斗争。

1979年对文艺学界来说是一个重要的年份，《上海文学》第4期发表了《为文艺正名——驳"文艺是阶级斗争的工具"说》一文，文章认为，"文艺是阶级斗争的工具"说，是造成文艺公式化概念化的原因之一，是"四人帮"提出的“三突出”、“从路线出发”和“主题先行”等一整套唯心主义创作原则的“理论基础”。“如果我们把‘文艺是阶级斗争的工具’作为文艺的基本定义，那就会抹杀生活是文艺的源泉，就会忽视文艺的多样性和丰富性，就会仅仅根据‘阶级斗争’的需要对创作的题材与文艺的样式作出不适当的限制与规定，就会不利于题材、体裁的多样化和百花齐放。”[①]文章强调，“文艺是阶级斗争的工具”说，与文艺从属与政治的提法有关，并认为“工具说”不符合文艺的特点，其结果把文艺变成政治的传声筒。政治错了，文艺也跟着错。应该说《上海文学》这篇文章从解放思想的立场触及了文艺从属政治、文艺为政治服务的根本问题，而引起了一场大讨论。从《上海文学》的文章开始，从1979年到1980年，就文艺与政治的关系问题，人们进行了讨论，维护文艺从属于政治的学者和认为文艺不从属于政治的学者，进行了针锋相对的争辩。双方都从马克思恩格斯的著作里面找根据，从文学发展的历史找根据。应该说，不论当时争论双方是否意识到，他们所说的所主张的并不是个人的话语，还是不同“路线”的话语。

“路线”话语的变化，还是自上而下展开的。从周扬在1979年11月1日全国第四次文代会的报告《继往开来，繁荣社会主义新时期文艺》的“征求意见稿”开始的。当时担任中国社会科学院院长的胡乔木就“征求意见稿”于当年9月8日给胡耀邦写了一封信。信中说：“全文的关键似在对文艺与政治的关系作出新的提法，不再因袭过去的文艺为政治服务、文艺从属于政治的提法。过去的提法有许多讲不同的地方，过于简单化，但现在不必加以批评，还是要给以历史的积极的解释和估价，因为它是时代的产物，也发挥了积极的作用(当然也产生了消极作用)，但现在仍然因袭就不适当了。我们想这可能是这次文代会能否开好的一个关键。”[②]这是从毛泽东的《在延安文艺座谈会上的讲话》以来，党内专家第一次提出不提“文艺从属于政治”和“文艺为政治服务”。邓小平《在中国文学艺术工作者第四次代表大会的祝词》(1979年10月30日)中说：“党对文艺工作的领导，不是发号施令，不是要求文学艺术从属于临时的、具体的、直接的政治任务”；“写什么和怎样写，只能由文艺家在艺术实践中去探索和逐步求得解决。在这方面，不要横加

---

① 《上海文学》1979年第4期。

② 参见《从胡乔木、邓力群给胡耀邦一封信谈起》，《人民政协报》2004年10月21日，又见《光明网》2005—1—20。

干涉”[①]。随后不久，邓小平又在《目前的形式与任务》(1980年1月16日)中说：“不继续提文艺从属于政治这样的口号，因为这个口号容易成为对文艺横加干涉的理论根据，长期的实践证明它对文艺的发展利少害多。但是，这当然不是说文艺可以脱离政治。文艺是不可能脱离政治的。”[②]胡乔木在《当前思想战线的若干问题》(1981年8月8日)中，对此作了进一步阐释：“我们的一切政治归根结底都是为大多数人谋利益的手段，政治本身并不是目的”，“我们不能为政治而政治，所以也不能为政治而文艺等等”。

作为政治化话语向学术化话语的过渡，这段时间文艺学界讨论了毛泽东过去提出的“形象思维”问题、“共同美”问题。

我想强调的是，在新时期开始之际，文艺学界似乎很热闹，每个人都在发言，但我不得不说，多数人的发言的仍然是有不同“路线”背景的，并没有进入到深厚的学理层面，因此这不是众声喧哗，不是百家争鸣，如果说有“家”的话，就是极“左”一“家”，反极“左”一“家”。不论你那时说了什么，不过是两家中某一“家”的话语而已。因此，那时高校的学术组织虽然大多恢复了“教研室”的活动，但活动的内容主要是教学，至于学术观点上面同一个“教研室”就可以有两种不同的声音，即两种政治化的“路线”的声音。除一些例外，“教研室”不展开任何学术研究的活动，也没有学术研究的任务。

我还想强调的是，从意识上说，对于建立学术组织各高校不但还无此要求，甚至还可能认为是一种“负担”。那时，各个高校的许多老教授渡过了“文革”的险滩，存留下来，但无论老、中、青，对于申请博士点，建立学术组织的意识，都还十分薄弱，或者根本看不到博士点对于将来学术发展的重要意义。等到80年代后期和90年代以后，建立学术组织和学科的意识有了，甚至意识很强烈，但这些能够领衔建立博士点的老教授先后辞世，各校相同的学科之间竞争十分激烈，要申请下一个博士点又谈何容易。大家知道，新中国建立学位制是1980年的事情。国务院学科组遴选头一批博士点，文艺学学科根本没有任何一个学校去申请。我当时隐隐约约意识到“博士点”的重要，我去找了我的老师著名的文艺理论家黄药眠教授，提出要申请文艺学博士点的愿望，希望他能够领衔“出马”。黄先生当时对我说：我们要博士点干什么？我不是博士，你也不是博士，我们如何能带出博士？我无言以对，觉得自己是不是有“非分”之想，而退了回来。1983年国务院学科组评选第二

---

① 《邓小平论文艺》，人民文学出版社1989年版，第9、10页。

② 同上书，第108页。

批博士点，这一次我鼓足勇气，向身体还算健康的黄药眠先生再次提出北京师范大学要以他为带头人申请文艺学博士点的愿望。黄药眠先生毕竟有眼光，这一次他同意了。我填了两张纸的简单得不能再简单的表格。据当时担任国务院语言文学学科组的负责人钟敬文教授后来告诉我，对于黄药眠先生的申请，评审组只是用几分钟议论了一下，大家都表示同意，就通过了。我们当时的申报条件就是一位正教授，两位副教授和若干名讲师。当时有这样条件的何止我们一家，不过我们的“意识”比他们领先一步而已。

学术化——个人话语

如果说20世纪80年代初的反思时期，主要的努力是在拨乱反正，破除极“左”思潮的“泛政治”语言对文学理论的束缚的话，那么，到了80年代中后期，文学理论研究者似乎获得了充分的信心，开始文学和文学理论的自主性的追求。个人的学术话语从80年代初就有了，但没有形成潮流。直到80年代中期，解放思想已成定局，在现实需要的背景下，在西方当代文论涌进的背景下，在读书成为热潮的背景下，在学术视野得到开拓的背景下，个人的学术话语才应运而生。

1985年被称为文艺学“方法年”。北京、厦门、扬州、武汉等地都召开了的专门讨论文艺学方法的学术会议。长期以来，我们的传统的方法就是社会历史批评，不但没有获得生动的丰富的发展，反而某种程度上被庸俗社会学化。单向的、孤立的、静止的、线性因果关系、机械的思维方式，使文艺学研究陷入泛政治化的境地。思想解放的结果是，大家意识到一定要拓宽各种不同的方法的运用，获得不同的学术视角，对于文学事实进行不同的解释，对文学经验获得不同的理解，对文学问题作出不同的解答，这样文学理论才能走向学术化。1985年，刘再复发表的论文《文学研究思维空间的拓展——近年来我国文学研究的若干发展动态》影响很大。他认为，近年来文学研究在方法论上除了从破到立这个总趋向之外，还有四个突出的趋向：1、由外到内，由着重考察文学的外部规律转向深入研究文学的内在规律；2、由一到多，由单一的哲学认识论或政治阶级论维度来考察文学现象转变为从美学、心理学、伦理学、历史学、人类学等多种角度来考察文学；3、由微观分析到宏观综合，由孤立地就一个作品、一个作家或一个命题进行思考、分析转变为从联系的、整体的观点进行系统的宏观综合；4、由封闭体系到开放体系，吸收外来的西方的文论的养料和不断吸收文学之外的其他学科的养料。最后指出了这四种趋向的七个较突出的具体表现[①]。

果然，方法的革新很快取得了学术成果。1986 年被称为"文学观念年"。"泛政治"话语"退场"，学术话语终于"出场"。1985 年《文学评论》第 6 期和 1986 年第 1 期，刘再复发表了长篇论文《论文学的主体性》。刘再复的论文的主旨是："构筑一个以人为思维中心的文学理论与文学史研究系统"，"我们的文学研究应当把人作为主人翁来思考"，"把人的主体性作为中心来思考"[②]。论文的这个主旨有明确的针对性的。那就是前苏联的"社会主义现实主义"的庸俗社会学和机械认识论倾向及其对中国当代文学的影响。《论文学的主体性》主要论点是："文学中的主体性原则，就是要求在文学活动中不能仅仅把人（包括作家、描写对象和读者）看作客体，而更要尊重人的主体价值，发挥人的主体地位，以人为中心、为目的。具体说来就是：作家的创作应当充分发挥自己的主体力量，实现主体价值，而不是从某种外加的概念出发，这就是创作主体的概念内涵；文学作品要以人为中心，赋予人物以主体形象，而不是把人当成玩物与偶像，这是对象主体的概念内涵；文学创作要尊重读者的审美个性和创造性，把人（读者）还原为充分的人，而不是简单地把人降低为消极受训的被动物，这是接受主体的概念内涵。"[③]刘再复就上述观点展开了洋洋洒洒的论述。刘再复论文的意义不在于具体论述一个问题，而在于文学观念的学术立场的转变，即从过去的机械的反映论文学观念，转变为价值论的文学观念。因为在强调文学的主体性的时候，刘再复核心的思想要论证人、主体的人、人的经验、人的尊严、人的思想感情、人的性格、人的命运、人的活动等才是最具有意义和价值的。一切离开"人"这个主题的文学是没有意义和价值的。总的看来，刘再复 1985—1986 年间提出文学主体性，不是没有逻辑的概念的缺陷，可作为一种与"社会主义现实主义"不同的文学观念，即主体性文学观念，还是让人们充分意识到，文学主体性理论对单纯认识论文艺学的批评有某种程度的合理性，而标志着不同于认识论文艺学的主体性文艺思想的出现。这对于中国文艺学的变革与发展是有重要意义的。尽管他学术化的理论也遭到了不少质疑，但已经基本上属于正常的学术

---

① 刘再复《文学研究思维空间的拓展》，《读书》1985 年第 2、3 期。

② 刘再复：《论文学的主体性》，《文学评论》1985 年第 6 期。

③ 同上。

讨论了。立论者和批评者已经失去了政治的考量，一个学术化话语的时代终于降临了。可以说，由讨论文学主体性为发端，其后各种学术话语从此不断涌现出来，人们提出了许多不同的文学观念，出现了文学的内部研究和外部研究，所谓"多元共生"的理论局面终于形成。就是在20世纪90年代，就是在新世纪，学术化的话语也一直延续者、发展着，学术研究走上正轨。

学科化——团队学术话语

随着20世纪90年代国家经济的迅速的发展，随着"985"工程和"211"工程的实施，国家对于哲学社会科学研究的投入力度越来越大，哲学社会科学对于国家的贡献也越来越大。各个高校建设文科学科的力度大大加强。理工科学校也纷纷转型，要想文、理、工兼备的综合大学发展。为了一个文科博士点，各高校可以说花了"血本"，为建立一个博士点动辄投入几十万、一、二百万。各个高校"争夺"博士点的高地"战争"越演越烈。建设学科成为各高校的主题。一个学校的优势已经不再是每年能招多少学生，也不在一个学校有多少教授，而在有多少硕士点和多少博士点。文艺学博士点由北京师范大学一个点，到1985年复旦大学建第二个点，1987年山东大学建第三个点。到现在文艺学专业已经有20多个博士点。

建立博士点意味着学科化的团队话语开始形成。因为凡要组建博士点都得设立几个有特色的学术方向。既然要设立学术方向就不能不相互靠拢，或共同研究同一个课题，实现理论创新，团队学术话语成为一种新的动向。以我们学校文艺学专业的研究方向为例，从1983年建立博士点开始，发扬"团队精神"，锐意创新，形成更为宏大的课题规模，先后组织"六大战役"：一是完成国家教委项目，其成果《中西比较诗学体系》(上下卷，人民文学出版社，1992年版)，这是中国第一部中西比较文论的专著，参加的老师和学生近20人，这部专著在境内外学界产生较大影响；二是完成国家"七五"规划重点项目"文艺心理学研究"，出版系列著作15部，其中由中国社会科学出版社1996年出版的《现代心理美学》，把朱光潜教授30年代的《文艺心理学》大大推进了一步，引起学界瞩目，参加人员达到14人；三是编写出观念更新的教材10多部，其中高等教育出版社出版的《文学理论教程》被国内高校广泛采用，发行量逾百万册，获国家级教学成果奖，参加人员20多人；四是撰写出版具有开拓性的“文体学丛书”(五部)和“文艺新视角丛书”(五部),其中文学文体学方面的著作具有开创意义;五是出版“文化与诗学丛书”共10本,提出并实践了“文化诗学”的研究方法,在学界产生了较大影响;六是组织出版“文艺学与文化研究丛书”,共14本,在学界已有很好反响。从1985至今的20余年间,我们的学科团队先后完成或正在承担国家、省部级和国际合作项目45项,获得科研基金300余万元,出版著作60余部。我们之所以把完成这些科研项目叫做打完“战役”,就是因为它们不是一个人、几个人完成的,是十几个、几十个人长期相互切磋、通力协作完成的,靠的是学术团队的整体力量。这些话语已经不完全是个人的学术话语,而是学术团队的集体的话语。虽然我们的著作不是没有缺点和问题,但从研究规模上、团队协作上、理论创新上确有质的变化。

不仅仅我们北京师范大学文艺学学术团队这样做,其他各个高校的优秀的文艺学学术团队也同样如此做,可以说是各个高校的自然的共同的选择。当然,大家这样做的时候,并不是放弃了个人的学术话语,实际上个人的学术研究仍然在做,但已经对自己的研究作出了适当的调整,以便参与到团队的学术活动中去。

更出人意料的是,在新旧世纪之交,教育部决定投入大量经费建立了百所人文社会研究基地,革新国家级重点学科的评审办法。“基地”的设立是2000年到2001年发生的事情。国家重点学科的再次评定是2002年发生的事情。这两件事情,让所有在高校从事专业的教师们意识到,教育部要组织“国家队”了。于是,一个高校的业绩如何,已经不能停留在学校有几个硕士点和博士点上面,而是要看你所在的学校有多少个“基地”、多少个“国家级重点学科”。非常幸运的是,北京师范大学文艺学学科点于2001年被列为教育部百所人文社会科学重点研究基地,又于2002年被列为国家级重点学科。因此,我们更深切地感到在建立这些学术组织的背后,就是要求高校不但要很好地建设专业和学科,而且要进一步发扬团队精神和协作精神,担负起与我们国家发展相称的科学研究任务,实现理论创新,出色完成基础研究和国家急需的实用研究,为我们国家在世界上攀登各个专业的学科的学术高峰作出贡献。

流派化——学派学术话语

可以预见的是,学术团队的话语的进一步发展,必然要根植于我们国家的现实的土壤，必然要总结中华民族的悠久的光辉灿烂的历史文化遗产，必然有批判地借鉴外国的相关专业、学科的理论知识，必然要建设具有中国特色的社会主义的学术文化，这样，我们的学术话语就要进一步提高与创新。对于学术文化而言，这也是一个历史机遇时期。我们可以实现古典学术文化的现代转化，同时也可以实现西方学术文化的中国转化。就文艺学专业说，虽然当前文学受到高科技电子媒体的冲击，影响甚巨，有人提出“文学走向终结”。但文学本身有其内视性特点，文学人口仍然很多，文学的存在会变化，但文学不会终结。实际上，目前文学所面临的问题比任何时候都更多，其情况比任何时候都复杂。问题多，情况复杂，这对学术研究绝对不是坏事，而是好事。文学本身是一个广延性很强的事物，现在又遭遇电子媒体的冲击，它必然为文艺学专业的学者提供了研究的广度和深度。这就有可能使各高校文艺学的学术组织分别关注文学的不同方面，就某一个方面或侧面进行深入的探索，提出新鲜的见解，并逐渐形成本校的研究特色，形成自己的学术流派。因此，“学派化”应该是文艺学界可以预见的未来状况。

就北京师范大学文艺学研究中心而言，我们于 1998 年即提出了“文化诗学”的主张。这种文化诗学理论作为一种文艺学新的方法论，其目标是超越持续了 30 年的所谓内部研究与外部研究，从当前的文学实际出发，植根于社会现实，走一条以“审美”为中心的“双向拓展”的路：一方面向宏观的历史文化拓展，一方面则向微观的文本细读拓展，并把这两者紧密地结合起来。我们为这一新的构想，写了不少论文，文化诗学的批评实践也取得了成果。我们还将进一步设立课题，进行艰苦的深入的探索，为形成文艺学新的学派准备条件。

在“流派化”的背后，学术组织的团队精神将得到进一步的加强。这时候，在大体统一的学术话语的前提下，个人的学术话语也将更为活跃，但彼此相互支持。就如德国的法兰克福学派，他们有大体一致的学术目标，但每一个成员之间的见解又有所不同，每个人都有自己的新问题、新概念、新理论。

只要国家大力支持，充分发扬学术民主，允许试验，允许失败，同时又规范我们的学风，扎扎实实，一步一个脚印，新的学派一定会在中国的地平线上出现。

（《江西社会科学》2007 年第 3 期）

新时期文艺批评若干问题之省思

新时期的文艺批评走过了30年的路程。从批评发展的过程看，从20世纪80年代初充满思想解放激情的启蒙主义批评话语，到“重写文学史”的提出；从对“五四”文化运动是否导致传统的“断裂”的研究，到90年代初人文精神问题的讨论；从语言论转向下的文体批评的兴起，到具有反思性的政治化的文化批评的流行；从消费主义支配下的时尚化的文化研究，到近年来对大片《满城尽是黄金甲》《无极》的批评与讨论……是有针对性的，有现实感的，没有回避问题，也敢于面对各种各样的挑战。从批评的形态的探求看，先后提出了“新启蒙批评”“美学—历史批评”“圆形批评”“学院派批评”“文体批评”“理论的批评化”“批评的理论化”“文化诗学批评”“生态批评”等等。这些批评形态的提出，都积极尝试解决中国当代文艺批评中遭遇到的一些紧迫的现实问题，带有浓厚的理性精神，反映了文艺批评界的反思深度和理论建构努力。因此，在对当代文艺批评进行反思之前，我们不能不看到，中国当代文艺批评总的说是随着时代的变化而变化，随着文艺创作的发展而发展。新时期的文艺批评工作是不可缺少的，是有意义有价值的。也正是在这过程中，涌现出了一批有学养、有智慧、有眼光和训练有素的批评家，为新世纪的文艺批评打下了良好的基础。

但是，中国当代的文艺批评仍然存在若干问题值得我们去反思。富有针对性的省思，是开辟文艺批评新局面的起点。

一、文艺批评的商业化问题

商业的资本原则渗入到当前的文艺批评，这是一个不争的事实。无穷无尽的作品讨论会变成了为一个又一个作者的“捧角”会，“树碑立传”会。各种媒介的广告评论，千篇一律，根本不看作品的好坏、高下、精粗；它们变尽各种技巧，热闹“炒作”，吸引眼球，为的是电影公司、电视台、电影院或出版社的“滚滚财源”。商业大潮对文艺批评的渗透,问题还不完全在这里,而在这种以金钱为目的商业逻辑,腐蚀了文艺作者和批评家。作者为了商业目的而不惜迎合读者、观众的不健康的趣味,而批评家则昧着良心当起这些作品的吹鼓手。更有甚者,有的批评家不惜用学理和自己的声名作赌注,硬把作品中一些丑恶之极的内容曲解成有意义的有价值的东西,极尽吹捧之能事。因为在这商业性的“炒作”中,批评家也似乎可以分到一杯羹。当然也有的批评家同样是为了商业上的考虑,而搞所谓的“酷评”,硬把一些作品的缺点或根本不是什么缺点加以放大,用似是而非的理由加以“抹黑”,完全丧失了实事求是之心,其目的是为了使文章或著作的“轰动”,发行量飙升,这样就可以拿到一笔可观的稿酬和别的利益。

其实,商业大潮对文艺批评的渗透,与“文革”中和“文革”前那种高喊“文艺从属与政治”“文艺是阶级斗争的工具”“文艺是无产阶级专政的工具”的极端政治化的看似不同,看似处在两个完全不同的端点,实际上其思想方式如出一辙。极端政治化的批评把一切都归结为阶级斗争,当帮派的打手,获得“赏识”,获得话语权,进而坐收“左派”的权与钱之利;商业化的批评的目标则提高收视率或使图书畅销,其等而下之者甚至打着批评的幌子,或明或暗中饱私囊。也就是说,这两种批评都把文艺当成是“依附性”的,前者依附于政治权力,后者依附于金钱利润。他们把文艺批评贬斥到“依附性”的地位,最终都是为了一己的权与利。这两种批评的一致点还在于,在批评的背后都缺失了人、人性、人文关怀。这是最要害的问题。他们明知是在说假话,却仍然要说假话,这不能不说丧尽了批评家的良知。

在市场经济条件下,文化产业已成为政策,这当然是必要的。文化产业的发展趋势已经不可阻挡,也是可以预计的。在这种情况下,作家和批评家的作品可能会被纳入到产业中去,理所当然成为商业的一部分。问题在于作家、批评家自己应该明白自己的态度和立场,那就是自己所做是“事业”还是“产业”?“事业”是与赚钱无关的事情。真正的作家、批评家当然要凭着自己的人生信念,把创作和批评当事业来做。既然所做的是“事业”,那么就是为“道”,为了信念,而不仅仅是为了钱。孔子说:“朝闻道,夕死可矣。”尽管我们可能无法达到孔子那样的境界,可对于批评家来说,“说真话”,说自己想说的话,总是起码的要求。“真”“真实”“真诚”,无论对作家还是批评家,也是一种“道”。如果连这个“道”也达不到,那么就要想一想俄国大批评家别林斯基说的话:“……在我看来,说你所不想说的话,用自己的信念投机，这不仅不如沉默和忍受贫穷、甚至不如干干净净死掉。”①

二、文艺批评与文艺创作的关系问题

在商业化的条件下，商业的资本原则渗入文艺批评活动，这的确是一种不正常的现象。与此相关，又产生了一个批评家与作者的关系问题。那就是，批评对于创作来说是否是独立的？较长的一个时期以来，人们有一种误解：认为创作高于批评，批评不过是创作的附庸。似乎创作是根本，批评不过是创作的点缀。创作可以独立产生意义，批评则不能独立产生意义。不但作家、艺术家这样看，连批评家自己也这样看。对于作家和艺术家，社会承认他们，给予各种重要的或荣誉的职务，批评家就很少获得这种机会。这样一来，似乎批评家不过是依附作家、艺术家的“食客”。我认为这种局面不改变，那么文艺批评就太可怜了，甚至会失去了存在的条件。

这个问题不但关系到文艺批评的地位，而且也关系到文艺批评的根基。文艺批评的根基在哪里？应该说，它既不在政治，也不在创作，而在生活、时代本身。生活、时代既是创作的根基，也是批评的根基。创作与批评都具有时代性，创作与批评的根基是同一的。批评家不是随便说一说一部作品思想和美学上的优点或缺点，优秀批评家应该根据自己对生活与时代的理解，对作品作出自己的独特的评判，或者借作品的一端直接对社会文本说话。这样，一个优秀的批评家如何来理解现实与时代，想对现实与时代发出怎样的声音，就成为他的批评赖以生存的源泉。还是来谈谈别林斯基。大家知道在19世纪40年代前，别林斯基有过一个与现实“妥协”的时期，他接受了黑格尔的“一切现实的都是合理的，一切合理的都是现实”的思想，错误地认为既然俄国专制农奴制是现实的，那么也就是合理的。他写了一些为俄国农奴制辩护的批评文章，他的批评也就无足轻重，不但不可能生产积极的意义，相反是依附于反动势力的威严之下。为此他受到赫尔岑的严正批评。19世纪40年代初，他迁居彼得堡，耳闻目睹当时俄国京城贪官污吏的腐败和专横，他悲愤地写道：“这个丑恶的俄国现实充满着对金钱和权势的崇拜、贪官受贿、腐败堕落、道德沦丧、昏庸愚昧等现象，任何聪明才智、高尚举止

---

① 《别林斯基论文学》，新文艺出版社1958年版，第255页。

都会遭到欺压、蹂躏，书报检查横行，思想自由被根除。……如果我还为这一切进行辩解，就叫我的舌头烂掉。”[①]这是对现实的这一新的态度和深刻的理解，这种对于现实的新态度、新理解为他后来的文学批评事业开辟了新的道路。

创作与批评是两种不同的社会“身份”。这里不存在高低贵贱之分，也不存在谁依靠谁的问题。但它们合作，共同生产意义。例如，俄国19世纪早期的文学意义是由普希金、果戈理和别林斯基共同生产的。普希金、果戈理的作品对时代文本发言，别林斯基则把他们的发言提升了一步，共同对现实发出激奋的声音，这才构成了那时俄罗斯文学的景观。所以别林斯基说：“批评总是跟它所判断的现象相适应的：因此，它是对现实的认识，……在这里，说不上是艺术促成批评，或者是批评促成艺术，而是两者都发自同一个普遍的时代精神。二者都是对于时代的认识，不过批评是哲学的认识，而艺术是直感的认识。”[②]别林斯基的意思是，创作与批评的“身份”是平等的。批评并不寄生于创作，创作与批评是同一个硬币的两面。别林斯基还说，在那个时候，批评家对“一部伟大的作品说些什么这个问题，其重要性是不在这部作品本身之下的。不管你对作品说些什么，——请相信我，你的文章一定会被人阅读，激起人们的热情、思考、议论”[③]。如果我们现在的批评家要是有这种认识，那么文学批评就会构成“不断运动的美学”，那么批评家创造的世界是与作家、艺术家所创造的世界是同样重要的。当然，你的批评话语不能是不痛不痒的，你必须在评论作品中，要么提出了现实的问题，要么回答了现实的问题，或者其中有关于生活的玄远的哲学思考。

还有，既然创作与批评是平等的，那么，作家、艺术与批评家之间的关系也应该是平等的关系。你们在下面可以是朋友，可以称兄道弟，但批评家对于作品则应该是好处说好，坏处说坏，秉持科学的态度对作品的优长和短处作出艺术的总结和概括。不能因为彼此之间是朋友，低头不见抬头见，抹不开面子，就不敢批评。批评的要义就是敢于批评和善于批评。如果面对作品严重的问题，而不能发现，或发现了不敢说说真话，这算什么批评家。作家、艺术家则应面对这样的敢于和善于批评自己作品的短处的批评家，应以

---

① 《别林斯基书信集》第2卷，俄文版，1955年，第120页。

② 别林斯基：《关于批评的讲话》“第一篇论文”，见《别林斯基选集》第三卷，上海译文出版社1980年版，第575页。

③ 同上。

敬重之心待之，乐于接受批评，甚至表达感谢之意。事情难道不应该是这样的吗？新文学的前辈为我们作出了榜样。沈从文在《记冯文炳》一文中，并没有因冯文炳（废名）是自己的朋友，就放松了对其作品不足的批评。沈从文真的是好处说好，坏处说坏。他对冯文炳的作品《莫须有先生传》作了直截了当的批评，说他的作品“把文字发展到不庄重的放肆的情形下，是完全失败的一个创作”，这样的批评是尖锐的，也是真诚的。在我看来，越是名作家、名艺术家的创作就越要对其严格批评，因为他们的读者与观众对他们的作品抱有更高的期待，影响也更大。批评家不但对艺术负有责任，也对社会大众负有不可推卸的责任。

要达到上面我所说的文艺批评的理想境界，关键是批评家要有自己的生活信念、社会理想和文艺理想。没有社会理想，就不可能对现实作出深刻的理解。没有文艺理想，就不会有对艺术的追求，从而能对文艺作品作出深刻的评判。没有独特文艺信念的人，一味依附别人的人，不是批评家。批评家在信念的支持下，要有自己的独特的思想和批评空间，要有坚定的立场。不应该看着人家（例如作家）的脸色行事。同时他也要有自己的批评路径和专业技巧，能说人所不能说，道人所不能道。当批评家发言的时候，作家、艺术也好，读者、观众也好，整个社会也好，都不能不注意地倾听。这样文艺批评就必然产生意义。批评与创作合作，创作家与批评家携手，共同对社会发出自己的声音。

三、文艺批评的对象与方法问题

文艺批评的对象是文艺作品和各类文艺现象，有时也涉及这些作品的作者，这本来是不成问题的。但是，自近几年消费主义思想流行以来，时尚的文化批评似乎要取代文艺批评，似乎文艺批评已经过时了，现在文艺批评的对象应该锁定在广告、模特走步、选美、网络、咖啡馆、街心花园、房屋装修、“超女”、《红楼梦》演员选秀、“华南虎照片”等泛文化现象上面。其理由是，纯正的文学艺术已经边缘化，文学更要走向终结，趁审美还在这些似乎与文艺有点关系的活动上面蔓延，赶紧实现文艺批评的文化转型，以便文艺批评能够继续下去。对此问题，我已经发表过意见，这里不想多谈。我只想说一句，纯正的文艺虽然随着时代的发展而变化，但不会灭亡，借用主张过

"文学终结论"后又改变观点的美国学者希利斯·米勒的话来说:文学是安全的,艺术是安全的。文艺批评也是安全的。

这里我想就当下文艺批评要不要细读作品的问题谈点看法。

现在有一种现象,有些批评家现在只聚焦于文学事件或文化事件,而很少阅读和研究当代文学作品。有的批评家甚至公开声称,他不读某个作品也照样可以批评。可见,这些批评家所关注的不是作品的性质或价值,而是围绕在作品周围的事件。这种不读作品只是关注围绕作品所发生的批评,其目的不过是商业炒作,把人们从作品的思想与艺术引开。这种批评对于商业也许有意义,对于人们在无聊时助谈兴也许有意义,但对于真正的文艺批评毫无意义。真正的文艺作品可以有三个层面:第一层是"悦目悦耳",第二层是"悦心悦情",第三层是"悦志悦神"。真正的文艺批评应该进入到作品的全部三个层面。而这种不读文艺作品的文艺事件批评,连作品的"悦目悦耳"这个最表面的层面都没有触及,那么,请问这种批评能进入文艺作品的世界吗?能理解作品的所抒写的情志吗?能揭示作品所具有的美学的历史的意义吗?不把作品当批评对象只是把事件当对象的批评对象的批评在今天的流行,还是商业"炒作"的小伎俩,对于真正的批评来说,也可以说是一种消解,一种亵渎。

关于文艺批评的方法,新时期以来经过了数次变化。但如果我们忽略那些细节不计,大致可以归结为"向内转"的批评和"向外转"的批评,即相当于韦勒克提出的"内部"批评和"外部"批评。在20世纪80年代,那时候为了摆脱僵硬的"文艺从属于政治"的批评模式,理论批评界提出了回归到文艺自身的"向内转",就批评而言突出的有审美批评和形式批评,这种批评在今天看来是不全面的,但在那时却具有"拨乱反正"的作用,它具有治疗极"左"顽症和解放思想的伟大意义是不容抹杀的。现在似乎有个别人想开历史倒车,又要起来清算80年代的反极"左"时候提出的文学理论和文艺批评思想,这完全是枉然的。看来当前重要的问题还是"防左"。90年代后随着"语言论"转向,叙事学流行,形式批评进一步升温,批评于是进入一个回避现实境况的批评学问化时段,这当然也是可以理解的。但在90年代后期,随着国家经济的发展,商业大潮的涌动,各种社会问题丛生,人们的思想重新活跃起来,此时,恰好有关文化研究的批评方法从英国的威廉斯为代表的伯明翰大学学派那里被引进。这样就出现了所谓的批评的"向外转",即相当于韦勒克所说的"外部"批评。相对于80年代的"向内转"而言,所谓"向外转"就是批评家从文艺形式这个端点一下子又跳到文艺社会政治内容这个端点。这时候出现了“阶级”批评、“性别”批评、“后殖民主义”批评、“新历史主义”批评、“生态”批评。这类批评要是做得好，那是很有益的。但目前这类批评一般是不顾文艺的表现形式，仅就作品的内容所展开的一种批评形态。这些文化批评的一个特点就是不去考察作品艺术上的优劣、高下、精粗的程度，而只是关注作品对“阶级”“种族”“性别”“生态”等观念内涵的符合的程度。

不难看出，无论是“向内转”的审美批评、形式批评，还是“向外转”的文化批评，都是有其时代的根据的，具有时代精神的，必须给以充分的历史的评价。但是，就批评的方法和形态而言，“向内转”和“向外转”的批评都是不完整的、片面的，不能整体地深刻地揭示文艺作品的思想和艺术的价值与意义，也是不能保持活力的，不能持久化的。因此，早在20世纪末就有人提出具有综合性的“文化诗学”批评的构想。“文化诗学”批评的立意，是在坚持文艺的审美特征的条件下，把形式批评中对作品的细读和文化批评中对作品社会文化意义的阐释结合起来，形成一种新的批评形态。这种批评可以从作品的文体研究入手。我在1994年出版的《文体与文体创造》一书中指出：“文体是指一定的话语秩序所形成的文本体式，它折射出作家、批评家独特的精神结构、体验方式、思维方式和其他社会历史、文化精神。”就是说，文体有三层面：第一层面是作品的语言体式；第二层面是作品语言体式所折射出的作家的精神结构、体验方式和思维方式；第三层面则是作品语言体式中所蕴含的社会历史、文化精神。一个批评家完全可以从细读作品开始，深入作品的语言体式，进一步揭示作家赋予这作品语言体式所表达的作家对生活的体验、评价，所显现的精神结构；最后则要联系社会历史语境，深入揭示作品所体现的时代文化精神等。这样，我们就把内部批评与外部批评综合起来，结合起来，形成对作品的整体性的深入的把握。这样一种批评方法既不同于那种感想式的、印象式的批评，又不同于刻板的机械式的单纯的社会学批评。对于批评来说，方法的革新不是无关宏旨的事情，科学方法的确立，可以使批评真正变得具有穿透力，使批评保持活力和生命力。

四、文艺批评的价值取向问题

关于文艺批评的价值取向，常常被理解为批评标准。说到标准，似乎是把一部作品用一种标尺去衡量，显得机械而刻板，因此，有些批评家宁愿回避标准，说自己的批评是没有标准的。我觉得用价值取向来取代标准也许更科学一些，更容易被人接受。实际上，任何一个批评家的批评都不可能没有价值取向。没有价值取向的批评是没有的。当前文艺批评中的价值取向在一定程度上是混乱的，几乎对一部作品都有两种以上的不同评价。似乎公说公有理，婆说婆有理。究其原因就是批评家的立场不同，观点不同，视界不同，或者说是价值观的不同而导致价值取向的不同。

我们的批评要坚持社会主义的核心价值，这就是在批评中要坚持爱国主义、集体主义和社会主义。难道我们不要爱国主义而要卖国主义吗？难道我们不要集体主义而要极端的个人主义吗？难道我们不要以人为本、科学发展、公平、正义以及学有所教、病有所医、老有所养、住有所居等为理想的社会主义，而要不把人当人、等级森严、贫富悬殊、学无所教、病无所医、老无所养、住无所居的官僚资本主义吗？当然不是。社会主义的核心价值在批评中必须得到确认和坚持。

但是，我们又不能不看到，在具体的实际的批评中，批评的价值取向问题远比上面所说的要复杂。因此，我们应在坚持社会主义核心价值的前提下，结合文艺的特征、文艺批评的特征展开对这个问题的深入的思考。

从 20 世纪末以来，我一直在研究当代文学创作的精神价值取向问题，先后发表过几篇文章。我一直认为，当代文学创作的精神价值取向可以有许多维度，包括休闲、娱乐、宣泄、鉴赏等都可以是其中的维度，但应该有三个基本维度，这就是历史理性、人文关怀和艺术文体三者的辩证统一。

历史理性是对社会全面进步的肯定性评价。其中经济的发展与进步又是社会全面进步的基础。100 多年前马克思就在《〈政治经济学〉序言》中说：“物质生活的生产方式制约着整个社会生活、政治生活和精神生活过程，不是人们的意识决定人们的存在，相反，是人们的社会存在决定人们的意识。”马克思去世之后，恩格斯《在马克思墓前的演说》中认为马克思一生对于人类社会发展的规律有几大发现，其中第一大发现就是：“人们首先必须吃、喝、住、穿，然后才能从事其他社会活动，才能谈到精神生活的追求。”因此文艺创作和批评的精神价值取向之一，就必须充分肯定和高度评价一个社会的发展，其中特别是经济发展。发展的确是社会的第一要义。因此像 20 世纪 80 年代初产生的所谓“改革文学”，竭尽全力鼓吹当时开始的中国的社会经济变革，塑造了像乔光朴那样的企业改革的英雄，就创作而言是有意义的，当时的文艺批评给予高度的评价，也是理所当然的，因为这种批评抓住了“历史理性”这个维度，充分肯定改革开放的必要性。但是这种价值的批评够不够呢？不够。因为它只是历史理性这单一的维度。如果统计学家、经济学家、社会学家、企业家等有理由对经济的高速发展感到完全满意的话，那么作为作家、艺术家、批评家就还必须问，这种经济的高速发展是否付出了高昂的人文精神失落的代价，是否付出了环境污染、生态失衡的沉重的代价，是否付出了贫富差距拉大的心酸代价？只可惜那时文艺家都没有前瞻性的眼光，因此这些问题没有提出来。但作为一个批评家本来是应该有这样的眼光的。早在西方的工业革命开始以后，给人类带来了无穷的财富，但也导致环境的污染和人的异化，解决这种矛盾一直是西方的思想家致力研究的基本问题。批判和揭露工业化带来的种种社会问题，也一直是 19 世纪西方进步文艺的一个重要主题和价值追求。所以，中国的作家、艺术家和批评家早就要预料到中国的工业化高速发展也同样会要付出种种代价，早就应该预料到在中国工业快速发展中也会出现历史理性和人文关怀悖立的现实。从而在我们的文艺创作和批评中确立起历史理性和人文关怀这两个不可缺一的价值维度。遗憾的是，直到这种现实尖锐地呈现在我们的面前，我们的文艺家仍然没有深入思考，而批评家也不能明确地用历史理性与人文关怀两个维度的价值来评价新涌现的作品。实际上，文艺家与经济学家应该有自己的不同于统计学家、经济学家、社会学家、企业家的特性，这特性就是他既要历史理性的价值，也同时要人文关怀的价值。两者都要，一个也不能少。可能有人会说，这是熊掌与鱼不可兼得。问题就在这里。如果对统计学家、经济学家、社会学家、企业家来说，“不可兼得”是他们对发展的理解的话，那么对文艺家来说，特别是对批评家来说，就是要“熊掌与鱼”必须兼得。这尽管可能是一个乌托邦，在实际生活中也许不能实现，或不能完全实现。但作为批评家则应该坚持价值的理想，向问题，先后发表过几篇文章。我一直认为，当代文学创作的精神价值取向可以有许多维度，包括休闲、娱乐、宣泄、鉴赏等都可以是其中的维度，但应该有三个基本维度，这就是历史理性、人文关怀和艺术文体三者的辩证统一。

还有，历史理性和人文关怀的价值理想，如何呈现在艺术作品中呢？这就要依靠艺术文体。艺术文体作为语言体式，它所传达的每一种感觉，每一种情绪，每一种思想，每一种情景的描写，每一种言说，都应该充满诗情画意的。如果艺术文体不具有诗意，它就不可能使历史理性和人文关怀的价值理想升华为艺术的境界。时至今日，艺术文体问题的重要性仍不被文艺家所理解。艺术文体的基本功能就是对题材的塑造。一个看起来很平凡的题材，经过艺术文体的塑造，可以变得很不平凡。这就是艺术文体的力量。对于批评家而言，文艺批评首先要检查作品是否具有审美的特性，如果缺少艺术文体，缺少诗情画意，那么这部没有诗意的作品就不值得我们过多地去谈论它了。正是基于上面这些理由，我们认为文艺批评的价值取向应该是历史理性、人文关怀和艺术文体的统一。

中国当代文艺批评应该思考和解决以上基本问题。这些问题的讨论、研究和解决，将帮助文艺批评解决种种困扰，帮助文艺批评迎来一个绚丽的明天。

（发表于《文艺争鸣》2008 年第 1 期，《新华文摘》2008 年第 10 期全文转载）

辑三　文学真的会终结吗?

◎ 全球化时代的文学和文学批评会消失吗?

——与美国加州大学希利斯·米勒先生对话

◎ 谈谈文学理论的“泛化”与“发展”

◎ 文学理论的边界

——从当前文学图书印数谈起

◎ 为诗辩护

——文学的独特审美场域

全球化时代的文学和文学批评会消失吗？

——与美国加州大学希利斯·米勒先生对话

“全球化”是一个很可疑的词，它的含义似乎人言言殊。资本向全世界流动是“全球化”，这是所谓的经济“全球化”。电信媒体的高科技化也被看成是“全球化”，因为像电信和国际网的发展，使一个地方发生的事情，通过高科技媒体的传播，立刻就让世界的每一个角落都知道了。这是所谓信息“全球化”。还有更泛的理解，一种东西只要向别的国家开始流通，也可以叫“全球化”。还有人预言，将来民族国家消亡，世界融为一体，如果是这样，在他们看来就更是“全球化”了。但是全球化会给人类带来什么，各人的看法就不同了。对于那些国际跨国资本集团来说，通过向各发展中国家投资，追逐最大的利润，那么，在这些集团看来，全球化将给他们带来巨大的财富，当然是再好不过的事情。对于发展中国家来说，跨国资本进来了，可能给国家提供了发展的机遇和可能，但是那些跨国集团把旧的机器转移到发展中国家，造成了环境的污染，造成了多数人类生存环境的全面恶化。全球化不能不造成各个国家人口的流动，大批不发达国家的人口流入发达国家，与发达国家的工人争夺饭碗，结果又造成发达国家工人的失业率增加。于是在推行经济全球化的同时，反全球化的游行示威也全球化了。前不久从西班牙传来消息，世界银行在巴塞罗那开会，结果引来近万群众的示威，并与警察发生冲突。几乎世界上哪个地方开类似的会议，都会有人抗议，而且发生激烈的冲突。

那么，信息的“全球化”是不是好一些呢？也未必尽然。国际网当然给人们了解世界的方便，但是国际网上那种无序的状态，那些垃圾信息，黄色照片等，也污染了人类的生活，向人类的道德规范提出了严重的挑战。最近在《文学评论》2001 年第 1 期上，读了美国著名学者 J·希利斯·米勒的《全球化时代文学研究还会继续存在吗？》一文，感到忧伤。米勒认为，在新的高科技的电信王国中，文学、哲学、精神分析和情书将会消失。米勒的担忧引起我们的思考。无疑，米勒先生的一些论点对我们是有启发的，如他强调高科技媒体的出现会改变人类的生活,他说:"印刷技术使文学、情书、哲学、精神分析,以及民族国家的概念成为可能。新的电信时代正在产生新的形式来取代这一切。这些新的媒体——电影、电视、因特网不只是原封不动地传播意识形态或者真实内容的被动的母体,它们都会以自己的方式打造被'发送'的对象,将其内容改变成该媒体特有的表达方式。"的确,旧的印刷技术和新的媒体都不完全是工具而已,它们在某种程度具有影响和改变人类的生活面貌的力量,旧的印刷术促进了文学、哲学的发展,而新的媒体则可能改变文学、哲学的存在方式。但是,米勒先生进一步推论和预见——由于新媒体的发展,文学、哲学、精神分析和情书都将消亡。文学消亡了,文学批评也就随之消亡了——对于米勒先生的这种极端化的预言,我就难以苟同了。

文学和文学批评存在的理由究竟在什么地方呢?是存在于媒体的变化?还是人类情感表现的需要?如果我们仍然把文学界定为人类情感的表现的话,那么,我认为,文学现在存在和将来存在的理由在后者,而不在前者。诚然,文学是永远在变化发展的,一个时代有一个时代的文学,没有固定不变的文学。但是,文学变化的根据主要还是在于,人类的情感生活是随着时代的变化而变化的,而主要不决定于媒体的改变。当然,现代媒体的这种变化,使更多人趋向于从图像去寻求审美与娱乐,阅读印刷文学文本受到挑战;当一部作品被改编为电影和电视后,作品的存在媒体改变了,由于改编者的特意加工和媒体的特性,也有可能使原来的作品变得"面目全非";由于新电信媒体的高度发展,文学不得不变尽方法来跟新媒体进行竞争;文学虽然有这样或那样的改变,但文学不会消失,因为文学的存在不决定于媒体的改变,而决定于人类的情感生活是否消失。如果我们相信人类和人类情感不会消失的话,那么,作为人类情感的表现形式也是不会消失的。

米勒先生的另一些论点也很难使人信服。如他引了马歇尔·麦克卢汉那句广为人知的"媒介就是信息"的话,直接推论出"媒介就是意识形态"的结论,我认为这个结论大而无当。诚然,许多具有意识形态的东西,常常是无意识的,在媒介无数次重复之后(例如各种俗气的电视剧,流行音乐,图画、广告等),会渗透进人的无意识之中,从而使自己的感觉被五花大绑起来,在梦幻中痴迷中中了某种"意识形态"的毒,但是把"意识形态"与"媒介"等同起来,似乎与我们的常识是有矛盾的,如果我们把"意识形态"按照常识理解为思想体系的话。例如,电视中经常放映的山水风景片、动物世界片、各种体育节目、医疗健康节目、科普节目等,就其题材本身而言,很难说有什么意识形态性，怎么通过电视等的转播之后就会具有意识形态性呢？难道电视制作人要通过这些节目来宣讲什么意识形态吗？或者是媒介具有改变原有题材的力量，让这些节目自然带上意识形态性。我们现在知道的是，印刷术（这也是媒介）并没有赋予山水诗、花鸟画以阶级性——意识形态性，难道电视、VCD等这种新媒介就能赋予它们以阶级性——意识形态性吗？信息是很宽的概念，意识形态性与非意识形态性的都可以是信息，所以，如果说麦克鲁汉那句话还有些道理的话，那么米勒的推论——“媒介就是意识形态”，就似乎与常识相背离了。

米勒先生还有一个断言：“新的电信统治的力量是无限的、是无法控制的，除非是以一种‘不重要’的方式，受到这个或那个国家的政治控制。”我请教过一些精通新电信技术的人，他们认为除了“政治控制”之外，新的电信的力量是向两个方面同时展开的：一方面是发展电信技术的无限的开放性，另一方面又发展电信技术可控制性、可保护性。例如，正是加密技术的高度发展才使各国保存在国防部门的军事技术和信息，不至于被其他国家发现。还有银行中业务，其中的奥秘也在于有电信的可控技术的支持，所以各个国家还是大胆放心地让电信技术介入其中。如果新的信息技术不发展可控制的这一面的话，那么岂不天下大乱。米勒所担心的“情书”也将消失，看来也未必如此。其实稍微加密，一般人就不容易解开。在E-mail上面传递情书还是安全的。如果是伟大的情书，那么就加倍加密又有何妨？

对于新的电信技术我是一个门外汉，但像从国际网上下载小说之类的能力还是有的。米勒说：“你不能在国际互联网上创作或者发送情书和文学作品。当你试图这样做的时候，它们会变成另外的东西。我从网上下载亨利·詹姆斯的小说《金碗》（The Golden Bond）早已变得面目全非。”我曾经不止一次在网上下载过小说，我觉得同在网上看到的完全一样，可以说原汁原味，看不出什么地方变得“面目全非”。

媒体与文学、哲学等是相互作用的，现在和将来的媒体因为有文学、哲学给它提供改造的内容，媒体才变得丰富多彩，文学对媒体的贡献是很大的。当然媒体也改造文学，使文学发生新的变化。总之，不是媒体对文学单方面产生作用，它们之间是相互为用的。

我相信媒体的作用，相信将因新电信技术的发展，人们的思想更具有开放性；我也相信新电信技术的发展将更新我们对周围世界的感受。但是我同样相信，不是人类受制于电信和媒介，是人类掌握着电信和媒介。人类的命运掌握在自己手中。如果人类需要文学来表现自己的情感的话，那么文学和伴随它的文学批评就不会消亡。黑格尔预言过文学被哲学取代，看来他的预言是失败了。那么，米勒建立在“媒介决定”论基础上的预言就一定会实现吗？让我们拭目以待吧！

（《文艺报》2001 年 9 月 25 日）

谈谈文学理论的“泛化”与“发展”

由于不少原先的文学理论研究者，对于现今的文学作品和文学批评不再感兴趣，他们不再阅读文学作品，转而关注日益引人注目的以电子为媒介的高扬消费主义为宗旨的各类社会文化现象，在文学理论一类的刊物上面发表了许多文章，开了许多会议，形成一种学术势力，于是，有一些学者就把这种状况，称之为文学理论的“越界”或“泛化”。对于上述现象和“越界”“泛化”的说法，应该作何种认识呢？

马克思在《哲学的贫困》中认为，一切事物是发展的、变化的，没有什么东西是永存的，所有的观念和范畴也同它们所表现的关系一样，它们仅仅是“历史的暂时的产物”。文学理论也是这样，它永远随着文学的发展而发展，文学走到哪里，文学理论就跟随到哪里。世界上没有凝固不变的文学理论。文学理论也是历史的“暂时物”。无论在中国还是在西方，不同的时代有不同的文学理论，这是一个事实，谁也无法否定。文学在当代虽然受到电子媒体为中心的新的文化的挤压，文学理论也相对沉寂，但只要文学还在发展，文学理论也还在发展。所以，我强调的是文学理论在当代随着文学活动的发展而发展。

本文开头所说文学理论的“泛化”并不是文学理论的发展，它属于社会学，确切地说，是属于文化社会学或政治社会学。中国自 20 世纪 90 年代以来，随着社会经济的迅猛发展，人们的生活水平的提高，对于文化的需求也发生了变化。他们中很多人由于各种原因不再满足于阅读以语言文字为载体的文学作品，而把文化消费的目光转向电视、电影、互联网、时尚杂志、音乐图像光盘等等，这些有声有色的图像化的产品，更能让消费者悦目悦耳，更能消除他们因工作劳累带来的疲劳，更能调动他们因事务忙碌而萎缩的感性欲望，更能满足他们娱乐化的要求，等等。因此，以电子为媒体的各类文化消费产品，不胫而走，泛滥一时，加之商业利润的驱动，广告的宣传，报纸的评论，成为一种以前社会从未有过的新的社会现象。这些社会文化现象中，或多或少又具有“文学性”，于是吸引了一部分对文学失去兴趣的学者，转而去研究这些社会文化。这样一来，他们脱离了文学理论的研究对象，进入到社会学领域，实际上是进入到社会学的一个分支文化社会学的领域。所以，我初步的判断，目前某些学者所说的文学理论“越界”“泛化”，并不是什么“越界”“泛化”，而是“转行”。有一个很特别的现象很引人注目，那就是这些学者所引的文字中，开口“波德里亚”，闭口“费瑟斯通”，奉他们的言论为圭臬。就我的阅读范围，有相当多的学者甚至把这两位英法学者的观点作为理论基础，这难道是偶然的吗？法国学者让·波德里亚，英国学者迈克·费瑟斯通何许人也？认真一查，他们都是真正的社会学家。波德里亚生前曾任巴黎第十大学社会学系教授，后还获得社会学博士，其主要著作如《物体系》《象征交换与死亡》《消费社会》等都是不折不扣的社会学著作。费瑟斯通则是英国诺丁汉特伦特大学社会学和传媒学学教授，其主要著作《消费文化与后现代主义》也是社会学论著。中国当代的一些学者奉他们的言论为圭臬，就从一个侧面说明了，他们所说的文学理论“泛化”，并非什么“泛化”，而是离开文学理论，转入波特里亚和费瑟斯通的社会学了。当然，离开文学理论，转入社会学，是个人的选择，同时也是与时俱进的行为，只要研究真有成绩，同样也是有价值的，甚至比某些不看时代的发展死守一些文学理论的概念的学者更有价值。我甚至建议有关单位可以建立一个新的学科——文化社会学。但我以为最好不要说这些研究成果是什么文学理论“泛化”的成果。

“泛化”不是文学理论所需要的，需要的是“发展”。文学理论还是以文学活动为对象，它也要随时代的变化而变化。我在多篇文章中已经说过，文学理论目前存在的问题是在一些概念上面兜圈子，不是从文学的实际问题出发。在社会转型时期，文学本身也发生了很多变化，从内容到形式的变化都是我们以前未曾预料到的。文学理论的当代发展似应特别方法论的发展。局限于文本的所谓“内部研究”显然有缺陷，而强调文学环境研究的所谓“外部研究”也遇到了困难。我以为，文学理论研究一方面要进入文学文本，一方面要走出文学文本。所谓“进入文学文本”就是要重视文学文本的文体研究，所谓“走出文学文本”就是不能仅仅就文学文本谈文学文本，必须把文学文本、文学问题放回到一定的历史文化语境中去把握。后一个方面在当前显得特别重要。任何一种文学文本和文学问题都不是与社会历史文化无关的现象，它们是“暂时物”，只是因为作为某种运动才得以存在，离开历史文化语境的就是抹杀了运动，抹杀了运动中的关系，这种脱离历史文化语境的抽象，是孤立的，这就很值得怀疑。无论是中国古代的“诗言志”论、“兴观群怨”论、“知人论世”论、“诗无达诂”论、“气”论、“声律”论、“神思”论、“传神”论、“原道”论、“滋味”论、“景外之景”论、“言外之旨”论、“味在咸酸之外”论、“随物赋形”论、“冲口而出”论、“童心”说、“情景交融”论、“神韵”论、“境界”论……还是西方的文学理论上面的各种主义，如古典主义、浪漫主义、现实主义、现代主义、后现代主义……离开具体的历史文化语境的研究，一味地判断、推论、综合、界说，都是没有多大的学术价值的。当今的文学理论似应该有一个回归，就是要讲文学文本、文学理论问题的“历史背景”。巴赫金说：一个语言文本“只是在于其他文本（语境）的交往中才有生命。只有在诸文本的这个交会点上，才会出现闪光，照亮来路与去路，引导文本走向对话”。巴赫金的论说很有意义，他认为，文学文本只有与其他文本（历史的、现实的、文化的）语境中去把握，文学的意义结构才会显露出来，文学才有生命。这种对话式的研究方法是值得吸取的。我把这个方法称为“文化诗学”。

我觉得“语境化”这个观念，大体上可以分为三个层级：第一层级即最低层级是文内的语境，第二层级是“全人全文”语境，第三层级是时代文化语境。我这里不妨举一个例子简要地加以说明。王国维的“境界”说，大家不知写了多少文章。我曾在一篇文章里面，归纳了目前对“境界”说的六种理解：(1)“情景交融”说；(2)“诗画一体”说；(3)境生“象外”说；(4)“生气远出”说；(5)哲学意蕴说；(6)对话交流说。王国维写了《人间词话》这部书，提出了“境界”说，说“词以境界为最上。有境界则自成高格，自有名句。五代北宋之词所以独绝者在此”。对于王国维这类话，我们不能孤立起来理解，首先要看《人间词话》的前后文的关系，看懂王国维所说的那些话，不能断章取义；其次，要把它放到《人间词话》全书的联系中去理解，我们就会发现王国维提出“境界”说，的确是有追求的。他赞美五代北宋之词，贬抑南宋姜白石等人的词，神往德国哲学家尼采所说的一切好的文学都是鲜血书写出来的理想，通篇强调“真景物，真感情”，其中还有“一切景语皆情语”、“入乎其内、出乎其外”等说法。但是，如果我们就《人间词话》来谈《人间词话》，得出上述我所归纳的那六种说法，仍然是不够的。这样，我们还必须追问，王国维的“境界”说是否有现实的时代的针对性？难道他仅仅是要表达他的一种艺术理想吗？根据我的研究情况并非如此。王国维是清朝遗老，他对清代的文学发展十分关注。清朝名为词的“中兴”，实际上他对此有不同看法。他特别不满意受到推崇的清初的以朱尊彝为代表的浙西词派，因为浙西词派继承的是南宋的姜夔、杨万里等人的专讲词的用韵、用典而不顾内容的形式主义词风。王国维生活的那个时代，中国处于危亡之际，他虽然不是什么政治人物，没有卷入当时的改良运动，但对国事的关切仍然使他不能满意朱尊彝浙西词派的形式主义。他的《人间词话》主张“境界”说很大程度上就是针对清初的浙西词派而发的。因此，我们如果把王国维的“境界”说，放到北宋、南宋以来的词学背景中，放到清代词学的发展的背景中，放到王国维所处的时代背景中，去研究，去探索，那么，王国维的“境界”说的美学内涵就有可能被我们揭示出来。顺便说明一下，我现在仍然在指导博士研究生，我的关于王国维“境界”说的历史文化语境化的思路，已经由我的博士生凌晨写成了博士论文，并于今年获得通过，不久他的文章就会发表出来。我的“文化诗学”的思路也许就会被更多人所知。

文学理论还是可以独立发展的，重要的是我们要随着时代的变化而变化，寻找新的方法，不能死守那几个旧概念。

（《湛江师范学院学报》2008 年第 5 期）

文学理论的边界

——从当前文学图书印数谈起

当前文艺学学科的发展的确遇到一些问题。在文艺学学科辛勤耕耘的部分学者，出于对自己所从事学科的关切，而进行了各种反思。我个人认为，对文艺学的反思，是文艺学学科充满活力和进取精神的表现，因此是有益的。但是，当前的反思中出现一种倾向，那就是某些学者想要大大扩大文艺学的边界，把从外国进口的所谓“日常生活审美化”列为文艺学的主要研究对象，甚至有用所谓的“日常生活的审美化”的研究来取代文学问题的倾向。那么，我们就要问，文艺学自身究竟发生了什么问题？为何要把文艺学原有的对象——文学事实、文学经验和文学问题——排除在外？自然，文艺学存在着脱离现实的问题。搞文艺学的人却很少阅读新出现的文学文本，缺乏对新的文学经验、文学问题的深刻分析，结果在课堂上，在论文、著作中，一味重复过时的文学事实，使得文艺学的教学与研究了无新意。一个学科如果脱离实际那的确是很危险的，的确需要反思。

文艺学的发展出现了停滞局面。那么，如何来摆脱当前的危机？有的学者给我们的开出的药方是更深入地学习西方，把俄国形式主义、英美新批评真正学到手。但陶东风教授的意见不同，他在其论文中说“文艺学的当务之急是重建文艺学与现实生活之间的有机、积极的学术联系”。陶东风的话毫无疑问是对的，我很赞成他的这个主张。但问题在于陶东风教授想重建的文艺学与生活的学术联系是指什么。在这个问题上，我们就不敢苟同陶东风教授的看法了。我们看到，一段时间以来，陶东风和他的一些同道对于文学本身并无兴趣，他们的兴趣只是对于“文艺学的方法”，他们认为：“文艺学研究并不取决于对象是否属于纯正的文学（何况‘纯正’的标准也是变化的、历史的），而更多取决于研究方法与研究旨趣。”他们还认为，这种不以文学为研究对象所谓“文艺学研究”，“离文艺学的研究更近一些”。这种说法给人一种奇怪的感觉。文艺学之所以能够成立，难道不是首先就是它有自己的独特的对象吗？文艺学研究的对象难道可以脱离文学和各种文学问题？而且这种脱离开文学和文学问题的一类研究，如什么城市广场、酒吧、广告、流行歌曲、时装、美容、时尚杂志、城市规划、购物中心、街心花园等研究，反而比研究文学和文学问题的研究更是文艺学研究的吗？这样的逻辑是可以成立的吗？问题出在那里？我百思不得其解。后来，我想起了另一位学者的一句话：现在已经不是文学时代。是否因为我们现在不是文学时代而不需要文艺学的研究呢？于是，我觉得首先我们要弄清楚，今天是否还有文学？今天面对的文学问题是比过去简单还是更为复杂？文艺学是否已经失去了自己的文学家园而不得不选择文学以外的对象来“苟延残喘”？

为了回答上面这些问题，我找到了一个简单的办法，那就是到网上查一查近几年文学图书出版的情况，看看文学是否已经消亡或正在消亡，看看我们是否还有文学问题可供我们研究。

我首先发现的是，凡是与性爱有关的文学作品的印数特别大。例如，贾平凹自己说：“《废都》的盗版各种版本，包括海外的，加起来总印数至少有1200万。我自己就收了很多我的书的盗版。《废都》已经收了40多种，今年就收了3种，我都放在书架上。”另一则消息也引人注目：“正当卫慧的《上海宝贝》和棉棉的《糖》火爆图书市场的时候，另一位备受读者关注的70年代女作家周洁茹在近期悄悄推出了一部长篇网络小说《小妖的网》，该书尽管在出版过程中没有向外界透露，但是首印2万册还没有来得及出厂就被订购一空，出版社只得临时不断刷新加印数字，在4月底到5月初上市短短几天，该书的印数已经直逼10万册，而加印的势头依旧强劲，调查全国各地图书市场，得知该书一上市就脱销，到底何时饱和至今难以预测。”这里留给我们的思考是，今天这个时代为什么无“性”不成小说？性与文学的关系是怎样的？所谓的“身体写作”“下半身写作”“妓女写作”是怎么回事？这类小说畅销与消费主义的流行有何关系？等等。问题是我们的文学批评是否真正地进入到这些问题领域呢？文艺学是否要关心这些问题呢？

接着我又发现，历史题材的作品特别畅销。我想到了以撰写“帝王系列”闻名的二月河。网上有一段文字专门探讨二月河的稿费收入。“以二月河为例，1991年长江文艺出版社拿到《雍正皇帝》第一部时还犹犹豫豫，给二月河的稿费只有千字25元，没想到当年售出1万多本。后来，出版社付给二月河的稿费也涨到每千字45元。当时的版税比较低，二月河只能拿到1%。到1995年，《雍正皇帝》行情看涨，每套定价58元，当年销售8万套，该社主动将二月河的版税从1%调高到6%。到1999年，中央电视台播出根据二月河小说改编的电视剧，该社又把每套图书的定价涨到 80 元，当年售出多达 25 万套。据周社长介绍，仅此一部小说，长江文艺出版社共销售出 50 万套书，总码洋约 2000 万元，一共付给二月河 150 多万元。国家规定的版税在 8%—10%之间，但对于那些炙手可热的作家来说，他们并不受这个规定的限制。一般来说，由作家和出版社共同商定，12%是个'大家'都能接受的比例。比如二月河 2000 年与长江文艺出版社签订合同，于今年推出《二月河文集》，包括其已出版三部作品，每套定价 310 元，目前已售出三万套。合同规定，出版社在五年内销售不少于 10 万套，并按 12%的标准付给二月河版税。仅此，出版社就要支付 330 万元。"现在畅销的历史小说何止二月河一家，像《张居正》《曾国藩》《张之洞》《杨度》长篇小说等也印数不少。这里留给我们许多思考。如在如此强烈追求现代性的社会里，为什么有这么多人喜欢走进历史？现代的历史题材的小说给我们提供了什么新鲜的文学经验？在历史题材的创作中，我们应如何去把握历史真实、艺术真实和时代真实的统一？历史题材的作品应该如何认识历史？如何体现当下的价值？历史与文学的联姻是必然的吗？对于历史的戏说、反说、歪说等我们应怎么看？历史题材的创作与现实的消费主义在哪里实现沟通？历史也是可以消费的吗？等等。

我们再来看看贴近现实的文学创作是否也赢得了读者的青睐？我想到现实感极强的山西作家张平。网上写道："《法撼汾西》之后，张平又接连写出了《天网》、《孤儿泪》、《抉择》等具有强烈震撼性的作品，并一一由《啄木鸟》杂志率先刊出。如果说在《法撼汾西》之前，张平的创作并没有一个明确的定位，那么由《法撼汾西》、《天网》在社会上所引起的强烈反响则促使张平看到了老百姓对现实题材作品的渴望，从此义无反顾地坚定了自己的创作方向。我们不妨设想，如果当初《法撼汾西》不曾出版，张平也可能就不会一鼓作气地写出后来的《天网》、《抉择》、《孤儿泪》、《十面埋伏》等好作品。而目前，由群众出版社出版的《抉择》就已多次再版，印数高达 20 万册。据群众出版社总编谢先云介绍，张平的其他作品也都一开机就是 2 万册，且往往都是一版再版，市场非常看好。据易社长透露，张平的下一部作品正在创作之中，这是一部反映人事制度改革的小说。张平选择的仍是群众出版社，为此他已拒绝了其他一些出版社抛来的绣球。"又一条资料："春风文艺出版社最近在出版畅销书《省委书记》时，充分挖掘《省委书记》的书稿被多家出版社争抢的特殊背景，将宣传的诉求点放在《省委书记》几经周折终于落户春风文艺出版社的关注点上，引起了社会各界尤其是新闻媒体的广泛关注。在宣传造势中，他们使出了一着其他出版社还不曾想到的‘杀手锏’——在北京举行了《省委书记》印数公证仪式，由北京市公证处的工作人员当场宣布《省委书记》的首印数为17万册，由于此举在出版界尚属首创，因此很快成了热点新闻，业内报纸刊登后，其他报纸纷纷转载，为该书的畅销铺平了道路，该书在半年内发行了近20万册。”看来写现实的题材，只要有一定的艺术水平，加上媒体的宣传造势，也会赢得众多的读者。这里留给我们的思考就更多。即当前文学与现实的关系存在什么问题？写实的作家应如何去赢得读者的心？文学在反映现实的时候如何从浅层次进入深层次？现实生活中那么多英雄人物、先进人物为什么没有受到作家的青睐？反腐倡廉为何在文学虚构中得以轰轰烈烈地进行？文学的现实性与艺术性的关系是怎样的？文学的现实题材在获得现实的品格的同时如何去获得永恒的艺术品格？在写改革题材的作品中为什么老是写人们如何弄钱而不用浓墨重彩去写人们为建立现代的企业制度所进行的努力？三农问题、环境污染的问题应该如何写才能具有文学性的魅力？

我随后又想探问一下那些比较纯正文学新作是否拥有读者。杨绛先生的《我们仨》(三联书店版)这本书2003年6月首次印刷，印数3万，到2003年12月，已经第12次印刷了，印数逾35万。最令人吃惊的消息是：日本作家村上春树作品3年印数逾200万册。近日上海译文出版社传出消息，目前国内人气最旺的外国作家作品集——日本作家村上春树作品总印数已达201万余册。从2001年2月推出《挪威的森林》到2004年2月《终究悲哀的外国语》面世，上海译文出版社对村上春树作品的引进、出版已历时3年整。3年里，共出版了包括村上春树全部小说在内的作品25种。25种作品中，印数最高的是《挪威的森林》，已发行90万余册，而且3年里一直保持着每2—3个月销售5万册的速度，已从畅销书转化为长销书。其次是去年轰动一时的《海边的卡夫卡》，半年里重印4次，印数24万余册。其他各种村上作品印数也都在2万册以上。谁也无法否认杨绛和村上春树的作品具有纯正的文学性。这里留给我们的思考是：不是说现在是视觉和图像时代吗，为什么还有这么多人迷恋文学文本，去阅读文学语言作品呢？难道这些人的家里没有电视和电脑吗？如杨绛的《我们仨》和村上春树的《挪威的森林》究竟有什么吸引人呢？这些作品究竟对于我们的现实有何补益？今天我们应该如何理解文学性？文学是否离开电视电影就完全不行？文学和其他媒体的关系是怎样的？文学是否只有依赖电视、电影才能生存？电视与电影离开文学行不行？

我查了儿童文学方面出版的情况，令人吃惊地发现："从1997年到2000年，罗琳女士以每年一部的速度推出了《哈利·波特》系列的四部小说，按夸张的说法，这些作品甚至拯救了淹没在9·11泪水中的全球经济，据说它带来的相关产业价值已突破2000亿美元，而两亿多册的销量更是使罗琳一下成为全球最炙手可热的畅销书作家。"在中国，仅《哈利·波特》第4集，在2001上半年已卖到38万册。这里留下的思考是，儿童作为语言作品的阅读者，我们的作家应该给他们提供什么样的作品？怎样的作品才能赢得儿童的心？《哈利·波特》风行世界给我们什么启示？我们中国如何才能产生我们自己的罗琳？

我想，如果我坚持查下去的话，还会有更多更惊人的发现，并提出更多更深刻的文学问题？

近几年文学图书的出版仍保持在图书总量的10%左右。10%是一个很大的数字。

当下中国文坛一些学者跟着外国人在叫喊，说文学已经终结或即将终结，文学本身已经不存在。现在，文学为了苟延残喘，只好以"它的华丽辞藻游走在电视的广告词中，它的浪漫激情出没在时尚杂志和报纸的专栏文章中，它的叙述技巧活跃在电影和电视剧的脚本中，甚而出现在电脑游戏的程序的设计中。"但是，我在互联网上得到的数字，是一个事实。这个事实不是任何人想抹杀就能抹杀掉的。当下的中国文学生存着呼吸着活跃着，文学仍然是千千万万人的精神食粮。特别在那些穷乡僻壤，每一个图书室，每一本文学书籍，都会给他们带来精神鼓舞和慰安。文学可能会随媒体的发展而有所改变，但文学没有死去，看来也不会死去。与此相联系，文学图书凸显出来的文学问题，与过去相比，不是更少更简单，而是更多更复杂。问题是认真去研究它的人太少。文学是文艺学的家园。文学正在呼唤文学研究专家去研究它，呼唤文学批评家去评论它，呼唤文艺学去概括它。也许有的学者会说，你上面所列的这些文学问题，应该由现代文学研究者或外国文学的研究者去负责解答，与我们文艺学无关。然而真的无关吗？文艺学的理论概括难道可以脱离开生动活泼的文学经验而孤立地学院式地进行吗？文艺学的理论概括难道不是根植于文学事实和文学经验的土壤中吗？

在文学仍然生存发展和文学问题更为复杂的现实中，文艺学的反思不是呼唤文艺学向现实的文学事实进军，向新的文学经验进军，而是呼唤文艺学研究脱离开文学这个当然的对象而走向什么“日常生活的文化”——酒吧、广告、时装表演、眼睛美学、身体美学、时尚杂志、城市广场、城市规划等，从而把文艺学变成为一门无家可归的学科难道是合理的吗？我们似乎可以说，当那些呼唤文艺学抛弃文学对象而选择什么“日常生活审美化”为研究对象的学者正在高谈阔论什么“文艺学新范式”的时候，那么认同文学和文学问题为研究对象的文艺学可能首先要抛弃他们了，既然他们目无文学，那么与文学同根生、同成长、共命运、共甘苦的文艺学为何要认同他们呢？他们研究的那些东西叫什么“学”都可以，但千万不要叫“文艺学”，因为那些研究与文艺学无关。

我的意思无非是文学理论的边界虽然是在移动的，不断地移动的，但它是随着文学事实、文学经验和文学问题的移动而移动。文学总归是文学。文学不可能是日常生活里那些具有些许“文学性”的东西。

（《江西社会科学》2004 年第 6 期）

为诗辩护
——文学的独特审美场域

文化诗学是北京师范大学文艺学研究中心在20世纪90年代作为一种新的文艺学方法论提出来的。文化诗学的研究对象仍然是文学,古今的文学,中外的文学。但是,近几年来出现了一种声音,那就是认为在所谓的"电信技术王国"的冲击下,文学和文学批评,甚至连同情书、哲学和精神分析也"在劫难逃",都要向"图像""臣服",文学和文学批评将走向终结。意思是,"皮之不存,毛将焉附",如果文学终结了,那么文学理论和批评就失去了研究的对象,人们还提出各种文学理论和批评的新说,也自然是无的放矢。现在人们还继续絮絮叨叨讲文学理论和批评的方法论有何意义?所以本文要"为诗辩护",阐述文学的独特的审美场域,证明文学现在存在着、发展着,将来也会存在着、发展着,文学的生命是不会衰竭的。

一、西方历史上五次"为诗辩护"

在中国悠久的历史上,包括诗歌在内的文学一直处于崇高的地位,魏代曹丕在他的《典论·论文》中说:"盖文章,经国之大业,不朽之盛事。年寿有时而尽,荣辱止乎其身,未若文章之无穷。"说明人会死去,而文学是不朽的,是永远不会衰亡的。就是到了明清的章回小说的时代,文学也被众多的普通读者所喜欢,从来没有人预言文学将消亡将终结,所以中国从来就不存在"为诗辩护"问题。

西方则不然。从柏拉图到现在先后有五次"为诗辩护",就是说,他们一再预言文学将终结。

西方文论史上从古到今始终存在一个"为诗辩护"的论题,为什么"诗"如此美好的东西,如此令人感动的东西,如此有魅力的东西,不能像中国古人那样去珍爱它,似乎是有罪的,还要替它辩护呢?问题究竟在哪里呢?总的说，在西方的古希腊理性传统和后来的科学传统中，文学往往被认为不具有价值，或不具有真理性，“诗”遭到责难，所以热爱文学的人们要一再起来为诗辩护。

（一）西方文论史上第一次“为诗辩护”

第一次“为诗辩护”发生在世界古代文明开篇的所谓“轴心”时期。当孔子（公元前552—前479）在东方的泰山脚下那样热情地赞美西周时代古老诗篇，并精心地整理和挑选诗篇，终于整理出“诗三百”的时候，当孔子教导他的学生“小子何莫学乎诗？诗，可以兴，可以观，可以群，可以怨。迩之事父，远之事君，多识于鸟兽草木之名”的时候，当孔子语重心长地认为“兴于诗，立于礼，成于乐”的时候，在西方，比孔子稍晚一些，在地中海边的希腊，西方的哲人柏拉图（公元前427—前247）在他所设计的“理想国”里则控诉诗人的罪状，并准备把诗人从“理想国”里驱逐出去。柏拉图借苏格拉底之口，说诗人有罪，因为诗人把“摹仿性的诗”带进“理想国”来。其理由是，诗歌违背真理。他举出了三种床为例：“第一种是在自然中本有的，我想无妨说是神创造的，因为没有旁人能创造它；第二种是木匠制造的；第三种是画家制造的。”柏拉图认为唯有第一种床，即床之所以为床的“理式”才是真实体，才具有真理性，而画家笔下的床是摹仿的摹仿，“和真理隔着三层”。“我们现在理应抓住诗人，把他和画家摆在一个队伍里，因为他们有两点类似画家，头一点是他的作品对于真理没有价值；其次，他逢迎人性的低劣部分，摧残理性的部分。”所以他决定，“除掉颂神和赞美好人的诗歌以外，不准一切诗歌闯入国境。”①从这里我们不难看出，西方文论最初的价值根据，是柏拉图所说的“理式”，是“神”，而不是素朴的人、人的情感与自然的契合。

柏拉图的学生亚里士多德（公元前367—前322）不同意他的老师柏拉图对诗人的态度，起来为诗人辩护，这是历史上第一次“为诗辩护”。亚里士多德为诗辩护的理由是大家都知道的，认为诗人摹仿现实，“写诗这种活动比写历史更富于哲学意味”，他认为诗歌能够“按照可然律或必然律可能发生的事”，诗人拥有真理。但是，亚里士多德也不是彻底的唯物主义者，所摹仿的现实还有“最后之因”或“最先的动因”。所以亚里士多德虽然为诗作了辩护，可诗的价值根据并未完全站立在确定的大地上面。“希腊人是靠‘理性’来追溯价值之源的，而人的理性并不能充分地完成这个任务。希伯来的宗

① 柏拉图：《柏拉图文艺对话集》，人民文学出版社1959年版，第63—83页。

教信仰恰好填补了此一空缺。西方文化之接受基督教，决不全出于历史的偶然。无所不知、无所不在的上帝正为西方人提供了他们所需要的存有的根据。”[①]西方文学和文论在中世纪沦为神权的“婢女”也就可想而知了。

（二）西方文论史上第二次“为诗辩护”

第二次“为诗辩护”发生在文艺复兴之后。这是在神权的面前为诗辩护。“文艺复兴”这个译词很容易引起人的误解，以为是文艺得到了解放。实际上“文艺复兴”在西文中正确的解释是“古典学术的再生”。文艺复兴在精神方面的表现，主要是恢复古希腊时期开始的“自然科学”。当时，中世纪残留下来的教会的力量还很大，神学仍然压制着文学艺术。针对着教会对文艺的摧残，具有人道主义思想的学者起来“为诗辩护”。在意大利，但丁(1265—1321)最早起来为诗辩护。我们要知道，但丁生活的年代，大致相当于中国的元代中期，当时的中国文学已经跨越了汉赋、六朝诗歌、骈体文、唐诗、宋词、唐宋古文、唐宋传奇、元曲等辉煌的金色时期，产生了屈原、陶渊明、李白、杜甫、白居易、韩愈、柳宗元、李商隐、杜牧、苏轼、李清照、柳永、陆游等一大批伟大不朽的诗人和作家，而古老的诗篇早于汉代就被尊称为《诗经》，但生活在西方的被恩格斯称为“中世纪最后一位诗人，同时又是新时代最后一位诗人”的但丁，在文艺复兴运动的鼓励下，才开始羞答答地为诗辩护。但丁提出文学的“寓言”说，“从宗教的观点为诗辩护”。其后，还有薄伽丘、帕屈拉克等在重复了但丁的“寓言”说的同时，提出文学的虚构不是说谎，“真理埋藏在虚构这幅帐面纱后面”，“诗和神学可以说是一回事”，“神学实在就是诗，关于上帝的诗”[②]。还是怕神权，不得不如此为诗辩护。比但丁稍晚200年左右的英国文学家菲利普·锡德尼(1554—1586)针对当时仍然有人认为诗人、演员和剧作家欺骗公众、败坏道德，才写出了第一篇以《为诗辩护》的论文，在这篇论文中作者说：自然的“世界是铜的，而只有诗人才给予我们金的”，这才给出了一个像样的理由。

（三）西方文论史上第三次“为诗辩护”

第三次为诗辩护发生在英国工业革命之后。这是在科学的面前为诗辩护。随着英国工业革命的兴起，工厂遍地林立，烟囱冒着黑烟，童工超时打工，城市挤压乡村，田园逐渐丧失。科学技术成为统治世界的力量。科学主义甚嚣尘上。似乎只有科学才发现真理，文学艺术与真理根本不相匹配。

---

① 余英时：《中国思想传统的现代阐释》，江苏人民出版社1998年版，第8页。

② 参见朱光潜：《西方美学史》上册，人民文学出版社1998年版，第152页。

科学不但发现真理,而且有用,有用的才是可以存在的,文学艺术受到科学的挤压而再次经历危机。很少人重视现代的工业给环境带来污染,并使人性变得残缺。这个时候产生了英国浪漫派,出现了湖畔诗人华兹华斯(1770—1850)和柯尔立治(1772—1834)等。他们出来为诗辩护。他们对那工业革命非但不感兴趣,而且呼唤回归自然。“大自然啊!大自然!”这是华兹华斯的口号。他的著作《〈抒情歌谣集〉序言》以丰富而独特的思想反对工业化和城市化:“许多的原因,从前是没有的,现在则联合在一起,把人们的分辨能力弄得迟钝起来,使人的头脑不能运用自如,蜕化到野蛮人的麻木状态。这些原因中间影响最大的,就是日常发生的国家事件,以及城市里人口的增加。”[①]所谓“国家事件”,所谓“人口的增加”,就是当时现代工业的崛起,科学技术的发展,给人类带来的种种灾难。他呼唤失去的田园生活,他说:“我通常都选择微贱的田园生活做题材,因为在这种生活里,人们心中的热情找着了更好的土壤,能够达到成熟境地,少受一些拘束,……因为田园生活的各种习俗是从这些基本情感萌芽的,并且由于田园工作的必要性,这些习俗更容易为人了解,更能持久;最后因为在这些生活里,人们的热情是与自然的美而永久的形式合而为一的。”[②]华兹华斯为了反驳哪些只有科学才发现真理,诗歌不能发现真理的说法,他强调:“我记得亚里士多德曾经说过,诗是一切文章中最富有哲学意味的。的确是这样。诗的目的是在真理,不是个别的和局部的真理,而是普遍的和有效的真理;这种真理不是以外在的证据做依靠,而是凭借热情深入人心;这种真理就是它自身的证据,给予它所呈现的法庭以承认和信赖,而又从这个法庭得到承认和信赖。”[③]华兹华斯进一步把自然科学与文学艺术作对比,说:“科学家追求真理,仿佛是一个遥远的不知名的慈善家;他在孤独寂寞中珍惜真理,爱护真理。诗人唱的歌全人类都跟他合唱,他在真理面前感到高兴,仿佛真理是我们看得见的朋友,是我们时刻不离的伴侣。诗是一切知识的菁华,它是整个科学面部上的表情。”[④]华兹华斯对于现代工业的批判,对于古老田园生活的神往,对于回归自然的呼喊,这都能给我们以启发,令我们感动,甚至到今天仍然有它的意义;但是他为什么要站到“科学家”的立场上为诗辩护呢?他辩护的逻辑

① 见刘若端编:《十九世纪美国诗人论诗》,人民文学出版社1984年版,第8页。
② 同上,第6页。
③ 同上,第15页。
④ 同上,第17页。

是，诗歌不是不能发现真理，它的真理比之于科学所发现的真理更能为更多的人所了解，全人类都跟着合唱。就是说，华兹华斯为诗辩护诚然让人佩服，但他对文学价值的理解，仍然脱离不开“科学”和“真理”。文学艺术为什么一定要和科学去比真理性呢？

比华兹华斯晚一点出生却早去世的雪莱（1792—1822）在题为《诗之辩护》一文中，也许比华兹华斯说得更好。雪莱认为科学与诗是不同的。科学重在“推理”，而诗则重在“想象”。“诗可以解作‘想象的表现’”。而且他提出了文学艺术的“美与真”的问题，不但把语言艺术的创造与人的天性联系起来，而且考虑到语言的本性，他说：

> 狭义的诗却表示语言的、尤其是具有韵律的语言的特殊配合，这些配合是无上威力所创造 这威力的宝座却深藏在不可见的人类天性之中。而这种力量是从语言的特性本身产生的，因为语言更能直接表现我们内心生活的活动和激情，比颜色、形相、动作更能作多样而细致的配合，更宜于塑造形象，更能服从创造的威力的支配。①

雪莱同样也说诗人是“法律的制定者”，是“文明社会的创立者”，是“人生百艺的发明者”，但同时他不是一味说大话，而是从语言的特性出发，具体地论述了文学作为语言的艺术对于人的内心生活和人的情感的独特长处。这样的辩护比什么都有力量。后来，欧洲文学从 18 世纪到 19 世纪的浪漫主义文学以及 19 世纪批判现实主义文学的伟大发展，产生了一大批伟大的诗人作家，他们的作品，无论是思想与艺术都达到可前所未有的高度，有力地证实了英国浪漫主义诗人的“诗辩”。

（四）西方文论史上第五次“为诗辩护”

随着 19 世纪德国哲学的繁荣，德国古典哲学成为人类的精神发展的表征。康德、费希特、席勒、谢林、黑格尔等都热爱包括文学在内的艺术。黑格尔与华兹华斯同生于 1770 年，1831 年死于当时德国流行的霍乱病。大家知道，黑格尔前后讲过五遍美学课，1817、1819 在海德堡大学讲过两次，1820—1821、1823、1826 在柏林大学讲了三次，我们现在看到的《美学讲演录》（朱光潜先生译名为《美学》）就是他的学生霍托根据 1823、1826 年听课人的课堂笔记对照黑格尔历次讲课提纲整理而成的。但随着黑格尔的哲学体系的完成，“艺术终结论”也提出来了。

---

① 见《英国作家论文学》，生活·读书·新知三联书店 1985 年版，第 93 页。

华兹华斯的《〈抒情歌谣集〉序言》最早版本是1815年,后来不断有修改。大体而言,黑格尔将美学的时间比华兹华斯发表《序言》的时间稍晚一些。黑格尔的哲学体系,是客观唯心主义体系。这个体系的核心和灵魂就是“绝对精神”。他认为世界的本原不是物质而是精神,精神第一性,物质第二性。但他的“绝对精神”又不是属于人的主观的精神,而是独立于个人之外的,在自然界和人类出现以前就已经存在并将永恒地存在下去的“客观的思想”。他把这个派生出整个世界的“客观的思想”又称为“绝对理念”。这个“绝对理念”不是孤立地、静止地、僵死的存在着,它包含一种永无止境的矛盾运动。那么,文学艺术是什么呢?它们如何运动呢?在黑格尔看来,“美是理念的感性显现”,理念在显现为各种艺术的时候,是按照象征型艺术开始——跨进了古典型的造型艺术——最后终止于浪漫型艺术。从诗的运动角度说,则从史诗——抒情诗——戏剧体诗的过程发展的,在戏剧体诗经过悲剧和喜剧之后,终于走完理念在艺术领域的全部行程,或者说得到了完全的实现,这样,理念就要越出艺术的感性形式向更高的阶段——宗教、哲学——发展。所以黑格尔说:“到了喜剧的发展成熟阶段,我们现在也就达到了美学这门科学研究的终点。”又说:“到了这个顶峰,喜剧就马上导致一般艺术的解体”这时候,绝对精神将走向更高阶段的宗教和哲学。需要说明的是,黑格尔的思想是矛盾的,按照他的“绝对理念”的逻辑,艺术终结论是必然的。但按照他的历史发展的观点,艺术是无止境的。黑格尔有一个“扬弃”的观点,对于艺术来说“扬弃”就是既保留又抛弃。总有一些东西被保留。但不利于“理念”运动的东西不被保留,最终是要被抛弃。

在当时,稍小黑格尔几岁的谢林,他是一位明确地用“先验唯心论”这个范畴的哲学家,谢林的观点是,艺术是至高无上的,艺术紧紧把握住理念与现实的统一。哲学似乎是可以企及的最高事物,但仅能让少数人达到这一点,艺术则是按照人的本来面貌引导到全部人达到这一目标。所以他的观点与黑格尔是不同的。100多年来,对于黑格尔的“艺术终结论”谈论很多,但真正赞成他的人很少。因为根本在于黑格尔的“绝对理念”是不过是披着外衣的神性而已,因此他的哲学逻辑或者说神性如何能干预人类的现实文学艺术终止呢?

(五) 21世纪全球化时代的“为诗辩护”

当前,我们又一次不得不为诗辩护,这是第五次“为诗辩护”,这是在电子技术面前为诗辩护,在高科技图像面前为诗辩护。这一次,是解构主义理论家德里达挑起的。他认为文学和情书将随着电子图像的流行而走向终结。中国当代一些年轻的或不太年轻的学者也跟着喊。这次“为诗辩护”在中国引起了广泛的回响。笔者也在此次争论中。

“文学终结”近几年成为一个热门话题，从《文学评论》2001 年第 1 期发表了美国知名学者希利斯·米勒的文章《全球化时代的文学研究还会存在吗？》以后，在中国这种讨论就开始了。米勒先生在这篇不长的文章中说：

> 新的电信时代无可挽回地成为了多媒体的综合应用。男人、女人和孩子个人的、排他的“一书在手，浑然忘忧”的读书行为，让位于“环视”和“环绕音响”这些现代化视听设备，而后者用一大堆既不是现在也不是非现在、既不是具体化的也不是抽象化的、既不在这儿也不在那儿、不死不活的东西冲击着眼膜和耳鼓。这些幽灵一样的东西拥有巨大的力量，可以侵扰那些手持遥控器开启这些设备的人们的心理、感受和想象，并且还可以把他们的心理和情感打造成它们所喜欢的样子。因为许多这样的幽灵都是极端的暴力形象，它们出现在今天的电影和电视的屏幕上，就如同旧日里潜伏在人们意识深处的恐惧现在被公开展示出来了，不管这样做是好是坏，我们可以跟它们面对面、看到、听到它们，而不仅是在书页上读到。我想，这正是德里达所谓的新的电信时代正在导致精神分析的终结。

米勒相信：这是电信时代的电子传播媒介的“幽灵”，“将会导致感知经验变异的全新的人类感受”，并认为“正是这些变异将会造成全新的网络人类，他们远离甚至拒绝文学、精神分析、哲学的情书”，从而导致文学的终结。文学终结了，“那么，文学研究又会怎样呢？文学研究时代已经过去了。再也不会出现这样一个时代——为了文学自身的目的，撇开理论的政治的思考而单纯去研究文学。那样做不合时宜”。

中国的年轻或不太年轻的学者对于米勒的关于文学的终结论深信不疑，以至于产生一种恐慌，有人相信文学在电子图像时代必然终结，而文学研究的合法性也受到根本的威胁，所谓皮之不存，毛将焉附？有的学者就提出，文艺学的边界如果不越界不扩容，文艺学岂不要自取灭亡吗？趁现在的“文学性”还在那里“蔓延”，在日常生活的审美化中蔓延，在城市规划、购物中心、街心花园、超级市场、流行歌曲、广告、时装、环境设计、居室装修、健身房、咖啡厅中蔓延，赶快抓住这些“文学性”的电信的海啸中的稻草，苟延残喘，实现所谓的“文化转向”，去研究城市规划、购物中心、街心花园、超级市场、流行歌曲、广告、时装、环境设计、居室装修、健身房、咖啡厅吧！文学已经在电信王国的海啸中频临灭亡了。

米勒先生笃信德里达的解构主义，他的文学和文学研究终结论，并不是他自己的独创，也是从德里达那里贩卖来的。雅克·德里达在《明信片》一书中说：在这个电信技术时代王国中，“整个的所谓文学的时代（即使不是全部）将不复存在。”“电信时代的变化不仅仅是改变，而且会确定无疑地导致文学、哲学、精神分析学，甚至情书的终结。”

我读了米勒先生的文章，很不以为然。我当时读完他的论文的感觉是，也许他提出了一个问题，但过分夸大电子图像的影响，文学的终结根本是不可能发生的事情。2001年8月我们北师大文艺学研究中心召开了题为“全球化语境中文化、文学与人”的国际学术研讨会议。米勒也应邀来参加我们的这次会议。在会上我作了题为《全球化时代的文学和文学批评会消失吗——与米勒先生对话》的发言。米勒就坐在我的面前静静地听了我的发言，在他的答辩中并没有跟我辩论，他认为我的看法也许是有道理的。荷兰学者佛克马则完全赞同我的意见，认为文学终结论是一个奇怪的问题。米勒自己在这次会上作了《全球区域化的文学研究》，他的主要论点是文学研究既包含全球性因素，也包含地域性因素。他认为来自一个地域文化的文学多大程度上可以被处于另一个地域文化的人们所接受呢？这里有许多问题值得研究。他不但没有否定文学和文学研究的存在，而是在探讨处于不同地域文化之间的文学如何实现相互理解的问题。他似乎把他发表在中国那篇文章的主要论点忘记了。顺便说一句，2004年米勒又一次来中国，他在接受《文艺报》编审周玉宁的采访时，说：文学是安全的。他的意思是文学不会终结。米勒改口了，可是他的文学终结论的中国支持者拒绝改口。这就使我为什么还要来写这篇文章的原因。

我在那次国际会议上的文章在刊物发表后，被好几个刊物一再转载。在那篇文章里，我一方面承认电信媒体的迅猛发展必然会引起文学的变化，一方面说明人类情感只要还存在，作为人类情感表现性形式的文学，就将继续存在。我说：“的确，旧的印刷技术和新的媒体都不完全是工具而已，它们在某种程度上具有影响人类生活面貌的力量，旧的印刷术促进了文学哲学的发展，而新的媒体的发展则可能改变文学、哲学的存在方式。”另一方面，我认为无论媒体如何变化，文学是不会消亡的，并提出“文学和文学批评存在的理由究竟在什么地方呢？是存在于媒体的变化？还是人类情感表现的需要？如果我们把文学界定为人类情感的表现形式的话，那么我认为，文学现在存在和将来存在的理由在后者，而不在前者。诚然，文学是永远变化发展的，一个时代有一个时代的文学，没有固定不变的文学。但文学变化的根据主要还在于——人类的情感生活是随着时代的变化而变化的，而主要不决定于媒体的变化。"并认为米勒的"文学终结"论很难说服人。后来的发展是，我的文章遭到一些为米勒的"文学终结"论所倾倒的学者的嘲讽，说我提出的观点根本不在米勒的层次上，言外之意是我的层次低，米勒的层次高。反正你同意米勒的看法层次就高，你不同意米勒的看法层次就低。在这个迷信美国学术霸权的时代，事情就是这样。

现在让我们来检讨一下米勒先生提出的几个关于文学要终结的论点是否站得住脚？米勒先生的发表在2001年第1期《文学评论》上面的文章并不好读，其中一些逻辑令人费解。但是大体的意思是可以读懂的。米勒先生自己也是研究文学的，热爱文学的，因此当他读到德里达的作品《明信片》那段话后，他也觉得"骇人听闻"，也"激起了强烈的恐惧、焦虑、反感、疑惑"，但立刻就认为是德里达所言"已经是不言自明的事实"。即认为传播媒介的表面的、机械的偶然的变化，就导致了文学、哲学、精神分析学、情书的终结。那么，理由在哪里呢？他回答说："新的电信时代正在通过改变文学的存在的前提和共生因素。"他所谓的文学存在前提和共生因素，其实很简单，那就是数码文化为代表的新的电信文化取代了印刷文化。他认为新的电信王国包括"照相机、电报、打印机、电话、留声机、电影放映机、无线电收音机、卡式录音机、电视机，还有现在的激光唱盘、VCD、DVD、移动电话、电脑、通讯卫星和国际互联网"，这些新的电信力量造成了"新的电信时代的三个后果"。这三个"后果"就是造成文学终结的原因或理由。

第一点，米勒所说的第一个"后果"就是"全球化"，即所谓"民族独立国家自治权力的衰落或者说减弱"。当然，如果说，全球化经济的发展，新的电子媒介的发展，造成了经济的、文化的、信息的交流越来越频繁，边界逐渐被拆除，世界多少成为麦克卢汉所说的"地球村"，某些审美的时尚在许多地区迅速流行起来，这或多或少是一个事实。但说"民族独立国家自治权力的衰落或者减弱"则不完全是事实。别的不说，美国的民族与国家的自治权利衰落了吗？减弱了吗？不但没有，而且更强了。这种说法不过是掩盖了美国想称霸世界企图的事实。换句话说，这种估计只是美国当权派的一种想象。布什在白宫里激动、拍桌子、挥拳头，会对文学造成什么影响吗？全球化要说有什么影响，就是现在某些人所主张的“日常生活审美化”。在他们看来“日常生活审美化”，抹平了文学与模特走步的“边界”，抹平了文学与街心花园的边界，抹平了文学与咖啡馆的边界。但是在我看来，且不说“日常生活审美化”是少数人的事情，就是有一天“日常生活审美化”真的普及了，文学的基本边界还是存在着。对“全球化”作简单的理解是无益的。“全球化”是一把双刃剑，对于文学也是如此，一方面它可能用某些文化垃圾充斥世界的市场，吸引观众，挤压文学的生存与发展；但另一方面，它又有利于各民族各国家文学的交流、沟通与理解。所以“全球化”不能成为“文学终结论”的一个理由。

第二点，米勒所说的第二个“后果”，就是“电子社区”的出现。“电子社区”就是各国各地区的互联网的形成。米勒没有说“电子社区”的出现和发展如何会让文学走向终结。但是他的中国“敬佩”者替他作出了解释。“敬佩”者说：“文学即距离”，因为“文学更本质上关切距离，因为简单而毋庸置疑的是，距离创造美”。现在的“电子社区”则使“距离”消失，甚至是什么“趋零距离”（“趋零距离”就是“零距离”）。这样一来，作为有“距离”才有的“文学”的消亡也就是必然的了。这位中国崇拜者在这里起码犯了几重错误：第一，大家知道，“距离”说是英国学者布洛发明的理论，20 世纪 30 年代朱光潜先生的《文艺心理学》一书将它介绍进中国，朱先生认为美的确与“距离”有关，但从未笼统肯定“距离创造美”。朱光潜先生认为“‘距离’含有消极的和积极的两方面。”对于美来说，“距离”既不能太过，也不能太近，合理的距离是“若即若离”。第二，“敬佩”者认为文学的模仿、比喻、修辞、想象都是“距离”的“另一种说法”，这种看法有何学理的根据？难道能够把布洛的“心理距离”等同于这些概念吗？第三，任何事物之间的“趋零距离”和“零距离”是否有可能？我们当然清楚由于电信的电子化，使相距甚远的人，可以在片刻之间取得联系，与过去的单纯的书信来往需要很长的时间不可同日而语，但难道这就是所谓的“趋零距离”或“零距离”吗？一个电话从美国的华盛顿打到北京，也还要经过铃响，接电话人走到电话机旁，也仍然要经过时间，这是“零距离”吗？更重要的是现今人们通过“网络社区”（另外还有“现场直播”、“可视电话”之类）使时空距离大大缩短，可以使信息（包括审美信息）迅速流通。但这与布洛所阐明的审美活动需要与功利拉开一段适当的“心理距离”是一回事吗？此“距离”非彼“距离”。我们只要了解布洛所举的著名的“雾海航行”的例子就可以知道了。对于艺术创作与欣赏中的适当的心理距离，无论是对印刷的小说、散文、诗歌，还是对电视、网络上流行的审美文化的创作与欣赏，都是重要的，为什么单单说“距离”的消失就威胁到文学的生存与发展呢？所以“电子社区”的出现，并不是文学终结的理由。

第三点，米勒说的第三个“后果”就是新的电信力量的出现，改变了人类的感知事物的方式。用他的话来说，电子媒介将“导致感知经验变异的全新的人类感受（正是这些变异，将会造就全新的网络人类，他们远离甚至拒绝文学、精神分析、哲学和情书）”。这里提出的问题才是电子媒介在时空距离拉近后对人的感知的某些影响。我们承认，电视上、网络上的现场直播，可视电话的两端相隔万里而可以顷刻沟通，电子游戏让部分孩子们所迷恋等，对于部分人类感知方式的部分改变，当然影响是很大的，这是一个事实。电视播出的新闻、特别是现场新闻，由于时空距离小，确有现场之感，给人的感受冲击更感性、更直接、更巨大。报纸的新闻则经过时间上对人的心理的缓冲，所以同样的新闻感觉起来就有差别。这是一个事实问题。我们无须回避，也不能回避。但是对此影响的估计，则应该实事求是。要从实际的情况出发。米勒说，在美国这样发达的国家，也只有50%的家庭有电脑。中国等发展中国家有电脑的家庭就更少。应该承认的是，人类的感觉器官不单是对电子媒介敞开，更多的时间还是对周围的真实世界敞开，你在家里吃饭睡觉，你读报，你下地耕田，你到工厂做工，你欣赏春天的桃花和秋天的红叶，你出外旅游，欣赏文化景观和自然景观，你不可能整体都在虚拟的电子图像世界里。你的感觉方式可能因为有了电子媒介而延伸，但基本的感觉方式并没有多大变化。因此，文学对大家来说并非陌生之物，大家仍旧读小说、散文、诗歌，只是因为时间关系，读得少一些而已。所谓因人的感觉的变异，人类将拒绝文学的说法，文学走向终结，最多只是一种假设和推论，没有充分的现实依据，不太切合现在和可以预见的未来的实际。

可见，米勒和他的中国支持者的几点关于文学终结的立论，差不多都是似是而非的，经不起分析的，根本问题缺乏现实感，缺乏事实的支持。

（六）“文学边缘化”不等于“文学终结”

米勒和他的支持者的意见长篇大论，不是三言两语可以说清的，但他们的观念可以归结为一点，那就是认为现在的社会已经处于电子高科技时代，在文化领域图像的霸权已经势不可挡，视觉图像统治一切、覆盖一切、吸引一切，那里还会有文学这种非图像的文字的立足之地呢？文学该到消亡的时候了。（顺便说一句，这些人是由文学的乳汁喂养长大成人的，为何现在那么急切地希望文学消亡？这岂非咄咄怪事吗？）

更有的论者把目前文学的边缘化与文学中结论混为一谈。认为边缘化就是文学的终结或者是文学终结的预兆。其实，关于文学边缘化问题，多年前我就我反复说过，文学的确已经边沿化，并认为这种“边缘化”与中国20世纪50、60、70、80年代相比，恰好是一种常态，那种把文学看成是“时代的风雨表”，看成是“专政的工具”，把文学放到社会的中心的时代是一种“异态”。把文学政治化，把文学放在社会的中心，究竟给文学带来什么呢？经历过“文革”的人们，应该都还记得，那时候，几部“革命样板戏”处于统治一切，结果把其他的文学都说成是“封资修黑货”，8亿人只能看8个样板戏，这就是文学“中心化”的结果。这种情况发展到后来，连毛泽东也受不了，1975年毛泽东对邓小平说现在大家“怕写文章，怕写戏。没有小说，没有诗歌”。文学中心化的结果是没有文学，这难道是正常的吗？这难道不是文学“中心”化的悲剧吗？就是上个世纪80年代初文学创作动不动就引起“轰动效应”的盛况，也是一种“异态”。那是因为由于思想解放运动，人们的思想感情空前活跃，文学更多作为一种思想解放的产物而存在，“文学为政治服务”的阴影并没有散去，这还是反常的，是不能长久维持下去的。果然，到了80年代中后期，文学就失去了“轰动效应”，也即逐渐“边缘化”，也可以说，这是一种常态，当时我就说这是一件值得高兴的事情。为什么要把作为文学常态的文学“边缘化”理解为文学的终结呢？其实文学“边缘化”是文学发展的常态。一个社会常态应该是以经济发展为中心，只有经济目标和经济的实践真正成为中心的时候，人们才能满足人的吃喝住穿这第一位的物质需要，这个社会的运转才处于常态。当然，我并不是认为经济发展就是一切，以经济文明为中心，同时也要配合文化的、政治的文明的发展可见才是可行的。不难看出，文学的边缘化与文学的终结是两个完全不同的问题，为什么要把它们混淆起来呢？

二、文学的独特审美场域

随着电视、电影、互联网络和其他新媒体的流行，文学受到挑战，文学也在改变自己，以适应新的境况，这些很多人说过了。也许无需再多说了。为了回答米勒的文学终结的问题，为了说明文学生存的理由，似乎要从三个层面来加以阐述：

（一）人类情感与文学表现

如前所述，文学是人类情感的表现形式，只要人类的情感还需要表现、舒泄，那么，文学这种艺术形式就仍然能够生存下去。

这一点在我发表的《全球化时代的文学和文学批评会消失吗?》的短文中已作了表述，我说："的确，旧的印刷技术和新的媒体都不完全是工具而已，它们在某种程度上具有影响人类生活面貌的力量，旧的印刷术促进了文学哲学的发展，而新的媒体的发展则可能改变文学、哲学的存在方式。"另一方面，我认为无论媒体如何变化，文学是不会消亡的，我提出"文学和文学批评存在的理由究竟在什么地方呢？是存在于媒体的变化？还是人类情感表现的需要？如果我们把文学界定为人类情感的表现形式的话，那么，我认为，文学现在存在和将来存在的理由在后者，而不在前者。诚然，文学是永远变化发展的，一个时代有一个时代的文学，没有固定不变的文学。但文学变化的根据主要还在于——人类的情感生活是随着时代的变化而变化的，而主要不决定于媒体的变化。"并认为米勒的"文学终结"论很难说服人。后来，我的文章遭到一些为米勒的"文学终结"论所倾倒的学者的嘲讽，说我提出的观点根本不在米勒的层次上，言外之意是我的层次低，米勒的层次高。反正你同意米勒的看法层次就高，你不同意米勒的看法层次就低。在这个迷信美国学术霸权的时代，事情就是这样。

（二）文学语言与文学的审美场域

我们仅仅说"人类情感的表现需要文学"还不够，也不足以说服那些文学终结论者。不论德里达还是米勒还是国内的某些年轻或不太年轻的学者，他们认定的文学终结的理由，是由于电子媒体的高度发展，电影、电视、互联网、多媒体的发展，图像（而不是文字）已经统治一切，占领一切，人们对电子图像的喜欢必然超过对文字语言的喜欢，文学作为一种文字语言的艺术必然要终结，而完全让位于电子媒介所宠爱的电影、电视和互联网的日子迟早要到来。如果文学不愿灭亡，那就必须"臣服"图像的统治。人类的情感表现不需要通过文学这种语言文字形式来表现，完全可以通过人们更为喜欢的电子图像来表现。这样一来，我们必须给出第二层面的理由，一个文学不会终结的独一无二的理由。

文学始终不衰的这个独一无二的理由在哪里？我在《文学评论》2004 第6 期发表了一篇题为《文艺学边界三题》的文章，在这篇文章里，我认为文学不会终结的理由就在文学自身中，特别在文学所独有的语言文字中。在审美文化中文学有属于自己的独特审美场域。这种审美场域是别的审美文化无法取代的。这种见解我想可以从生活于5—6世纪的刘勰的《文心雕龙》中受到启发：文学作为语言的艺术有属于自己的“心象”，而不是面对面的直接的形象。刘勰在《文心雕龙·神思》篇中说：“独照之匠，窥意象而运斤。”这里是说文学创作的时候，作家想象和情感凌空翻飞，并且窥视着由想象和情感凝聚在自己心中的“意象”来动笔。这里的“意象”不是外在的直接的形象，是隐含了思想情感的内心的仿佛可以窥见的形象，是内视形象。“内视”形象是文学创作的特点之一。就是说，作家创作出来的形象，在创作前、创作中和创作后，都是内心视像，而不是如现在的电影或电视剧创作那样，要根据演员这个直接形体形象去创作，或开始于内心视像，而最终要落实于直接的实体性的形象。值得注意的是，刘勰又在《隐秀》篇说：“隐之为体，义生文外，秘响旁通，伏采潜发，譬爻象之变互体，川渎之韫珠玉也。”“隐”作为文学的体制，意义生于文字语言之外，好像秘密的音响从旁边传过来，潜伏的文采在暗中闪烁，又好像爻卦的变化在互体里，珠玉埋藏在川流里，因此能“使玩之者无穷，味之者无极”。这里说的是读者阅读欣赏的时候，所领会到的不是文字内所表达的意义，而是文字之外所流露出来的无穷无尽的意味。进一步说，读者所面对的不是如电影、电视中的演员所表演的直接形象，而是文字语言之外的意义、气氛、情调、声律、色泽等。我觉得刘勰所论的正是文学那种由于文字的艺术魅力持久绵延于作者和读者内心视像的审美场域，唯有在文学所独具的这个审美场域中，文学的意义、意味的丰富性和再生性是其他的审美文化无法比拟和超越的。后来唐代王昌龄也说：“搜求于象，心入于境，神会于物，因心而得。”在这里，王昌龄力图说明，文学虽然也要写物，但这物必须与人的心、神相互交融，是因心而得之物，可见这物也是内宇宙之物，不是外宇宙之物，或者说这就是内心视像。这可以说也是对文学的独特审美场域的很好的解释。还有中国古人谈到文学的时候，总是强调“文约辞微”、“言近旨远”、“清空骚雅”、“一唱三叹”、“兴象玲珑”、“虚实相生”、“不言言之”、“不写写之”、“不著一字，尽得风流”等等，中华古代文论优长之一，就是把文学审美场域的独特性，说得比较细微和透彻。举例来说，李白的《春思》：“燕草如碧丝，秦桑低绿枝。当君怀归日，是妾断肠时。春风不相识，何事如罗帏。”在这里，写春天到来了，少妇思念外出的丈夫更佳殷切了，盼丈夫能尽快归来。最后两句，“春风不相识，何事如罗帏”，完全是少妇的内心视点的表现，我盼的是丈夫速归，可我不认识你春风啊，你春风为什么进入我的罗帷之中呢？这一切在诗里是完全可能的，而且是诗意盎然，但在影视图像中如何可能呢？影视如何能把少妇这种心事如此有诗意地表现出来呢？

值得体会的是德国文论家莱辛在《拉奥孔》中提出的文学的“心眼”和“无明”这两个概念。莱辛在比较诗与画的不同的时候，替密尔顿辩护：“他（克路斯——引者）说，在密尔顿与荷马之间的类似点就在失明。密尔顿固然没有为整个画廊的绘画作品提供题材；但是如果我在享用肉眼时，我的视野必然也就是我的心眼的视野，而失明就意味着消除了这种局限，我就反而要把失明看作具有很大的价值了。”[①]莱辛是在反驳克路斯的意见时说这段话的。按照克路斯的意见，一篇诗提供的意象和动作愈多，它的诗的价值就愈高。反之，诗的价值就处于“失明”状态，诗的价值就要遭到质疑了。莱辛不同意这种看法，他认为诗人抒发的感情可能不提供图画，可能是朦胧的、意向性的，是“肉眼”看不见的，即所谓“失明”，它不能转化为明晰的图画，更构不成画廊，但这并不等于诗人什么也看不见，实际上诗人是用“心眼”在“看”，能够看出浓郁的诗情画意来，这不但不是诗的局限，而是诗的价值所在。莱辛的所谓“心眼”显然是说诗人不是以物观物，而是以心观物，以神观物，最终是一种“内视”之物，从这里看到的比之于图画那里所看到的更空灵更绵长更持久更有滋味。我们是否可以说，早在18世纪莱辛就在历史的转弯处在等待着德里达和米勒了？

按照我的理解，对于文学独特审美场域的奥秘，还可以做进一步申说。在文学创作过程中，思想感情在未经语言文字处理之前，并不等于通过语言文字艺术处理以后审美体验。在真正的作家那里，他的语言与他的体验是完全不能分开的。不要以为语言文字只是把作家在生活中感触到的体验原原本本地再现于作品中。语言是工具媒介，但语言又超越工具媒介。当一个作家在运用语言文字处理自己的体验过的思想感情的时候，实际上已悄悄地在生长、变化，这时候的语言文字已经变成了一种“气势”，一种“氛围”，一种“情调”，一种“气韵”，一种“声律”，一种“节奏”，一种“色泽”，属于作家体验过的一切都不自觉地投入其中，经历、思想、感觉、感情、联想、人格、技巧等都融化于语言中，语言已经浑化而成一种整体的东西，而不再是单纯的

① 莱辛：《拉奥孔》，人民文学出版社1979年版，第79页。

只表达意义的语言媒介。因此，文学语言所构成的丰富的整体体验，不是其它的媒介可以轻易地“翻译”的。歌德谈到把文学故事改编为供演出的剧本的时候说：“每个人都认为一种有趣的情节搬上舞台也还一样有趣，可是没有这么回事！读起来很好乃至思考起来也很好的东西，一旦搬上舞台，效果就很不一样，写在书上是我们着迷的东西，搬上舞台可能就枯燥无味。”[①]同样，一部让我们着迷的文学作品，要是把它改编为电影或电视剧，也可能让人感到索然无味。我们不能想象有什么电影和电视剧可以翻译屈原的《离骚》给予我们中国人对于历史、君王和人生的沉思。我们不能想象有什么电影和电视剧可以翻译陶渊明的那种“羁鸟恋旧林，池鱼思故渊”的归隐的感情，同样的道理，对于唐诗、宋词的意味、意境、气韵，对于有鉴赏力读者来说，难道有什么图像可以翻译吗？像王维的诗那种清新、隽永，像李白的诗的那种雄奇、豪放，像苏轼诗词那种旷达、潇洒，任是什么图像也是无法翻译的。对于以古典小说为题材的电视剧和电影，如果我们已经精细地读过原著、玩味过原著，那么你可能对哪一部影像作品感到满意呢？不但如此，就是现代文学中那些看似具有情节的作品，也是难以改编为电子图像作品的。你不觉得这些导演、演员、摄影师费尽九牛二虎之力，也无法接近文学经典吗？并不是他们无能，而是文学经典本身的那种“言外之旨”、“韵外之致”，那种内视形象，那种丰富性和多重意义，那种独特的审美场域，依靠图像是永远无法完全接近的。例如像臧克家的《送军麦》中的几句：

牛，咀嚼着草香，
颈下的铃铛
摇得黄昏响。

香气如何能被牛咀嚼？黄昏又怎么会响？我们从这里立刻会感受到那诗意。但这诗意来自何方？来自内视形象和内在感觉。这种内在的形象和感觉，看不见，摸不着，只能体会和感悟，这些东西如何能变成图像呢？或者在图像中我们怎能领悟这种诗意呢？不但诗歌的内视形象很难变成图像，就是散文作品中，尽管可能有外视点的形象，可能改编为某种图像，然而散文作品仍然要有诗意。列夫·托尔斯泰是一位伟大的小说家，但他不认为写小说就只要描写图画，就可以不要诗意。他在谈到《战争与和平》的创作的

① 爱克曼辑录：《歌德谈话录》，人民文学出版社 1980 年版，第 181 页。

时候说："写作的主弦之一便是感受到诗意跟感受不到诗意的对照。"①

还有，图像（电影、电视剧等）对于被改编文学名著犹如一种过滤器，总把其中无法言传的无法图解的最可宝贵的文学意味、氛围、情调、声律、色泽过滤掉，把最细微最值得让我们流连忘返的东西过滤掉，在多数情况下所留下的只是一个粗疏的故事而已，而意味、氛围、情调、声律、色泽几乎等于文学的全部。我们已经拍了电影《红楼梦》，随后又拍了电视剧《红楼梦》，据传还要以人物为单元拍摄电视剧《红楼梦》，但对于真正领会到小说《红楼梦》意味的读者，看了这些"图像"《红楼梦》，不是都有上当之感吗？我们宁愿珍藏自己对于小说《红楼梦》那种永恒的鲜活的理解和领悟，宁愿珍视《红楼梦》的文学独特场域，也不愿把它定格于某个演员面孔、身段、言辞、动作和画面上面。也许有人会说，你所讲的都是古典作品，要是现代的情节性比较强的作品，改变成电子图像作品是完全可以的。可以是可以，问题在于改编者还能不能把被改编的现代作品的原汁原味保存下来。我认为这是基本不可能的，你没有听到吗，多少作家指责电影或电视剧编导把他的作品韵味改编掉了。图像就是图像，图像艺术的直观是语言文字不可及的；但语言文字就是语言文字，作为语言文字艺术的文学，它的思想、意味、意境、氛围、情调、声律、色泽等也是图像艺术不可及的。例如，现在有不少人说，鲁迅的《野草》才是鲁迅最优秀最具有哲学意味的作品，可至今还没有任何人敢把《野草》中的篇章改编为电影或电视剧，为什么？因为电子图像无法接近《野草》所描写、抒发的一切。

（三）文学语言功能——粘住一切

文学语言不但有内视性特点，而且也具有其他媒介所不及的独特的强大的功能，这就是文学语言能更多方面、更细致、更深刻的展现人与人的生活。语言的功能之大是难以想象的，世界上所有的事情、所有的动作、所有的情感，所有深刻的哲理，都可以用语言传达出来。高尔基说："民间有一个最聪明的谜语确定了语言的意义，谜语说：'不是蜜，但是可以粘东西。'因此可以肯定说：世界上没有一件东西是叫不出名字来的。语言是一切事实和思想的外衣。"由于文学语言有如此巨大的功能，所以它可以冲破时间与空间的限制、冲破事实与现实的限制，更多方面、更细致、更深刻的展现人外部的生活和内心生活。电影、电视节目不论如何自由也还是有限制的，受时

① 列夫·托尔斯泰：《日记·1865》，见《列夫·托尔斯泰论创作》，漓江出版社1982年版，第161页。

间、空间的限制，一部电影最长三小时，一部电视连续剧最长也不过几十集上百集，但文学作为语言的艺术就完全没有限制，想写什么，想写多长，都由作家做主。就以写人物而论，文学既可以人物生活的外部表现，肖像，对话，动作，表情等，也可以直接写人的内心世界，心理活动，意识流，梦境，无意识，没有一个地方是语言无法达到的。更重要的是文学语言这种写法，是图像无法表现的。例如，《红楼梦》第三回写贾宝玉与林黛玉相见，从贾宝玉眼中看到的林黛玉是这样的：

> 两弯似蹙非蹙笼烟眉，一双似喜非喜含情目。态生两靥之愁，娇袭一身之病。泪光点点，娇喘微微。闲静似娇花照水，行动似弱柳扶风。心较比干多一窍，病如西子胜三分。

这是贾宝玉眼中的林黛玉的"肖像"。林黛玉的美在语言文字中就是这样一种美。她的眉是"笼烟眉"(即"涵烟眉"。唐明皇曾令画工画十眉图，其一曰"涵烟眉"。形容眉毛像一抹疏淡的清烟)，她的目是含情目，她的情态在脸颊的酒涡与愁的结合部，她的美与她的病相关，她的眼睛闪动的时候泪光点点，她开始说话之际则是娇喘微微，她闲静时如何如何，她行动时如何如何，她的聪明如比干，她的美如西施皱眉捧心，有文化内涵……像这样的美是只可意会，不可言传的，曹雪芹把她的美用语言写出来了，我们体会都不易体会，怎么能把她坐实为图像，某个演员的图像呢?

又如，鲁迅的小说《一件小事》，当写到车夫扶着那个老女人，向巡警分驻所大门走去时，小说这样写：

> 我这时突然感到一种异样的感觉，觉得他满身灰尘的后影，刹时高大了，而且愈走愈大，须仰视才见。而且他对于我，渐渐的又几乎变成一种威压，甚而至于榨出皮袍下面的"小"来。

鲁迅小说中"我"的这种复杂的微妙的感觉，是图像难于表现，只有文学才能如此淋漓尽致地表现出来。鲁迅小说中的这种心理描写还是简单的，文学作品中还有更复杂的心理描写，如何能用图像来表现呢?

更重要的是作为语言艺术的文学常能写出一种感性的画面却又能寓含深刻的哲理来。当然，文学需要不需要与哲理相结合，还是一个见仁见智的问题。如宋代严羽在《沧浪诗话》中反对"以议论为诗"，但同样是宋代提出了"理趣"的文论范畴，认为诗歌应该而且可以包含深刻的哲理。可有一点是可以肯定的是，语言文字的感性描写可以达到哲理的境界。如宋代的苏轼的诗《题西林壁》：

> 横看成岭侧成峰，远近高低各不同。
> 不识庐山真面目，只缘身在此山中。

这是大家都熟悉的诗，其中的哲理则很深刻。它指明了身在事物中反而不能事物的全貌。但苏轼还有一首《初入庐山三首》其一：

> 青山若无素，偃蹇(yanjian，高耸的样子)不相亲。
> 要识庐山面，他(指以前)年是故人。

这里，所强调的是要认识事物必须熟悉事物、亲近事物。两首诗的意味不同，置身事物之中、置身事物之外都不行，认识事物必须既在外又在内。这个道理在苏轼的诗中不是讲出来的，是用语言所描写的画面展示出来的。现这种理趣与语言文字的强大功能密切相关。只有语言才能曲尽其理致。图像如何能有此理趣。

朱熹也是一位有代表性的哲理诗人。除其《观书有感》脍炙人口外，佳句佳篇甚多。绝句《泛舟》也大有深意。其云：

> 昨夜江边春水生，艨艟巨舰一毛轻。
> 向来枉费推移力，此日中流自在行。

这首诗写出了一种体验。一个人得意还是不得意，常常不是依靠自己的勤奋和努力，机遇、机会也许更重要。只要有机遇、机会，就是那艨艟巨舰，也会被水浪轻轻托起，快速地航行中流。诗人也许是表达成功者的得意之情，也许是劝那些未遇之士，要等待时机，做好准备，机会永远给有准备的人。在这里深刻的道理不是说出来的，作者用了一个语言画面就说到位了。不论什么电子图像很难达到这样的理趣的境界。这说明了不但哲学家可以用语言说理，文学家也可以用语言描写的景物来说理。这是文学语言的功能所致。语言的确可以粘住一切。

艾略特(T. S. Eliot，1888—1965)作为一位现代主义理论家，他旗帜鲜明地提倡文学的哲理性。他说：

> 最真的哲学是最伟大的诗人之最好的素材，诗人最后的地位必须由他诗中所表现的哲学以及表现的程度如何来评定。

整个20世纪的现代主义文学追求的都是文学与哲理的结合。卡夫卡和他的《甲壳虫》、《城堡》。海明威的《老人与海》。这些都是不可改编的。它们只有作为语言艺术存留于世。

对于文学的哲理性，我们这里所关心的是它的语言媒介。用西方文论话语说，就是“有意味的形式”，形式是语言，意味则是通过语言形式传达出来的。“意味”不脱离语言，但“意味”又超越语言。这种意味不仅仅作用于你的视觉、感觉，或者情欲，而是作用于你的整个心灵，在你的心灵中刻下了深深的印痕；也因此语言所传达的“意味”具有可品味的持久性。为什么有的影视作品和没有语言意识的文学作品轰动一时，传诵一时，而时过境迁，就被人遗忘，为什么一些名著，如《楚辞》、李白的诗、杜甫的诗、《红楼梦》、莎士比亚的作品、《安娜·卡列尼娜》等，能够玩味无穷，就是因为它们作用于你整个心灵。感觉甚至情欲是一时的，满足了就过去了，唯有“意味”永恒，它像那人对春天的那种欢欣的感觉永远会再次回来。这就是真正语言艺术的魅力所在。

三、文学世纪、文学人口与文学生命

我们已经把文学生存的理由从语言本身的特性作了阐述。但是这还不够。我们还必须问，文学的时代是否已经过去？文学的人口还有没有？

（一）文学世纪不会结束

我相信一切宇宙的一切都在运动与变化，世界的一切都在运动与变化，但是这运动与变化是不是会结束呢？这是一个哲学问题，一个人类学问题，一个宇宙学问题，我这里不能给出回答。应该由哲学家、人类学家、宇宙学家来回答。但我相信的是，只要宇宙还存在，人类还存在，时间还存在，那么文学也永远还会存在。古人说：“大乐与天地同和”，“文者，天地之心哉”。天地在，大乐在，天地在，文学在。文学艺术与天地万物是同构对应的。刘勰《文心雕龙·原道》对此有非常深刻的阐述。

当然，这里我们要追问文学（当然也包括其他艺术）是干什么的？或者说文学存在的意义何在？这是我们研究文学的人必须要弄明白的事情。我的理解，文学艺术存在的最根本的理由，就因为文学是人的本质力量的对象化，是人的生命力的感性的展开，文学告诉人，人活着是有价值的有意义。这就是文学存在的意义。李泽厚在《美学四讲》中有一段话，谈到包括文学的整个艺术的意义：

人们在这物态化的对象中，直观到自己的生存和变化而获得培养、增添自我生命的力量。因此所谓生命力就不只是生物性的原始力量，而是积淀了社会历史的情感，这也就是人类的心理本体的情感部分。它是“人是值得活着的”的强有力的确证。艺术的最高价值便不过如此，不可能有比这更高的价值了，无论是科学或道德都没有也不可能达到这个有关生命意义的价值。①

如果我们把这个论点说得更具体、更通俗一些，那就是：

第一，揭示人的生存境遇和状况。人的生存的是偏于动物性还是人性，这是文化首先关心的事情。奴隶社会、封建社会和资本主义社会，那是一个人剥削人人压迫人的社会，这就必然出现马克思所说人的“异化”。所谓人的“异化”，即人的本性的丧失，人成为非人。奴隶社会、封建社会和资本主义社会人的“异化”，即一部分人因其受压迫的地位而变成被宰割的“羔羊”，而另一部分人因其压迫人的地位，而被动物性的贪欲所控制而变成“豺狼”，这种状况就是由那种社会的文化所造成的。文学若能揭示人的现实生存状况，那么就有了文化意义。因为它是在揭露这种文化的非人性和反人性的性质，这里就具有对人的精神关怀的价值了。批判现实的假、恶、丑的作品一般而言就在这方面具备了文化意义。例如，鲁迅的小说《祝福》这是大家都熟悉的作品。作品的主人公祥林嫂本来是一位平凡、善良和淳朴的劳动妇女，她正派、俭朴、老实、寡言、安分，但也顽强。她的身上充满了人性。但封建文化及其权力形式摧毁了她的一生。她生活在封建文化弥漫的社会中，她的悲剧可以说是必然的文化悲剧。她一生有几个转折点，先是夫死，她自身受封建文化中“守节”的毒害，不愿出嫁。但她的家族不给她“守节”的权力，她被当作货品那样强制地出卖了。接着出现第二个转折点，她再嫁的丈夫又病逝，心爱的儿子被狼吃掉了。“出嫁从夫，夫死从子”，这是封建文化的规定。她无法在这里生活下去了。她面临第三次命运的转折。他再次到鲁四老爷家当佣人。但这次她因她的遭遇被视有“罪”的人，连祭祀时候的祭品都让她端动，使她精神上遭到前所未有的打击。再接着她又面对着第四个转折，这次是普通人给她的信息，凡嫁过两个男人的人，到了阴间将被阎罗大王锯成两半分给两个死鬼。她虽然反抗过，但她终于冲不出封建文化设下的罗网，悲惨地倒下了。《祝福》的文化意义是揭露了在腐朽的

① 李泽厚：《华夏美学・美学四讲》，生活・读书・新知三联书店 2008 年版，第 401 页。

封建文化不适宜于中国普通人民的生存，从而呼唤一种适宜于普通中国人生存的新的文化。再如，西方的19世纪的批判现实主义作品，一般都认为是对资本主义的吃人文化的揭露。

第二，叩问人的生存意义。人为什么活着？什么是幸福？什么是不幸？什么是的爱情？什么是亲情？什么是友情？什么是乡情？什么是爱国之情？什么是民族之情？什么是人的责任和人的同情？等等，对这些问题的回答，体现了人的生存意义，也是精神文化中一些基本的观念。文学艺术把人的生物性的欲望变成一种美学的哲学的精神活动。例如，文化使求偶要求变成为心心相印的爱情活动，文化使衣食的温饱变成为一种精神的享受，文化使求生变成一种回归家园的精神过程……作家在其作品中也必然要艺术地探索这些问题，以其语言所塑造的形象表达什么样的生活是值得过的，什么样的生活是不值得过的。这样，文学的文化意义就在叩问人的生存的意义问题上凸显出来。例如，杜甫的诗《茅屋为秋风所破歌》是大家都熟悉的。杜甫在描写了大风卷去屋上三重茅之后，描写了"床头屋漏无干处，雨脚如麻未断绝"之后，呼喊道"安得广厦千万间，大庇天下寒士俱欢颜，风雨不动安如山。呜呼何时眼前突兀见此屋？吾庐独破受冻死亦足。"这里表达出儒家的"仁义"之心，即那种"先天下之忧而忧，后天下之乐而乐"（范仲淹）的精神。儒家文化的积极的生活意义在于：先人后己，先忧后乐。杜甫诗中"忧"天下人的精神就是儒家文化积极人生态度的表现。

第三，沟通人与人、人与自然之间的联系。文化的群体性是十分突出的。文化在一定意义上就是一个群体、一个民族、一个国家、一个共同体、一个人在长期的历史中形成的共同遵守的思想和行为准则。真正的文化都是以爱护人为目标的。所以，文化可以使人与人变成兄弟姐妹，文化可以变野蛮的抢夺为和平的竞赛，文化可以使弱肉强食变成互相支援与帮助，文化可以使对抗变成友谊，文化可以使陌生甚至敌对的自然变成亲和之物。文学中的交往对话关系，以诗情画意延伸了文化对人与人之间、人与自然之间的和谐，从而显示出文学的文化意义。例如，男人与女人之间的恋爱，就是一种人的爱的感情的沟通。但是，在这种沟通中，不是没有困难和问题，文学从情感这个领域出发关心这种沟通。例如，中国现代诗人汪静之有一首题为《恋爱的甜蜜》的诗：

> 琴声恋着红叶，/亲了永久甜蜜的嘴。/他俩心心相许，/情愿做终身的伴侣。

老树枝，/不肯让伊/自由嫁给琴声。

幸亏伊不受教训，/终于脱离了树枝，/和琴声互相拥抱；/翩跹地乘着秋风。/飘上了青天去。

新娘和新郎/高兴得合唱起来，/韵调无限和谐：/“啊！祝福我们，/甜蜜的恋爱，/愉快的结婚啊！

这首诗歌所歌唱的就是青年男女之间热烈爱的关系，经过追求，遭遇困境，走上反抗，终于实现爱的沟通的理想。这里充满了追求爱的自由这种文化理想。当然爱的沟通除了要有这种作为人的文化精神的勇气之外，也许还要有更多的东西。

第四，憧憬人类的未来。人与动物的根本区别之一，就是动物总是浑浑噩噩地活着，它们没有理想，不能预测未来。尽管蜜蜂构造的蜂房，它的精密灵巧可能使许多建筑师感到惭愧不如，但蜜蜂不如人的地方，它只是凭本能在构造，它不可能事先有筹划，而人则可以有意识的构造未来。例如人建造一座房子，哪怕再简陋，也总会在事前拟定一个蓝图。人是一种具有理想的动物。人每天都怀着对未来的筹划、希望生活着。人之有理想、幻想，乃根源于他们的文化。或者说，人的愿望、理想和幻想，如果没有文化的升华，那么人类就要倒退回原始状态中去。人类因为有了文化，人真正地成为人。同时文化使未来有现实之根，未来因文化之助变得美好起来。文学诗意地表现人的愿望、理想和幻想，展现了一个充满人性的未来，而获得文化意义。例如，宋代文学家苏轼的《水调歌头》：

明月几时有？把酒问青天。
不知天上宫阙，今夕是何年？
我欲乘风归去，又恐琼楼玉宇，高处不胜寒。
起舞弄清影，何似在人间。

转朱阁，低绮户，照无眠。
不应有恨，何事长向别时圆？
人有悲欢离合，月有阴晴圆缺，此事古难全。
但愿人长久，千里共婵娟。

这是苏轼在中秋之夜，在月下畅饮怀念弟弟苏辙，写下的名篇。这首词最大的特点是，一方面抒发了现实的苦闷，亲人离别，无法相见等，另一方面则是展开了幻想，把酒问天，“欲乘风归去”，抒发对天上宫阙的向往。但又觉得天上宫阙，虽是“琼楼玉宇”，却“高处不胜寒”。现实与理想都并非圆满，人间有“悲欢离合”，天上有“阴晴圆缺”，难于十全十美。词人真诚地祝愿“人长久”，虽彼此在千里之外，却能“共婵娟”。这首词的突出特点就是人能展开广阔无限的幻想，向往美好的未来，表现了人的特性，从而获得文化意义。

当然，人类的艺术，包括文学，也许在人类的散文时代成为一种装饰与娱乐。有的学者说，现在是“四星高照，七情飞扬”，以快感为宗旨的视觉艺术可能成为主流，挤压真正的文学艺术的发展。但是可以肯定地说，历史没有终结，资本社会的全球化的压迫、剥削、灾难、战争仍在发展、漫延，因此寻找人生意义的、鼓舞人生的、抚慰人生的、非装饰性的真正文学艺术，仍然还是人的需要。人类还需要英雄，或者说还是英雄时代，不要英雄的所谓的“散文时代”还没有到来，看来也不一定到来，因此非装饰性、非单一娱乐性的真的文学仍将长期存在。

（二）文学人口还远未消亡

我始终认为文学和其他艺术，都各有自己的独特的“指纹”，就像我们每个人的指纹都是不同的一样。生活中有不少人更喜欢电影、电视指纹，但仍然有不少人更喜欢“文学指纹”，也因此“文学人口”总保留在一定的水平上。既然有喜欢，就有了需要。既然有了需要，那么文学人口就永远不会消失。

而且，“文学人口”还由于语文教育永远要保持在一定的水平上。中小学的语文课本、大学的语文课本，绝大多数都是经过时间筛选的文质兼美的文学作品，语文教师要教这些文学作品，学生要学习这些文学作品。还有，社会上总有那么一群热爱文学读者，他们宁可不看那些或者是吵吵嚷嚷的或者是千部一腔的或者是粗糙无味的电影、电视剧，而更喜欢手捧文学书籍，消磨自己的闲暇时光。就是在年轻人中，这类人也是不少的。前几年《中华读书报》曾有一篇文章专门统计当前文学作品的发行量，很多文学作品印到几十万到上百万部。恰好，两年前我读到了《参考消息》转载了德里达的故乡法国《费加罗报》网站2005年1月19日的一篇题为《法国十大畅销小说家》的文章，作者列了2004年文学作品的销售情况，评选出十大畅销小说家。我这里不想全文照抄。只抄其中发行量最大和最小的两位作家。“(1)马克·李维(MARC LEVY)：作品销量152.1万册。第一部小说《假如这是真的》2000年一经出版便引起巨大反响，作品被好莱坞看中，买走改编权，将由影业巨头梦工厂影片公司搬上银幕。去年3月出版的小说《下一次》是他的第四部作品，同样在书店热销。李维擅长写充满悬疑气氛、以真亦幻的爱情故事，其作品充满想象力。……（10）朱丽叶·本佐尼（JULIETTE BENZONI）：作品销售42万册。朱丽叶1963年开始写作，83岁高龄仍然笔耕不辍，她擅长写历史题材作品，会利用历史文献资料，以细腻温婉的笔触，写出扣人心弦的故事，拥有一批忠实的读者。去年她出版了两部小说《女巫的珍宝》和《艳情玛丽》。"其他作家小说的销售量介乎这两人之间，有131百万的，有123.7万的，有111.8万的不等。可以试想一想，在一个老牌的发达国家，影视图像绝不比中国发展得差，况且还有如此多的文学人口，那么在影视图像还不那么发展的国家，文学的销售量必然更大，文学人口也会更多。这就是说，无论中国还是外国，文学人口就永远不会消失。既然文学人口不会消失，那么，文学研究就是必需的，文学和文学研究也就不会在电影、电视和网络等媒体面前终结。

德里达和米勒的文学终结论，与他们主张的解构主义相关。解构主义力图打破西方传统的"逻格斯中心主义"，力图冲击形形色色的教条主义，但是他们对此也只是"擦抹"一下，逻格斯中心依然存在，结构主义依然存在。看来，他们现在也要这种消解的态度对待文学和文学研究，但我觉得他们也只是"擦抹"一下，"擦抹"过后，文学依然存在。然而他们遇到的困难是，他们在冲击逻格斯主义和教条主义的时候，还是要用逻格斯中心甚至教条主义所濡染过的概念和范畴。同样，他们试图消解文学和文学研究，但困难的是他们这样做的时候，仍然举文学作品做例子，仍然要用文学研究的术语说明问题。这就像鲁迅讽刺过的那样，他们站在地球上，却要拔着自己的头发离开地球一样，他们离不开，他们苦恼着，但是最终仍然站在地球上面。

我的简短的结论是：文学虽然边缘化了，但文学不会终结。因为文学有自己的独特的审美场域，文学的世纪没有过去，文学人口依然存在。文学可能会在发展中改变自己，但文学不会终结。文学既然不会终结，研究文学仍然十分必要，因此，革新文学研究的途径，提出"文化诗学"的新的文艺学方法论来，仍然是必要的明智之举。"文化诗学"存在的前提就在文学不死中。

（载吴子林选编：《艺术终结论》，中国社会科学出版社，2011年版）

后　记

这部书完全是应复旦大学出版社的好意邀请而编辑的。这里我要特别感谢朱立元教授和李钧老师为这部书所作出的努力。我的这些论文有许多不足和问题，恳请读者不吝赐教。

这三辑稿子，都是有感而发。

第一辑，讨论文学艺术与社会心理的关系，是有感于我们在20世纪80年代初期的文艺心理学的研究。当时我和我带领的13位硕士生，和一位博士生，加上我的朋友程正民教授，共15人，开始了文艺心理学研究的跋涉，我们总是在研究问题时，遇到文学与社会的关系问题，我们很快意识到所谓的“内部研究”是有很大局限性的。其后，我们申报到课题开始了文艺社会学和文艺社会心理学的探讨。

第二辑，则是我自己看了当时正在发展的大众文化作品后，深感人文精神的缺乏，那是在1994年，我在《文艺研究》发表了《隐忧与人文关怀》的文章，可能是中国当代学者最早提出人文关怀的一篇文章，当时没有人响应，尽管当时的《人民日报》及时摘要了这篇文章。直到1996年上海的学者才发动了人文精神的讨论，“人文精神”终于进入大家的视野。

第三辑，讨论文学消亡问题，话题是米勒先生发表于2001年《文学评论》的文章引起的。其实，米勒是一位十分热爱文学的人，他为文学研究奉献了毕生的精力，他怎么会提出文学消亡论呢？深感这是时代使然，他太敏感了，太爱文学了，耽忧文学消亡，才提出了文学消亡论。但他后来觉悟了，说：“文学是安全的。”他的这种自我克服的精神也令人感动，不像中国的某些学者至今仍然坚持着，断定文学必然消亡，决不松一点口。

我从来主张学术研究要有为而作，不同意为学术而学术。目前文学理论研究面临着困难，我的主张是三句话：文学研究一定要与现实文学创作保持生动的联系；把历史的还给历史；把中国的还给中国。唯有如此，文学理论才有光辉灿烂的明天。

童庆炳

2015年1月25日

图书在版编目(CIP)数据

文学:精神之鼎与诗意家园/重庆炳著. —上海:复旦大学出版社,2016.6
(当代中国文艺学研究文库)
ISBN 978-7-309-11400-3

Ⅰ. 文… Ⅱ. 重… Ⅲ. 诗学-研究 Ⅳ. I052

中国版本图书馆 CIP 数据核字(2015)第 082699 号

文学:精神之鼎与诗意家园
重庆炳 著
责任编辑/陈沛雪

复旦大学出版社有限公司出版发行
上海市国权路 579 号 邮编:200433
网址:fupnet@fudanpress.com http://www.fudanpress.com
门市零售:86-21-65642857 团体订购:86-21-65118853
外埠邮购:86-21-65109143
常熟市华顺印刷有限公司

开本 787×960 1/16 印张 19.25 字数 300 千
2016 年 6 月第 1 版第 1 次印刷

ISBN 978-7-309-11400-3/I·913
定价: 50.00 元

如有印装质量问题,请向复旦大学出版社有限公司发行部调换。